總編輯：余光中

臺灣一九八九—二〇〇三

中華現代文學大系

導讀版

貳

散文卷(一)

主編：張曉風

導讀：蕭蕭

編輯體例

一、本大系延續第一輯（一九七〇～一九八九）編輯宗旨，選錄近十五年（一九八九～二〇〇三）來，在臺灣公開發表而具有代表性的現代文學作品（含評論）。具體展示臺灣長達三十四年的時空交錯下，各類型作者的創作才華和作品風貌。

二、本大系區分為《詩卷》二冊，《散文卷》四冊，《小說卷》三冊，《戲劇卷》一冊，《評論卷》二冊，共五大類，凡十二鉅冊。

三、本大系由總編輯召集各卷主編主其事，並各設編輯委員二人，所有入選文章，均經由各編輯委員詳細閱讀並票選後定稿。

四、各卷之編排順序，均以作者出生年月先後為依據。

五、每家附有小傳，包括本名、筆名、籍貫、年齡、學歷、經歷、著作要目、獲獎紀錄等，並附近照一幀。

六、入選作品篇末以註明出處及創作日期為原則；無法查明者從缺。

七、本大系前有總序，對台灣近十五年來文學發展之大勢略加論析；各卷另有分序，介紹各文類演變之近況及所選作品之概要。

八、入選作品均經詳校，絕大多數經由原作者親自核正。

九、封面標示本大系總編輯及各該卷之主編，封底及版權頁則詳列全體編輯委員之名單。

目錄

第二冊

第三冊

第四冊

總序

余光中

1

三十年來，我爲自己擔任總編輯的文學大系先後撰寫三篇總序：第一次是爲巨人版的《中國現代文學大系》，第二次是爲九歌版的《中華現代文學大系：台灣，一九七〇至一九八九》，這一次已是第三次了。前兩部大系取材的時間各爲二十年，眼前這第三部大系涵蓋的時間只有十五年，正接上前一部大系，像是續集；但在另一方面，雖然踏進了新的世紀，卻剛過門檻而已，未能深入，所以又像是世紀末的驪歌。

三部大系涵蓋了五十年，恰爲二十世紀的後半。這樣的總序，我覺得越來越難寫，因爲這世界越來越混亂，越來越複雜，說得樂觀些就是越來越多元，所以矛盾的價值觀越來越令人難以適從。尤其是近十年來的劇變，更令人感到世紀的窄門難以過關。

本大系涵蓋的這十多年，開始似乎綻放過曙光：一九八七年，蔣經國在去世前一年宣布解嚴，並開放報禁與黨禁。李登輝繼任後，新聞與言論漸享充分的自由。兩岸交流也從此開始。一九九〇年柏林牆倒，翌年蘇聯解體，冷戰時代乃告結束。不幸其間歷史倒退，一九八九年的天安門事件，使大陸已開之門又閉了數年。

後來的發展得失互見，但是進少退多，例如國會雖然汰舊換新，唯修憲多次，總統竟有權無責，容易獨裁。自由氾濫、民主粗糙，法治卻遠遠落後。選舉頻頻，不僅勞民傷財，派別對立，而且賄選猖獗，後患無窮。我定居了十八年之久的高雄，本屆市議會之選舉竟以普遍的賄選醜聞下場，足以見證，我們的民主櫥窗是以千元的藍色台幣裝飾而成的。二千年的政黨輪替也以美麗的憧憬開始，但三年之後似乎都令人失望：政府、議會、經濟、教育、治安、家庭、環境等等相繼出了問題，不是樂觀的學者或善辯的政客用什麼「多元」、「開放」、「轉型」等泛詞所能推托。近幾年更有九二一的天災、Sars的人禍，加上天天見報的畸行亂象，輪番來打擊我們的身心。台灣，早已淪爲「超載之島」，不知該如何負擔這一份不可承受之重壓。

這一切，我們的作家們「反映」得了嗎？

2

上一部大系有詩二冊、散文四冊、小說五冊、戲劇二冊、評論二冊，合爲洋洋十五大冊，不愧文學史的盛事。新出的這一部則有詩二冊、散文四冊、小說三冊、戲劇一冊、評論二冊，共十二冊：規模似乎縮小了，但因時間只有十五年，其實反而選得更密。相比之下，新大系的詩卷、散文卷、評論卷篇幅未減，而是小說減了二冊，戲劇減了一冊。結果在新大系中，散文變成了最大的文類。這是中文文壇與英文文壇在文類學上的一大差異。

在英美的現代文學裏，最受矚目的文類依次是小說、詩、戲劇；在批評家的眼中，散文，尤其是台灣盛行的抒情散文，簡直可有可無。Prose 在英文裏可以泛指詩以外的一般作品，有時甚至包括小說。一位美國學者看見我的英文簡介說有十多種的 prose 作品，問我寫的是什麼樣的小說。只要查一查二十年來諾貝爾文學獎得主的名單，就會發現，除了保加利亞的卡內提寫過自傳、遊記、論述之類的散文外，其他全是詩人、小說家、戲劇家。

阿根廷作家博而好思（J. L.Borges，即波赫士）在英美文壇以小說與詩聞名，但在國內，甚至在整個拉丁美洲，卻以他的散文最受推崇。一九九九年企鵝叢書出版英文譯本的博而好思《非小說文選》(Jorge Luis Borges: *Selected Non-Fictions*)，編者兼譯者溫伯格(Eliot Weinberger)在序言裏即指出：「二十世紀的英文文學裏，散文只是次要的角色，這情形不見於別的許多語文。散文（在英語世界）幾乎沒有人來評論，而除了述及其內容之外，散文究竟該如何解讀，既無公論，亦無紛爭。目前（在英語世界），散文大致上是以其次屬的文類呈現——回憶錄、遊記、報刊雜文、書評、論文——至於博而好思筆下這種左右逢源的逍遙散文，除了同仁小刊物之外，在一般期刊幾已絕跡。但在非英語的世界，散文的風格變化無窮，日日刊登在報紙的副刊或是有銷路又有水準的期刊上面。」

散文不但在我國的古典文學是主流文類，五四以來，也一直盛行不衰，今日更成爲台灣文學的一大支柱，不但作家輩出，而且讀者眾多，近年更廣受大陸讀者歡迎。然而奇怪的是，儘管如此，散文在台灣的受評量，卻遠遠落後於小說與詩。例如新大系的評論卷，在六十六篇文章裏，論散文的只得八篇，但是論小說與詩的，卻各爲二十三篇與十九篇。

究其原因，也許是散文比較平實，不像小說與詩那麼倚仗技巧，有各種主義、各種派別之類的術語可供運用。以中國的美學來看，詩與小說可以在虛實之間自由出入，相互印證，散文則實多於虛，較少虛實相生之巧。評論家面對本色天眞的散文，似乎無技可施，甚至不值得細究。何況學府出身的評論家大半師承西方評論的當紅顯學，西方既然漠視散文，則學徒的工具箱裏恐怕也難找應付散文的工具吧。

3

新大系的小說卷由以前的五冊減爲三冊，篇幅上似乎是縮小了，但在文類上卻更變化多姿。以前的小說卷，在七十與八十年代的二十年間選出了七十篇小說，原則上都是短篇，最長也不過近於中篇。其實爾雅版出了三十一年的所謂年度小說選，所收也都是短篇。小說的天地非常廣闊，能在其間成爲大師，像狄更斯、托爾斯泰、喬伊斯、福克納者，想必是因爲有長篇的扛鼎力作。儘管魯迅的龐大背影籠罩著中國文壇，論者認爲他提不出長篇小說，畢竟遺憾。畢竟我們還出過曹雪芹這樣的巨匠，不讓中國的文學史大幅留白。馬森召集的編輯小組，不惜投注心血，能在十五年來的長篇巨製裏選出可供觀賞的段落，獨成一冊，多少可以展示我們的小說家裏，有哪幾位對生命與社會有更持續的宏觀。這種更多元更立體的呈現方式，當令讀者視野一寬。這樣的摘取，以前的小說卷也曾偶爾做過，例如李永平的〈好一片春雨〉等兩篇，其實都摘自他的長篇《吉林春秋》。不過這一次馬森在目錄中特別標明，遂覺別有氣象。

馬森在小說卷的序言裏對編選的標準、作者的背景、作品的主題與風格，都有清晰而詳盡的交代，論述的視野兼顧了宏觀與微觀。作者的身份從寬認定：只要能用中文寫出佳作，經常或首先在台發表，讀者印象頗深，評家經常注意，甚至得過大獎，即使身份是外籍，也不常在台灣，仍能得到認定。因此來自大陸的高行健、嚴歌苓，來自香港的西西、黃碧雲，甚至來自馬來西亞而從未在台灣生活的黎紫書，都入了小說卷。但其他各卷就沒有如此「好客」，否則同樣在台出書也受到肯定的作家如余秋雨、北島等，也許亦能納入散文卷與詩卷。

馬森的序言把九〇年代的小說依風格與發展順序分爲寫實路線、現代主義、後現代主義三種，並各舉出若干代表人物；結果前兩種風格各約十位，後一種風格獨占二十位左右。但是小說卷入選的作者共有六十七位，可見難以歸類的中間份子仍在三分之一以上。馬森自己也立刻聲明：如此分類「僅指入選的作品而言，並非說以上作家其他的作品皆係如此。同一作家寫出不同美學風格的作品不足爲奇，而同一篇作品也可能含容不同的美學傾向。」

台灣的淺碟文化與進口理論的流行交替，令許多英雄豪傑幻覺今是而昨非。新批評、存在主義、比較文學、失落的一代、嬉皮文化……一波又一波此起彼落。所謂「全球化」，不過是美國化加上西歐化而已。「後之視今，亦猶今之視昔。」然則今日以爲至善之眞理，未來未必如此。馬森說得好：「荒謬得煞有介事也就是後現代的一種態度。」但這件事情在中國文學裏也不見得沒有先知：《紅樓夢》第一回就說了，「滿紙荒唐言，一把辛酸淚。都云作者痴，誰解其中味？」從卡夫卡的變形到博而好思的迷宮，不都是中國成語的「痴人說夢」嗎？林明謙的〈掛鐘、小羊與父親〉說到興頭上，忽然打岔說：「小說才進行了一半左右，請耐心閱讀。」我們不會立刻想到中國的章回小說裏，說書人早就站到前台來說：「欲知後事如何，且聽下回分解」嗎？

荒謬的主題或是反主題，當然還有滿紙的空間可供夢遊。另一方面，虛無之舟也不妨落現實之錨。藝術之虛實相生，猶如自然之陰陽互替。如果沒有陽間，則陰間未免單調：奧菲厄斯去下界搶救愛妻的故事，必須到陰陽交界才有高潮。因此寫實的小說也不可缺席，否則失去了人間，滿天神佛似乎也有點空洞吧。所以朱西寧、黃春明等寫實重鎮之入選，也頗具「鎮紙」（滿紙荒唐言）之功。我們不免想到在主題上，寫實的天地也還有不少經驗似乎可以開發。根據馬森序中的分析，小說卷中處理同性戀與其相關主題的作品，至少有六篇，而且「文墨華彩，炫人眼目，堪稱一代精華。」令人想起《孽子》一書近日在台灣文壇的風光，不禁歎息先烈王爾德早生百年的遺恨。同性戀曾是弱勢的邊緣經驗，但台灣經驗之中，同爲弱勢的目前就有外勞，而同爲邊緣的還有台商，兩者各牽涉數十萬人口，值得我們的作家關切。我曾戲言自己近年在大陸出書，版稅不多，卻超過台灣萎縮書市之所得，也可以算是隔海兜售的「台商」了。台灣文友在對岸出書的不少，聽吾此言，當發一苦笑。商場與業界的興衰故事，說得好一樣動聽，茅盾的《子夜》在這方面可惜沒有寫好，高陽的《紅頂商人》卻引人入勝。

4

白靈爲新大系詩卷所寫的序言，指出這十多年來台灣詩人進入了「不確定」的困境，一方面因多元開放而增加許多「可趁之機」，一方面卻因此承擔更多的焦灼、分割與迷惑。本土化與全球化的壓力都無可避免：意識正確要你走「一條詩路通人心」；全球大勢要你走「條條詩路無不通人心」。前一條路導向寫實，後一條路導向後現代。白靈的序言充滿了危機意識，他認爲老一代詩人株守平面，不肯上網，少一代詩人優遊網路，不肯下網，苦了他中年的這一代有心人有心牽網而無法牽合。所以他懷抱「極大的隱憂」，擔心「印刷路」與「網路橋」終會背道而馳，因爲新世代詩人只相信滑鼠，並不在乎詞句冗長、迴行處處，卻耽於咒語、口語、淺語，把修辭當作兒戲。他更指出，「後現代社會『去中心化』、『消解正統化』後的表現模式：由本質走向現象、從眞實走向虛擬、自深層走向表層、棄所指而追求能指、諷眞理而尋文本的種種特質……與前行代之著重歷史感、價值感、意義性、象徵性的形式化表現有所不同。」

總而言之，所謂後現代的這一切想法、做法，都是要顚覆、架空、丑化所有傳統的價值與秩序，「唯恐天下不亂」。但是它只有消極的拆台，沒有積極的目標，無可無不可，破而不立，只留下共存雜交的殘局，並無革命的興奮。也許革命啦、恢復秩序啦等等都已成了過時的價值，可笑的陋習。然而後現代之含混，也正在它與現代主義之曖昧難分：例如要顚覆傳統之一切價值，早在一次大戰時就已有達達主義了；要在虛實之間出入無阻，乃是步超現實之後塵。只是達達與超現實畢竟還是畫家與詩人憑自身的潛意識來創造，而新世代的詩卻可隨科技的精靈，那滑鼠的誘引，扶乩一般地向虛擬的空間去尋求。

白靈說網路詩之盛如潮，「詩之平民化」當下即可實現。在民主的時代，科技提供了全民參與創作及表演的機會，當然很公平。但機會只是起點而非終點，任何藝術，包括詩，有了星星之火的一點創意，如果未經勤修苦鍊，至於熟能生巧，則只能算是遊戲，還夠不上藝術。遊戲不失爲有益健康的發洩，卻不能逕稱藝術，正如卡拉OK的伴唱設備，對於歌喉發癢的顧客不失爲可以助興的發洩，卻不能保證他成爲夠格的歌手。所以《台灣詩學季刊》半年張網而得詩三千，還有勞蘇紹連效孔子之刪詩，才能去蕪存菁，像平面刊物那樣。

從前普羅文學的理想，不但要求爲普羅大眾寫作，甚至提倡由普羅大眾自己來寫，江青的小靳莊文學便是一例。如今網路大開，詩門不閉，在蘇紹連與須文蔚的細心培養下，希望眞能出現一些青年新秀。據說上網詩人的年齡很快就降到十二、三歲，他們不去搖頭、飆車，卻來網上飆詩，還是可愛的。不過今日少年開始做許多令人不安的事，年齡也都提早了。

網詩正盛，而前行代的平面詩人竟有不少半途而退，也令白靈深感不安。他在序言中指出，「詩卷續編出版時，才歷經十五年，一九八九年（前大系）版的九十九位詩人竟然已有四十四人不在二○○三年（新大系）版的名單上，『折耗率』高達百分之四十四點四。」

我倒要安慰白靈說，到了新大系，前大系入選的散文家九十位中，有五十九位未再續選；小說家七十位中，四十四位退席；評論家六十位中，四十三位不留；至於劇作家十位，則全部換了：其「折耗率」依次爲百分之六十五、六十三、七十一、一百。可見詩人還是比較敬業或是經老，或是轉行不易，繆思的香火算是穩定的了。白靈序中又說，詩人上網之後，女性的比例激增，例如二〇〇一年出版的《九十年代詩選》，八十位作者中女性僅十三位，但同年出版的《詩路二〇〇一網路詩選》，五十四位作者女性即占二十五位。可是在新大系中，他所主編的詩卷，一〇一作者裏僅有二十位女詩人，占五分之一。這比例在新大系各文類之中仍是最低，因爲散文卷七十四位作者，女性占三十二；小說卷六十六位作者，女性占二十六；評論卷六十二位作者，女性占二十二：依次各占二分之一弱、三分之一強、恰好三分之一。劇作家六位，全無女性。與前大系的情況一樣，女作家在台灣文壇，表現最出色的文類仍在散文與小說。但是女學者在評論上的成長值得注意，因爲前大系的評論卷共有五十九位學者，女性僅得八位。

5

散文的半邊天不但有賴女作家來頂住，即連巨人版（一九五〇—一九七〇）與九歌版（一九七〇—一九八九，一九八九—二〇〇三）一脈相承的三部大系，其豐美的散文卷也一直由女作家來主編。九歌版這部新大系亦即續大系的編輯之中，只有張曉風和我是三朝遺老。身爲散文家，她把這篇散文卷的序言寫成了一篇寓知性於感性的散文，是再自然不過的事了。當年她參與巨人版的編務，還未滿三十，卻已夙慧早熟，今日遽稱之爲「遺老」，也未免太「早熟」了，不過在這篇序言裏她俯仰的竟是遲暮，世紀的遲暮，指點的竟是滄桑，文壇的滄桑。一路讀來，我舌底似乎留下了《離騷》的苦澀。

張曉風指出，「這本選集是在台灣大環境十分低迷之際選成的。」她所謂的「低迷」，該是由許多因素造成：或因政治正確的本土化，加上國際接軌的全球化，有意無意將中間的民族文化架空，且在中文程度日降的今天反而要強調全面學英文。或因文學書市蕭條，反而輕薄短小媚俗求銷的出版品當道，不少新進避重就輕，隨機乘勢，上下排行，商業掛帥，廣告與評論難分。或因科技方便，網路暢通，在泛民主的機會均等之下，人人得而為作家，誰肯耐心苦鍊呢。於是別字何必計較，不通反成「異化」，簡潔、結構、意象、音調等等不過是傳統的包袱。日記與作品不分，練琴室且當演奏廳，遊戲啦，何必當眞。張曉風擔憂地說：「如果沒有書寫，如果不愛閱讀，如果書本成爲上世紀的古董，如果年輕一代只知圖像而不知書香，我們只好招來倉頡，請他把這些美麗的文字元素送到別個星球上去吧！」

科技進步超前，終於會結束或至少削弱平面閱讀與創作的傳統嗎？麥克魯亨早就預言：「什麼樣的媒體就傳來什麼樣的消息。」方式與內容，法與道，是不可分的。張曉風的杞憂正是白靈的警告，但白靈的苦諫似乎帶一點威脅：「年輕一輩詩人……更濃烈嗆鼻式的後現代氣息，如果不把腦瓜子準備好，則只有挨悶棍子的份。」似乎言重了吧，風格與美學的演變畢竟不是政黨輪替，更非紅衛兵呼嘯著破四舊而來。兩岸都可以交流，印刷平面與網路幻境難道要戰爭嗎？

平面印刷的散文、小說、詩，面臨網路的挑戰，但立體的劇場本身也是一個虛擬的空間，施法的對象不是讀者而是觀眾，倒不怕滑鼠入侵。微妙的是，劇本卻是平面印刷，是書，是通向劇場幻境的隧道而已。其關係好像樂譜與現場演奏。所以鴻鴻在戲劇卷的序言裏說：「劇場脫文學之鉤，向視聽藝術靠攏，已成事實。」足見戲劇的創意無論如何微妙，它仍然得下凡來，來劇場與觀眾之間完成其表演藝術的任務，所以也必須借助科技之神功魅力。

胡耀恆指出，「正因爲主要的訴求對象比較年輕，近年來的演出愈來愈趨向綜藝……西方兩千五百年的戲劇，每代都運用著當時最先進的科技製造演出效果，卻未曾影響它的思維深度……我們需要誠誠懇懇的想想，是綜藝打擾了深度，或是綜藝只在掩蓋膚淺。」

紀蔚然的序言井井有條，抉出台灣劇場面臨的困境。首先，它被淹於世紀末「眾聲喧嘩」的囂張噪音，面對全球化挾勢凌人的消費文化與文化商品化，一時無所適從。於是劇場借力使力以求寓雅於俗，結果卻是「從俗、媚俗」：劇團老去而觀眾青春不改，「爲了迎合年輕觀眾的口味，劇團的走向愈趨反智，愈趨綜藝。」

所幸戲劇卷的編輯小組仍能選出各具創意且又「脫俗」的六部劇本。胡耀恆這樣結束他的序言：「要改變這種情勢，第一是整體經濟好轉，第二是政治掛帥變成文化掛帥。」

7

胡耀恆以兩廳院主任的閱歷發此感慨，該是鬱卒多年的「行話」。綜觀詩、散文、小說、戲劇四大文類的序言，雖然隔行隔山，各說各話，事先不可能「串供」，但是所道的「瓜苦」，竟然頗有相通。馬森報導後浪之來，比較溫柔敦厚，但也忍不住如此進諫：「不管語言的特殊風格來自方言，抑或來自外語，如果使用得當，的確可以形成個人的風格，增加文字的魅力。但使用翻譯體的負面影響是作品失去民族風味，讀來像是翻譯的小說。設若連人物的行動與夫社會背景都西化到難分中西之境，那眞使創作與譯文難辨了。」

馬森之言，沒有誰比我更贊成的了。記得曾在某新銳小說家的作品裏見過這麼一句話：「他爲自己倒了一杯咖啡。」我只想提醒馬森：一位夠格的譯者絕對不會譯出這樣的句子。至少我不會，楊絳、喬志高、思果更不會。

最有趣的或者（用一個流行的形容術語）最弔詭的是，評論卷的序言卻不言「瓜苦」。在台灣的評論家尤其是文學史家之中，實在罕見李瑞騰這麼博覽、包容而又井然的了。這種三合一的美德，也見於他所推崇的另二位評論家，陳芳明與王德威。這樣的評論家手握文學寶庫的金鑰匙，裏面有多少珍寶他們都曉得，只要是眞品都不會不管，要拿的時候手到取來，因爲早就整理好了。

李瑞騰就是這樣：再複雜的文壇、再兩極的意識、再敏感的時代、再交錯的史料，他都能耐下心來，探索到座標與重心，整理出一個各方都能接受，至少都能忍受的秩序來。他所召集的評論卷編輯小組，要在表面限於十五年而其實來龍去脈牽涉深廣的斷代之中，搭出一個鷹架，一條龍骨，好把文學史、文體論、主題論、作家論等等的論文，各就其位而又互相呼應地列上架去。

其結果便是井然有序的這兩冊評論卷，六十六篇文章分屬總類、小說、散文、詩四組，其論題則從姜貴的《重陽》到白先勇的《孽子》，從台語文學到女性詩學，從散文地圖到副刊大業，從原住民文學到眷村小說，如此的眾聲喧嘩竟然雞兔同籠，不，對位又和聲地包容在世紀末的交響曲裏。正好說明，台灣文學之多元多姿，成爲中文世界的巍巍重鎮，端在其不讓土壤，不擇細流，有容乃大。如果把這兩冊評論卷，甚至整十二冊的這部新大系裏，非土生土長的作家與作品一概除去，留下的恐怕無此壯觀。

8

這部新大系編選得如此精當，而又能及時推出，全要歸功於五個分卷編輯小組的十五位編輯委員，尤其是五位寫序的召集人。比較特別的是戲劇卷，這文類的評論未列於評論卷中，但其三位編輯，胡耀恆、鴻鴻、紀蔚然卻各寫了一篇序言，可補評論卷中之缺席。

當然我們還得感謝，新大系有此充實華美的陣容，全靠五種文類三百零九位作家與學者來鼎力贊助。三百零九乃計人次，一人而入數卷者亦有若干，但僅僅計人亦當在兩百以上，離三百不遠。另一方面，也有不少傑出的作家原應列入，卻爲了客觀的或是主觀的原因成爲遺珠，令人悵憾。有選必然有遺，完美的選集世上罕見。《唐詩三百首》竟漏了李賀、張若虛、陸龜蒙，但是我們無奈漏掉了的作家，英文所謂「缺席如在」(present in absence)，對台灣文學而言，其份量當猶勝李賀。

至於對選入的這兩百多位作家，這部世紀末的大系是否眞成了永恆之門、不朽之階，則猶待歲月之考驗。新大系的十五位編輯和我，樂於將這些作品送到各位讀者的面前，並獻給漫漫的廿一世紀。原則上，這些作品恐怕都只能算是「備取」，至於未來，究竟其中的哪些能終於「正取」，就只有取決於悠悠的時光了。

二〇〇三年七月於高雄西子灣

散文卷序

張曉風

1

某次文學獎的頒獎禮上，文學大老梁實秋致辭時說了一段話，（當然了，如果你稍稍有考據癖，大約可以猜得出來，那該是民國七十到七十五年的事，梁老是民國七十六年故去的）其大義如下：

我有一次和一位朋友對話，朋友說到文學藝術的進步的問題。我愕然，我說，科學容或有進步的事，文學藝術卻沒有什麼進步不進步。朋友也愕然，說，文學和藝術都不進步的嗎？我說，「是啊，你看那些古代藝術品，它們會比現代藝術遜色嗎？」

我事後拿這段話去就教於李霖燦先生（藝術史學者，故宮博物院副院長，麼些文──或云摩梭文──專家，現亦故去），他說：

你知道嗎？科學的成就是可以累積的，文學藝術則不然，你必須從零開始。

他的話令我震驚，當然，其實，在科學的領域裡，戛戛獨造、破石驚天、一絕古今的創意並不是沒有。但絕大部份的科學家都是「打群架」的「幫派份子」。都倚仗著正在尋求「碩士」、「博士」或「博士後」頭銜以生存的人為其「萬骨」，以便成就其「一將功成萬骨枯」的壯業。當然，這件事說好聽點也可以說成「群策群力」、「合作無間」、「團隊精神」之類的。

文學藝術家卻是寂寞的「個體戶」，這其間也許有少數作家有能力雇用一、二個人代為收集資料，也許有雕塑家可以享有專業工人。但本質上文學藝術家是莽莽荒原上獨行的鏢客（護的卻是「價值連國」的「語文和藝術大業」），他是英雄，他的作品也許可以「無一字無來歷」，但卻必須一空依傍，筆筆皆有個我在。

對，文學沒什麼進步不進步的業績，文學沒什麼「已開發」和「開發中」國家的差別。而今天清晨報紙副刊上登載的那篇小詩不見得有希望超越一千年前的范成大（姑不舉一流詩人蘇東坡）或二千年前的劉徹（也不舉一流文人司馬相如）。

文學如美女，西施、綠珠和陳圓圓之間並無演化進步的可能，她們只能各自去風華絕代一番。

2

真正的文學沒有進步的空間，但作為文學工具的語文卻有，或者作為文學規範的形式也有。

吳濁流最重要的小說，是用日文寫的，我們讀吳氏的小說，其實是透過翻譯程序的。楊逵，是在小孫女入學後，做爲某國民小學老師的「再傳弟子」而學會注音符號而後嘗試以漢文寫作的。但四〇年代以後出生的人卻有機會去嫻熟這整個語文體系，日本人和他們的語言統治了這個島嶼五十一年，而這島嶼不在日本統治之下至今已是五十八年（當然，至於是否眞的已不再列入日人轄域，恐怕不是本文所能討論的）。前面那個五十一年中，此地並沒有產生以日文寫作而又雄視世界文壇的人物，但後來的五十八年裡，用中文寫作而足以傲世的作家，或者說得更白一點，可以跟高行健一樣有資格得諾貝爾獎的作家，少說也有十人。

這一點，說起來，也並不十分值得自誇。畢竟，在台灣本島五十八年來沒有戰爭，教育和經濟都得到長足的發展，語文也因而及時復育，如同山野的水鹿，在瀕臨絕種之際重獲生機。

也許有人會稱這是個偏安的時代，唉，屬於政治意義的歷史我們姑且等它一百年再來討論吧！而文學歷史中唯一値得慶幸的是，中文教育落實了，我們不必透過日翻中來閱讀簡媜或焦桐，也不必透過馬翻中來欣賞鍾怡雯或陳大爲。

3

二〇〇二歲暮，筆會餐敘上，我憤然地說了一句：

「台灣，都是由二流人物建設起來的！」

「這話怎麼說？」高天恩教授有些不解。

「因爲，」我說，「這麼多年來，一流人物都熱心的去建設美國去了！」

（其實，這一點，中國大陸近年來也迎頭趕上了，許許多多優秀的留學生都滯外不歸了！）

「哦，如果這麼說，我倒要說，我們的文學是由三流人才撐起來的局面。」高天恩教授說。

「此話怎講？」這一次輪到我費猜了。

「你沒發現嗎？最聰明的一流二流的中學生到後來都選了理工科，讀文學院的，已經就是第三流了。」

我承認我和高教授的對話在邏輯學上說來都不夠正確，一流人才大多楚材晉用，並不代表留在國內的或學成歸國的全是二流貨色，而且騏驥驊騮的大才，去馳騁於醫學院或工學院並不代表文學院的疆場上因而全是駑駘。

然而，一個民族長期把最好的人才送到外邦，長期把經濟或科技當作第一要務，難道不令人憂心嗎？（或者，噁心）我只好自我解嘲，說，好在我們連二流三流人才也不錯，所以目前也還算綳住了一點局面。

曾經，這個國家，這個民族，是只要寫好一篇文章，就可以做狀元做宰相的，而今天，二〇〇三年，我們對文學的尊敬到那裡去了？

整個二十世紀，得諾貝爾獎的華裔人士也頗有幾個（其實，這個獎並沒有那麼重要，也不是唯一的權威指標，但一般讀者，對它比較耳熟能詳，所以此處一再舉例），雖然和日本人獲獎人數相較是七比一，但對這些少數的菁英，我們恐怕也只能說：他們是華裔，至於國籍，其中並無一人當時為「中華人民共和國」或「中華民國」國籍。

請問，我們有沒有一點權利來表示悲傷呢？所謂「喪權辱國」這個「動詞」前面的「主詞」恐怕不見得是「滿清末年的腐敗朝廷」吧？海峽兩岸的政府在糟蹋文化、自毀祖產的罪惡上恐怕也是旗鼓相當，各見高明吧！（一國兩制嘛！）

4

而文學本身是既強韌又脆弱的生命，政治的高壓固然令她奄奄一息，商業社會的誘惑也令她面目全非。

有一天，有個長得十分可愛的中文系大二女生對我說：

「老師，我學姐跟我說噢——」

她對學姐似乎滿心敬畏，引述學姐之言也彷彿在轉陳聖旨：

「學姐說的，要寫作，第一步，就是要先到網上去查，知道目前那些作品是最暢銷的。知道之後就是第二步了，你要把這些作品內容一一分析，知道那些題材是最受歡迎的。然後，第三步，你把最受歡迎的題材拼組在一起，你一定可以寫出最暢銷的作品……」

「然後呢？」我問。

「然後，你就變成當紅的暢銷作家了！」

「然後呢？」我再追問。

「然後每個出版商都來搶著找你出書。這時候，學姐說，你才有資格談理想，才有資格寫你眞正要寫的東西。如果你一上來就懷抱理想，誰都不會爲你出書的。」

乖乖，不得了，她大二，她學姐不過大三，居然有此「高見」。可是，一旦嚐到金錢的甜頭，一個作家還肯洗盡鉛華回頭從良嗎？

我曾爲朋友隱地的一本書作序，序中有一段話，因爲事涉五十年來的文學發展狀況，我想引述一下：

曾經聽一位老作家用十分羡慕的口吻說起現代年輕一輩的作者：

「我覺得他們真了不起，他們又聰明又有學問，又有文筆，他們以後的成就一定不得了——不像我們當年，沒有科班出身，只好瞎摸！」

我反駁說：

「也不見得，這一代，他們的確比較精明幹練，但要說文學上的成就，那又是另一回事了。」

「怎麼說呢？」

「文學這東西，」我說，「太聰明的人碰不得，聰明人就會分心，就會旁騖。老一輩的作者，文學對他們而言就好像風雪暗夜荒原行路人手中所拿的那根小火炬。因為風大，你只好用手護著火苗——而護得急了，連手都差點燒爛。但你不能不好好護著它，因為在群狼當道的原野中，一旦火熄了，你就完了。那火炬成了你的唯一，你忍著手心的疼痛，抵死護好那小小的竄動的火苗。

「現在的作者不是，寫作是他眾多本領中的一項，他靠此吃飯，或者不靠此吃飯，他表演，他享受掌聲和金錢，他游走，他回來，他在排行榜上。他翻閱這個月的新書，他的心不痛，從來不痛，他是個快樂的作業員。

「而老輩的作者，他們手中捧著火苗前行，那火苗便是文學。那燙得人手心灼痛欲焦的文學。你忍受，只因在茫茫荒郊、漫漫長夜，風雪相侵，生死交扣的時刻，捨此之外，你一無所有。

「相較之下，今日的文學是眾多消費品中的一項，是琳瑯市場上和肥皂和電池和冰箱除臭器和洋芋片和保險套一起販售的東西。一旦退貨，立刻變成紙漿。

「現代的作者，也許更有才華，但文學女神要的祭品卻是你的痴心和忠貞。」

二〇〇三年三月，白先勇在「白先勇研討會」中致詞說：「在我們的年代，文學，就是我們的宗教！」

他說的是眞的。

我當然不是說，舊事都是好的，新人都很爛。我只是有一點痛，一點淒楚。深恐這個經濟掛帥的年代，一切講究成本和績效，文學在很多人看來，不過是個隨手可丟的消費品，和其他消費品也沒兩樣。所以，寫一篇文章不過是加工生產，作家大可不必心力交瘁，性命相搏。

曾經，寫作是「嘔盡心血」的大業，但現在，卻有數不清的俊傑之士，希望藉此「嚐盡甜頭」。

5

而且，近年來，台灣因爲內部某些人的政治見解不同，有時竟不免殃及文學。

我有一次在九歌出版社辦的新書發表會中說了一句「中文寫作」，不料竟蒙L站起來指正我說：

「你用的『中文』那兩個字，我覺得應該用『華文』。」

「中」字，在她看來是個髒字眼，不宜出口。但「華文」這字眼對我而言有點怪，像南洋華僑用的。近年來台灣執政黨處心積慮要「去中國化」。去不了，就搬些洋槍洋炮來幫忙。如今連小學三年級的兒童都得受上國文化（所謂上國，當然是美國啦）的薰陶。我幾乎敢預作斷言，將來這批孩子是英文也好不了，中文也弄丟了。

文學是永恆的，政治是一時的。元代蒙古人執政，也沒有聽說廢漢語，元曲照樣輝燦古今。清代滿族執政，康熙乾隆反寫得一手好漢詩好漢字。八國聯軍可以火燒圓明園，卻也不能讓老中的中文退化。五十年來，在香港，在台灣，在南洋，在中國大陸，老中的父母在子女教育的選擇上重洋輕土的情形難道還不夠嚴重嗎？還要勞動政府當局來補上致命的一拳嗎？

散文家林文月女士當年讀高三的時候因做班長，所以負責收全班的考大學的志願表。一看之下，大吃一驚，原來同學絕大部分要去讀外文系，她一時俠情陡起，立即決定要讀中文系。這種心情，今天的孩子還有嗎？其實讀英文的人到後來，絕大部分的人都跑去做了祕書或買辦，但其中卓然有成的如白先勇、王文興、王禎和、楊牧，靠的還是他們的「硬裡子」——中文。

而有一次我跟某位台大中文系的教授開玩笑，說：

「哎，你們外文系呀，——」

不料他立刻反開我的玩笑說：

「小心喔，搞不好，新政府會把你們的『中國文學系』搞成了『外國文學系』——」

哎，政客。

犯不著因爲不認同於「中華人民共和國」就反對「中國」吧；更犯不著因爲反對「中國」就反對「中國文學」吧？

這種在本質上如此粹美典麗的語言和文學，這在數量上有十五億人口使用的中文，我們要將之放棄嗎？放棄之後你能用什麼呢？日文嗎？還是塞內加爾文？

6

除了上述種種問題，電話、電視、電腦的興起，白紙黑字的閱讀傳統，已有國本動搖之勢。年輕一代，即使在戀愛期間，也不再有寫情書的興致。他們或打手機或寄電子郵件，事過之後眞如船過水無痕。一個不肯書寫的時代果眞已經到臨了嗎？

如果沒有書寫，如果不愛閱讀，如果書本成爲上世紀的古董，如果年輕一代只知圖像而不知書香，我們只好招來倉頡，請他把這些美麗的文字元素送到別個星球上去吧！

7

所以說，這本選集是在台灣大環境十分低迷之際選成的。在經濟和文學都生不逢時的狀況下，你會發現，文學方面的書籍在市場上的出現率降低了，讀者減少了。我們只能期待世事常是「物極必反」，等文學更弱更瀕死之際，或者有先知型的人物能爲之振衰起疲。只要上天不喪斯文，事情在峰迴路轉後或者還有一線生機。

8

民國五十二年，我第一次看到一套叫作「文學大系」的書。地點在台大，但卻是一個以美國史丹福大學爲主的聯合華語文教學中心，在這個中心裡有一間小小的圖書室。而這圖書室是個「知識租界」，裡面合法的藏滿禁書。而我作爲老師，可以自由出入，不禁快樂得手舞足蹈。我在這裡看到原來民國廿四年就已經有一套完整的文學大系，我在其中讀到魯迅、沈從文。這倒不稀奇，居然讀到了臺靜農，讓我大吃一驚。從此對「大系」便有某種景仰，因爲它居然可以包容那麼多的東西。

因此，民國五十九年，當巨人出版社有心編一部「中國現代文學大系」的時候，我雖稍嫌年輕（受命時尚不到三十歲），卻也欣然應命。大系在民國六十一年一月出版，在當時頗稱一時之盛，如今此書在市面上早已絕版。我於民國八十二年在台大校園碰到黃荷生（巨人出版社負責人），連忙問他此書有沒有可能再找到一、二套，他說，沒有了，沒有了，一本也沒有了。

那一天，我們兩人都行色匆匆，因爲那一天是台大的畢業典禮，而他的女兒和我的女兒居然是同班同學。我們各自忙著照像，啊！原來，說著說著，已經是「二十年後文壇另出一批好漢」的時代了。

如今要找這套書，得要到各大學的圖書館去找了，但要注意，不能上那些新成立的「幼齒大學」去找，因爲民國六十一年，他們還未出世呢！（我說這話並不挖苦誰，因爲我自己教書的陽明大學就是民國六十四年才成立的。）

此書雖然不再是市場上的書，但卻曾是海外華文教學很重要的教科書。連大陸方面也有若干單位憑藉此書研究台灣文學，這一點，倒是始料未及。

我還記得當年編書的一段小事，很想一記，當時司馬中原曾向找推薦一位年輕的作者，司馬其實並不是編輯委員，但因我逢人便問，「你覺得有什麼人的散文寫得好嗎？」他便說起他印象最深刻的作者。那位作者名不見經傳，只是個學生，但作品的確清新可喜。然而問題來了，沒有人知道她的地址和電話，連發表她作品的雜誌編輯也沒有資料，我要到那裡去徵求作者同意呢？好在她的姓比較少見，我想了一下，便動手翻電話簿。只是，按一般常理，電話簿上登記的總是一家之主的父親的名字，女兒的名字是不可能在上面的。我在那些名字中憑直覺斷定住在景美的那一家就是她家。爲了先求證，我又打電話給管區警察，警察承認有此人，並說她已出國讀書去了。於是我放心打電話去她家問到地址，並且聯絡好此事。現在想想，還眞有趣，原來那時台北電話那麼少，而且，警察對自己轄區的人口也十分了然。而我的追蹤過程也有點偵探小說式的精彩。

在完成巨人版的散文選後，我最快意的是，有些作者當時雖是學生，事後卻大放異彩，讓我覺得「預言成眞」的喜悅。會選余光中，會選羅蘭，會選梁實秋、王鼎鈞，那，幾乎人人都會。但像康來新，鄭至慧，柯慶明，能在他們的少作中看到他們日後的成就，不免令我自鳴得意。

當然還有極傷感的事，去年春天，我接到一張訃聞，梅濟民先生去世了。開弔之日，我赴靈堂致意。不料，梅先生在台灣竟而全沒什麼親人，現場只有梅太太和她幾個娘家親戚，文藝界的朋友更是一個也沒有。梅先生此人活著的時候有點怪，（此「怪」當然不是貶詞）他從來沒有在任何文人場合出現過，有一陣子更有人懷疑梅濟民並無此人，只是某個作家另起的筆名。我自己也從未見過他的面，從未和他通過電話，沒料到我第一次見他，竟是他的遺容。而我，成爲在他身後唯一接到訃聞的人，是因爲什麼呢？大約是因我曾選過他的文章，他於我頗有知音之意吧！

當然，聰明的讀者大約可以猜到，既然編書可以獲得友誼，另一方面，它也就可能會失去友誼。記得民國六十年，有位文壇大老W，很悲憫的看著我說：

「等你編完書，你就會得罪文壇一半的人！」

咦？有這等事？

事後證明他說的並非全屬子虛，但也沒那麼嚴重，因爲大部份的文人都很有自信。大家都很明白一件事，眞正編纂文集的那一位，他的名字叫做「時間」。我當然有可能犯錯，整組編輯委員也有可能犯錯，但身爲作者，只要知道自己是璧玉，也就不必在乎別人一時不識貨了。

民國六十一年版的大系編輯委員已有二人離世（朱西寧和梅新）。民國七十八年九歌版的委員所幸都健在，算來已是十五年歲月，而且，已是上個世紀的事了。說來，蔡文甫先生（九歌出版社負責人）當年也是一時動念，覺得應該做些事來慶祝「五四」的七十週年，遂編了十五冊的文學大系。那時候，是台灣各方面都很上進的年代，所以規模上比第一次宏備得多。而這一次，這第三次，仍由蔡先生主其事，篇幅上卻少了三冊，當然，你可以說，上一次的時距是十九年，這一次，是十五年，按比例，十二冊不少反多，「九歌」總算勉力做了「鐵肩擔出版」的重活。

而在這三次編輯工作中，都身在行伍的，是余光中先生和我，這種「三朝元老」的身分於我是既愧且榮。

9

如果要談起這三十二年來的散文「大系史」，我大致可將三階段的特色分別敘述如下，在第一次的選文中，有二點是最重要的，那就是：

建立新的「歷史和地理的視野」，並且尋找「新的文學語言」並將之表達出來。

余光中先生曾在六〇年代以叛將的口吻反覆呼籲要「剪五四的辮子」或「降五四的半旗」。口氣都極像一個急欲分家的弟兄，想要另起爐灶。

有趣的是，在和「五四大兄」分家的同時，這個時期在台灣的文學卻很慎重的選擇了向中國古典文學和西方文學去認祖或歸宗，並接受她們的乳汁，把五四的排古典作風作了及時大幅度的扭正。這番「文學方面的現代化」其步履遠遠走在整個社會的現代化之前。

因此，如果我們化驗那個時代台灣最流行的散文，很可能會發現它的DNA竟和現代詩一脈。換言之，那時代的主流散文簡練峻峭，看得出來正嘗試尋找一種緻密堅實去陳出新的語言。所以，相映之下，太唯美、太唯情，太鬆軟或太家國化（例如，結尾處必然來一句「明年中秋，我們一定要在北京吃月餅」之類的文章）都在刻意避免之列。

第二次的選集，其實非常強調多元，回溯民初的散文，或是著重抒情如朱自清，或是重在生活小札或讀書筆記，如周作人。其味沖淡，其貌疏灑。但七〇和八〇年代，散文範圍擴大了，幾乎可以無所不容。在那四本散文選的篇幅裡，「多元」是最重要的選錄標準。多元指內容，也指文筆，多元包括年齡層，甚至，也意味地區（包括了在香港和美國等地的作家）。諸子百家，蠭出並作，本是文學鼎盛期的特徵。

及至第三次選集，作者則多半是長期住在此地的人了，編委一致的定調是「選些能代表此時此地的作品」。

然而，什麼又是此時此地呢？

除了旅外作家大量減少，選集大致也反映了十多年來文學作者偏傾於個人思維的走向。

在我爲蔣勳散文選所作的序言中有如下的句子：

在華人的歷史上，從來沒有一座城，其市民受到如此高的教育，收入如此之豐，與全世界互通聲氣如此方便，人文薈萃的密度是如此之高……台北是個濟濟多士的城，蒙上天垂憐，我們享受了比貞觀之治、比開元天寶更漫長的一段承平歲月，也因而哺育了一批精神上的膏粱子弟（這四個字古人用來是有貶義的，我則有褒義）。從前，陳獨秀怒沖沖的要打倒貴族文學，其實，如果有辦法讓人人都很貴族，日子不是很好過嗎？幹麼要把貴族拉下馬來做平民？把平民抬上轎去做貴族不是更好嗎？台北其實就是一座華美的貴族城池，其間充滿一些比周郎更俊賞，比太白更恣縱，比玉谿更纏綿的風流文人。

這樣的時代，在國族認同頗有危機的年代，散文轉而去談「煲湯」或「吃魚」或「貓」或「狗」，不失爲文人的閉關自守之道。

當然，嚴肅的作品仍有，但多半是對生命本身的嚴肅，例如王溢嘉（出身醫學院）的〈我爲什麼在這裡？〉或呂政達的〈長夜暗羅〉。至於像齊邦媛、張作錦，或逯耀東、龍應台、陳大爲，這類肯在國家民族大問題上著墨的作者，似乎並不多了。

而且，作者的多元，也頗蔚爲大觀，例如有海洋學者賈福相，有文化局長龍應台，以及駐英的外貿協會的主任徐世棠還有原住民漁人夏曼．藍波安。奇怪的是，在七十多名作者中，沒有一人是靠寫散文吃飯的，（這件事，也不知該算好事還是壞事。）他們或教書，或做編輯，或靠退休金，或做家庭主婦。散文，其實是一項「精神企業」，你可以投入心血，你可以賺到光芒和掌聲，但絕不是太多的錢，夠過日子的錢。

因此，散文作者之所以持續寫作，實在有其很難爲別人說清楚的道理。

10

元人鍾嗣成爲了給元雜劇鉤沈，把眾多作者一一臚列。他把自己選入的作者都算做「鬼」，而且把鬼分爲三種，其一是已死之鬼，其二是未死之鬼，其三是不死之鬼。人，反正都即將成鬼，他的書便叫「錄鬼簿」。聽來令人變容。

其實，這本選集中也自有些逝者，蘇雪林，算來已是十九世紀的人了。張秀亞，在美西盡其天年。林耀德，死在三十歲的盛年。徐世棠，溘逝於倫敦的市郊。而且，大系編選正進入尾聲時，我們的「輪椅皇后」劉俠，（我悄悄這樣打趣她）也在一場意外中喪生。

每失去一個才慧的作者，我都痛徹心肝，覺得屬於我的財富遭什麼人虧蝕了，並且再也要不回來。希望大家都是不死之鬼，都用文字書寫而傳世而永恆。

如果一切順利，如果文學仍有人肯讀有人肯寫，則二〇二〇年預料會有第四次的大系編務，但願人長久，千里共文學吧！

附記：

1. 散文組的編輯委員，除了我之外，尚有聯副的陳義芝主編和執教於世新大學的廖玉蕙教授，前者幾乎是古人說的「兩腳書櫃」，他對文藝資料和品味的掌握既精且準。後者則年富力強，心思縝密，二人對散文的編選其實都具多年經驗，能與他們共事，是我和讀者的福氣。

2. 有天，在某個研討會裡遇見馬森教授（他是大系小說卷的主編），忍不住跟他說：

「哎，馬森，你的小說序我看了，寫得好學術哇！」

他則連忙謙虛一番，說：

「那裡！那裡！」

我事先要求看看別人的序，其實是想知道一下彼此的步調。但看完以後，決定還是照著自己的閒敘口吻來說話。也就是說，淡淡談起，像詩話、像詞話、像掌故之類的隨筆。

蘇雪林作品

周相露／攝影

蘇雪林

（1897～1999）

安徽太平人。安徽省立第一女子師範畢業、北京女子高等師範肄業，1921年赴法國入中法學院，後又進入里昂國立藝術學院，以母病輟學歸。回國後，曾任教於安徽省立大學、蘇州東吳大學等校。1952年抵台灣，在台灣師範大學、成功大學任教。著有散文集《綠天》、《青鳥集》、《歐遊獵勝》等，及小說、學術論著等多部。曾獲中山文藝獎、中國文藝協會文藝獎章、中央日報文學獎等。

談新舊兩時代的老人

人類尚在野蠻時代，壽命都很短，居處簡陋，難免毒蛇猛獸的侵襲；茹毛飲血，食物太不衛生；部落與部落間戰爭頻繁，壯丁的消耗率又極大。幸而能活到五六十歲，或六七十歲，生理機能退化，成為那個宗族裡坐食份子，子孫便將他逼上高樹，然後大家合力猛撼樹幹，教他摔下死亡，子孫臠割其肉食之，說是將他埋葬在子孫肚中，是為孝道。生長於冰天雪地北極的愛斯基摩人，則用雪橇載老人到萬里外無人之地，推下來讓他凍餓而死。生長山岳地帶的民族，則用一種簡單的木床，載老人棄於山中，聽其慢慢餓死。日本楢山節考就是棄置老人之地，曾拍成電影，我們想必欣賞過。中國古時也有這種風習。某筆記曾記有人將用此法遺棄老親時，其子力諫不聽，乃把那具木床收回，父問這乃不祥之物，你收回何用？子答等到你年老時，我用這張床送你終，免得再製，豈不省事？父聞言感動，遂將老親載歸，養之終老。

這類遺棄老人事，荒古時舉世皆有。食物獵取困難，生存不易，將無力生產之老人淘汰了，也是延續種族之道，不足為怪。文明進步，生活漸形富裕，倫理觀念亦漸加強，老人在家庭中也漸受優待。儒家最重視敬老、養老，孟子尤其善於爭取老人的權利，一部《孟子》可說是部「老人法典」。上等人家對老人的優待不必說，便是貧民小戶窮得沒飯吃，也總得先讓老人吃飽，若與幼輩不能兩全，那只有犧牲幼輩。郭巨埋兒的故事，我相信是眞的。這也不是因爲郭巨夫婦特別孝順，實則不如此便不能做人。

中國上等家庭對待老一輩的人，尊重得無以復加，護得無微不至，竟達到巍巍然如帝如天的地步。你看《紅樓夢》中的那位史太君——賈母不是這樣嗎？她好像是榮甯兩府的中心，子孫雖多，都是她的附屬品。她的一顰一笑，一謦一欬，都是一家言行的律令，一家生活的準則，兩府的人都圍繞著她，奉承著她，教她受盡敬禮，享盡福氣。〈賈政玩珠參聚散〉的那一回，那顆母珠確也奇怪，好像有一種吸引力。置母珠於盤中央，四面小珠便紛然滾到母珠之下，將它高高頂起，若母珠被提離開盤子，小珠便四散呈出茫無所歸的神氣，你能說這顆母珠不是賈母的象徵嗎？

清末黃遵憲（公度）《人境廬詩集》裡，有一首〈拜曾祖母李太夫人墓〉的長詩，可說是一部禮教史、風俗史、大家庭史，也是〈孔雀東南飛〉以後最偉大的詩篇。在這首長詩裡，我發現了另一位賈母。賈母的事人所熟知，不必多提，《人境廬詩集》讀者恐甚少，我可以多說幾句。

這位李太夫人系出名門，辦事頗有才幹。丈夫逝後，由她管理家務，居然把個家治理得井井有條，蒸蒸日上，一家奴僕沒有一個敢欺騙她的。大家庭人口眾多，光是孫媳婦便有十六七個，太夫人清早起身如廁，要經諸孫媳房門，那些孫媳早一個個在房中盥洗完畢，妝飾齊整，一聞老人履聲便開門出來列成一長行站在門口，向老夫人請安問好。若有一個未出，老夫人便問：「那一個怎麼不見，病了？還是在房裡睡覺？」那個孫媳便趕緊開門出來，低著頭，畏縮地站在班末，老夫人便不客氣地教訓她一頓。「年輕人應該學習勤快，學習勤快又以早起爲第一條件。你看大家都起來了，只你一個落後，太說不過去了。我們黃家是勤儉持家的，容不得睡懶覺的媳婦，你應該知道。」

李老夫人生了六個丈夫子，都考取功名，做了官，官還做得不小。兩個兒子一個死在任上，一個殉難於洪楊之役，這是老夫人唯一傷心事。她第六個兒子名際昇，字允初，也就是公度先生的祖父，雖也是個官身，卻和母親同住一城，白晝在外辦公，天黑便回家到母親房中，承歡養老，問母親今天過得怎樣？身體好否？晚餐後到現在也有一段時刻了，肚子覺得有點餓否？便有一個媳婦或孫媳婦捧來一盞蓮子羹或一碗燕窩粥，伺候老人吃下。

於是公度的祖父便把當天官場裡所見鑽營奔競，婢膝奴顏諸醜態，形容給母親聽，或閭巷間一些雞零狗碎的趣事，添油加醋地敘述出來。不然，就來談狐說鬼，把舊時代筆記小說裡這類故事，改成當天的社會新聞，居然說得有聲有色，且又雜以詼諧，使那些陰森故事變得溫厚有人情味。叫人聽得又驚又笑，當作眞事。再沒有話題，就叫那些小孫子來在老太太面前背誦千家詩、三字經等，誰背得完全，又快，便得點糖果的獎賞。這種獎賞，公度得的最多，他的聰明和記憶力原在諸兄弟姊妹之上，又是李老夫人親自帶大，最得寵愛的小曾孫。他的祖父未必特別歡喜這個孫子，但爲討老母歡心起見，也故意偏向他幾分。

公度所能記憶的兒時影事，他墜地才滿周歲，他弟弟便誕生，兄弟兩個爭乳常哭鬧。太婆說這個孩子已可斷奶，讓我來帶吧，便將孩子抱去，同吃同睡，老夫人既是一家的皇太后，這小曾孫也就成了一家的小皇子，春秋佳日，鄉鄰歡聚，老太太總是抱著這個小曾孫，讚羨不絕，說他小雖小，卻已善解人意，對我百般地孝順。我家有七十人口，下一輩的對長輩各有所愛，我卻是向下愛，只愛這個孩子。老人家性情執拗，這是偏愛，你們莫笑。大家眼望著孩子都笑著說：「老太太說那裡的話？什麼『偏愛』，這位小郎君不值得你愛嗎，你看他相貌長得多體面，將來富貴還待說，老太太長命一百二十歲，還會大享他的福呢。」

老太太床頭有個繡花緞袋，裝滿銅錢，公度兄妹想討幾文，慫恿小公度道：「你對太婆說話最靈，去向太婆討幾個銅錢大家買糖吃。」小公度果然向太婆討錢，老太太立刻解開繡花袋子，銅錢滿地亂滾，笑著罵道：「小猴兒，你是不缺錢用的，這次無非爲別人，快拾取幾個大家去分吧。」

老太太年齡太老，胃納欠佳，吃東西很少，爺娘便附著小公度的耳朵，悄悄地囑咐：今天午餐，我們燒了一盤鯉魚，又鮮又香，你務必哄太婆多吃幾口。小公度果然撒嬌撒癡地勸老人說：「太婆，今天這尾魚燒得好極了。你多吃幾箸，我來替你挑魚刺。」太婆果然笑哈哈地吃了幾箸魚並多吃了半碗飯。

小公度的伯伯叔叔，也知道孩子無論怎樣好，同他們沒甚相干，不過在老夫人面前，總是親熱地牽著他的手，笑著摩著他的頭，問長問短，意思只是想老太太看了高興。那些嬸娘們背地裡卻罵道：「太婆把這孩子說成天上有地下少的心肝寶貝，我們看只是一個小頑皮、小搗亂，整天同兄弟姊妹扮家家酒罷，玩官兵捉強盜罷，鬧得家翻宅亂。庭前果樹成熟，他一天上樹百千回不止，後園種的番芋長大，他帶著一群小鬼們去偷用手扒，兜了滿滿一衣襟，洗也不洗，就塞進灶灰烤熟，連皮吞下。看見樹上有個喜鵲窩，便盤上樹去探鵲卵，失足一跤摔下樹來，竟跌折兩顆門牙，滿口流血，也不怕痛，噴血滿牆壁，就用手畫些龍呀蛇呀的東西。古人說『健犢破車』，這眞像一條拖破車的小牛犢子呀！」

小公度九歲時，他父親考取了舉人，捷報到家時，太婆滿腔喜樂，手搭在小曾孫的背上，對他祖父說：「這孩子生肖屬猴，比猴子聰明伶俐多了。比他父親好像雛雞之比老雞，不知將來如何？不過我相信他長大後，功名會勝過他爺，一定會做大官。我多病又太老了，風吹他不大，他的成功，我是看不見了，將來他做了官替我上墳，手捧五花大印的夫人誥命獻給我，說：『太婆，你總說小曾孫將來定有出息，這張「誥命」是我掙來獻你的，你一定歡喜接受。』人說人死了便無知無覺，我那時可要開口一笑呢！」祖父聽說便回顧小公度說：「你一定要記住太婆的話，不使老人家失望才好。」

公度十二歲時，太婆便去世了，活了八十五歲，在那個時代算是高壽而又高壽了。他雖由太婆一手帶大，兒時記得太婆事也不算多。只記得太婆八十以前，出入總撐著一根龍頭拐杖，八十以後，雙腿行走不便，常常躺在床上，叫公度的娘來，替她搔背癢，搥背和腿千遍不止。公度的祖父出去找醫生，找了醫生來家，和他細談脈理，撮了藥來，大家又忙著斟水煎藥，未煎前，還要將藥片各輕咬一口，這叫做「嘗藥」，臣之於君，子之於親，都非履行這種儀式不可，春秋書許世子弒君，就因許君患病，世子進藥未嘗，便蒙上一個「弒」字的大罪名，你看這是何等的嚴重。

公度說自從他有知識以後，每日所見於太婆者，無非是這些事。那位黃允初黃六先生，就是公度的祖父，計算他的年齡那時也不過四五十歲，正當強仕之年，卻好像一輩子依偎母親膝下，比《紅樓夢》中的賈政還幸運。賈政也是大孝子，一心想巴結賈母總巴結不上，因爲寶玉一見他便像老鼠見貓怕得要發抖，姑娘們有他在座也都不自在，所以他到賈母身邊坐不幾時，便被賈母攆出。

我舉賈母和李太夫人兩個例子是代表上等家庭，中下之家也差不到那裡去。現且談一談中下的。

我祖父出身徽州當舖夥計，因精明強幹，富有吏才，大家湊錢給他捐了一個典史的官職，不久便升爲縣令，也不過是個小小七品官。所以我們家庭，只算中下級。我的祖母卻比黃公度的太婆更會享福。她三十幾歲便躺在床上，要我母親替她按摩。白晝尚可，她午睡一小時，按摩也不過一小時，晚上那按摩工作便十分繁重，搥背、搥腿幾千遍不說，頂叫人吃苦的是捻筋，兩肩井和背脊的筋要捻得骨搭骨搭地響。吃完晚餐直到三更後深入黑甜，接連好幾個鐘頭不許歇手。搥背腿，我姊妹尚可代勞，捻筋則非我母親不可。所以我母親的拇食兩指的指甲，總是瘀著血變成青黑色。說來眞可憐，每夜她彎著腰用力，累得腰痠背痛，我母親在世最後幾年便飽受此病折磨。

我祖母房裡無冬無夏，總有一隻大火桶，桶中煨著蓮子、核桃、參湯、燕窩粥、銀耳，還有些別的東西，我現在已記不得，這是我祖母正餐外的小食，白晝幾樣，夜晚又幾樣。燕窩分官燕毛燕兩種，官燕價較貴，毛少，毛燕較廉，毛多，我家所購的都屬後一種。把一瓢燕窩浸水發脹後，用鑷子細細鑷去毛，要費去兩個鐘頭才弄乾淨，置小罐中加冰糖燉熟才可食用。這勞役歸我大姊負擔。我性野，祖母叫我替她搥背，我便在祖母身上畫馬，我幼時有一段日子忽迷於畫馬，可惜後來不能成爲徐悲鴻、梁鼎銘，當是爲天資所限。我在祖母身上，幾拳頭拍成馬頭，幾拳頭拍成馬身及四腳，拳頭只是游移不定。叫我鑷燕窩，總有一半毛留在碗裡，所以祖母嫌棄我，不要我替她服勤，我也樂得逍遙自在。我母親和大姐太溫良了，太馴善了，便被轄制住，再也得不著自由。

我祖母也活了八十四歲，和賈母、李太夫人的年齡仲伯之間，我母親只活了五十四，死在祖母之前。我祖母從不運動而血脈流通，想必是長期享受按摩之所賜，喫的營養品多，恐怕也有關係。我祖母活得這樣長，至少有我母親全部青春賠在裡面。

看了本文所舉的賈母、李太夫人和我祖母所享之福，誰不羨慕？時代潮流時刻變化，農業社會忽然變成了工業社會，大家庭制度破產，舊禮教破壞無餘，老人的地位也就一落千丈。我們雖尚不致敢逼老人上高樹跌死，遺棄深山餓死，對老人再也不能如前之尊敬，因之也就不能如前之孝養。老人活在這個時代實在不順欠能早點死了也好，偏偏老天爺同我們開玩笑，這個時代舉世人類壽命都提高了，從前是「人生七十古來稀」，現代八九十老人竟項背相望。百齡以上古稱「人瑞」，也一天一天多起來。舉世都在爲老人問題頭痛，台灣也已爲這一問題煩心。老人生理機能退化，神智亦多不清，如小兒然，需人護理，而工業時代大家自顧不暇，誰肯爲老人多費精神氣力？多設養老院來收容，固一辦法。但聽說像美國那種國家，養老院的老人付重資者固可得周全的照料，恃公費爲養者則飲食置床頭，蒼蠅蟑螂蝟集，尿屎滿床，臭氣薰天，也無人過問。其在家由子女侍奉者，癱瘓的老母遺糞在床，她親生的女兒竟一面罵，一面抓起糞來向老人臉上摔去。老人所遭遇的待遇是這樣，活得尊嚴盡失，痛苦不堪，眞是生不如死，無奈一口氣仍一時嚥不下，奈何！

據說本世紀人類壽命普遍提高是與南北兩極臭氧層突呈破洞有關。太陽紫外線沒有臭氧層吸收，則地球熱度日增，兩極冰山將溶化使海水上漲，沿海土地盡陷，人只好遷到高原居住，老人之忽多，也是由於氣候之改變。是否是這個道理，我們不深知。不過將來「人瑞」要變爲「人殃」，則可斷言。

我現在也是個百無一用的老人，每聞人爲老人問題困擾，輒覺慚愧，覺得自己是個貽累於人，沒有生存的權利的份子，卻又沒法處置自己，因此，我的困擾也不在人們爲老人問題困擾者之下。我並不羨慕中國舊時代的老人，犧牲青年精力來苟延他們殘息，那是整個種族生命的浪費。也反對野蠻時代和現在工業時代對老人的壓迫和虐待，認爲是辜恩忘德的不義行爲。我主張老人不必活得太長，七八十歲儘夠。雖老而身體健康，耳聰目明，足以自理生活。要死，則腦溢血、心臟衰竭，頃刻翹辮，不欠床債，也就不致貽累於人。聽說日本人已發明一種藥物雖不能教人「還童」，至少能叫你活得「老健」，這眞是老人福音，不過未知是否有這種好事。

——原載一九八八年十月《聯合文學》

我的小動物園

我園中植物既有，動物當然也不少。不過我不像丘秀芷女士那麼愛動物，飼養的種類又那麼多。她好像除了凶猛的虎豹不養，惡毒的蝎蝎不養，其他都養到。她家才配稱爲「動物園」，我家的怎配呢？只好勉稱之爲「小動物園」吧？

先從養鳥談起。我在大陸時養過芙蓉鳥，因其形狀秀美，鳴聲更婉轉可愛。民國四十一年，初自海外回到台灣，任教台北師範學院，有個喜愛養鳥，養了好多芙蓉鳥的朋友送了我一隻。鳴聲雖不如大陸所養，卻也可聽。故我愛同拱璧，每日上飼料，盛水供牠洗浴，清除籠子，殷勤備至。不幸有一天掛牠於外面院子，讓牠受點陽光。我離開牠不過十分鐘光景，再去看時，鳥兒渺然不見，籠門並未打開，籠子也未破，只有幾根帶血的羽毛塞在竹格上，想必被野貓伸爪入籠硬攫去了，不勝憤恨，也傷心欲絕，但已無可如何！

那朋友聽見此事，又送了我一隻。這一隻卻從來不聽見牠唱一聲，友人既送了來只有養著。四十五年就聘國立成大，便將牠帶到台南。牠既是隻不鳴之雁，養之無益，想開籠放了牠的生，則知芙蓉鳥之爲物，依人爲活已久，早失去了獨立謀生的能力，放牠出去，無非死路一條，況朋友贈鳥之情也未可辜負，只有照舊殷勤照料。養了幾年，病死，我把鳥籠送人，從此再不向這類虛有其表的芙蓉鳥請教。因聞台灣是「花不香，鳥不語，蟲不鳴」的地方，再買來養，聽牠唱的希望渺茫。

家姊最愛養雞，其癖之深，不在她種絲瓜之下。我們一搬進這座屋子，她便向門口雞販買了兩隻已長成的母雞，放在院子裡。這兩隻雞的嘴爪也眞厲害，終日在院內爬爬挖挖，找蟲子喫，也啄食草籽，幾乎將整個院子的地皮都翻過來，風起塵土飛揚，非常可厭。後院距正屋六七丈處，原附帶山竹屋一間，說是供女工住——初到台南時，同人家家都僱有——可是女工誰也不肯住，因屋子太簡陋，且離正屋太遠，怕鬼，怕寂寞，所以這間竹屋，家家都閒著。置雞於此屋固可，白晝仍要放牠出來，擾亂乾坤如故。我只好僱工就竹屋外，用竹柵圍了數尺之地，作爲養雞場所。家姊又買了七八隻母雞並一隻公雞，與前買的兩隻養在一處。她怕雞夜收於竹屋，晚上會有黃鼠狼來偷，不甚穩便，我便到街上買回一具大木箱，用鋸鋸成一個可開闔的小門，箱下墊磚塊，免雞受潮濕，也免箱底易於霉爛。另用截成半截的竹簍，中鋪稻草，爲母雞生蛋之所。一共三個，以便三隻母雞同時下蛋。

每日撿取的雞蛋既多，我們餐桌上便頓頓不離蛋。蒸蛋、炒蛋、蛋花湯、蛋炒飯，直喫得我倒盡胃口，見了蛋便生厭。鄰家有不養雞而要喫蛋者，便向我家收買。每日有幾筆交易。別說我們賣蛋賺錢，其實賠本。一則蛋價比市上便宜，二則飼料貴。可是家姊對雞每日夜收晨放，清掃雞舍，積存糞便，除正式飼料外，還要每日在門口買半桶青萍，作爲雞的補充飼料。萍中含有瑣細的水生物，雞最愛喫。不過價錢則半桶青萍比一天雞食糧還貴。雞肥了，自己養的又捨不得殺，我們想喫雞，還是從菜市買現成殺了的。

母雞下了二三十個蛋後，便要抱窩，就是要孵小雞，渾身發熱，走來走去找窩伏，再也不肯下蛋，百計弄牠不醒，就讓牠去盡這生物傳宗接代的天職吧。

牠既要抱窩，那大木箱所製的雞屋不行，生蛋用的半截竹簍也不行，必須爲牠另造安靜的產房。恰好成大營繕部有許多木箱可買。三十年前，裝東西的紙箱尚未出現，運貨都用質料粗劣、製作簡陋的木箱，貨物清出後，這類箱子只好劈開當柴燒，也可出售，每隻只賣四、五元。我買了幾隻，改爲鞋櫃或盛他物，利用至今。

我用兩隻小木箱釘合爲一，開一小門可容小雞出入。一箱鋪草讓母雞抱蛋，一邊爲將來小雞遊息地。做得頗爲精緻。我在四川樂山過抗戰艱苦歲月時，無師自通，學會了土木工的手藝。曾誇口說若給我材料和合適的工具，我可以建造一間小屋。到成大時，精力已衰退，建屋成爲永不兌現的夢想了，但身邊刀鋸椎鑿也還粗備，建造這樣小小的雞舍，當然游刃有餘。

小雞一批批孵出、長大，莫說小木箱盛不下，大木箱也不能容。況其中頗多小公雞，被原來那隻大公雞嫉妒，追啄撲擊，啼叫可憐，終日喧鬧，殺食又不忍，只好如前所述，廉價賣給鄰人。整條巷子的同人家喫的都是我家雞。

爲家姊愛養雞，我一年中賠冤錢花的勞力不少。但她既樂此不疲，我這做妹子的也只有委婉從她，求悅其意。

國人都養狗，我也養了一條，且小種的，長不及二尺。並不聰明，教牠打滾不會，教牠伸爪與人握手不會。牠因隔壁程家養了一條大狗，狗也如人怕寂寞，要找朋友談心，總從籬縫硬擠過去與那大狗歡聚。這事深爲我所不喜。將籬笆加插竹片加密。牠竟在籬下挖土成穴穿過去。我不憚其煩地將籬根竹片鉛絲縛固，籬根埋上許多瓦礫碎磚之類，用槌敲打，用土壅塡，以爲極堅固了，誰知這小狗竟以大半夜的苦工，從籬下再挖一更深之穴，穿了過去。你日日培，牠夜夜挖，狗性竟如此固執，深所不解。正因牠夜夜挖洞過勞，得了心臟病，一天自外奔回牠的窩中便死了。

後來人家又送我一條大狗，更其笨無比，而食量驚人，一頓可喫掉我姊妹及女傭一天的食糧。養牠不起，有同事家有小孩，便討了去。

養狗求其能吠，我所養大小二狗，見生客來從來不吠一聲。這樣，則防盜作用等於零，養牠有甚麼意思？我看鄰家所養狗能吠者亦少。後來我才知狗若成群則互仗威勢，一見人來便狺狺狂吠。獨狗則牠也怕人自然不敢吠。

兔子一身潔白如雪的白毛，兩顆紅寶石似的眼，模樣是十分可愛。買了一對小兔養在鐵絲籠裡，稍大放牠們院中亂跑。綠草如茵的院子有這種小動物點綴其間，眞是爽心悅目。我在珞珈山武漢大學任教時，同事陳小姐說動物產子皆自陰道，獨兔不然，是從口中生出來的。她家養過兔子，一母兔懷孕足月，當她之面，口中咳了幾聲，一咳，便吐出小兔一隻，四咳，共出小兔四隻。吐兔同音，兔之所以名兔，以其吐也。我聽其語，認爲荒誕，笑而不信。她舉《封神演義》

爲證：說文王喫了紂王所醢其長子伯邑考的三枚肉餅，梗在胸中不能消化。遇赦回西岐，將入國門時，念子悲痛忽於馬上心頭作惡，嘔吐。一吐便是一個肉餅，就地上一滾，長出兩耳四腳便溜走了。連吐三次，共吐三個肉餅，都變成兔子跑得不見。這就是兔子吐子的由來，我親眼看見，還會假嗎？你不信，將來養對兔子便知道了。現在我雖養了一對兔子卻無法辨其公母，眞是「兩兔傍地走，安能辨我是雄雌？」牠們後來都被野狗喫去了，等不到牠們產子。總之，古人謂天下兔皆雌，獨月宮搗藥的那隻爲雄，故兔皆望月而孕，這與兔吐子爲同一神話。

我的兔子爲什麼被野狗喫去呢？原來兔子無他長，只愛打洞。牠們遨遊園中尙不足，又從籬笆下面挖洞跑到外面，遂遭不幸。

我養兔子以後，對兔子便無好感。因兔子模樣雖長得漂亮，卻無靈性。雞鴨聞呼尙來，兔子則惟飢餓了才到主人前索食，尋常呼喚，牠那雙長耳像聾了一樣，置若罔聞。牠也從來不像貓犬會對主人撒嬌打滾。抱牠於懷，加以摩撫，也木木然毫無感應之態。總之，兔子的智慧在動物中考最下。我國北方人卻尊重兔子，呼牠爲「兔兒爺」，爲什麼對這種動物，居然「爺」之。想別有解釋，我不暇詳考。

狗兔外，四腳動物當然是貓了。我之癖愛貓，也如家姊之癖愛雞。此園所養動物今皆蕩無一存，獨貓則飼養至今不絕。居此屋近三十年，養貓何止十隻。貓之作用在能捉老鼠。此屋開始數年，鼠類甚多，夜晚在天花板跑馬，擾人清夢。甚至公然在客廳寢室，縱橫出沒。養了貓後，此患始弭。

我們這幾條巷子的教職員宿舍，以前是菜園或甘蔗地，甘蔗地常有一種野鼠碩大幾如貓，非常凶狠。改建宿舍後，野鼠尚有殘存者，牠眞像《封神演義》上的土行孫般，能在土地下行走。沙土性質雖鬆，這種野鼠能貫穿之爲一甬道，也非常不易。但看地面之土忽坌起成一線，便知下面有野鼠正在穿過，不像土行孫之土遁嗎？聽說日本武士道中有一種「忍術」通五行遁法，當他土遁時，地面沙土也坌起爲一線，電視上看見過，這恐爲事實之所無，因它出於人力之外。但蔗田野鼠之土遁現象則爲我所親見。

這種野鼠身量大、齒牙利，性又非常凶惡，當然視貓如無物。貓亦不敢攖其鋒。後因此地久無甘蔗可喫，也就漸漸遷地爲良，不再逗留我們院子中了。

我再來談貓。我現有家貓一隻，野貓之數不等，少時兩三隻，多時十幾隻。目前固定之數爲三隻。二百六十元十公斤的米，我喫十分之二，其餘皆入貓腹。我何以喫得這樣少呢？則因我愛麵食，每飯喫半個饅頭，米飯則僅數匙而已，所以自以爲貓負擔也不輕。實際上，我供給家貓野貓的米飯也只每日一大碗，並不多。

告訴大家一個養貓之法，貓性饞，你若用很少小魚拌飯，牠就喫之不已。三四月大的小貓也可喫飯一大碗，把肚子膨脹像個圓球。消化不良，日痾爛屎無數次，臭不可聞。貓的身量這麼小，喫得這麼多，若以人爲比，便是每食一頓斗米。少給魚，並限定量數，喫慣了，一貓小半碗飯便已足，一日僅餵一頓，不必像人似的一日三餐。

目前我家裡除貓以外，若說生物僅有螫人的毒紅黑大蟻、隱藏地下爲害花樹的白蟻，及滿室蟑螂、蚊子，偶見幾隻蜥蜴和長腳蜘蛛，名之爲小動物園實不夠資格。

——原載一九八八年十月十一日《聯合報》副刊

張秀亞作品

張秀亞

（1919～2001）

河北滄縣人。輔仁大學西洋語文學系畢業，後考入該校史學研究所。曾任重慶益世報編輯，先後任教於北平輔大、台中靜宜大學及台北輔仁大學，教授翻譯及文學課程25年。14歲即開始寫作，著有散文集《北窗下》、《三色堇》、《曼陀羅》、《湖水．秋燈》等，著、譯作品達八十餘種。曾獲首屆中國文藝協會散文獎、首屆中山文藝散文獎、婦聯會首屆長詩獎等。美國國會特於2001年將其生平事蹟列入國會記錄，作品亦為美國國會圖書館及各大學永久收藏。

記憶中的湖水

我常常向朋友們說：我有好幾個故鄉，第一個自然是我的出生地，古稱渤海郡的宋朝詞人李之儀的家鄉——滄縣，第二個是四歲時隨父宦遊，住到七歲時的戰國時代趙國的故都邯鄲……以及自三十七年耶誕節前夕就即卜居到現在的台灣，而其中在我的回憶中閃爍著往昔一片青春輝光的，是好多年前我曾讀書、住家……前後棲遲達七年之久的古城。

昔日的古城，是充滿了魅力的，而在我的思憶中，那最使我縈懷的，是那天然絕妙的詩的清境——一片水。

那片水是閃爍在我母校後門附近的什剎海——是一片人工開鑿的小湖——名為什剎，據說其地近邊曾建有十寺，名之為海，則顯然是後人的誇張了——那湖被那座宏麗的建築——恭親王府分隔為二——人稱之為前海與後海，後海水邊，葭蘆茂密，宛如湖水的修長睫毛，點綴掩映，使一片水呈現出周清眞詞中「無處不淒淒」的風致與氣氛。我那時住在恭親王府的一部分改建的輔大女生宿舍裡，偶爾在附近經過輒被那近似「芳草沒煙迷水曲」的情調吸引住，在當時的校刊上，我寫的一篇小說，即以此後海為背景，我稱這片水為鑲著綠色環珥的杯子，灌滿了新釀的綠醅。

而「前」海，風光似更爲優美些，最引人流連的，是水邊古老的佝僂垂楊，絲絲縷縷，每個黃昏，使斜照過來的夕陽的光影有時爲之迷路，而株株的綠條相接，使人走在水堤，宛如走在夢中的道路，盛夏，自那一片綠中透出來的神秘蟬聲，宛如是以交織的音符，譜出了無限的夏之叮嚀。

這些臨流照影的什剎海邊的垂楊，曾見於明人的小品文中，而近人林語堂及郁達夫，對水邊這片翠色的行列，於著作中皆有記述。水邊也有荷花，高高的出現在水上，似是天邊偶爾來此小憩的白雲幻化而成。

前海的附近，有一排精緻的樓屋，樓上垂著疏疏的竹簾，那悅目的色調，予人以詩人居處的聯想，據說這曾是清末民初名流文士詩酒遊宴之所，郁達夫在他的日記中曾寫過：他曾在集賢樓賃屋而居，只是我們不知他租的是那幾間房子？由他的日記中，當時他執教於故都北大，和他同住的是他的髮妻與他的長子龍兒，他們三人常迎著那一帶青青樹色在什剎海邊散步，生活寫意，我曾見過他寫的一張字畫，其上的題句是：

門外清風開白蓮……

不知是否吟詠的即是那片水上的荷花？

最近看到一篇文章，說如此清幽的詩境什剎海，水邊也密密麻麻的擠滿了違章建築，明淨風光，已不復見，令人爲之悵然。我只好去低詠我昔年寫的一首題爲〈什剎海〉的小詩的幾句：

我曾攜一卷詩一朵花，
來到你身傍，詩遺忘了，
花失落了，
再也尋不到流走的時光……

以發抒我的感思。

——原載一九八九年二月四日《中華日報》副刊

不凋的葵花

不凋的花
不凋的夢
如一片亮雲
映照在客子的心上
似一閃燈光
晴霽了晦暗的小窗。

前此時候，在紐約的大都會博物館，看到不少收藏的藝術精品，而那幅梵谷畫布上的葵花sunflower，給了我鮮明、不凋謝的印象。

多少天來，我一直沉酣在棕黃、暗褐——那葵花色的夢裡，梵谷的生平、逸事，以及他作畫時起伏、升沉的心情，合組成一支感人的追逸曲，在我的心上迴環、往復，不已亦復無已。

這幀葵花的畫面，極其簡單，只是零丁、寂寞的兩朵花，但構圖奇特，筆姿殊異，兩朵憔悴的花，似是呼喚著躍出了畫面，自成充溢著情感的小小宇宙。

那兩朵似是擷自田野、井欄邊的花，無葉、缺枝，置放於淡藍色的平面上，使花色更呈現輕微的感傷、頹放的意味——藍與黃，互相映襯，說明一個不平凡的生命傳奇，這原是梵谷喜愛的顏色。

一朵葵花，只讓我們看到它的背影——半根斷莖，連續著花蒂；另一朵呢，則正面向著我們，如一面出土的古銅鏡——這兩朵花，似是離開母枝已久，漸漸形成充滿了輝煌記憶的乾燥花了，它們似乎重複的訴說著什麼，意趣豐盈。

清晨，趁著窗外曉光，我凝視著那兩朵葵花，突然，身邊傳來了鞭響、馬嘶。大概是年輕的司藝術與美的太陽神阿波羅，在晨曦中驅著他金輪的馬車疾馳。而在解轡、停車，稍作休息的時候，車子的金輪幻化爲黃褐色的圓圓葵花。

這金輪，這黃褐色的葵花，在生之道途上輾轉已久，好像凝聚著悲哀與歡笑，憂傷與安慰，煎熬與狂喜，在喜劇與悲劇中輪流作主角。命中注定扮演拉辛Racine驚心動魄戲劇的梵谷，一生的說明書，盡在於此。

兩朵葵花——正視著我們的那朵，有幾個瓣兒微捲，展現出大漠的荒涼與無限的搖落感。

那一朵——以斷梗說明自己「飄萍」命運的那一朵，像是水邊一隻雁鵝，在岑寂與無奈中，欲奮翅再上征程。

這使我憶起了多年前我譯的勃朗寧 (R. Browning) 一首詩，其中的句子，曾鼓勵了青少年時代的我，以迄於今：

我睡眠
是爲了清醒；
臥下，
是爲了起來；
休息，
是爲了走更長的路。

——這兩朵葵花，正說明一個不屈不撓的生命；一個不肯休止，要繼續亢揚出聲的響亮音符，誰說那黯淡的萎黃是南樓畫角甫送走的殘陽呢？

也許我今日清曉起身太早，看畫「賞花」至此，已是矇矓思睡，而中午的陽光又將我喚醒——陽光落在葵花上，畫面又似熾燃起來了。

那陽光，那畫中的花，像是如此熟悉——似一些舊友親切的面孔，將我織入思念的情緒裡，宋代那位名詞人又在我耳邊低語了：

休對故人思故國，
且將新火試新茶……

對了，煮一杯新茶吧，燒茶的火呢？——不就是熊熊的燃燒在那黃褐色的葵花上嗎？——還有，那位溫婉的年輕文友，昨天才送來她學校農場新擷的一籮新茶。且飲一杯吧，舉杯望著那黃澄澄的畫面上的葵花，那女孩的笑容又湧現了——

茶，濃釅如酒，也許有一絲苦味，如那位舊俄名詩人所說的「峭澀」吧，茶汁上，是一片金雲似的漩渦，襯著想像中茶園的一片蒼翠。怎麼，上面還旋轉著晶瑩的一朵——旋轉，旋轉，在盛方糖的銀匙下旋轉著，如一根天鵝的白羽，是一點天山的積雪，不，都不是，那是茶菁凝成的詩之精華。

是一句好詩。

是好詩呢——我要趕快的將它飲下，摻著窗外搖曳的樹影，遠山的黛綠，……是樹影嗎，是遠山嗎？——莫如說是一陣綿綿的春天的綠雨——自山水青碧的江南的天際扯下來的青碧長腳雨呵——是雨呢，還是我無限的、無盡的思懷？綠色的剪不斷的，異鄉人對故國的思憶呵。

畫船吹笛雨瀟瀟，

人語驛邊橋……。

我聽到了，那瀟瀟不已的雨，那瀟瀟不已的雨，……那驛站中輕便的小馬車的鈴聲，曾伴著我，曾伴著雨點，響徹了綠色山城的三月天，但那伴著傾聽馬與頸際鈴聲的人呢……，雨聲、鈴聲突然止響了，窗玻璃上一半是未褪色的陽光，未被雨點打濕的陽光，……雨仍未停嗎，怎麼竟吹掠到我的頰邊來了，那是綿密的雨嗎？抑是綿綿的思念？……是對故人，對故國依依的、綿綿的思戀？

「呵……，則濟莉亞！則濟莉亞……」

誰呢，在未全休歇的雨聲中，呼喚我領洗時的名字——一個外籍修女替我取的音樂意味的名字？誰又在笑呢，抑是在嘆息？笑聲不聞，語聲漸杳……

那苦澀的被雨濡濕的鷓鴣又在低唱了。

低啞，斷續的鷓鴣聲，莫喚來漫天的風雨吧，窗內人的心弦與琴弦，已不勝負荷了。

那麼趕快放下這杯「峭澀」的清茶吧，其中也許有詩人普希金的使一杯變爲更酸澀的思念的淚滴。

還好，窗外綠色的雨要停了，思故國、思故人的夢斷了，——那麼，我還是趕快的走出來，走過讀書時校車外那一道弓背的石橋，橋下，有昔日的游魚，有凌亂的芰荷，有我年輕時的影子——

誰又在喚我呢，陽光倏忽一現，顯現在橋頭，連同梵谷的黃褐色的葵花。

對，我在看畫，我在賞花，是什麼神祕的光影，又引我入夢？

揉揉眼睛，還是再看看梵谷的傑作，畫布上的葵花吧，他一生曾畫過六張葵花呢，這是他所偏愛的花朵，他生命的花朵，感情的花朵。

我看得倦了，挪開這幅畫吧，——怎麼，我竟忘了他那張神祕的「絲柏」了？

絲柏，也是梵谷心愛的植物，他生前不是還曾為這種樹木抱怨過：「為什麼沒有人畫絲柏呢？」

於是，他的畫刷蘸上近乎墨色的深綠，開始畫絲柏了。

我看到的那一幀，也是紐約大都會博物館收藏的，梵谷作這畫的時候，是在一八八九年，比那張葵花，遲畫了兩年。

畫布上的絲柏，是如此的深濃，給人的第一個印象是：才來到窗前戶外的，不是霧靄煙橫的暮色，而是沉沉的暗夜。

夜色般的絲柏，是梵谷濃愁的寫照嗎？畫刷在旋轉著，篆煙似的裊裊上升，上升，墨綠中還渲染著一絲棕色的霞雲的影子，是用以沖淡那太沉重的愁緒吧。篆煙裊向長空，上升，上升……漸漸的那份煙愁似乎消失了，梵谷的心靈，被提升到無限高遠，在那小小青色遙峰似的樹巔，我們似乎聽到了雪萊的雲雀：

「高些，再高些，……」彷彿要去迎接那仍遠不可及的水晶色的黎明呢，higher-still higher！

在深密的絲柏邊，我們不會擔心迷途，梵谷不是畫上了一彎黃澄澄的眉月！——形狀那麼婉孌，眉月下面起伏著淡金色的雲的波濤，和月邊的雲紋配合成了夜之狂想曲。

那淡淡的雲濤又幻化出一片柔輝，使我們聯想起，在石頭城中散步時看到的江干燈火，聽啊，那燈下幽柔的歌聲，是我同你曾吟唱出來的吧，經過時間的過濾，更顯得情致委婉，近乎悲切：

江干殘燈陰陰

燈下聞孤砧……

多麼遙遠了？多少年代了？那江干，那殘燈，那孤砧！

原來只是梵谷不凋的葵花，在我們生命的道途中，披上了不滅的搖搖燈影，照亮了離鄉背井遊子的無著落的客心！

——原載一九九七年十月五日《聯合報》副刊

羅蘭作品

羅　蘭

本名靳佩芬，河北寧河人，1919年生。從事音樂教育及廣播工作多年。著有《羅蘭小語》一至五輯，《羅蘭散文》一至七輯、《獨遊小記》，長短篇小說，《詩人之國》，《濟公傳》詩歌劇，散文體自傳《歲月沉沙》等多種，均暢銷海峽兩岸及海外。1970年應美國國務院邀請赴美訪問。曾獲中山文藝散文獎、廣播金鐘特別獎、國家文藝傳記文學獎、世界華文作家會議特別貢獻獎。

散文卷

人間小景

我總是如此地喜歡欣賞這人間的奔馳。

我喜歡坐在車子上看川流不息的其他車輛，和我一起流過時間與空間，和我一起流過生命的波峰與波谷，和我一起快樂、欣慰、沮喪或憂煩。

你知道，我憂煩的時候是去做什麼？

我去投入川流不息的車潮與車陣，變成其中的一員。然後，我就可以看見風景，包括車子所經過的一切髒亂與蕪雜、破屋與陋巷、河岸邊的垃圾或乾涸的河床、那永不完工的挖掘或建設、醜陋的雕塑、庸俗的人間寺廟，還有那載著龐大重量的卡車卻開得那麼飛快而竟然顯得有幾分飄逸。

而我就這樣在其中一部車子裡，安然地欣賞。欣賞這人間世的奔忙、辛勞與無奈。

於是我就忘了自己的憂煩。忘得那麼乾淨，好像它們根本不曾在我心頭出現過。

這樣我就從加入這生命之流而得到一個更可以旁觀的機會。它在一瞬間把我變成了一個讀者，面對著這樣一部非常寫實的小說或戲劇，如此深刻生動地把人間萬象帶到了我的眼前。

於是我怡悅而專心地做起我置身事外的旁觀者。

那部被我們超過的矮矮的計程車裡，坐著一對年老的夫妻，車箱裡擠著手提行李。他們也是去機場的吧？我也是。只不過，我去機場的目的不是出國。

常常有司機或其他遇到我的人問我：

「你去機場，送朋友嗎？」

「不是，去接人。」

我知道自己比較更不像是「送朋友」而略像「接朋友」的。

其實我只是去玩。爲了忘記自己不該有的憂煩，而來加入這川流著的奔忙的「人間世」。

那兩老夫妻是出國的，我知道。

是參加旅行團的嗎？

不太像。

那位老先生穿得很西方的，頭上戴著一頂輕便的帽子。

「拿到『公民』了吧？」是外出很習慣了的樣子。

老太太頭髮白白的，樣子一點也不土。

沒有人送他們嗎？

好像沒有。

他們的兒女也都在國外吧？否則他們不大會辦移民出去。

他們回來是度假嗎？看朋友嗎？處理財產嗎？或者是，這邊還有其他的兒女？

欣幸他們過得很健朗的樣子，相當懂得處理自己的生活吧？

他們曾被已經長大自立的兒女「清算」過了嗎？他們很認命地在過「獨立」的生活了嗎？他們手邊像是留著有自己的維生之資。所以他們很怡然地坐著計程車奔赴機場，不需要別人相送。

剛才在松山機場等巴士時，所看到的那位老人家就不如他們幸福。那位老人家一直在被送行的女兒罵。說他不會管教哥哥，不會管教妹妹，不會處理房子的產權，「活該呀！現在被哥哥欺負，被妹妹騙錢。」「你倒是下了決定再走呀！這房子，現在不處理，你難道還要下次再跑一趟呀？」

那位老人家——這女兒的父親，怎麼那麼木訥！我在旁邊聽得實在火大，直想多管一次閒事，干涉一下他那能幹萬分的女兒——「對爸爸說話，和氣一點呀！」

還好，我沒去多管閒事，因爲那位老人家一點也不生氣，反而慢慢地說：「現在價錢不好啦！你們要住就住嘛，下次再處理吧！」

「我們住？哥哥不講話呀？你以爲給了他天母那棟，他就行了呀？你看他三天兩頭跑來，你以爲他是喜歡你呀？……股票呢？捨不得賣，讓它一直跌一直跌，是不是？……」

女兒淩厲的口氣把老人的話頭立刻壓了下去。

車子來了，隊伍緩緩地移動著，女兒像搶似的提起父親腳下的衣箱，「走啦！」

「我就說，不用你送，你要上班嘛！」老人小聲說著，跟在女兒後面。

像這樣的女兒，做父親的還是很疼的哩！

他們的家庭狀況好像都已擺在我的面前了。

多麼寫實的一部小說呢！

你以為只有共產黨才會清算父母啊？

這當然只是人間世的一角。用不著大驚小怪，我也根本沒有大驚小怪，我上了「國光號」，找到我最喜歡的位子，就把他們忘了。我最喜歡車子一開動的感覺。那麼軟軟地退出去，轉一個彎，視野就豁然開朗了！台北的大樓好壯觀呀！車子好聽話呀！「國光號」最舒服，人人有座位，中間又不必停站，上了高速，立刻天廣地闊，路過的各種家屋和川流的各式車輛，每一景都包含著一個故事，你又何必只在意那「一」個故事呢？

「清算」父母的又何止那一個女兒呢？

老來和老伴攜手「獨立」的人們又何止這一對呢？等到只剩一個人「獨立」的時候，那故事不過是比較淒涼一點而已。

我喜歡在搭巴士的時候遇上一點雨，可以使我慶幸自己是在車上，而有很安逸的心情來欣賞雨點和雨刷的調笑。

——一九九三年九月．選自天下文化版《彩繪日記》

歲月沉沙

一九九〇年，我「打撈」上來一份舊報。

它是四分之三世紀以前的《天津大公報》。

日期是「民國八年六月卅日」。

我翻來覆去地看它，已經好幾天了，卻覺得一直都還沒有辦法把它看完。其實，它是很簡單的，而且只有「第一張」。但是，就只這一張對開的報，向我展開的卻是一整部的中國現代史。而它比任何的歷史書都更溫暖、活潑、生動。

這張報，非常生活化地顯示出距今四分之三世紀以前的年代，我們那奮力圖強，與惡劣環境宣戰之下的中國。那嘹亮清新而又深沉無比的時代的聲音，透過這張報紙，像千軍萬馬，擎著大旗，奔騰而至；又像一位親切的長者，帶著無限的溫慰與關懷，要我細細聽他認眞告訴我，那天風海雨的一個時代。

那不只是一張報紙，那是廣遠沉雄，充滿開拓與奉獻精神的歷史足音，朝著今天的我漸行漸近，親切極了。它說：「你不需要再去各處參訪，你只消靜下心來面對我，就可以知道你和你們這些人的來時路。表面上，它十分崎嶇，實際上，它非常壯闊；表面上，它舉步維艱，實際上，它十分穩健。那飽含著內在活力與自信的步伐，肯定地告訴你，那時代，以及那時代的人們，匯集了全國力量拒簽不平等條約之後，正在齊步向前，用使你誠服的信心與鬥志，不是喊口號，而是在實踐。那穩步的改革，不畏艱難的披荊斬棘，是爲了讓你今天回顧時，看到他們所開的路，每一分都是今天的基石。你們都曾從那上面踩過。於是，你們有了今天。」

現在，讓筆者我來告訴你，關於這張《天津大公報》。

這張對開的報紙是它的「第六千九號」。（它是這麼寫的，純粹中國式的寫法），民國已經建立了八年。《大公報》由當初的「邸報」式，如同書本一樣的印法，改爲直式對開。稱國家爲——「大中華民國」。

全部版面上，沒有一個阿拉伯數字，所有的年月、號數，一切數字全是中國方塊字。

那天的日期——「大中華民國八年六月三十日即己未年六月初三日」，印在刊頭的右邊。

刊頭左邊是——「西曆一千九百十九年六月三十號星期一」。

報紙的外文刊頭用的是法文L'IMPARTIAL。下面是羅馬拼音的TIENTSIN（天津），下寫「第六千九號」。再往下是橫排小字。寫著地址：「本館開設天津日租界旭街四面鐘對過」。（沒門牌）

然後是「電話四百五十號」全部是「國字」。「今日本報共出三大張」。

第一版（它叫第一張），不是要聞，而是廣告。廣告沒有什麼設計，和新聞一樣，一條一條豎著排，只是把廣告主題用黑底反白，像石碑一樣。

當天最大的廣告是日本人開設的一家醫院——東亞醫院。特大號楷書，下面第一行是「院長田村俊次」。

不要忘記，那民國八年，正是「五四」浪潮奔騰洶湧，從平津擴及全國，從學生擴及農工商各界，全國為當時政府不能在巴黎和會中爭回山東的利權，激烈抗日的時候。日本人所開的醫院卻仍然是報紙最有勢力的廣告客戶。這在當時言論最前衛的《大公報》是設在日租界。而這家日本人開的「東亞醫院」的地址卻不在日租界而在法租界。

廣告詞寫得很「逗」。全文沒有標點，「一氣呵成」，令你喘不過氣來。寫的是：

「本院以中日親善之目的而設立各種專門醫員學術深奧經驗宏富而最喜者非為營利蓋喜治療之成績而卓著此本院之特色者也」。

「中日親善」的口號，原來那時就已經在用了。

「病室幽潔內備療病之機器無不完全於天津堪稱第一」。

最末一行是地址：

「天津法租界西開　電話一七八九」，沒標點，中間空一格就是標點。

細看這第一頁的廣告，刊有報紙本身的價目表，耐人尋味的是。「本地每月大洋七角，零售每份銅元四枚」以外，「外埠」和「日本」價錢竟然一樣，全年九元五。「外蒙」倒和「外國」一樣（那時外蒙還在我國版圖之內），全年十五元。如今想來，「外蒙」和「外國」一樣也許有它地理上的理由；「日本」和「外埠」一樣卻不容易了解。如果說是以路途遠近或交通是否便利爲準，那或許是從天津去日本比來往國內邊遠地區還要方便的緣故吧？在這價目表欄的下面另有說明，寫的是：

「凡定閱本報者本埠外埠及各國一律均按陰曆核算概收現洋定者若以郵票代現洋按九五扣收報費先惠空函定閱恕不奉覆」。

你如不太了解，請自己在「九五扣收」及「報費先惠」下面各點上一個標點。就明白了。後來我才發現，這整張報紙，包括廣告與新聞及評論，完全沒有標點。原來當時「新文學運動」剛剛起步，文字方面已擺脫了文言八股，略顯文白夾雜，標點卻還完全沒有開始應用呢！「新文學運動」使我們現代人用好奇的眼光讀當年的報紙。凸顯出這文學革新的特殊意義，它眞是不平凡的！無論當時有多少激烈的論戰，如今看來，時間是做了它要做的裁判。

一張報紙，固然會從所刊載的新聞或評論中，透露出當時社會的脈動；廣告卻也時常更會提供側面的消息，能使你從更生活化的層面去觀察當時社會的動態。比如說，你從這張《天津大公報》的廣告中，不但可以得知那時就已開辦了「郵政儲金」，而且銀行也業務鼎盛，「中國」、「交通」與「中國實業」都在當天的廣告上出現。「交通銀行」更用很大的篇幅報告他們的悠久歷史與輝煌業績——「本銀行設立於前清光緒年間，迄今已屆十年……國內設有分行七十餘處，國外分行二處，另有代理代換機構二千餘處。凡商業銀行所有之業務無不具備……」（其中標點是筆者加上去的。）由這條廣告所詳列的業務內容看來，和今天的銀行不但沒有差別而且規模方面猶有過之。

此外，「中興煤礦」在通知發放股利。天津最有名的「謙祥益」綢緞莊和國貨「松鶴牌」棉紗的廣告給人的感覺也十分堂皇，顯示當時工商業的殷實與穩健。

而令今天的我們感到羨慕的是，在全版十則廣告中，有三則最「理直氣壯」站上頭版頭條的，全是正當的「書」的廣告。而且都是「商務印書館」的。包括一、百科全書。二、各級學校教科書。三、小說月報。

另有兩則是聖功女中和法政專科的招生廣告。

一種誠樸殷實，富有朝氣，在列強環伺下而不屈不撓，充滿志氣與自信的感覺，勾勒出那民國八年的中國人們，心情上豪情萬丈的壯盛。

這一張《天津大公報》透露著令今天的我們仍然心情波動的訊息。「五四」波瀾壯闊，全國學生赴京請願之類的相關新聞仍在刊登。這張報紙的兩天以前，六月廿八日，巴黎和會簽約之日，旅法華工集合至三萬多人，奔走呼籲，包圍中國各代表的住所，要求拒絕簽字，發揮了海內外團結一心，眾志成城的力量。

當年留學法國的學生和留日的學生人數最多。知識分子極力從外洋吸收新知的心情是悲壯昂揚的。他們都比在國內的人們更加倍地體會到「國家」強盛的重要。一種「哀兵必勝」和「捨我其誰」的心情躍然紙上。

那是一個把日本年號也放在報紙頂端的年代。寫的是「明治三十八年九月一日第三種郵便認可」。

那是一個從法國輸入思想，而用法文翻譯報刊名稱的時代。
那是文白夾雜而充滿銳氣的時代。
那是個沒有標點符號卻使你看到一切的革新都蓄勢待發的時代。
那是有容量把優良書刊的廣告放在報紙頭條的時代。
那是個「不管時局多麼困難」，銀行、郵局、工商業卻是都已齊備而且規模宏偉的時代。
那是個容許大專校長「一任到底」，專心治理一所學校而可以心無旁騖，終身奉獻的時代。民國八年六月卅日這張《天津大公報》上，有一則緊急啓事，標題是：

「天津各校校長請釋被拘學生」

啓事的署名有當時天津各有名的大專與中學的校長。其中吸引我注意的是「第一女師校長齊國樑先生」。

「第一女師」是我日後就讀，獲益最多的學校。那時，校長已是「院長」，留美歸國，帶來許多新知。齊國樑先生一任到底，不但直到抗戰爆發，而且搬到大後方之後，仍然是他任校長。戰後復校，也沒有改變。幾十年如一日，治理同一所學校，方針得以貫徹，使這學校發揮了深遠的影響力。

不管環境何等惡劣，無論列強怎樣囂張，當我們回顧來時路，定會感覺到自己身爲一個曾經擁有這時代歷程的中國人而自豪。

我們要的是一個能與世界並駕齊驅的中國。

不僅是「並駕齊驅」，你應誠服的是，放眼今天全世界，唯有我們在經過數不盡殘酷的侵略洗劫之後，展現在世人眼前的仍然有那麼多與近代史同年齡的各種建設。它們有國人自己的心血，有列強冀圖強佔的遺痕和飽受炮火洗禮的烙印。而它們仍然那麼巍峨，那麼不屈，那麼健在，而且把列強的經營也化爲我們所有。

它說明，有些生命似乎就是這樣——它們是越打越壯，越燒越旺，不會倒下的。

一張報，看得我這麼感動！它讓我鑽進了歷史的洪流。像潛水的泳者，從歲月的沉沙中，打撈上一頁歷史的見證。它讓我有機會追回我不曾認識過的年代，與它見面，和它細談，讓我發現它不但沒有一點朽壞或變形；反而更加凸顯出它們質地的堅實與價值的永恆。

附記：

這天，「大中華民國」八年，一九一九年六月三十日，陰曆六月初三，是我的生日。

——一九九五年六月·選自聯經版《風雨歸舟：歲月沉沙第三部》

軌道之外

在從台北去國際機場的巴士上，遇到一位要搭機去日本的朋友。她問我：

「你去哪裡？」

「去寄信。」我回答。

「寄信？」

「嗯！」

「去國際機場寄信？」

「順便也寄一些書。」

「哎！」朋友不懂：「你說去國際機場寄書？」

我笑了。「是呀！國際機場最方便。你看，我帶這麼重的一包，總得坐車吧？到附近的郵局也得七十元。這樣就不如到國際機場了。坐國光號，我的優待票是五十五元。」

朋友也笑起來，「你這算盤打得可眞奇怪！」

「怎麼奇怪呢？五十五塊比七十塊少花十五塊，不對嗎？天這麼熱，書那麼重，我反正不能走路去，是不是？」

朋友看了我一陣，不得已似地又問了一句：「你可以讓孩子寄嘛！」

「孩子那麼忙，我也不忍心讓他在上班以前還得為我跑郵局，而且我喜歡自己跑。」

「給誰寄？」

「讀者。她三番五次打電話來，我很感動。」

「她住在哪裡？」

「和平東路。」

朋友和我都忍不住大笑起來。

「真是捨近求遠。」

「誰知道？」我試著分析自己：「但是，我總不能因為很近，就『送』到她家裡去吧？快遞也要八十元呢？坐計程車來回就要兩百多塊了。」

索性變成芝麻綠豆地算起帳來了！

反正很可笑。又反正無論聽來多麼合理，也仍然好像不太合理。

朋友困惑的神情一直留在臉上，對我搖搖頭——「不懂！」

我也知道她不懂，即連我自己，也是不太懂。我只是從小就喜歡做些不太合乎常理的、奇奇怪怪的事，卻也很少去分析那是為了什麼。我只知道有時「奇怪」一點，會比較快樂，會使生活多一些「軌外」的趣味。

我今天早晨本來沒打算寄書，而只是想跑一趟國際機場的。臨時想到昨天那位沒見過面的讀者又打電話來，希望我無論如何，把全部的散文各選一本寄給她，我已再三說過，我的書好久以前就不印了，它們不全了。剩下的少量幾本，我要留著重印時做樣本，不能再寄出去了。她不死心，時常打電話來問。這次我實在很感動，寄就寄吧！有人要看，總比放在家裡多有幾分意義。

於是，我把它們包裝妥當，提著去國際機場。我實在也不敢肯定那邊是不是可以寄書。我只寄過信。而我覺得在國際機場寄信，感覺上是另有幾分不同的價值似的。我也曾把書帶到故宮博物院的郵局去寄，那使我覺得可以給對方多一些驚喜，而我也可以順便在故宮看看古畫或古瓷。其實，像我這樣，不為出國而去國際機場，這件事的本身就夠讓朋友費解的了。而我自己卻覺得理由非常充足。

除了國光號門票只要五十五元之外，它們定時開車準時到，在路上的時間通常是四十五分鐘，這往返機場的班車在時間上有力求準確的使命。中途不停站，人人有位子。車子條件良好，駕駛受過訓練。座位舒適，沿途景觀開闊，沒有紅綠燈，不會顛顛簸簸，乘客方面又很整齊清爽。所以這趟行程的本身就十分怡悅。

國際機場不但在我每次出國時，提供我海闊天空的心情，平常它也是個最令人覺得自由的地方。首先，除非像今天這樣，碰見熟人，會受到一陣善意的「盤查」，給對方增加一點笑料或困惑之外，平常誰也不會問我去國際機場做什麼。任何人都百分之百的知道，你如果不是要出國，就是要去接送朋友，沒什麼可問的。

下了巴士，走進機場大廳，照例人來人往，推著大包小包，在各櫃台辦登記。誰也不會關心我要去哪一個櫃台。我可以不去任何一個櫃台，而向左一拐彎，就去郵局。你不知道我多麼喜歡郵局！即使在遙遠的國外，看到人家的郵局，也會有「離家近了」的溫暖之感，因爲他可以幫我把信寄回家（看見報攤和影印店也會如此。因爲中文報紙帶來家鄉的消息，影印店可以讓我把小文章的稿子影印寄給家鄉）。而那些郵局的職員也都使我覺得有一種先天的緣份，也許這實際是由於他們替我傳遞著人與人間的情誼，而使我不知不覺地把這份由衷的感謝寫在了臉上，得到了他們的共鳴，我喜歡他們回答我問題時的態度，也喜歡他們經手所賣給我的郵票。當我要求他們給我找漂亮一點的，也都會得到善意的回應。

如果我不去郵局，我就直接上電動扶梯到二樓，隨意看看禮品店的禮品或書店的書報。國際機場的書店容易買到我所要的讀物，無論是中、英文雜誌，或帶點傳記味道的新書，都好像近在眼前，不會像市區書店，使你彷彿掉進了書海，不但難以找到自己所要找的書，而且由於書太多，立刻使我痛感自己渺小而自卑——哪一輩子才看得完呀？

不如國際機場的書店，先替你精心挑選少量的，具有一定吸力與可讀性的，適合人們用旅人與過客的心情，利用飛行或候機的時間，輕鬆一讀而就可以獲益受惠的，實在最合於我這「重點主義者」的要求，我沒有一次不買到好書的。店員也不那麼「大牌」或「無知」。當我問他「有沒有《毛澤東的私人醫生》？」「有沒有《朱鎔基》？」總會立即得到回答。《一九九五閏八月》和《張忠謀自傳》也是在機場買的，店員們不會遙指遠遠的書架或高高的樓梯說聲「那邊！」「三樓！」或乾脆對我的問題聽而不聞，使我覺得自己站在那裡眞不識相而乾脆「回家」。

買書報雜誌大致是我去國際機場照例的「行程」。繞完了一圈，就會到那裡的「圓山飯店」去叫一客美式早點或一杯果汁，一邊休息吃喝，一邊瀏覽書報或寫寫文章了（最近機場這圓山飯店不知爲什麼停止營業！變成了土土的小吃攤）。

其實，就算在那些候機的小椅上坐坐，我也一樣可以寫文章，無論旁邊有多少男女老幼，也無論他們多麼吵雜，都完全與我無涉。他們也絕對不會覺得我在那裡振筆疾書，有什麼奇怪。

國際機場的旅客本來就千奇百怪。他們不僅是本國人，有些人來自世界其他角落，或是正要往世界某個角落去。心理上就已肯定這人間是不拘一格的，我稱這種實際上的「不拘一格」爲「絕對的自由」。

好像只有國際機場可以提供這份自由。

它可以容許你坐下來，什麼也不做地「等候」，那些椅子本來就是爲「等候」用的。有人是等候登機，有人是等候送行。我是等候「什麼時候想回家就走」。

你可以想像一下，如果這是百貨公司，你就不會有這份自由。即使他們也像模像樣地準備了椅子，可以讓提著大包小包的顧客坐下來，喘一口氣，但那屬於百貨公司所特有的，來自物慾的患得患失的氣氛，都只會喚起你的「人間苦」，而感受不到那海闊天空的擺脫之樂。你又怎麼會有心情在這裡看書看報？更別提寫什麼文章了！

圖書館或許可以，但它不允許你在那裡吃東西或用飲料。

我有時也去某個餐館寫東西，但餐館只讓你找個位子，坐下來，用餐或讀讀寫寫都行；但如果你離開了位子，那除非你是要去洗手間，否則就是要去結帳，沒有地方可以讓你走走逛逛然後再回位子的，而國際機場就可以。

當然，在這裡，不僅有洗手間，而且它們的條件也不得不是「世界級」的。

萬一碰見熟人，你也大可簡單說一聲「我來送朋友。」每一個來機場的人都有他自己的目的，他沒時間向你問東問西。

我可以在這裡待很久，看看書報，寫寫文章，吃吃東西，喝喝飲料，也可以到處走走，欣賞旅人的形形色色，對照著機場大廳那特別顯得「穩定永恆」似的敞亮與光潔。我既不是要出國，心情上就一點也不匆忙，也不惆悵，更不會爲「前途」患得患失，或擔心自己忘記了什麼，忽略了什麼。

如果這時開始覺得「有家眞好！」那就從另一邊那條很長的電動扶梯一路下來，到了一樓，出門繞過走廊，來到入境大廳，到國光號售票處買張車票去排隊就是了。絕對不用向誰打聲招呼，也不用結帳或刷卡，也不會有人問你「怎麼走啦？」

我說，這是眞正的自由。再也沒有任何一個地方，可以提供你這樣一份海闊天空、逍遙適意的自由。

——一九九八年八月・選自天下文化版《彩繪日記》

齊邦媛作品

散文卷

齊邦媛

遼寧鐵嶺人，1924年生。曾在大學講授文學課程30餘年，現為台灣大學外文系名譽教授。1980至90年間曾在美國、德國柏林任客座教授。除寫作散文、評論文章外，編譯台灣現代文學作品，出版英文本多種。1992至2000年曾主編中華民國筆會英文季刊，促進國際文學交流。著有《千年之淚》、《霧漸漸散的時候》等作品。曾獲五四獎、聯合報年度十大好書獎等。

一生中的一天

那個六月的早晨，我凝神靜氣地走進二十四教室，習慣性地先拿起一根粉筆，再打開「英國文學史」課本，開始我一生講授的最後一課。不久前，我們師生都很艱辛地跋涉出艾略特一九二二年的〈荒原〉，行經兩次世界大戰後由驚駭、頹喪，到復甦的半世紀，驀然到了一九八三年，即將繼任桂冠詩人休斯（Ted Hughes, 1930-）的〈河〉。休斯寫了半生猙獰猛烈的自然詩，由鳥獸、爬蟲的微觀到自然景物的宏觀，而以「從天下墜落，躺臥在大地之母懷中」的河流述志：

河水源源不絕由天上來，洗淨了一切死亡。

在此恆久不變的希望中，我闔上了課本。接著把十世紀至今的英國文學發展再作一遍回溯，與一年前開課時的緒語作個完整的呼應。下課鐘響時，我向這幾十張仰起的年輕的臉道別，祝福他們一生因讀書而快樂。三言兩語，平靜地走下講台。爲了維持自己教書的風格，不在教室中說課外的話，更不願將個人的喜、怒、哀、樂帶上講台，我終於無淚地作了這一場割捨。

由教室走到迴廊時，手上是捧著一大把花的，淺紫、粉紅和白色的孔雀花。每一朵都是語言的延長，向我說著再見。再見了，老師！有許多美好的早晨，我們被你那厚重，有時深奧難解的文學史拴在座位上，傾聽你的聲音由一個年代飄進又一個年代，眼睛望向窗外的樹與天空。再見了，老師！也許在未來的歲月裡，我會記起你讀的一兩行詩，你說的一兩句話，有關文學的，有關人生的。

我抱著花走在陳舊斑駁的迴廊裡，突然憶起第一次走進這迴廊時的長髮和青春，不禁百感交集。提前退休也是退了、休了麼？由這裡我將走向怎樣的人生呢？

這一天下午排了研究所學生的期考。倚在十六教室的窗邊看著校園漸漸沉寂的午後景象。天空湛藍，疏疏落落的一些腳踏車匆匆騎過，一些捧著書的學生走向圖書館……不久一輛長長的車子駛來，停在傅鐘前面，裡面走出穿著飄拂白紗的新娘，開始擺著各種姿勢照像。是在投入眞正的人生前來此作一番回顧吧。許多年前，自己也幾乎是由這座老樓嫁出去又回來的，這些年中，生活的長河波濤洶湧，白紗心情已難於記憶了。

當我回答了學生的問題再回到窗前，晴朗的天空幾乎已全爲低垂的黑雲遮蓋，新娘正收攏長裙跑回紮了綵帶的汽車。雨點大滴驟落，迅速密集成爲雨幕，隱隱悶擊的雷電由遠方移近，漸漸好似集中在校園裡，不留喘息餘閒地急擂猛擊。閃電有時似乎穿窗而入，由另一面窗出去，到小方院中爆炸。這時學生們由考卷上抬頭看我，看到我在台前鎭靜地站著，似乎安心地又俯首疾書。雷聲連續地震動心肺，窗外那棵隨著季節變色的欖仁樹，那闊葉上的雨水傾注而下，雨幕密織，霎時已全看不到對面的行政紅樓。在瀑布傾瀉似的雨聲中，我與這二十多位學生形成了休戚與共的孤島，我更不知此時應怎樣說才是最適當的告別。告別的不止是這一班學生，告別的還有數十年間共同經過的生長、驟變與激盪！

雷雨和來時一樣，驟然停止。收了考卷，我站在迴廊窗前等待積水消退，知道此時校門外的新生南路也沒有我能走的空間。躊躇間，幾位學生前來陪伴。我們決意涉一小段水去後樓咖啡店小坐。在笑話簇擁中，我們踩過了大大小小的水窪，似乎聽得見沙土急渴吸水的聲音。陽光由雲縫閃射下來，闊葉樹上金光閃耀，積水上映出漸漸擴大的藍天和飛馳的白雲……在這樣的天象中，我又建新緣。

這樣的壯麗天象，莫非即是造物主給我最慷慨明白的啓示麼？祂用這樣強烈豐沛的語言告訴我：黑髮與白髮是多麼渺小的瞬間萬變的現象！你既無能爲力，且歡唱前行吧！雷電雨雪會隨著你，陽光也會隨著你。

——原載一九九二年十二月三十日《聯合報》副刊

我的聲音只有寒風聽見

重訪布拉格

再訪布拉格，仍是十一月，秋深而未寒時節，對那古城有更明確、更清晰具體的嚮往。第一次去是一九九〇年，東歐各國剛剛以驚人的速度推翻了共產政權。在東、西德正式統一後二十天，我由東柏林乘火車到布拉格去。老舊的火車沿著易北河前行進入捷克境內。明明知道，在過去數十年共產黨統治下，布拉格的春天並未再臨，火車駛過的河川支流在鐵橋下多是褐灰色的工業濁水，我那時心中仍迷迷糊糊地期待著古堡晚鐘、深巷落葉等等浪漫景物。然而十小時後，火車沿著連綿的古舊沉重的石築大樓走了二十多分鐘後，悄悄停下，沒有一聲播報，也無人在冷清的站台上走動。我們過了近十分鐘才確定到的是布拉格總站，趕快下車，按柏林旅行社的安排住了三天，參加了一個英語觀光團。

這位難忘的導遊是一位行動已相當不敏捷的老太太，一路上都有壯年的團員輪流攙扶她，她的英文深深地陷在斯拉夫語系的捷克語和德語的濃重原味中，發出的每一個子音都顛顛躓躓地掙扎而出，彷彿殺出重圍般辛苦。她說年輕時曾以英語維生，然後德國人來了，俄國人來了，她失去了工作，被趕出宿舍，三十多年來靠一點點救濟金過活，每天坐在唯一的廊前窗下織毛衣……，現在布拉格急需懂英文的人應付西方來的觀光客，所以她雖已七十八歲了也被錄用，「啊！能再說英語眞好！當年曾努力學過，用過，和世界似乎沒有隔閡。……啊！那時我們多年輕，多快樂！」我可以清晰地感到她那般艱難地重拾英語的喜悅——那一種曾經爲她開啓過通往世界之門的語言，在垂暮之年竟能帶著青春的歡愉，重新回來！

在她迸發著「他鄉遇故知」的旁白引導下，我們看了城市的重要地區。只是鐘聲未聞，落葉稀疏，連那座舉世聞名的查爾斯橋也只能在河岸遠望，因爲車子不可上橋，這座原該優雅美麗的古城似乎尚在冬眠剛醒的茫然和訝異中。到處是修建工程的阻擋，到處是東張西望的觀光客。晚上我與慧文到最熱鬧的大街上走走，在文化中心和歌劇院前面，一排排的青年人，手牽著手，一大排一大排地橫衝著走，大聲唱著豪壯的歌，散發著勝利的歡欣。這景象令我想起抗戰勝利的重慶街頭，我也曾與南開中學的同學聯臂闊步走在街心，大聲地唱，旗正飄飄，馬正蕭蕭……啊！那些充滿了信心與期待的青春歲月，旗正飄飄！

一九九四年重臨布拉格，四年前的景象已不可尋，街上已全然不見耐性排隊買東西的景象，尤其令我惆悵的是售賣紀念郵票和卡片的小亭子消失了，在這個遽變的世界上，和政治局勢一樣，共同的記憶和語言一樣也會被逼至陰暗的廊下，噤聲無語。那位導遊老太太此時當已八十二歲了，大約已被歲月沖回到一個可能稍許明亮的窗前，喃喃地用她流利的英語嘆息著捷克和斯洛伐克共和國在三年內的分分合合。她大約也走不動了，聽不見滿街比她流利的英語在吸引奇蹟似的外匯，不必看到成百萬湧入布拉格的新遊客，他們已經是見多識廣的厲害角色，不會再在她那樣「公私不分」的引導下熱情洋溢。斜街小巷的水晶攤子都已在街上開起店面，以各種新設計和擺設吸引川流不息的觀光客。只有那凝重穩坐在維爾塔瓦河 (Vltava) 上的查爾斯橋和它那三十幾組天主教聖徒雕像因爲不准通車才保住了古蹟的尊嚴。

再一次前往布拉格，實在是想彌補四年前浮光掠影的遺憾，有七天長的時間。第六十一屆國際筆會的節目單是很有吸引力的。自從一九三八年後，這是第一次在捷克開會。捷克的筆會在一九六八年蘇俄統治下曾被改名爲「作家工會」，原以劇作家、散文作者和小說作者 (Poet、Playwright、Essayist、Novelist) 爲主的筆會 (PEN) 改成「工會」，寫作的性質、文學創作的藝術意義大約已蕩然無存。捷克是東歐這個紛爭不息，號稱火藥庫的地區重工業最進步的國家，生活水準也較高（我記得抗戰前，中國正開始蓬勃地朝現代化進行那短短幾年中，捷克的拔佳牌學生鞋，堅固耐穿，是都市小學生最流行的洋貨），但是捷克同樣蜚聲世界的，除了人人爭道的卡夫卡，是它的文化傳統。它不僅有譯成多國文字的文學創作（絕不應只以《生命中不可承受之輕》作代表），且有奠基於哲學的文學理論傳統，藝術創作展覽、劇場活動消息占報紙很大篇幅。在捷克近代史上至少有三位哲學教授和作家當選爲總統。西方世界曾認爲捷克是最接近柏拉圖《理想國》由哲學家國王治國的地方，雖然它夾處在俄、德兩大強權之間，不斷地被占領、壓制、被迫灌輸各種衝突的意識形態……在悠久而且精深的文化傳統中，它厚植了民族特色的根基，使得兩個世界大戰各方達成協議，不燒、不炸、不毀布拉格古城，留下讓我由柏林坐火車進城，可以看到路旁連綿二十多分鐘的古舊、沉重的石築大樓，大多數的人世世代代安居其間，不須逃難、顚沛流離。因政治抗爭而流亡國外的知識分子和戰火中流落道旁的難民不同，他們有理想、有選擇、不全然受命運的撥弄！當他們還鄉的時候，和倖存的村民返鄉的心情也不相同。

走在這樣的城市裡，若能撥開滿街觀光客游騁目光的干擾，你會在那無數磚上青蒼的拱門和磨亮的石階上看到一種生命的穩定，一種不理會政治變遷的土地的忠誠。這種歷史的莊嚴看在一個飽讀了中國歷史上焚城、屠城紀錄的中國人眼中，產生了極複雜的情緒，豈止是羨慕而已。臨行前夕與隱地、天恩終於沿著一條石階走下了查爾斯橋，去找隱地一直在琢磨的導遊書上稱爲似神仙世界的地方，那條沒有路標的小街上鋪滿了黃色的落葉，人車漸寂，在一家像飽經風霜的糖果屋，那樸素小店的木桌上喝了眞正的布拉格咖啡，然後走到路的盡頭，竟然到了維爾塔瓦河邊。河水在無燈無月的夜晚激濤，也在腳前草叢間洶湧地流著，我重訪布拉格之旅在此結束，明早就要走了。多麼壯闊的告別！

文學作家總統

這次在布拉格舉行的第六十一屆國際筆會，對許多國家的會員都有不同凡響的吸引力。寄來的七天議程和會外節目看來十分豐富，自布拉格宮堡的迎賓宴、由作家總統哈維爾主持的開幕式，到每晚的音樂戲劇節目，幾乎全值得飛越半個地球去參與，更何況正式的議程中有好幾場討論共產黨解體後東歐各小國的文壇近況更值得聆聽，可以塡補近半個世紀我們對這個區域的無知。

國際筆會曾在許多國家開會，受到國家元首的接待，但是這一次不同，哈維爾是一位眞正的作家，是「自己人」。他的劇本自七○年代即已不斷在西方世界上演，他兩歲時，德國根據「慕尼黑協定」（一九三八年）呑併了他們半壁江山，二次世界大戰德國戰敗，俄國又成爲佔領者，自此捷克斯洛伐克合併，成爲共產黨國家。一九六八年震撼世界的「布拉格之春」反抗失敗之後，共產黨推行的「正常化」即全面控制，不准異議「安定學說」。哈維爾出生在知識分子家庭，十歲起就讀了全部的捷克史詩「維克」(F. L. Vek)，崇仰卡夫卡。前者的豪壯情操，後者所揭露的世界荒謬，加強了他對生命本質強烈的探求。哈維爾二十歲之前已確知自己不能服膺馬克思和恩格斯等人的理論。眞正啓發他人生態度的是沙法日科 (Josef Sofarik) 的《致梅林的七封信》，他認爲每個人對自己的生活都負有重大的責任。哲學思考和藝術創作都助個人判斷在人世充當什麼角色，而非渾渾噩噩地聽從集體領導。他二十一歲服兵役時在軍中劇團先作演員再寫了第一個劇本，參加軍中精神教育「嚴肅劇」比賽，但是政治長官發現它是批評社會現實主義的諷刺劇，根本不「嚴肅」，所以不得參選。這次經驗加深了他對政治的認識，之後三十年所創作的劇本幾乎都是針砭時弊的諷刺劇，每次演出都引起很大反響，因爲文化水準高的觀眾看到了劇中嚴肅的訊息。文學語言是他從政唯一的資本，也是他與同胞之間的橋樑。

在開幕式上看著他走上講台，以溫靜和緩的聲音講話。雖然我不懂捷克語文，但是人類語言中，除了內容之外，聲調和自然的韻律是最能顯示性格的了。每一種語言都因語調而流露出它的眞誠、敷衍和虛僞。我們手中有他致詞的英文稿。他首先說，國際筆會在過去數十年間曾多次邀他出席，但都被當道政權所攔阻，今年他已五十八歲了，經過革命，成爲總統，才第一次參加這全球作家聚首的盛會，心中眞是感慨良多。他聲明：「今日在此是以一個作家的身分歡迎朋友們到我的國家來，其次才是以總統身分致迎賓詞。在座一些作家我久已慕名，希望你們的光臨能有助於日漸追求物質成就的我國人民擴展他們狹窄的日常關懷。也希望你們有空暇看看這個美好的城市，在凱普拉、梅瑞克、胡斯克、卡夫卡曾經徜徉多年的街道上留下你們的足跡。」在結論時，他呼籲大家協助受迫害作家重獲寫作的自由。這次大會的主題是「國家、種族、宗教、社會的容忍與文學」。作家的終極關懷既是人類的命運，我們即應面對今日世界的各種因缺乏容忍而進行的血腥迫害，如近鄰波士尼亞遙遠的非洲……在全球資訊如此迅速無遠弗屆，經濟、政治、文化互相影響如此深遠的今日，暴行不僅是令人悲憫的寫作題材，也是與我們利害攸關的現實。他認爲從政並不必喪失藝術的獨立性。他自己因理想而從政，因從政而能實現一些理想，並未違背寫作的初衷。他認爲作家應不僅只是抱怨、只是妙思玄想，而是以各自的文字在今日因疏離、寂寞而失去精神安全感的世界，提升人類的靈魂。

這篇迎賓詞相當長，與一般的國家元首冠冕堂皇的文告最大的不同是在它懇切的情懷，是一個眞正的作家向同行傾訴心曲的談話。散會的時候，他由講台上走下來，進入數百人的人群握手，當他經過我們台灣的席次時，我與他擦身而立，面對面地看到了他的面容——一個溫和的臉綴著花白的鬚髮，穩靜自然地微笑著，並沒有努力經營的表情。五年多前他首次當選總統，一九八九年十二月，在數十萬歡呼的人民前現身時，笑容中有興奮激動的喜悅，那時他不免想到過去二十年寫作、演戲、抗議、出入牢獄、流放的歲月，不免想到獄中寫《寄給奧爾嘉的信》時的隔絕與思念吧！共產黨政權的崩潰，民主憲章派的勝利，在他初次現身向群眾揮手時仍是個奇蹟似的夢境吧！上一次我來，在布拉格堡對面山坡上，導遊老太太用她那難忘的英語說，差不多每天下午四點鐘，哈維爾總統會走出大門和群眾招呼，他說不要離開朋友。而這四年中，夢境大約全已消失，捷克斯洛伐克和平分裂（或該是「還原」）爲兩個國家，哈維爾下台。但在下一場選舉中，他再度當選，出任一個較小的國家（捷克）的總統。由於他在上一任期九百三十五天內並未向當年選民證明理想能產生奇蹟，「把共產黨昔日奪去的一切都還給他們，他們甚至不知不覺地想要回四十年前失去的青春。……喜悅和陶醉的幸福感已經破滅。」現在捷克的實際政權操在總理克勞斯手中，哈維爾由於個人的魅力和當年反共運動的知識分子的支持，不僅保住了「王位」，且能不斷以一個文人領袖，而非行政首長的超然視野，對一個已經歷了五年新局面的國家和世界發出諍言。在筆會大會期間，他不但在迎賓詞中向全球的作家代表指出，以東歐情勢爲例種族仇恨之可怕，區域和平對全人類的必要性，在會議閉幕時創刊的布拉格唯一的英文報，《波西米亞標準日報》「意見版」（非政論或文告）發表一篇名曰〈秩序和混亂〉的專論，更深一層地指出西方世界不了解共黨解體後東歐各國的歧異與危機，如不加以適當處理，他們將面臨一個在混亂中誕生的，比以前共產黨政權更難於捉摸，難以對付的強權「秩序」。

今年四月三日的《新聞周刊》主要報導東歐在後共產時代的文化新貌與隱憂，其中有一篇

〈哲學家國王退位〉，列舉五年前，在保加利亞、匈牙利、波蘭、捷克等國，受久已渴望自由的以知識分子爲主的人民擁戴選出的文人總統、部長、議員，經過現實政治無情的沖激，多已黯然（或欣然）退位。該文的副標題是「感謝你們幫助我們擺脫了共產主義，現在請回到你們的象牙塔去吧！」哈維爾並未回到原即不存在的象牙塔，他再度當選，當年流血、流淚、艱苦的歲月已過，英雄的光芒已滅。但即使是一個虛位總統，他保有了在國內外大事上發言的地位，而今日這個聲音之可貴是它超越了個人與政黨的恩怨，回復文學作家的人生理想，以論、諷、勸、誡，引導國民將視野放寬放遠。如筆會的迎賓詞和爲當時創刊的英文日報《波希米亞標準日報》所寫的〈秩序與混亂〉等，都著眼在世界秩序與區域和平，關懷面與遠見超越了小國的格局，在西方世界仍是各報競載。哈維爾這枝筆，自十五歲開始寫史詩和抒情詩，二十歲起寫諷世劇，一九六八年「布拉格之春」的反抗運動前後，他寫許多文化評論，抗議對藝術自由的壓制與漠視。自一九七七年起十五年間這枝筆隨著他無數次進出政治牢獄，在漫漫長日，漫漫長夜中，寫他的藝術理想、政治理想，寫他所讀的書和獄中所見的人與事，也寫他沉思默想中的愛情與友情……這樣四十多年，一頁頁、一冊冊地寫來，贏得了國內外萬萬千千讀者和戲劇觀眾的共鳴與激賞，也獲致反抗共產暴政的知識分子的擁戴，以被稱爲「七七憲章派」爲革命核心，終於建立了自由獨立的新國家。據會場一位捷克作家敘述，捷克與斯洛伐克一九九三年分裂，恢復蘇俄控制前的兩國，過程和平也是哈維爾等人努力的結果。他貫徹一生的理想是文學中至眞至善的誠意，寧可退位也不爭權奪利。

此次在布拉格的筆會年會，由於參加的國家多，成爲當地媒體的大事，幾家英文報紙皆有多篇報導與評論。最引我注意的有兩篇訪問筆會會員紀錄：一篇是英譯捷克名著的翻譯家威爾森 (Paul Wilson) 訪問記。威爾森是加拿大人，在「布拉格之春」到捷克，一住十年，是西方世界認識捷克文學的一座大橋樑，他被問及「一九八九年後捷克文學新貌如何？」時回答：眞正的變化是一九八〇年代初期或更早即已開始，在那個被共黨所謂「正常化」的壓制下，了無生機、近乎絕望的年月裡，有一批「自我茁壯」(Self-grown) 作家的聲音向威權挑戰，希望創立文學力量。可是，他提醒說：「在政治壓迫下寫作需要道德的勇氣，在自由中寫作需要藝術的勇氣。」一個眞正的翻譯家應是個嚴格的評論者。他必須眞正了解那兩種文化與語言的精髓，才能搭成引渡之橋。捷克人說威爾森對捷克文學知音之情可以比美翻譯日本《源氏物語》和川端康成的美國學者賽登史蒂克 (Edward G Seidensticker)。

另一篇是訪問女作家克里塞歐瓦 (Eda Kriseova)。她以革命夥伴的認識寫了最翔實可靠的哈維爾傳，英譯名爲《Vaclav Havel: The Authorized Biography》(1993)。實際上是一些知識分子在共同的理想下爭取自由的傳記。書癡隱地與我進出許多書店，與擁擠的讀者排隊（多半是中年人）都未能買到這本書的英文版，頗感失望。回到台北不久，我到誠品書店看書，赫然發現它的中譯本《詩人政治家哈維爾》放在相當醒目的架上，我當時如獲至寶，又有一種他鄉邂逅的心情，當晚幾乎徹夜讀了初遍。中譯者三位，也許是分譯、趕譯，沒有足夠的資料和時間熟悉捷克史的關係，雖有一些可供參考的小註，仍嫌不足。中文偶有一些受英文句法與被動式的干擾，但是整體說，仍是一本可讀的、有內容的書。敘述停在（終止）一九八九年聖誕節前，在全國民眾插標語要求「哈維爾上台」（共黨胡薩克政權迅速倒台前，並無人競選）。哈維爾在歡呼聲中進駐布拉格堡的總統府。那時他連一份媒體急需的簡歷表都沒有擬好！

傳記作者和她的朋友，當日由書店出來，站在大街上，「外面的大鐘正敲響著。……大鐘現在也敲打著往昔的時間，一霎間，我們站在那裡像生了根一樣，我不由得流下眼淚。我轉過頭看著彼得，他眼睛裡也噙著淚水。我按了按他的手說：『這是我們生活中最幸福的時刻。』」

我現在正等待朋友找到《寄給奧爾嘉的信》英文本。透過這些書信，我也許可以進一步印證，政治理想在穩定愛情與友情的支援下所能達到的品質和境界，也許可以看到那個在森林中迷路的二十歲的哈維爾，東奔西跑，大喊奧爾嘉的名字。也許可以略略了解，爲何在那麼多年的苦鬥和官場的無常與滄桑之後，他仍能保持溫和恬靜的面容？

小語言與偉大文學困境

走出了莊嚴的開幕式大廳，走出了迎賓宴的金碧輝煌的布拉格古堡大廳之後，八十多國三百多位作家由古堡旁窄窄的石徑走入舊城，沿著維爾塔瓦河進入燈火明滅不定、夜色升起時河霧輕輕躡足而至、被盛讚爲每一寸都美麗的布拉格，隨著不同的角度展現她的魅力。來參加這樣一場盛會，許多人眞希望能二十四小時不眠不休。除了抵抗不了觀光的誘惑外，還有每夜的劇場、音樂會和國家卡培克獎（Capek Prize，一九二四年設立）的頒獎典禮（首次頒給助他們流亡作家最多的德國葛拉斯(Gunter Gräss)和美國的羅斯(Philip Roth)。

但是歷屆參加時，我們更重視年會半學術性討論會。此屆最吸引我的議程是第一場題目：「小語言與偉大文學——『小語言』寫作者的難題」（“Small Languages, Great Literature”），因爲第一次看到語言有大小之分，極爲好奇。第四天下午一場共產主義解體後東歐作家的座談會：What Do We Know About Ourselves?（暫譯作：「小語言，偉大文學：我們自知幾許？」）這一場將由許多東歐小國作家參與的座談會應能更具體討論「小」語言與文學困境。既未見大會備有車輛，我一個人只有自行乘計程車前往會場所在地，捷克文化部。在許多迷戀古蹟的旅客眼中，古老的石砌建築圍繞的廣場應是十分美麗的，但是在那一個陰暗的初冬午後，陳舊的石牆圍成的文化部卻令我感到寒冷蕭索。相當狹窄的甬道引向一間可容六七十人的屋子，座位很像台灣的中學教室般排列，很快就坐滿了人，我的同座是一位高大漂亮的女作家，來自南斯拉夫西北端的斯洛文尼亞(Slovenia)，她和坐在後排的一位烏克蘭作家急切地各自爲我畫了個簡圖標明他們國土的位置。她尤其擔心我分不清楚她的國家和剛與捷克分離的斯洛伐克，很像我在歐美旅行，不願被誤認爲日本人一樣。全場東方人好似只有三人，另兩位來自中東。至此更感到世界實在很大，文化的距離比地理的距離更大。這種感覺，在座談會開始後更深切地啓發了我。

首先面臨的是語言溝通的問題。台上坐著待發言的七位作家代表七個國家。主持人是捷克人，其他三位來自愛沙尼亞、立陶宛、拉脫維亞、烏克蘭、斯洛文尼亞和馬其頓。聽眾多位來自俄國與西歐，尚有許多筆會的名字在普通地圖上不易找到。原定兩小時的會開了三小時，而一半的時間用在翻譯上。有一位發言人的話，幸賴一位蘇聯作家將它譯成俄文，大會譯員才能譯成英、法文，而那譯語，遲疑、生澀，聽者需要很大的想像力去「捕捉」原文眞義，但是有一句一再重複的話，卻以雷霆萬鈞的力量，清晰悽楚的在我記憶中震盪。那位使用極「小」語言的作家，年約六十，微禿、穿著厚重的黑色衣服（全場幾乎是一片沉厚的黑色），語帶哽咽地大聲說：「以前我們沒有寫作的自由，如今有了自由，但是我們的書不易出版，出版了讀者也很少。我們的聲音，只有寒風聽見！」

我記得主持人勸他不要太激動，甚至說：「請你保持我們多年苦痛的尊嚴，不要再說了。」然後她努力地把討論的焦點轉回出版、作家地位、寫作的展望等等問題，但是即使是台上的代表也都一副愁腸。從前各國都用俄文的時候，好的作品有廣大的銷路，讀者也沒有國界，成爲全蘇聯的名作家是件光榮的事，而如今，獨立建國，爲了肯定國家的文化，略微使用自己的母語，但是全國最多二三百萬人口，半世紀以上的俄語教育後，讀寫母語的人已不多，更何況大多數人仍在爲衣食住行基本需求奮鬥，文學知音難覓。而各國之間因爲語言之不同，也失去了往日的聯繫。獨立後的小國，孤立如島；使用人數少的「小語言」的作家，成了大世界的孤兒，縱使作品可能偉大，缺少了讀者和評論（自己互相評論仍是一個個小小的圈子），仍是沒沒無聞的。這一位東歐作家一再強調他們是世界的孤兒、歐洲的孤兒，令我深切地追念吳濁流當年寫《亞細亞的孤兒》的情境。有一位也相當沉鬱的作家站起來說：「你們都聽過寒冬荒村的犬吠吧？對了，就是那個淒涼的感覺。你說些什麼，沒有人懂得，眞的只有寒風聽到！」

另一位的說法也令我尋思良久。他說在過去數十年裡，許多作家逃離祖國，流亡到法、德、英、美等等「大語言」國家去，有的落戶，有的流浪，他們有時用那些強勢（大）語言寫作，所言多是祖國辛酸事，但引起了廣大讀者興趣，而成爲國際文壇的東歐代言人，近如哈維爾、昆德拉……這些流亡作家在當年不僅成就了各自的文名，也爲捷克反共運動爭取了無數的國際聲援，昆德拉的書在台灣風行不衰，哈維爾許多劇本先在國外上演轟動才得到國內准許演出——但是今天自由獨立，已無流亡的理由，更沒有使用別人的強勢語言的藉口，除非在極熱誠的譯者，看到作品中有流傳的藝術價值，「小語言」的局面甚難開展，必須與它的地方性妥協，寫給自己人的小圈子。寒風不僅因冰雪季節而凜冽，更因人情冷落而淒厲。我那山海關外的故鄉是西伯利亞寒流的第一站。我自己雖在南方長大，但由父母回憶中，深深明白北國漫長的冬季，寒風長年呼嘯之下，人類聲息的微弱。

由這場座談會大家言猶未盡、依依不捨地出來，天已經完全黑了。我走到出口大門正在雙足抵地，兩手開始猛推的時候，一雙比我大一倍的手輕易地開了門，一副微笑的臉，以舊人類的禮貌請我先走。他掛的名牌上寫了一個芬蘭和一個很長的名字。沿河的文化部外正是大城的交通尖峰時間，沒有雇到計程車的可能。我問芬蘭會友如何回到大會住處，他說：「當然乘地下鐵！」我只有跟他們走才找得到車站。同行的六個人大多六呎以上，來自那些寒風的國家。五分鐘的路程，我幾乎是半跑步才保住了自以爲雖是小地區卻有大文學的尊嚴。有一位瘦長的羅馬尼亞劇作家、電影導演問我：「聽說台灣很有錢，電影業很發達，我如何可以與他們接觸？」我在奔跑中只想起了新聞局，他說：「你們的電影和電視也是官方操控的呀？」我急忙否認，剛開始說明民間的藝術力量，布拉格十一月的夜風灌滿了我的雙肺，我努力將茵西借給我的大圍巾包緊，仍然被風噎回。地下鐵車站到了，從入口起，裸鋼稍鏽的扶手和電動階梯赫然凸顯，像地獄門般的轟隆之聲加上地底滲上的又一股寒風噎住了我一切的辯論。美麗神奇的古城布拉格，自有她重工業的驕傲，這地下鐵的堅固，轉動的威力是我至今所經歷過最大的夢魘，為了保住我靠鋼條支撐的左腿，我必須全神凝注地保持平衡和平安。那位保加利亞會友說：「台灣是個資本主義社會，你們的地下鐵一定很漂亮舒適吧？」我噤聲無語。他們幾人說由他們國家到布拉格的火車票約一百美元，因此大多數人沒辦法來。我那時很欣喜他們不能去台灣，我將如何面對他們眼中的訝異或輕蔑，當他們看到的台灣是一個沒有現代捷運系統，人行道是摩托車天堂的資本主義社會？我會告訴他們，台灣終年長綠，沒有呼嘯終日的寒風，我們金石堂第一排書架上任何一本書的版稅都夠東歐人活一輩子。但是，他們切不可在炎陽與颱風交換肆虐的季節前來；更拜託不要在我們選舉的季節來，那時他們將看到同胞反目成仇，使那模糊的東方倫理夢幻滅（他們不曾聽「孔夫子這樣說」過）。他們會看到簇擁著東方神轎的人，那種眼睛中颳起的寒風，而急盼著回到自己荒村犬吠的北海邊。

而我，在看了別人美麗的古城，啓發雄壯的「祖國交響樂」的山川後，回到我居住半世紀的台北，在人行道上戰戰兢兢地疾走著，我嘆息的聲音，只有無聲無翼的亞熱帶薰風聽到。

——原載一九九五年十月二十二、二十三日《聯合報》副刊

故鄉

——父親齊世英逝世十年祭

我終於回到了小西山，那個幼年離開的出生地，在由瀋陽往鐵嶺公路的岔路上。連路標都沒有的小村子，雖然半世紀以上已沒有家族任何聯繫，心中一直有個回去看看的願望，自己這一身骨頭裡和血裡總該有一些那塊地的水和土吧！而父親逝世前清醒的時候，不止一次地說：「像我這個生長在鄉下的孩子，竟然見識了這麼大的世界，經歷了這麼多的事情，眞不容易啊！」

當我那住在鐵嶺縣城的堂弟寄信到台灣的時候，父親已去世五年，有了這條線索，我便能實現這心願了。在還鄉之前，對那小村子有著模模糊糊的印象，家屋場院，還有門樓外大樹上的雀鳥，祖墳上盛開的芍藥花……那些是自己的記憶，那些是祖母和母親講述往事的背景已不可辨。潮汐般沖刷、湮沒，挪移生命的記憶令我充滿了期待，尤其想看到那一排中間嵌上玻璃的紙糊格子窗，在天寒地凍的東北冬天，那幾扇玻璃就是全部的世界了。

我第一次看到留學歸來的父親時，他正從莊院的大門走進來，院子裡下著大雪，他和提著馬燈的長工走到廊沿，脫下外套拍打著積雪，隔著窗玻璃，剛滿兩歲的我竟然大喊：「爸爸！爸爸！」這認父的情景曾令一屋子的人愕然。是骨肉天性麼？是看過一些照片吧，或是由大人殷切的等待中預告？母親常常說那就是我對半生飄忽來去的父親「效忠」的開始。

父親逝世倏忽已是十年，我雖已達成還鄉心願，卻已無鄉可回，祖屋、莊院、祖墳都已片瓦無存，寸痕難尋。秋收前的高粱地已改種稻米，站在被削成採石場的小西山荒原中，遠望著疏疏落落的防風林，摧毀和遺忘，遺忘和割捨也可以如此徹底！故鄉消失的事實，父親一直是知道的吧！他在母親死後三年直到他去世前，從未提過歸葬的話，他對於淡水這座背倚面天山，正對大海的墓地似乎已滿意，在這安居了四十年的島上，冬季無雪，夏季濕熱，太陽猛烈地照射在他藏骨石座，安葬母親的時候，他說，這裡挺好，右前方面對東北，他又說：「我從那麼偏遠的鄉下出來，經歷了那麼多事情，這就夠了。」

面對著明知已不存在的故鄉，那永恆凝望著的鄉村只是少年時救國理想的象徵而已。他十五歲那年追隨堂兄潛往天津，考取英國教會辦的著名新學書院，得到父母同意離家，在天津讀書三年，奠定了身心開闊的基礎。尤其是英文、德文、世界地理、歷史等科目所開拓的新知；而眞正開啓了他一生思想路途的是每天早上一小時的聖經班。

新學書院雖不勉強學生受洗信教，讀經卻似我國中學生每天的升旗典禮、讀訓一樣認眞。三年讀經未使他皈依基督教，卻引領他深一層思索心靈問題，十八歲東渡日本進入金澤四高，畢業後考入京都大學哲學系，主要是想師事當時影響思想界很深的西田幾多郎和河上肇。這兩位大師的書都曾讀過，以後又涉獵有關經濟和社會主義的著作，尤其讀到河上肇的《貧乏物語》等書時，憤慨社會種種不平，心中更時時浮現故鄉生活的落後和鄉民知識閉塞的景象，啓發了一生奮鬥的理想。

到京都大學不久，已到德國修習法律的堂兄勸他前往德國。他先入柏林大學攻讀政治經濟，但仍覺得人生許多終極關懷的基礎不能建立，轉往海德堡大學哲學系，受教於歷史學派大師Rickert和Max Weber的弟弟Alfred Weber。兩年之間，欣幸進入閎壯深邃的學術殿堂，讀書思考有了方向，歷史哲學派對現實人生的關懷，對政治經濟現象的分析，尤其具有啓發性，使他相信只有眞正的知識和明智的政策才能潛移默化救中國。

每日課後，過了橋，在尼卡河畔思考徘徊，是一生憂患中最幸福的時光！春日河水激流常令他想到遼河解冰時的濁流，青年壯志也常洶湧難抑！第一次世界大戰後的德國，經濟幾近崩潰，人民生活普遍艱困，但是處處流露文化的自尊和改善困境的信心。德國雖然戰敗，石頭建築的老舊樓廈，廊柱仍然修整，門前路樹，石砌街道，散發一種根基深厚的穩定感。想起中國的百姓，何日才能普遍受到足夠的教育，走出渾渾噩噩受人擺佈的境界？在此他一生報國志業已定。

這樣充實思考的日子因堂兄死於肺炎而猝然中斷，帶著一直引領他而充滿理想的二十六歲堂兄的骨灰，回到故鄉。兩個人出去，一個人回來，父母親無論如何不允許他再去德國。一九二五年因緣際會參加了反對奉軍張作霖的郭松齡陣營，認為東北資源富甲全國，鐵路又多，應休養生息，全力建設家鄉，儲備實力以抵禦蘇俄、日本的侵略，不應再進山海關內去作軍閥的征戰。

郭松齡兵諫失敗被殺後，他千辛萬苦逃脫追蹤，從此走上政治不歸路。在逃亡期間，曾冒死回到老家探視生病的祖母，就是在那個大雪天的夜晚，我首次看到父親，再相見我已六歲。抗戰期間，全國盛行演話劇，中學時學校演《風雪夜歸人》讓我扮演那認父的兒子，我流的是真正的眼淚，認父時喊著「爸爸！爸爸！」大家說我演得眞情流露，事實上那是我童年呼喚的延長，直到今日。

父親五十歲來到台灣之前，在我記憶中一直是個飄忽的身影。童年時他正奔走革命，九一八東北失陷後，曾隨他由南京到天津、北平，接近敵後戰地工作，爲了安全隨他改姓，有時姓王，有時姓徐，小學讀過七所。飄忽的由一城遷往又一城，因爲那是家庭唯一可以團聚的方式。

父親一生歷經大格局與大挫敗，從未在人前人後怨嘆個人得失，唯有對報國志業的幻滅耿耿於懷。晚年每次談到東北在二次大戰後，由於中樞政策失誤而再次淪陷時悲痛不已，愧對當年敵後工作殉職的朋友和百姓。可以自慰的是自德國回瀋陽時協助創辦同澤中學，得以新教育方式培育了不少人才；抗戰初起時，創辦國立東北中山中學，收容九一八淪陷後流亡關內青年，免得他們流離失所，聘請流亡的最好師資，十餘年間造就無數有志青年，許多人成爲大陸和台灣的傑出人物，繼他之志，報效國家。而在重慶抗戰初期創辦的《時與潮》周刊，派員由印度駝峰空運最新世界政論，由翻譯好手中譯，使後方得以讀到國際現況及思潮，使人心不致閉塞，達到了書生報國的初衷。記得那些年，周末由南開中學回家的路上，經過《時與潮》社編輯部的小平房，遠遠就看到燈火通明，有時會跑進去看看爸爸——他那時才四十歲吧。

半世紀後，我終於回到了父親念念不忘的故鄉，回到片瓦無存的祖居，連憶念的立足點都沒有了。幸好那座小西山還在，我童年曾愛去拔棒槌草。這座小山因爲石質好，近年被開採石礦者切成怵目驚心的殘缺峭壁。

在村口遇到全村剩下唯一姓齊的族兄，福慶二哥，他佝僂蒼老的容顏象徵著祖居的衰落吧！感謝他陪我找到山，爬到丘頂，更感謝他靜默地坐著，讓我平伏內心的思潮澎湃，這時我沒有悲情，反似冷眼看著驚心動魄的土地大挪移。滄海、桑田就在我眼前接壤。這殘缺的小石山，散落的童年記憶，順著遠方一排排的防風林向穹蒼伸展。沒有風，也沒有一片雲，天地默默。

李伯大夢 (Rip Van Winkle) 在山裡一睡二十年，回到村莊，鬚髮皆白，發現故鄉已經不是他的世界了。

爸爸，我這樣回到了你曾魂牽夢縈而終老不能回歸的故鄉，也走了這麼遙遠的路。在台灣淡水的山坡上，你已經知道了吧。

——原載一九九七年八月八日《聯合報》副刊

葉石濤作品

散文卷

葉石濤

台灣台南人，1925年生。台南一中畢業，任小學教師40多年，現已退休，1999年獲成功大學榮譽文學博士。現任成功大學台灣文學研究所兼任教授。著有《台灣文學史綱》、《紅鞋子》、《西拉雅末裔潘銀花》等，共八十多本。曾獲巫永福評論獎、中國時報文化貢獻獎、金鼎獎、台灣文學家牛津獎、行政院文化獎、國家文藝獎等榮譽。

舊城一老人

大約每天清晨四點半左右我就醒起來。其實說是醒起來也不太對；因爲在漫長的夜裡，我總是有好幾次不得不起來尿尿，所以也並沒有眞正熟睡過，據說糖尿病病患很多人都有這種毛病，是否眞的如此，我問過醫生，他也答不出所以然來。而我正是糖尿病病患。

一起床，就有揮不去的沮喪感抓住了我。沮喪和憂鬱緊緊的抓住我，使得我只能呆呆地坐著抗拒這不知如何產生的強烈感覺。

大約在這時刻從隔壁賣早點的店家傳來了陣陣磨豆漿的機器轉動的聲音。這等於是號角，我勉強開始做每天例行的工作。如廁、刷牙、刮鬍子、洗臉，然後乾擦身體。這種習慣的動作，讓我心裡獲得一點兒紓解，沮喪感也就沒那麼強勁了。寒冷的冬天，對我這個老人是沉重的折磨，我不得不穿了厚重的夾克出門。一旦上路，我的憂鬱和頹喪也就減輕了許多。

走到里長所開的鮮花店，我老遠就看到我的老朋友的那一隻老狗藏在箱形車下面。這是一隻流浪狗，每天都固定趴在這車子邊。牠跛了隻腳，走路時一拐一拐的。聽到腳步聲，牠無精打采的抬起頭來瞥了我一下。我彎下腰撫摸了牠略禿的頭部。有時牠會有氣無力的搖尾巴，表示高興，有時似乎絲毫沒有反應。我細細撫摸著牠粗粗的毛，分不清牠是隻老狗抑或我才是。這時候忽然憶起老妻的叮嚀，她告訴我說，這隻老狗全身髒亂，似乎帶有某種重病，病菌也許附在牠皮毛上，絕不可去碰觸。不過，我總是禁不住一股衝動，還是細細溫柔地撫摸牠脫毛的頭。我很想帶些狗食來餵飽牠，但里長太太曾經告訴過我，這隻流浪老狗是有人餵牠的，巷子裡的一位老婦人似乎定時餵牠。我認得這位瘦弱的老婦人，她碰見我時會合掌給我打招呼。說是老婦人，其實我比她更老也說不定。

這時候天還沒有亮，街燈也還在亮著。我緩緩地走到拱辰門前面。這古老城門兩側都有彩色的門神浮雕，可惜天還很暗看也看不清。拱辰門對面的一家漢堡店已經開門做生意。那勤快無比的中年老闆娘，一看見我就大聲打招呼。我以前每天早上都光顧這家店，買一塊烤土司，還要抹奶油、果醬夾煎蛋。不過自從我的主治醫師詩人醫生曾貴海叫我少吃蛋、奶油和果醬以後，我也就不再來買了。我有嚴重的高血壓和糖尿病。曾貴海這樣吩咐我是有其道理的吧！我也向這老闆娘問好。我一開口說早哇，那老闆娘忽然說你缺了兩顆門牙爲什麼不去補，這樣太不好看了。我並非不補牙，而是裝了假牙就渾身不自在。食物也咬不動，生怕假牙忽地掉下來的緣故。這位老闆娘眞是眼明手快，一瞥就發現我沒有門牙，眞令人驚訝。告別那頭髮染上金黃色的老闆娘，我就走到光明堂廟宇前來。我不想看那數不清的龜在蠕動的池塘。照例摸了一下石獅子的頭部代替向神像膜拜。有人告訴我，一對石獅子是有公母之別的，這叫我大吃一驚，我從來沒有想到一對石獅子是夫妻的關係。

離石獅子門口不遠，停著一輛白色喜美轎車。車子停的地方正好是光明堂正對面。來這兒散步的男男女女沒有一個例外，都會停步下來站在這車子前面向廟神膜拜，這轎車阻礙了善男信女的敬神行爲。令人憤慨。我有一次看見從那車子走出來的一個紅黃色頭髮的年輕女郎大步走向那光明堂隔壁的小客棧。而這一客棧卻是私娼窩。這樣說來這女郎定是賺食查某無疑。小客棧前面有幾個賺食查某文風不動地坐在板凳上，猶如一尊尊石像。她們都是四十多歲以上的奧巴桑，濃妝艷抹也掩不住歲月的摧殘殘痕。雖然天還沒有大亮，仍然有恩客上來，小聲計較價錢。一談妥，他和她都無聲無息地走向上樓的樓梯，活像演出一幕啞劇。我從她們前面走過去，她們視若無睹，冷冷地凝視著蓮池潭對面剛爬上水面的紅紅太陽。我走過去時，心懷憂悒，竟分不清她們是賺食的。還是我才是。出賣肉體和出賣文章，都是爲了吃一口飯，沒有什麼誰尊貴誰又不尊貴的問題的吧？她們就是我，我就是她們。

通往孔子廟的右側都被一輛輛小貨車佔住了。柳橙八斤一百塊，珍珠芭樂一粒十塊，木瓜一斤十塊，我有時也會買幾個木瓜回去。每當我吃一片剖開來的木瓜片，我就會想到這木瓜的甜度達到十多度，心裡不由得產生慚愧和罪惡感，我從來不告訴曾貴海醫生，我天天吃木瓜的事情。

孔子廟前面一清早就門庭若市，各種各類的攤販集在一起，一直延續到「哈囉市場」。我走到路口遠遠地看見那賣包子、饅頭的攤子。鋁製蒸籠上溫熱的水氣冉冉上升。那賣包子的，看見我靠近去，一言不發，拿出小塑膠袋裝進一粒菜包子。他早已習慣我每天只買一粒。那還溫熱的菜包子一粒只要五塊錢，簡直是奇蹟，也算是窮人的恩物。只可惜，包子裡面的餡全是高麗菜菜葉別無他物，吃起來味同嚼蠟。

一回頭迎面走來一個滿頭白髮，傴僂著瘦弱身子的老太婆。她牽著腳踏車，後架載著破銅爛鐵和厚紙板，由於失去平衡，就在我的面前，倏地跌了一跤。那負荷太重的腳踏車應聲倒下。還好沒有壓倒老嫗。我費了九牛二虎之力，才把腳踏車扶了起來。我喃喃自語，你年紀這麼大了，難道沒有一子半女奉養你嗎？老太婆卻不言謝，也沒有任何表情，依然牽著腳踏車蹣跚地彎下腰走去。她並沒有回頭來看，倏地我覺得我就是她，她就是我。

回到家時，天已大亮。

——原載二〇〇〇年二月十七日《中國時報》人間副刊

發現平埔族

——我為什麼寫《西拉雅末裔潘銀花》

1

大約在十五、六歲的時候，我除熱中於閱讀世界各國的文學經典之外，也涉獵到各種閒雜書；這是因為我在研究契訶夫的時候，發現契訶夫的書房裡的藏書較少文學著作多的是閒雜書，從天文、航海學以至於動物、植物學無所不包。作為一個作家這種雜多的知識，當然有助於他的寫作。作家的作品所反映的是真實人生，有些知識或認知來自於生活的實際經驗與記憶，但大部分須依靠閱讀書來獲知。

這時候在台南二中（現南一中）教我們博物的老師是年輕的金子壽衛男先生（老師）。他是日本高等師範學校畢業的科班老師，人極其和藹，教學認真，而且並不歧視台灣人學生。他組織了一個課外活動組織叫作「博物同好會」。參加的學生十多個，其中日本人學生佔了過半。我在二年級的時候糊裡糊塗的參加了這個會。我以為這是解剖青蛙或老鼠，蒐集花花草草鑑賞的課外活動。其實我全猜錯了。金子先生是地質學家，他特別有興趣的是台灣古代貝類，他每到禮拜天就叫我們集合在某個地點，搭火車或局營巴士（台汽）抑或走路到預定的地方做田野採集的工作。有時候在炎炎烈日下要走好幾公里的路。我們學生都有背囊，裡面塞滿了便當、水壺、小鋤頭和舊報紙。此外，每人持有一把登山杖，可以隨時挖挖土地。舊報紙是用來包採到的標本。雖然金子老師主要目的在於找尋貝殼化石，但往往發現的是先民遺跡的貝塚。他當然也要蒐集貝塚裡的貝殼，這些貝殼也是上千年的古代貝殼，跟現存的貝殼不同。貝塚周遭散落在一地的不外是先民留下的遺物包括板岩、玄武岩的各類石器以及紅陶、黑陶、彩陶等先民遺物。陶器上有各種不同的圖紋，從繩文、波浪文，到用貝殼捺壓成的圖紋。這樣金子老師和我們一頭栽進了人類考古學的領域。這是金子老師專攻地質學之外的意外收穫。我們發現了烏山頭、國母山、大湖等灰黑陶先民遺跡，也發現沒有石器卻有大型紅陶的蔦松遺跡。此外也發現有彩陶的鳳鼻頭遺跡。到底這些先民來自何處？他們是屬於哪一種種族？他們有沒有在台灣留下後裔？這都是我們面臨的謎題。我有一次問金子老師說這些是不是「生番」或「熟番」的祖先留下的。金子老師笑而不答；因爲他是個嚴謹的科學家，除非有確切的證據，否則假設性的問題，他一概不回答。這些遺物是否「生番」或「熟番」祖先遺留的東西，或者台灣古代另外有種族居住在這兒，這惹起了我的好奇心。

剛好我在書店買到了一本書，那是美國學者摩根所寫的《古代社會》。他說，古代社會是原始共產制度的社會而且是母系社會。這大約是世界共有的現象，不祇是美國印第安人而已。讀了這本書之後，我又發生了許多疑問。是不是居住在台灣的古代種族也是個原始共產制的母系社會？

他們的耕種和漁獵生活到底怎樣展開？

那時候金子老師除寫了不少有關台灣古代貝類的報告之外，也撰寫了這些先民遺跡的報告。金子老師跟當時台北帝國大學的土俗學教室有聯繫，常把論文發表在土俗學教室的學術季刊上。同一個時期常跟我們碰面的是當時在台南第一高等女學校教書的國分直一先生，他才是眞正人類考古學的專家，我從他的著作裡才知道所謂「生番」或「熟番」同樣屬於古代南島語族，所謂「生番」指的是反抗日本殖民或不漢化的種族，而「熟番」則是不太反殖民，又漢化很深的種族。現在的山地原住民或已消失的平埔族有些是所謂「生番」。有些是「熟番」。國分先生對居住在平地的「熟番」也就是平埔族有深入的研究。後來他到了台南府城郊外的新市新店部落訪問過以前赤嵌社的西拉雅族裔，紀錄了他們的西拉雅語，認識了他們的生活風俗。可惜那爲數不多的西拉雅末裔已經徹底漢化跟漢人無異。老一輩的族群還可以講一些西拉雅話，除此而外，他們已經拋棄了阿立祖信仰、祀壺、嚎海、開嚮、牽曲等宗教儀式。

2

大約在一九四二年我是中學四年級的春天，居住在新市的林同學邀我到新市去採果子。那果子是現在早已絕種的新市特有種的蓮霧。這特有的蓮霧同現時改良過的紅黑色蓮霧不同，果形小，顏色青白，不甜，又有些澀味。在林同學家蓮霧園吃飽了果子以後，我靈機一動，請他帶我到西拉雅族裔居住的地方去看看他們。林同學不知有什麼西拉雅族，他只知道有一個部落的居民，全都是基督教徒，雖沒有教會或教堂，可是每週一定有一次聚會，從台南府城來的牧師主持傳道。這一點和新市漢人信仰佛、道教不同。西拉雅人似乎從荷據時代一直信仰新教，他們在那時候荷蘭地方行政長官都是牧師所兼任的。所以荷蘭人曾經指定西拉雅話爲平埔族共同語言，且以西拉雅話寫了聖經叫作《新港語聖經》。他們帶來印度白牛給西拉雅人耕種，又從爪哇移植過來青白色蓮霧。新市的蓮霧原種應該是來自爪哇。

新店部落的西拉雅人末裔讓我失望。他們的房屋、生活方式、語言跟周遭的農民並無不同。我觀察了他們，並沒有發現任何異樣之處。我期待看到母系社會，但他們和漢人一樣是父權社會。他們的衣飾跟普通農民一樣，而且講的是一口流利的福佬話。我深入觀察只發現他們顴骨高，眼睛比較深陷。我沒有聽到任何一句西拉雅話。我只是一個少年無權查問他們細微的生活細節。其實他們中有人還會講一些西拉雅話，也保留了透過尪姨（女巫）算命的習慣。後來我在最後一任台灣太守揆一回荷蘭被囚的時候寫的回憶錄《被遺忘的台灣》裡讀到這尪姨的論述。當八十年代末期我寫《西拉雅末裔潘銀花》這本中篇小說的時候，不得不借用國分直一先生紀錄下來的一些西拉雅話；譬如Ma（爸爸）、Na（媽媽）、Abiki（檳榔）等。實際上我沒有眞正聽說過西拉雅話。國分直一先生是任官的日本人教師，他跟我不同。他有較多資源可以借官方權力去尋問或觀察他們。

這少年時的記憶一直保留了四十多年以後，我開始構想表現台灣是多種族社會且是移民社會的現實。「有唐山公，無唐山媽」的一句台灣諺語證實了台灣社會的種族結構。進入新石器時代，大約是七、八千年前，這新石器時代族群，很可能是現時原住民的祖先。事實上從四百年前從中國大陸來台的漢人大多數屬於偷渡客。據說康熙年代初期在台的漢人大約有三十萬人，而唐山媽只有幾百個人而已。可見母系社會的平埔族女性樂意招漢人男子爲牽手。可以說大部分的台灣人都有南島語族的基因。

我這本小說以西拉雅族末裔女人潘銀花爲主角。潘銀花是傳統母系社會的象徵，同時也是豐饒的台灣大地的象徵。她是大地之母，她容納了各時代來台的新移民，跟他們結合，繁衍了無數台灣人子孫。潘銀花理直氣壯的抱著阿豐離開了龔家，這是她西拉雅族傳統的母系社會的觀念所致，她認爲所有子女都屬於母親，父親無關重要。潘銀花不但是豐饒的台灣大地之母，同時也是反抗漢人傳統封建制度的堅強台灣女人。她不要作福佬人的性工具，她企求女人爲主體的自由自在的性。她一輩子有五個男人，分戰前和戰後兩個階段。戰後，她接納了新移民的外省人，和睦相處，不過對待她的男人，她一向是霸道的，充分反映了母系社會的特徵。此外，描寫戰後的歷史性階段，在小說裡我也曾反映二二八事變和白色恐怖對台灣人民生活的影響。在這本小說裡你可以了解到平埔族從歷史裡消失的前因後果。

迄今爲止平埔族後裔並沒有產生代表性作家。不過王幼華的長篇《土地和靈魂》提到凱太格蘭或噶瑪蘭族，葉伶芳的《鴛鴦渡水》寫了大目降社的西拉雅人，王家祥的《倒風內海》也寫了西拉雅人麻豆社的故事。

——原載二〇〇一年九月《文訊》

林海音的兩個故鄉

我已經記不清什麼時候初次見到林海音了。最近看到她是去年五月四日，中國文藝協會頒給榮譽獎給林海音和我的時候。那時她坐在輪椅上，旁邊推輪椅的是她的兒子夏烈先生。我趨前向她打了個招呼，打算聊一些近況，可是她好像認不得我的樣子。也許是好久沒見面，她忘掉了我也說不定。

日據時代許多台灣人菁英，受不了殖民地統治的摧殘紛紛離開台灣，回歸中國定居，以謀發展。譬如張我軍和張深切等著名文人。張我軍一輩子的主要著作都在北平完成。從《亂都之戀》詩集到短篇小說〈買彩票〉等都是京味濃厚的作品。唯有戰後返回台灣才有十多篇散文說到台灣的土地和人物了。套一句流行的話。他是中國人也是台灣人。

林海音隨著她的父親從出生到長大成人都居住在北平，在北平的胡同裡過著跟任何道地的北平人一樣的庶民生活。雖然有許多流亡的台灣人來找她父親聊天談起故鄉台灣的種種。她也認識故鄉來的人，但是她始終具有中國人的思考和觀察。戰後她回到故鄉台灣，她的小說大多具有濃厚的京味，並沒有台灣新文學的抵抗意識，倒有中國三〇年代文學的影響。她喜歡描寫的是舊道德倫理的桎梏中痛苦掙扎的許多新、舊時代的女性。小說的故事情節大多繞著家庭、婦女、老人和小孩發展，她有明晰的批判社會意識，但她纖細的女作家特有的心理探索，使得批判意識隱藏著，使她的小說有溫柔的外觀。

她對台灣文學發展的貢獻，從主編《聯合報》副刊時候開始。特別應提到的是她對鍾理和、鍾鐵民父子的照顧。如果鍾理和沒遇到林海音，他那深具魅力的小說，恐怕被時間之流埋沒了。除去鍾理和父子之外，許多現今著名的台灣作家都受到她的鼓勵和協助，有了後續的發展，她本來有兩個故鄉——北平和台灣，她像一塊磁鐵，把不同族群的作家吸引在她周圍，發出獨特的光圈。

其次，她創辦了《純文學》雜誌和出版社。她在白色恐怖的時代壓力下，仍然有毅力地拓展出發表園地。《純文學》幾乎沒有任何意識形態，著重在文學作品的人性探索上。

晚年她偶爾會寫到她故鄉的客家鄉親。她的筆下生動地表現出客家人女性的勞動和耐苦。也許林海音本身並不覺得她有任何客家人的特質，她是徹頭徹尾的北平人。其實她一輩子堅毅的奮鬥精神，毫無疑問來自身爲客家人的血脈；那便是客家人的硬頸精神。

——原載二〇〇一年十二月三日《中國時報》人間副刊

王鼎鈞作品

王鼎鈞

筆名方以直，山東臨沂人，1925年生。抗戰時期棄學從軍，來台後任職於中廣公司、中國電視公司並擔任《中國時報》主筆、《人間副刊》主編。現旅居美國，專事寫作。著有散文集：《我們現代人》、《碎琉璃》、《隨緣破密》、《千手捕蝶》、《風雨陰晴》等。曾獲行政院新聞局圖書著作金鼎獎、中國時報文學獎散文推薦獎、吳魯芹散文獎等。

吾家

三代平常百姓

蘭陵王氏自丙沂公傳至十三世思字輩，有思兆先生，就是我的曾祖父。兆公再傳，和字輩，是我的祖父翔和先生。祖父有五子五女，我父親行二，諱毓瑤，是毓字輩。

當年，人事資料要記載曾祖父、祖父和父親的姓名，每個人都要記自己的「三代」，否則就是大笑話，倘若求職，寫不出「三代」的人一定落選。

那時，有一個人出外求職，忘了曾祖父的名字，情勢斷不容許回家查問，就臨時替曾祖父取名「曾傑」，意思是，我的曾祖父是位人傑。管人事的跟他有點交往，好心提醒他：「名字那有用破音字的？」他急忙在「曾」字旁邊添了個土字旁，成爲「增傑」。

他得到這個職位。後來他查出曾祖父的本名，他請管人事的喝酒，要求悄悄的把記錄更正過來。管人事的想起破音字加土字旁的往事，笑而言曰：「他老人家已經入土爲安啦，你也別再輕舉妄動啦！」

這「入土為安」和「輕舉妄動」兩個成語，成了嘲笑他的典故，被他的好朋友沿用了很多年。

我們小時候受過幾項嚴格的訓練，其中一項就是牢牢記住誰是你的三代尊長。

大家庭好比一隻貓

我的伯父毓琪先生，和我的父親是一母所生，老弟兄倆的名諱隱含「琪花瑤草」之意。可是這兩位老人家並未生長在仙境，他們要面對塵世間的一切磨練。

後來祖母去世了，由繼祖母持家。繼祖母生育了四叔毓珩先生，五叔毓珍先生，七叔毓瑩先生。

我記得，伯父是個胖子，走路時呼吸有風箱聲，性情隨和，像一個商人。四叔比伯父稍稍清秀些，平時沉默寡言，但是有自己的原則。五叔那時是一熱血青年，眉宇間有英氣，關心國事，批評社會。七叔瘦小靈活，和他的四位哥哥不同。

傳統的大家庭內部照例有許多矛盾，我家不幸未能例外。傳說的大家庭也都注重觀瞻，不斷修飾自己的形象，我家也力求納入此一規範。

小時候，我主要的玩伴是一隻狸貓。貓愛清潔，但是自己無法洗澡，唯一可用的工具是自己的舌頭。牠拿舌頭當刷子，把身上的每一根毛舐乾淨。多虧牠有個柔軟的身體，能運用各種姿勢、從各個角度清理身體的許多部位。

看牠那樣辛苦，那樣勤奮，使我十分痛惜。不錯，它的外表是乾淨了，可是所有的污穢都吞進肚裡。

看到貓，常常使我想起家庭，傳統的大家庭。

貓有能力把肚子裡的污穢排泄出去，大家庭也有嗎？

貓，如果身上太髒，牠就自暴自棄，任其自然，大家庭也會嗎？

舊業的殘痕像幾點墨水

余生也晚，從未見過祖父。我想，他老人家一定是個能幹的商人。他開設了一家酒廠、兩家酒店，字號是「德源湧」和「德昌」，除了批發以外，在臨沂和嶧縣縣城都有門市部。

他老人家要伯父管理產銷，伯父正是一個經理型的人物。他要四叔管家，四叔爲人小心謹愼，又深得繼祖母信任。他老人家的這些舉措，堪稱知人善任。

可是，他老人家送我父親到濟南去讀法政專門學校，卻是一步失著。在那年代，「法政」的意思是政治經濟，法政專門學校培養的是官場人物。我父親不能做官，尤其不能在軍閥混戰天下未定的時候做官。

等到我能夠認識這個世界，祖父早已去世，生意早已結束，酒廠空餘平地上一棵梧桐，酒店的門面租給人家賣酒。伯父和我父親也早已奉命分出去獨立生活，酒廠的空地的一半，酒店的門面，以及相連的一所四合院，由我們這個小家庭居住使用。

我大約八、九歲的時候，受好奇心驅使，「搜索」了我父親的書房。據說，每一個孩子在成長過程中都做過類似的事。我找到父親的同學錄，一部善本的《荀子》，一部石印的金批《水滸》，一枚圖章。母親告訴我，圖章上刻了四個字：「德源長湧」。每個字的筆畫都長長的向下垂著，有瀑布的趣味。這一方印章，也許是祖父一生事業的僅存的遺跡吧。

嬰兒都要出生在黑影裡

也許，這偌大的祖宅，才是祖父的事業的遺跡。

這所住宅，由大街口向南至小街口，由小街口向西至槐樹底，成爲一個方塊。我不知道一共有多少平方公尺。這種住宅的結構，是用一個一個四合院連接而成。一個四合院稱爲一「進」。估計它大約共有十進，外加一片廠房。

我在緊靠大街的青灰色瓦房中出生、長大。房頂很高，沒有天花板，我躺在床上可以清清楚楚的看見屋頂和屋脊的內部結構，那是一種勻稱的精巧的懸在空中的手工，用三角形的木樑支撐著。自從有了空氣調節以後，很難再看見這麼高的屋頂了。

老式的建築方法不用水泥，用三合土。三合土是把細砂石灰混入土內調製而成。那時，蘭陵的房子幾乎都是用三合土的砌磚爲牆，這種磚牆內外兩層單磚，中間再用三合土填滿，每隔五尺處加鋪一條青石板，再在石板上繼續加高。

那年代，小偷這一行裡面有人專在土牆上挖洞出入事主之家，叫「挖窟子」，文言的說法是

「穿窬」。我記得當年轟動蘭陵的一大新聞，有人夜半聽見不尋常的聲音，知道「挖窟子」的來了，就抄起菜刀，蹲在牆邊等候，等小偷從洞裡伸手進來，狠狠一刀砍下去。這件事發生在天寒欲雪的冬夜，更使人覺得十分淒慘。

大戶人家用「夾心磚牆」蓋屋，用意在防盜，冬天也防寒保暖。同樣的理由，我出生的房間只向天井開窗，臨街的一面乃是單調的嚴峻的「高壘」。室內的光線很弱，據說最暗處與祖宗在天之靈相通。

據說，所有的嬰兒都應該在這一角黑影裡呱呱墜地。

當心牆基下面有骰子

四合院四面是房，依方位稱爲東屋、西屋、南屋。北面的一排房子有個特別的名稱，叫堂屋。堂屋是這一組房子的主房。

堂屋的中間是客廳，兩旁是臥室，稱爲「一明兩暗」。客廳正中有門，門左右有窗，門窗正對天井，光線確實是明亮。

這種房子選材施工都很考究，興家立業的人爲後世費盡苦心。鳩工建造之初不但要請專家選日期、定方位，還要請全體工人吃酒席，並且特別送工頭一個大紅包。否則，據說，工人有許多「壞招兒」，使你敗家。

據說，有人發了財蓋房子，房子蓋好之後家運開始衰落。這家主人心知有異，重金禮聘一位專家前來察看。

專家勸他拆房子。

一排新蓋的堂屋拆掉了，牆根的基石也挖起來，專家從下面找到一個黑盒子，盒子裡放著三粒骰子。

骰子的點數是么二三。

么二三是最小的點數，擲出么二三來的人準是輸家，建築工人把這樣一個邪祟之物埋伏在牆壁下面，咒詛這個新興的家庭。

那專家伸出兩個手指，輕輕的、慢慢的把骰子翻轉過來，么二三不見了，露出來四五六。

四五六是王牌，莊家如果擲出四五六來，立刻通吃。

黑盒子仍然放回去，房子再蓋起來。從此，門迎喜氣，戶納春風，三代康寧，六親和睦，百事順遂。

這故事，也許是建築工人編造出來、用以提高專業地位的吧？蓋房子的人寧可信其有。任何一種神話，一種謊言，只要可能對子孫有利，他們一概接受。

家畜滄桑：由騾子到驢子

也許，建築工人在我出生的這座房屋下面埋藏了「么二三」吧，我家的境況一年不如一年。

我記得，我家後院，梧桐樹附近，曾經有一個敞棚，棚下有長方形的石槽，槽上拴著兩頭騾子。小時候，大人一再告誡我不可接近騾子，使我留下極其深刻的印象。

騾子最大的功用是駕車。想來那時我家有車，那種木製的鐵輪大車，用薄薄的棉褥和油布圍成車廂。車廂形如轎子，稱爲轎車。這種車早已淘汰了，名字卻留下來，歸新式汽車使用。

既有車，想必也有駕車的人吧。我不記得我家有過這樣的人，也不記得我家有過這樣的車。我只記得確實有騾子，傲慢倔強的騾子。

然後，我彷彿記得，騾子不見了，石槽旁邊拴著兩頭黃牛。

爲甚麼是牛？我家號稱耕讀傳家，卻不直接種田。回想起來答案可能是，那時候，常有佃農感到勞力不足，要求東家養牛供耕種使用。

記得冬天，我常在寒夜中被父親叫起，他提著草料，我掌著馬燈，冒著雨絲雪片，一同走到後院。父親在昏黃的燈光下，把草料倒進槽內，拿起一根頂端分叉的木棒攪拌。夜很靜，草料在攪拌中互相摩擦，發出沙沙的聲音，頗似我後來在爵士樂中聽到的沙錘。

想必也是應佃戶之請，牛棚旁邊有了堆肥。人畜的糞便不能直接用於施肥，必須混入稻草、爐灰、樹葉、泥土，經過發酵。把堆肥放在我家後院，是防止有人偷竊。

我記得，老牛怎樣用牠的舌，把剛剛生下來的小牛收拾乾淨。我記得，小牛本來俯在地上，四肢無力，忽然一陣風吹過，小牛拉長了脖子，頭往前一伸，就站了起來。

我還記得，那天，母牛除去韁繩，離開石槽，在後院裡陪伴小牛，算是牠的產假。

後來，不知怎麼，牛已不見了，只剩下一頭驢子。

家鄉的主食叫「煎餅」，鄉音近似「肩明」。煎餅是用石磨把小麥黃豆磨成稠糊，再放在鐵鏊子上烙成，所以推磨是人生大事。我家沒有勞力，必須用驢拉磨，這驢子遂成爲我家一顆明星。我記得那是一頭公驢，俗稱「叫驢」，仰天長嘯是公驢的特長。那驢毛色光潔，身軀高大，頗有桀驁不馴之氣，普通婦人童子來牽曳牠，牠往往置之不理。

驢子喜歡在地上打滾，俗語說驢打滾兒天要下雨，多半靈驗，也許是空氣裡的濕度使牠發癢，牠沒有搔抓的能力，只好躺在地上摩擦。可是，那突然而來的震耳欲聾的吶喊又代表甚麼？抗議嗎？求偶嗎？或者如幽默家所說，「驢子喜自聞其鳴聲」，自我欣賞嗎？

在我的記憶中，我家驢子的鳴聲很驚人，音量極大，音質粗劣，而且抑揚轉折連綿不歇，一口氣很長，有時也突然在你身旁發聲，使你魂飛魄散，耳鼓痲木。

鄉人常說，世間有三樣聲音最難聽：銼鋸刮鍋黑驢叫。我家的驢正是黑驢。口技專家似乎還沒有人能模仿黑驢的叫聲，那是獨一無二的特別警報，黔驢大叫一聲嚇退了老虎。

大概是我家漸漸容不下這種自命不凡的驢，就換了一頭牡的，鄉人稱牡驢爲「草驢」。草驢沉默、柔順，比較配合我家的環境。

抗戰發生，蘭陵一度是兩軍攻守之地，我們全家逃難，驢子跟著我們顛沛流離，忍辱負重。

最後，我離開家鄉的時候，我家已沒有驢子。

使女淚

我常常回憶、簡直可以說是紀念我家最後一個使女。

我不知道她在我家工作了多久，也不知道她的年紀，只記得她個子矮，豐滿，比我的姐姐胖得多，——那時還有姐姐在世——天足，臉上紅是紅，白是白，前額梳著劉海，後頭紮著大辮子。

那時，衡量中產之家的境況，要看他有沒有「天棚石榴樹，肥狗胖丫頭」。肥狗與胖丫頭並舉，顯然出於極落伍的思想，屢受革命家和婦女運動家的呵斥。但在那時，這四句話是存在的。在那時，這四者我家都有，——曾經都有。

我和這位使女的關係並不融洽，她有一個任務是照管我，我總是不跟她合作。例如，她催我吃飯，或者想給我加一件衣服，或者從街上叫我回家，總是惹得她不愉快。

在時而清晰時而模糊的記憶中，她幫助我的母親料理家務，由我還在吃奶到我斷奶。爲了斷奶，母親在奶頭上塗了黃連水。我初嘗苦果時，她還站在旁邊，一臉笑容。

由我穿開襠褲到穿合襠褲。換裝之後，一時不能適應，常常尿濕褲子，由她幫我把濕褲子換下來。

由我可以隨地小便，到我必須在後院的糞堆上撒尿。

由我可以跟女孩子一同遊戲，到我跟她們劃清界限。

由我必須請她替我摘石榴，到我自己可以摘到石榴。

有一天，我看見她坐在客廳的地上哭泣，母親找出幾件首飾給她，她一再把母親的手推開。

我不知道發生了甚麼事情。

一個中年婦女，鄉下大嬸的模樣，想把她拉起來，可是不容易。我不知道發生了甚麼事情。這大嬸是有備而來。她出去了幾分鐘再回來，就有兩個壯男跟進，兩個男子抓住那使女的兩臂，把她硬拖出去，腳不沾地。

她號啕大哭。可是，出了大門，她就停止了掙扎，一切認命。

後來我知道發生了甚麼事，家裡替她安排了她極不滿意的婚姻。

母親坐在天下最熱的地方

我們那唯一的、最後的使女走後，母親的工作陡然繁重，她自己烙煎餅。

烙煎餅用的「鏊子」，是一塊圓形的鐵版，怕不有磚頭那麼厚，直徑嘛，我想起飯館裡的小圓桌，也就是供五、六個人圍坐的那種桌面。

鏊子的中央微微隆起，略似龜背。下面有三條短腿，撐住地面。烙煎餅的人席地而坐，把柴草徐徐推進鏊子底下燃燒，使這塊鐵版產生高溫。烙煎餅的人左手舀一勺糧食磨成的糊，放在鐵版中央，右手拿一根薄薄的木片，把「糊」攤開，佈滿，看準火候迅速揭起。

煎餅就是這樣一張又一張的東西。

剛剛從鏊子上揭下來的煎餅，其薄如紙，其脆如酥，香甜滿口，可說是一道美味，蒲松齡爲此作了一篇〈煎餅賦〉。

如果在煎餅將熟未熟之際打上一個雞蛋，蛋裡拌入切碎的蔥花辣椒，那就應了山東人的一句話：「辣椒煎雞蛋，辣死不投降。」

還有簡便的辦法：在煎餅裡捲一根大蔥。山東大蔥晶瑩如玉，爽脆如梨，章回小說形容女孩子「出落得像水蔥兒似的」，這棵蔥必須是山東大蔥！

有個笑話，挖苦山東人的，說是兩個山東人在吵架，你不必勸，你只要在地上丟幾棵蔥，他們就不吵了，爲甚麼？他們搶大蔥去了！

烙煎餅是在高溫中工作，滿身大汗，滿臉通紅，頭髮貼在臉上脖子上如斧劈皴，汗水滴在鏊子上吱吱拉拉響。鄉人說，天下有四熱：鐵匠爐、鏊子窩、耪豆壠子拉秫棵。其中鏊子窩就是烙煎餅的地方。

年年夏天有人在鏊子窩昏倒。

可憐復可恨，每逢母親烙煎餅的時候，也就是我興高采烈的時候，我能吃到我最愛吃的東西。

吃飽了，我就吹我用蔥葉做成的哨子。

旱災、蝗災、火災，朦朦朧朧

我家曾遭土匪洗劫，不但財物一空，還籌措了一筆錢贖肉票。那時我尚在襁褓之中，全不記得。

有一年大旱，我記得全家不能洗臉，飲水從多少里外的河裡運來。田裡的莊稼全枯死了，大家以收屍的心情去收拾殘餘。陽光實在毒辣，每一個人的動作都急急忙忙像逃難。

求雨的場面驚人，幾百壯男赤身露體在鑼鼓聲中跳商羊舞，受烈日燒烤，前胸紅腫，後背的皮膚乾裂，嘴唇變形，喝水張不開口。

然後是蝗災。頭頂上蝗陣成幕，日影暗淡，好像遇蝕的日子。不久，蝗蟲把天空交還給我們，卻沿著屋頂的瓦溝水一般流瀉而下，佔領了院子，還有街道，還有田野。

蝗蟲是害蟲，炒蝗蟲卻令人饞涎欲滴。平時想炒一盤蝗蟲，要到野外去奔波半日，手足並用，勞形傷神。現在只要朝院子裡抓一把。每一隻蝗蟲都很肥，而且雌蟲正待產卵，是廚師眼中的上品。

幾盤炒蝗蟲的代價極大，田裡的莊稼被它吃光了。

還有一次火災。有一天，不知爲甚麼，四合院的南屋突然起火。那是學屋，父親請了老師在屋中設塾，教我讀書。

主要的學生是我，二姐。照慣例，親鄰的孩子可以加入，免費。學生一度增加到六、七人。開學儀式卻只通知我一個人出席。我記得很清楚，早晨，客廳裡的光線還黯淡。迎門正中牆壁上貼一張紅紙條子，端端正正寫著「至聖先師之神位」。老師站在左邊，我父親站在右邊，兼任司儀。我對著神位磕了頭。本來還該給老師磕頭，老師堅辭，說是已經拜過師了。

然後到南屋上課。這位老師的名字我忘了，只記得留著八字鬍，不凶。

好像沒多久，南屋就起了火。四鄰八舍都來救火，可是最近的水源是五百公尺外的護城河，救火的人沿街排列，用水桶挑水提水接力傳送，快步如飛。

那天我眞正感受到甚麼是「杯水車薪」。功夫不大，南屋燒光了，火勢自然停止。大家都說幸虧當天沒有風。

災後第一件事是在院子裡擺了好幾桌席，請參加救火的人來一醉，幸好沒有人「焦頭爛額」。南屋沒能再蓋起來，索性四面牆拆掉三面，改成院牆。

我改到別家的學屋裡去念「人之初」。

就在這樣的環境裡，我的大姐二姐相繼去世。

反共宣傳　乍見還驚

蘭陵這個小地方，偶然有陌生人闖進來，定要引起觀眾議論。即使來了個從未見過的乞丐，也是新聞。

這天，大家看見兩個穿中山裝的人。沒人認識他們，他們倒是不客氣，拿大刷子蘸石灰水，在我家對門圍牆上刷字。寫的是：反對共產共妻。藝術體，有稜有角，整整齊齊。

我家臨街的門面租給人家開酒店了，那地方閒人多，口舌不少。口舌出口才，口才也生口舌。

有個人，議論風生出了名，他年紀大，輩份長，論人論事有特殊角度，語驚四座，是吾鄉吾族滑稽列傳中人物。但保守派人物認爲他口德不修，稱之爲「壞爺」。小酒館裡他常來，不爲喝酒，爲了找聽眾。

「壞爺，這共產，我們聽說過了，可是共妻是怎麼一回事？」

壞爺一向問一答十。「這共產黨，想盡了辦法跟有錢的人作對。你不是有錢嗎，把你關在黑屋子裡，餓上三天，給你一根打狗棒，自己討飯去。」

「可是共妻？」

壞爺一眼看見我。「小孩子不能聽，回家去！」

不聽怎麼可能，我躲到店外去偷聽。

只聽見壞爺滔滔不絕。「共產共產，妻子兒女都是產，他要共，你敢怎麼樣？」

「天下那有這種事！我偏不信！」說這話的人是胡三。

「不信？你自己到江西去看看！」

「沒王法了？」

「他們有他們的王法。」

「那倒好，」胡三話鋒一轉。「反正我胡三沒老婆。」

男掌櫃的說：「胡三，你喝醉了。」

胡三的確喝了不少。「共妻就共妻，你決你的定，我通你的過！」

「胡三，你給我趕快回家，今天不要你的酒錢。」男掌櫃的下了逐客令。

良久。沒料到下面還有精采可聽的。

「這些穿中山裝的人真胡塗，甚麼不好寫？何必寫共妻？」

「胡三今夜一定睡不著。」

「何止一個胡三？你有黃臉婆，難道不想趁機會換一個？」

就在這樣的時代、這樣的環境，我的弟弟和妹妹次第出生。

弟弟妹妹從此現身

我對妹妹最早的記憶是，替她摘石榴。

我家有兩棵樹，一棵是石榴，還有一棵也是石榴。——我寫在作文簿裡的句子。老師眉批：很好，可惜並非自出心裁。

兩棵石榴，並排長在堂屋門側窗下。不知何故，樹姿像叢生的灌木，開花的時候，紅蓬蓬兩團落霞。總是樹頂的石榴先熟，一熟了就裂開，展示那一掬晶瑩的紅寶石，光芒四射。那高度，我也得站在板凳上才搆得著。可是我的上身向前突出太多，板凳歪倒，我撲在樹上，四肢懸空，一時魂飛天外，連喊叫都沒了聲音。

幸虧那是一叢「灌木」，它撐住我的身體，我抱住零亂的樹枝，下身懸在空中。就這樣，我像抱住木板的溺者那樣煎熬著，直到有人來救援。而妹妹安靜的等待，並不知道發生了變故。

嶧縣石榴天下馳名。蘭陵距嶧縣縣城五十華里，一度屬嶧縣管轄，蘭陵石榴就是嶧縣石榴。我家這兩棵屬於紅皮石榴，結成的石榴大如飯碗，粒子肥大，甜美多汁，親友鄰舍那個不想嘗鮮？每年這石榴的分配，是母親的一大難題。

彷彿記得，母親的肚子越來越大，簡直不能出門。

我問肚子怎麼了，她說，生病。

我絕未料到那「症狀」和弟弟有關。我對弟弟最早的記憶是，有一天，我忽然奉命到別人家中去玩一天。我去了，到底是誰家，已經忘記，只記得也是四合院，客廳裡空無一人。在這個家庭裡吃了午飯，又吃了晚飯，閒得無聊，可是他們不讓我走出客廳一步。

晚上，有人來接我回家，在天井裡聽見內室有嬰兒的哭聲。

「誰哭？」我問。

「你的兄弟。」

「我那來的兄弟？」

那人向上指了一指。「從天上掉下來的。」

我仰面看天，又驚又疑。從那麼高的地方掉下來，怎麼得了！那麼高，又怎麼上去的呢？

有一雙黑手的縣長

我家最後一個小高潮，是有一位縣長登門造訪。

我不清楚他到底是臨沂的縣長、還是嶧縣的縣長。他是濟南法政專門學堂畢業的，上任以後，想起這裡有他一位老同學。

那年代，家鄉還沒講究「童權」，貴賓臨門，孩子一律趕上大街。那縣長也沒問：「你的孩子呢，叫過來我看看！」所以我對他的印象模糊。

有時我會這麼想：他失去了一個機會，這機會可以使一個相當敏感的孩子記得他的聲色笑貌，進而注意他的嘉言懿行，在五十幾年以後為他「樹碑立傳」。

那天父親請廚子來做菜，宴開三桌，一桌擺在客廳裡，兩桌擺在天井裡，招待縣長的隨從。

滿天井太太小孩「偷看」縣長，我也混在裡面。只聽見有人低聲驚歎：「縣長吃饅頭是揭了皮兒的！」

縣長拿起饅頭揭皮的時候，同席的人也連忙效法追隨，每人面前隆起一個白色的小丘。

縣長是戴著黑手套進來的，飯後，又馬上把手套戴好。回想起來準是意大利上等皮貨，又軟又薄，緊緊貼在皮膚上，與手合而為一。院子裡，遲到的觀眾低聲問早來一步的：「他又不做粗活，為甚麼手這麼黑？」

以後個把月，我出門玩耍，走到大街口，準有人買包子給我吃。大街口就有賣包子的固定攤位。

那時候，父老有個習慣，到大街口去，找個蔭涼蹲著，看人來人往，互相交換新聞。

那時候，孩子受到嚴格的教導，在外面接受了人家的吃食或玩具，馬上回家報告父母。

父親不許我到大街口玩耍。

個把月後，沒人再請我吃包子了，因為，有許多人來央求父親到縣長那裡說情，父親一概拒絕。

燕子不再來

現在由黑色的手套說到黑色的燕子。

我家的客廳，地上鋪著方磚，方磚上一張八仙桌，兩把太師椅。八仙桌和後牆之間，是又窄又長的「條几」。八仙桌上擺茶壺茶杯，條几上擺文房四寶，花瓶，以及把成軸的字畫插在裡面存放的瓷筒子。

瓷器至少是道光年的製品，桌椅準是紫檀木做的。紫檀很黑，微微泛著紫色，威嚴深沉，能配合大家庭的環境氣氛。紫檀的顏色天然生成，從木材內部滲出來，這正是玉石之所謂「潤」，中國士大夫最喜歡這種自內而外的色澤，認為它象徵有內在修養的君子。

那時，家家都是這個樣子。

由條几垂直向上，緊貼著屋頂的內部，有一個燕巢。燕子利用屋頂的斜度，把春泥塑在縱橫的椽間，春來秋去，在裡面傳宗接代。

總有需要關門加鎖的時候。所以，客廳的門框上面，門楣下面，預留一條五寸寬的空縫，供燕子出入，稱為「燕路」。每年春天第一件大事就是清理燕路，把防風避寒的材料取出來，不敢慢待來尋舊壘的遠客。人人相信燕子有某種靈性，專找交好運有福氣的人家託身，所謂「舊時王謝堂前燕，飛入尋常百姓家，」就是說燕子捨棄了衰敗，尋求新的機運。因此，倘若誰家的燕子一去不回，可要引人費盡議論猜測了。

那時，家家都是這個樣子。

我家的燕子一直和我們同甘共苦。可是有一天，突然拍達一聲，燕巢掉下來一半，碎屑四濺，剛剛孵出來的雛燕，還未能完全離開蛋殼，光著身子張著嫩紅的大嘴，在八仙桌上哭起來。牠們的父母滿屋亂飛，像沒頭的蝙蝠。

母親立刻給雛燕布置了一個臨時的窩，放在條几上。老燕多次冒險低飛，在雛燕面前盤旋，不論牠們的孩子怎樣掙扎號叫，牠們始終沒敢在條几上停下來。

父親找人把燕巢補好，把雛燕送回巢內，可是牠們的父母再沒有回來。巢，一旦有了人的指紋，燕子立刻棄之不顧。

第二年，我們也有了覆巢之痛。

——一九九二年五月・選自作者自印《昨天的雲》

火車時間表的奧妙

——書難盡信，但是不能無書

1 火車誤點了，怎麼辦

火車誤點了，你正在車站上準備乘車，這一段時間可以列入「生活中最難排遣的時光」。火車遲遲不來，時間像蚊子一樣不斷的飛來叮你。

一九四一年仲夏之夜我在山東嶧縣南關車站等候火車，（這條短短的支線現在已經拆掉了。）依照時間表，列車應該在十點鐘進站，可是到了十一點還不見蹤影。天氣很熱，蚊子又多，車站內外也沒有人賣報紙雜誌，候車的人用看時間表、打蚊子、口出怨言打發時間。

十一點十分，站長從我們身旁經過，一個資深乘客首先發難，他每個月都坐火車出門，受夠了望眼欲穿的滋味。他問站長：「你們的火車總是誤點，火車時間表還有甚麼用？」其他的乘客聞聲圍攏過來。

站長放慢腳步，昂然反問：「如果沒有時間表，你又怎知道火車誤點？」說完，掉頭而去。

妙極了，最佳的防禦，水潑不進，針插不透，旅客縱然不服，也只有悻悻而罷。鐵路局有此等「忠勇」的員工，亦可謂深慶得人了。

現在，我想我比較了解這位站長。火車誤點，許多人以為站長有責任，其實他有甚麼辦法？當然，他至少有義務接受乘客的抱怨，可是，等到誤點成為常態，每天面臨無休無盡的質問時，他焦躁起來，他專業的榮譽已蕩然無存，他想這是鐵路局害了他，他又何必站在你面前替鐵路局受過？

那就誤點吧。那個站長他索性不在乎了。

2 誤點，火車仍然來了

一九四九年春正月，我在山東德州車站等了三個小時才搭上火車。我曾一再到站長室打聽班車何時進站，他說「還有三十分鐘。」我清清楚楚記得一共問過五次，每次所得到的答案相同。

那位站長也是鐵路局的模範員工，他把等車的時間分成好幾個三十分鐘，使我們很樂觀的承受著料峭的寒風。上車後，我憤憤的說：「四點半的班車，七點半才到，候車室裡又何必掛火車時間表？」

座旁一位老者，鬍子白了一半，一口天津衛的「衛腔」。他對我說：「你看，火車不是終於來了嗎？這就多虧有個時間表。時間規定四點半到，四點半到不了，五點半應該到；五點半到不了，六點半應該到，現在七點半，終於到了。如果沒有時間表，它可以明天才到，也可以後天才到。」

我愕然，當時，我完全不能接受他的看法。今天，我想起這位老者。他老人家想必受過時間表無窮的折磨。時間表總是在騙他！可是，一個想坐火車的人，不信行車時間表又信甚麼？上一次它不準，這一次也許改進了吧！他仍然要一分一秒的遵守，依然一次又一次爲它所負！這樣累積了十次百次以後，他的心冷了，誤點就誤點，他也不在乎了！

3 當火車第三次誤點的時候

一九五〇年某日我在台灣宜蘭火車站等車，那時宜蘭火車站很小，候車室的椅子很髒，售票口像扣留所送飯的進出口那麼大，但是班車時間表的字很清楚，很鄭重其事。

那時，宜蘭的班車也會誤點，（現在已是歷史陳蹟。）那時宜蘭有個軍官大隊，他們經常往來於台北宜蘭之間。那次車上就有幾個軍官在座，一個說：「火車常常誤點，我們寫一封信給鐵路局好不好？」另一個說：「好，我們告訴他應該修改行車時間表。」

我急忙看他們的臉，沒有人笑，說這話的人似有憤激之色，他的聽眾似乎爲之動容。我當時想：這是怎麼了？當行爲違反規則時，他們正經八百的主張改變規則！

他們並不在乎火車何時來到，他們計較的是：你爲甚麼不說實話！火車八點到你就說八點，火車十點到你就說十點，不是容易相處得多了嗎？

4 誤點——火車的驕傲

同船過渡，你不知道會遇見甚麼樣的人。

第一位，那站長說，沒有行車時間表你怎會知道火車誤點。

第二位，那老者說，如果沒有時間表，火車來得更晚。

第三位，那軍官說，火車既然誤點，行車時間表就該修改。

他們共同的智慧是，面對規則時要心冷，但是不能心死。……這智慧，當然不止是從車站得來，他們還經歷了許多世事，用海峽對岸流行的話來說，「生活教育了我們。」

在某些時候，誤點乃是火車的驕傲。火車那樣的龐然大物，它不來，誰拉得動？它要來，誰擋得住？在「當然可以誤點」的火車裡，列車長一副悍然不顧的神情，只有在準時進站準時出站的火車裡，才有謙和從容的服務人員。在「當然可以誤點」的火車裡，乘客多半如剛剛蒙恩大赦，只有在守時的車廂裡才氣定神閒。

5 時間表——一種仰望和祈求

每逢火車誤點，候車的乘客總是一再仰望高懸在頭頂上的時間表，儘管他早已看清楚了。到後來，那已不是尋常的察看，成了仰望祈求的一種形式。

如果連這一丁點兒形式也不存在了呢，那場面我倒見過。長話短說，且休提甚麼時候、甚麼地方，只見趕火車的人成群結隊、扶老攜幼，進了車站、直奔月台。誰也不看時間表，有些車站乾脆把時間表取下來了。（你聽說過沒有，有些車站的時間表，被一群無車可坐的漢子拆下來砸爛了。）也沒有人去問站長，（你聽說過沒有，站長躲起來，不敢見人了。）要坐火車嗎，自己到月台上去等吧！

那些人對規則秩序一概絕望了！

只要別弄出那一天來，只要還有時間表可看，那怕是不甚準確的時間表；只要還有站長可問，那怕是沒有多大擔當的站長。

如果你是單獨一人，那就帶著小說去等車吧。如果是兩人結伴，那就帶著象棋去等車吧。如果是三個人四個人，那就帶著橋牌吧。

你得懂怎麼熬。

現在不是火車不再誤點了嗎，你看，總有一天能熬出來。

——一九九七年五月・選自爾雅版《隨緣破密》

美麗的謎面

1

張繼高先生去世，北京投資在紐約設置的中文電視台播出新聞，稱張氏為「張繼高先生」。據我記憶這是該台首次對臺灣人物冠以「先生」的敬稱，在此之前，無論何人一律直呼其名。新聞播出的這天，該台「臺灣新聞」時段僅有三條消息，張氏的喪訊為第一條。然後，臺灣出版的報刊不斷出現悼念的文字，篇幅之多，持續之久，自一九四九年以來，在臺新聞從業員身後無人能及。

2

張繼高先生一生受人尊敬，也一直準備接受尊敬。他的服裝、儀容、表情、聲調、語言修辭，使他在出台時能改變劇場的氣氛。加上學識精進而又談吐平易，內力深厚而又坦蕩明朗，經營上流社會的管道而又在財富權勢前從容矜持，他人不可兩全，張氏則矛盾統一，高明自在。這一切使人佩服，因佩服而生敬意。

想當年他從高雄調到臺北擔任香港時報特派員，那時臺北市總統府前的廣場上有個木材構建的露天球場，是當時重要的體育中心。有一次，某報社的社長入場觀賞籃球比賽，看到興濃菸癮發作，伸手一摸口袋，忘了攜帶香煙，於是順手掏出鈔票，對坐在身旁的體育記者說：「你去買包長壽來。」

第二天，臺北市外勤記者圈轟然爆炸了一個話題，很多記者互相詢問：「如果你的老闆要你到球場外面去買包香煙，你如何應付？」這似乎成了一道考古題，測驗別人的機智、自尊心及適應能力。誰也未曾拿這個題目問張繼高，因爲「沒有人會支使他去買煙。」

張先生一度到中廣公司國內廣播部做副主任，居王大空先生之次。王主任口才犀利，經常製造反高潮，他諷刺權威，也嘲笑弱小，妙語流傳於文教界，爲當時四大名嘴之一，他沒有另一「名嘴」孫如陵先生那樣忠厚，孫氏娛人而不傷人，王氏往往傷人以娛己，中廣自總經理以下人人有機會被他點名，唯獨對張繼高語言正經，他說「張繼高是個不能開玩笑的人」。「四大」的封號本來也是一個玩笑，所以張繼高並不在內。

在臺灣，每年少不了颱風過境，大雨隨之傾盆而下，如果風力雨量超過某種程度，可以經由廣播電台之宣告，各小學自動停課，這個辦法是張繼高作成的。在這個辦法出籠之前，每當颱風登陸過境的那天，學童照常到校，沿途險象環生。空中掉下來的招牌和電線可能落在他們身上。汽車馳過，水波四射，像刀劈牆壓把學童弄成出水雛雞。那時馬路上有施工未完留下的坑洞壕溝，在積水掩蓋之下，行人看不清楚，學童可能掉下去，後果難測。那時升學第一，校規至上，誰也不敢「無故」曠課，可是掙扎進了校門，可能白來一趟，因爲老師們困在家裡。每次颱風過後，總有大批孩子感冒，有時感冒人數超過全校學生二分之一，其中少數人病情嚴重，要打針吃藥躺好幾天。咳，那時孩子眞苦。

我在報紙副刊的「小專欄」裡陳述孩子的苦況，張先生看見了。那年王大空出國，張繼高代行，他趁機會牛刀小試，邀集教育部、教育局、氣象局以及各小學的代表到中廣開會。此舉深得人心，大家熱烈贊成，按下不提。且說開會那天，預定開會的時間過了五分鐘，與會人士到齊，張繼高才緩步入場。有開會經驗的人都知道，會前的寒暄大家都很投入，聲音不免嘈雜，但是，那天，大家看見張繼高，全場「立地」沉靜，所有的人站起來望著同一個目標。謝鵬雄先生近有一文，他給「文明人」定下標準，文明就是低聲，「說話低聲，吃飯低聲，走路低聲，關門低聲。」張繼高那天低聲，甚至無聲，但全場肅然，因爲低聲或無聲之中有壓力。似乎可以說，文明人低聲，但「文明的領導人」低聲而有壓力。他那天輕輕走到每一個人面前，輕輕遞上一張名片，輕輕報出自己的名字，轉身就位，精氣神完全領攝全局。我叨陪末座，暗中滿心讚歎，這架式，這統馭能力，中廣何曾有過。

3

我得與張繼高過從，可說是非分的享有。那時收音機還在裝置眞空管，還在用七十八轉一摔就碎的唱片，還在用電線杆的材料做天線，錄音機上纏繞的還是鋼絲。那時中廣公司舉辦來臺後第一次聽眾意見調查，身在南部的張繼高得了第一名，獎品是「飛歌」牌五燈收音機一架。

張繼高的意見專對音樂節目提出，洋灑五千言，表現了豐富的知識、寬闊的視野、遠大的規畫，中廣當局驚爲天人。張氏北來領獎，結識中廣音樂組長林寬，復以燕京校友之故，特別見重於中廣副總經理羅學濂。回首來時路，那時張繼高對以後決心推廣西洋音樂、並藉推廣音樂來開展人生的前景，應該已有大計。廣播是傳播音樂的利器，他由此「楔入」中廣。

當年「全國公私營各廣播電台」合辦了一個半月刊，名叫《廣播雜誌》，以宣傳各台節目爲主。第一任主編爲中廣資料室主任蔣頤，第二任是我。我接手後決定劃出一部分篇幅刊載有水準的文章，去信央張先生寫稿，雖然《廣播雜誌》等級不高，銷路不廣，稿費也低，他立刻答應，稿子按時供給，並且經常附來長信。民國四十六年他調職北上，走進辦公室第一天就打電話給我，我立刻去拜訪他。回想當時，他也許把一個爲「全國公私營各廣播電台」編刊物的人想像成一個樞紐人物，這是一個「美麗的錯誤」，使我早歲遇一高人。我敬佩他，他不拒絕敬佩，也希望多知道一些中廣的內情，我們仍然密切交往了好幾年，不過爲《廣播雜誌》撰稿的事就此作罷了。

且說臺北初會。記得他的採訪部設在衡陽路附近的鬧區，鄰近所謂電影街，我那天想順便看一場電影，先買了一張票，而且是高價購得的黃牛票。誰知在他的辦公室裡坐定之後，完全被他的談吐吸引，竟把看電影的事完全忘記了！他那天所談不過日常心意，過眼眾生，只因他的語言組織有很考究的形式美，修辭方法糅合中西，聽來如讀周作人、陳西瀅、梁實秋的散文。更勝一籌的是，紙上文章是「啞傳播」，是「隱身傳播」，缺少「聲色香味觸」的感染，那天我才確信：談話果然可以成爲藝術！

那時我們在廣播電台工作的人早已發現，「啞傳播」的文章移在「響傳播」中使用有問題。五四以來的語體文是文言、方言、翻譯文體和北京話的混合，其中有許多地方聽不懂或聽不清楚。「總統視事」和「總理逝世」是嚴重的混淆。（我在中廣曾向上級反映這個問題。不久，「視事」即改爲復職，但憲法中並無復職之說。）「步下飛機的朴正熙總統的夫人身上穿著蘋果」是可笑的誤會。（下面還有「……綠的旗袍」，因句子太長，播音員倉促中斷。）如何處理文言、方言、翻譯文體求其「可聽」，是我們那時的苦悶和努力。聽張繼高先生談話我時時若有所悟，我們遭遇的問題在他的談話中全不存在，從他的「說話」裡汲取「響傳播」的技巧，我寫了一系列文章申述心得和主張，這些文章後來集成一本書，名叫《廣播寫作》，它對「廣播文學」的形成是有作用的。沒有張繼高就沒有這本書。

4

人所共知，張先生具備各方面的知識，有淵博之名。他淵博，是因爲他讀書，他讀書，是因爲他敬業。

今天的新聞記者都是專家學人，手不釋卷，當年張繼高跑外勤的時候並非如此，記者出身、參與文星雜誌創辦工作的一位陳先生曾經憤慨的說：「上一輩的新聞記者天天讀書，我們這一代記者至少天天看報，晚一輩的記者只看麻將牌。」陳先生的話不免過激，但張繼高讀書之勤的確是他顯著的特色。

爲甚麼讀那麼多、那麼雜的書呢？因爲他是集大成的新聞記者，是駐首善之區的特派員，採訪各式各樣的新聞，涉及各方面的知識，固然不求甚解也可以對付，和採訪一同成長更能自得其樂。記得某一天，中共宣布把領海由三海里擴充爲十二海里，我當天看見張先生抱著一疊書在街上走，他說要了解領海到底是怎麼回事，準備迎接新聞的發展。又有一次，他到處找《中英條約史》一類專著，我說你是忙人，怎麼看這種「閒」書，他說近日要去訪問葉公超，談話涉及某某條約，必須知道條約原文。

人所共知，音樂是他的最愛，他下的功夫也最多。斯義桂第一次來臺灣舉行演唱會，他事先拿到節目單，反覆聽這位聲樂家以前的演唱錄音。節目單中有一段冷僻艱深的歌劇選曲，斯義桂不輕易唱，他找不到錄音就聽西方聲樂家灌的唱片，直聽到唱片出現沙聲，直聽到他能發覺斯義桂唱漏了一句。他在日常工作中隨時這樣「異常的」充實自己，超過工作的需要，芬芳四溢，讓別人服了他。

中國的廣播事業一向由工程掛帥，戰前，大陸上的每一座電台都由工程師擔任台長，他們貢獻很大。撤到臺灣以後，廣播的使命一再增加，節目部門越來越重要，形成工程爲節目服務的局面，工程專家不能適應，時時與節目人員齟齬，總經理和節目部主任都不懂工程，一旦面對技術上的理由，任何構想只有妥協。後來中廣想辦電視，黎世芬總經理決心消除這個弱點，他在百忙中讀電視工程，到國外買書，訂閱專業雜誌。當黎總經理談論工程方面的問題時，節目部只有一個人能接腔答話，那就是張繼高，原來他也到國外買書，訂專業雜誌，研究工程。

近十幾年我很少看見他，曾經聽說他讀金剛經，用英文譯本。我聽了會心一笑，這就是張繼高行事的風格：目前佛家是顯學，應該涉獵；出手要高，所以讀這部「經中之經」；金剛經艱深難解，苦讀白話注解又未免低俗，英文譯本則顯出身分，英譯事實上也就是用英文解釋一遍。那時還沒聽說他生病，他一向很健壯，如果他那時已知自己有不治之症，咳，讀金剛經的意義就深刻了！

5

如果我們拍一部名叫「張繼高傳」的電影，應該以中廣的聽眾意見調查開場，這是一個象徵，他後來以他的博聞強記向各界人士提供意見，「贈人以言，重於珠玉」，受惠者不計其數。我認爲他類似梁啓超，是現代化的啓蒙人物，幾乎對任何問題都能作前瞻性的分析評論。他那百科全書式的知識未必都很精到深刻，但足以答覆外行人的問題，也足以提出問題啓發內行。

張繼高在他的《必須贏的人》一書中指出有九種人不讀書。有趣的是，他一生和這九種人接觸頻仍，這些人大半是社會樞紐，他們若是一向勤讀，大概到不了這個位置，到位之後仍不讀書，那就是社會的危機。六十、七十年代，臺灣走向富庶，飲宴酬酢極多，九種人或十九種人酒會飯局無虛日，「爸爸回家吃晚飯運動」毫無效用，「今天不回家」一曲響徹南北。高度成長的張繼高無可避免捲入了他們的生活方式，非常奇異的是，他把飯桌當成講台，我多次親見他談論在座諸君子最關心的問題，因人說法，幾乎無所不知。他和九種人乃至十九種人分享所得，甚或專為了這九種人乃至十九種人作巧婦之炊，含飯哺人。

臺灣的炎夏很長，大家平時只穿香港衫，有正規活動才用得著西裝領帶。像王大空、張繼高這般層次的人，都在辦公室裡掛一套「行頭」，下了班立地換裝直赴飯店會場，不必回家。張先生曾戲稱這是「穿衣陪酒」。（當時臺北的色情業有所謂脫衣陪酒。）據我所見所聞，張先生入座以後並不急於發言，多半是別人說，他聽，等「酒過三巡，菜上五味」，他知道今天該說些甚麼，這以後，幾乎全是他的時間。他說話，第一，沒人打斷、亂以他語；第二，沒人質問、反駁；第三，沒人另立話題，割據一方，開小組會。凡是有社交經驗的人都知道，這眞是太難了！尤其是，座中有些人比他職位高，或是比他有錢，或是在社會上更有群眾。

能到這般地步，除了張氏語言有味、面目可親以外，還有別的因素。例如，當年有知識壟斷的風氣，一位任職某大學圖書館的朋友說，每一位系主任都把本系最重要的參考書全部借去，放在家裡，使別人讀不到，以維持自己的優勢。為人處世，平時誰也不說與人有益的話，「助人為失敗之本」，社交的要領是「言不及義，皆大歡喜」。環境如此，張繼高的談吐就近似沙漠中的綠洲。還有，依照宴會文化，席上莫論人非，莫露己才，莫問國事，對一般人來說，可談的話實在塡不滿散席以前的時間，沒有張繼高這樣的人，勢將滿座不歡。

「名嘴」王大空先生也能「高談雄辯驚四筵」，往往一語既出，滿座傾倒。他的幽默機智也曾深深的啓示了我。王先生給一般人的印象是永遠稱心滿意，興高采烈。他，老實話夾雜吹噓，自負中有自嘲，經常製造永不遜色的愉快。然而他像國慶日的煙火，漂亮，沒有營養。而且他談話要短、要集中，時間一長，難乎爲繼。

6

張繼高在臺北未盡其才，徵信新聞報和中國廣播公司爭相延攬，余董事長求賢若渴，捷足先得，中廣節目部同仁頗有挫折感。我對那時的當家副總經理李荊公說：「中廣晚了一步。」荊公垂下眼皮，看著煙斗裡冒出來的煙，徐徐而言：「不晚，中廣的事要有耐性。」

我問張先生何以捨中廣而就徵信，他說：「徵信新聞由一份四開油印的單張發展爲大報，咱們得去看看人家是怎樣成功的。」

張先生「進出」徵信，復歸中廣，中廣果然「不晚」。張氏到徵信取經，未知所獲幾何，我只覺得他仿製了幾副面具，從此世故深沉，沒有以前容易相處了。

當時中廣有兩個職位供張氏選擇，一個是海外廣播部主任，一個是國內廣播部副主任，而他願在國內廣播部工作，「開高走低」。海外廣播以天涯華僑爲對象，理論上也包括外國政府，那不是他培育音樂花朵的土壤。由此一事可見他志在樂事，心念中國。

張氏藉口需要休息，遲遲不到中廣上班，「休息」期間連開五個高水準的音樂會，這在今天恐怕也是大動作、大手筆。「他人有心，予忖度之」，張氏要表示他辦事無須倚仗中廣這塊招牌，以後進了中廣再辦音樂會，可以杜悠悠眾口。

中廣國內廣播部主任王大空也是才子。當年中廣節目由邱楠先生掌舵，據說他手下有三張王牌，後來時移勢易，一王獨大。

王主任不是行政長才，深恐這個副主任「尾大不掉」，產生了「瑜亮情結」。中廣同仁某某告訴他，「張繼高是個溫柔的野心家」，另一同仁某某告訴他，「半年以後你恐怕不再是主任了。」這些言詞加深了王的猜忌。張氏再三問我說這句話的是誰，說那句話的又是誰，我誠懇的勸他不必探問，因為「半年之內，王主任自己會說出來源。」張對我的答覆頗不滿意。幾個月後，果然，王大空以「古今多少事、盡付笑談中」的口吻，「交代」這句話出自張三，那句話出自李四。

張、王兩人有太多的差異。張屬於斂才型，王屬於露才型。張似明湖，王似飛泉。張似策士，王似名士。張似棋，王似畫。張似乳，王似酒。如果以瑜亮相比，張近亮，王近瑜。我覺得王主任的別名才應該叫作吳心柳，他行事如無心插柳，不成行列。

王大空早年原是當行出色的廣播記者，五十年代初期，他在「沒有前例可以參考」的情形下單槍匹馬到菲律賓採訪亞運新聞，經由馬尼拉廣播公司向臺灣播送節目，每天四個小時，一連十天。（那時沒有通訊衛星。）中廣總經理魏景蒙先生譽為「一個人辦一座廣播電台」。像王大空這樣的人應該支領高薪，依那時的人事制度，要加薪水必須「升官」，以致王大空逐漸退居二線，對他對中廣似乎都是損失。

張、王兩人相向而坐，用大白話來說「鼻子碰鼻子」，張繼高處之泰然，不辱辭色。李荊公聽到了，告誡我們不可介入。不久，中廣另設新聞部，調張先生爲主任，使兩人各治一方。那幾年黎總經理雄心壯志，先後主辦亞洲廣播會議，廣播語言研討會，並籌設中國電視公司，繼高先生台前幕後，皆居要津，相形之下，王主任京華寂寞。兩人仍時常在公私場合同時出現，我細心觀察，張始終以平常心待王，不驕不吝，略無芥蒂，君子之交，全始全終。王大空退休後寫作，出版散文集《笨鳥單飛》，張爲文評介，頗多譽揚。王病重，張又寫了一篇〈請大空不要單飛〉，溫語殷殷。看來「必須贏的人」贏了整個牌局。

7

張繼高長於人際溝通，這固然是由採訪工作歷練，更應該溯源於天生。當年辦音樂會，節目要先送審，承辦人一看，說芭蕾舞演員的裙子太短了，於法不合。團員入境，海關說芭蕾舞演員的鞋子太多了，要徵重稅。當年還有一項規定，所有演出的節目，其作曲人和演唱者必須思想純正，否則由音樂會的主辦者負政治責任，於是你得爲巴哈、貝多芬、柴可夫斯基具結擔保。從這個角度看，那時在臺灣推廣世界級的音樂眞費力氣，多少事需要開先例、打通關。張繼高無不舉重若輕，馬到成功。

張先生深知「事以位成」，他迅速發展上層關係，「媚於奧」或「媚於灶」都於事無補，要緊的是你的禱告上達天聽。波士頓交響樂團來臺演奏，國民大會居然休會三天，讓出中山堂場地。美國空中交響樂團來臺演奏，治安當局居然在博愛特區管制交通，使汽車噪音不致傳入三軍球場。當局如此「禮遇」音樂，舉世都可以傳為佳話。「吳心柳」神乎其技矣！

大約在張繼高離開徵信新聞之後，進入中廣公司之前，他主辦的音樂會裡有這麼一個場面：第一排正中坐著嚴副總統、教育部長、外交部次長、英國美國德國使館裡的文化參贊，「吳心柳」用他一口流利的英語和他們有說有笑，中廣總經理黎世芬先生則遠遠坐在第一排的邊緣，靜待開幕。這回輪到黎先生以平常心對待張繼高了，黎氏從未覺得張繼高出了太大的鋒頭，傷了他的尊嚴，兩人「君臣」如初。常言道一等的老闆用一等的人才，二等的老闆只能用三等的人才，黎先生其為一流乎！

中國電視公司成立，張繼高去做第一任新聞部主任，不久，我也借調到中視節目部辦事。那時電視是熱門，電視新聞是熱門中的熱門，他任使得人，只掌握方針，不涉細節，一副羽扇綸巾、運籌帷幄的神態，儼然電視大紅塵裡的仙子。見他好整以暇，我就常到他的辦公室裡談天請教。某天韓國發生嚴重學潮，他的電話不斷，教育部長每三十分鐘一次打電話來問學潮最新的狀況，這該是第一個最關心學潮的機構，惟恐臺灣的學生受到影響。僑務委員會副委員長每小時一次，打電話問韓國華僑有沒有受到損害，這該是第二個最關心學潮的機構。電話既然多起來，我連忙辭出，暗想：他到底認識多少人！

多年以後，他已是半退隱狀態，我從報上看見一條消息說，情報局汪局長請客，有陳啓禮和吳心柳等各位先生在座。由此想起張先生善與人交，能同時照應臺閣與江湖，保守與激進，本土與西化，詩社與股票行。天下何人不識君，那有多辛苦！

8

張繼高不事王侯、高尚其志（有些悼念文章如是說）只是晚近的情況。細味他「早歲那知世事艱」的言行，從零零碎碎影影綽綽中可以窺知他亦有用世之志。本來嘛，「學成文武藝、賣與帝王家」，以便「致君堯舜上、能使風俗淳」是中國知識份子的古典抱負。他一衫一履，一飲一啄，一顰一笑，分明都經過嚴格的自我訓練，準備以完美的形象做公共人物。

張先生崛起媒體，行走樂府，名動公卿，其人可以大用，應該大用，可是終無大用。就整個社會的構成來說，電視公司的新聞部主任算甚麼，竟以我們永不知道的原因，「忽然」不能安於其位。我們都視爲一項變故，頗受震撼，以他結交層次之高，方面之廣，猶難瓦全，可見我們經營的都是泡沫。他歷經滄桑，都能不增不減或有增無減，這次受到眞正的挫折。他累了！他對王大空說「人有追求快樂的權利」，爲他的新人生觀發表宣言。他像歷史上另一位有名的張先生那樣，「忽然」發覺最重要的事乃是僱一條船，順流而下吃蓴菜鱸魚。

自古以來，「才」和「用」兩者有差距分歧，「果」和「報」也往往失之交臂。豈止「遍身羅綺者、不是養蠶人」？貓天生巧慧，能火中取栗，它背後不是站著狐狸嗎？古人說不該用千里馬駕車，今人說用千里馬駕車才可以爲財勢添一佳話。「用」要有「遇」，「遇」是前世的緣、來生的債。「人定勝天」，張先生最推崇的那位中國宰相添了一句：「另外還有一個更大的天。」張先生漸漸把他的塊壘寫在臉上，「豐神秀朗」那是遙想公瑾當年。

我想，張先生雖然多年來光芒四射，畢竟未盡其才。我總覺得他心中有未流的泉，未放的蕾，未化蝶的蛹。我總覺得他欲行又止，欲言又止，欲取欲予又止。古人說「君子放之則成川，聚之則成淵」，我總覺得張先生成川時少一分澎湃，成淵時少一分寧靜。從四十年代走過來的人，每個人是一則謎語，謎面有的可愛、有的美麗、有的滑稽、有的淺薄、有的使人急於破解，……有的完全相反。總有些謎永遠縈繞我們的夢魂。

張先生有「三不」：不教書、不出書、不上電視。教書出書是中國「士君子」不得志於當道的善後方案，孔子率先躬行，如果孔子是教主，這就是他立下的救贖，而張先生不主故常，斷然拒絕，「退一步」的空間何在？據此推演，張先生還有三不，那就是「不經商，不競選，不信教」。如此這般究竟是大徹悟還是大悲憤？思之淚下。幸而他終於在「九歌」出了三冊文集，《必須贏的人》、《從精緻到完美》、《樂府春秋》使人稍解悲懷。

死後原知萬事空，生前稱他爲「張先生」的，現在下筆悼念的是「繼高兄」。張繼高畢竟是高人，他死後不發訃聞，不開弔，器官移植，遺體解剖，骨灰入海。截至目前爲止，「後現代」治喪的新觀念都在這裡。他一向出手高，「高大全」。大剛強出生大割捨，懸崖撒手，驚心動魄，我來不及擦乾眼睛。

——一九九八年十一月・選自爾雅版《心靈分享》

今天我要笑

人世難逢開口笑，尤其是我輩，遠適異國，昔人所悲。一位中國哲人問過，人生上壽不過百歲，普通只有七十八十，其間除卻種種勞苦憂患，開口而笑者能有幾回。這個月，我忽然想做一次小小的調查，一見我輩中人就問他最近可曾開懷大笑，他說沒有。可曾見人笑哈哈而喜洋洋，回答是忘了。開口笑？只記得在商店裡見過那種炸裂了的小點心。怎麼能開懷縱情大笑幾聲，讓臉部肌肉換個操作的方向也好。那麼就去看一場侯寶林吧，在製造歡樂的大企業裡，他可是個洛克斐勒呢。江山代有才人出，各領笑聲數百年。是夕也，夜涼如水，而麥迪遜花園中心大廳溫煦如嬰兒的襁褓，繁星臨照，四圍摩天大廈肅立。老人策杖拾級顫巍巍而來，中年人脫帽在手灰髮滿頂一襲鐵灰色風衣飄然而來，還有少者壯者牽手挽臂親密密而來。排排坐如梯田在山，密密如灌木林成行成叢。音響設計一流，就等著中國人來鬨堂。侯寶林哪侯寶林，千呼萬喚。天燈暗而復明，名角亮相，不是侯寶林，是他的同夥。台上這個角兒太喜歡喝酒了，他的酒癮是超經濟的，沒有錢，也要醉。他的酒癮是超道德的，死皮賴臉，也要喝。他的酒癮乃是哲學的，迂迴辯證，讓他喝酒乃是天地間唯一的眞理。高級的笑料建築在他的邏輯上，他一下子就把我們逗笑了，先是輕聲，後是縱聲，先是此起彼落，後是同時爆炸。我身旁坐著戒酒會的委員，他笑得前仰後合，唉，這人怎麼這樣喜歡喝酒，就給他喝吧。不主張戒酒了嗎？哦，委員還要做下去，由他喝過這一次再戒。同台的另一位演員，他的搭擋，想不給他喝也不行。幾杯下肚，舌頭開始打結，先是一個小結，後是一個大結，出現了妙趣橫生的醉語。我們常說醉態可掬，這天晚上我想醉語才引人入勝，他說一句，我們笑一次，他說得越多，我們笑得越多。我對戒酒委員說如果酒徒這般可愛，何必勸人戒酒？委員說你如果願意殘忍，可以花錢買酒製造一些醉鬼當電影看。幸而有辦法不必殘忍，我們聽相聲。唉，侯寶林啊侯寶林，你的同夥已經這樣出色，你怎樣超越？下一場相聲該侯寶林了吧，不是侯寶林，是侯的三公子。新桐乍引，春蘭怒發，七分英氣，三分鋒芒。他的一段相聲取材京劇，京劇最重傳統，不能出格，出格了就是笑話。要欣賞這一個段子得懂一點兒京劇，要說好這一個段子得對京劇出色當行。在這個段子裡，正和誤是對照平行的，觀眾要先看見花旦的標準眼神如何流盼生情，再爲了近視眼唱花旦噴出飯來。侯三少家學嫡傳，血統道統集於一身，他念鴻鸞喜金玉奴出場的四句引子，音質之佳，音色之美，這種聲音古人無以名之，謂之裂石，謂之遏雲，今人依然無以名之，仍然名曰裂石，名曰遏雲。聽他唱了三句王寶釧，我簡直得隴望蜀，想聽戲了。昔人有云，說相聲的有梅蘭芳的才沒有梅蘭芳的命，意思是說如果他唱戲也可以拔尖兒，現在的相聲演員不需要梅蘭芳的命，他有自己的命，他和梅蘭芳同命，都可以躋於藝術家之列。唉，侯寶林呀侯教授，你的公子怕是藍更勝青了吧。然後，然後，侯寶林出來了，還好，排節目的人夠意思，把他放在下半場的第一個節目，沒有弄成大軸，讓你多受煎熬。千頭萬頭，人海人山，多半爲了這一眼。一眼望去，老了，四十年來家國，三十萬里山河。一開口，嗓子依然金聲玉振，顫人心神。侯老，你成名的時候中國的戲院老闆還不懂得甚麼叫音響，委屈了你大半輩子。麥迪遜花園中心，林肯中心，卡內基音樂院，正是爲你這樣的人而設。中國語言的優美和您的語言天賦，也只有在這等地方可以百分之百彰顯出來，抑揚頓挫，清濁輕重，都成風格境界，清晰得像是藍色天鵝絨上的水晶。場中不知有多少人等著笑，會心一笑作逗點，縱聲大笑作句點，全體鬨堂分段落。多少人等著日後說他在侯寶林台下笑過。七十歲的侯老歷盡劫波，沒有煙火氣了，沒有稜角了，語驚四座的野心，堆砌高潮的機心，全在水流天地外，山色有無中。無限恬淡，無心插柳，大智若愚，大諧若莊，自成無數風趣，會當淩絕頂，一覽眾山小。他娓娓潺潺的說了一個猜謎的段子，說完了，掌聲不歇，又饒上一個醉漢夜歸的笑話。西諺有云所有的笑話都是長了鬍子的，七十年滄桑世變，多少事出格，多少事不調和，多少人突然變小，歷史是按照相聲法則發展過來的嗎？藝術何時才把痛哭化爲長歌呢。然而我想你我他在散場走出的時候都是滿足的，因爲我們快快樂樂的笑了一百次，而以最後這場相聲中笑得最是甘心。證明了我們童心未泯，聲帶未鏽，笑的能力未盡失。證明了笑沒有國籍，笑沒有地理限制，甚至也不分階級，所有的觀眾，老少窮富，左中右獨，龍蛇魚珠，都在走出大門的時候如同剛剛參加了一場喜慶盛典。

附記：

〈今天我要笑〉，紐約《中報．副刊》發表，曹又方主編。以抒情筆法記述聽侯寶林的相聲。一九八〇年中美建交，中國陸續派出著名的作家藝人訪問美國，曹禺、丁玲等人先後在紐約出現，散發寬鬆和諧的氣氛。商天佑說，王鼎鈞以詠歎語氣、專為相聲大師侯寶林撰一文，而以〈今天我要笑〉為題，表示新局走向帶給他的如釋重負之感。事後，侯寶林曾託便蒐集這篇文章。本文第一次收入選本。

——二〇〇〇年七月．選自爾雅版《風雨陰晴》

從白紙到大學

大約在我出生前一年，父親到上海謀職。那時上海由一位軍閥占據，軍閥下面有個處長是我們臨沂同鄉，經由他們推薦，父親做了那個軍閥的祕書。

那時上海是中國第一大埠，每年的稅收非常多，加上種種不法利得，是謀職者心目中的金礦寶山，父親能到那裡弄得一官半職，鄉人無不稱羨，可是，據說，父親離家兩年，並沒有一批一批款項匯回來，使祖父和繼祖母非常失望。

大約在我出生後一年，那位軍閥被國民革命軍擊敗，父親在亂軍之中倉皇回家，手裡提著一隻箱子。那時，手提箱不似今日精巧，尺寸近似十九吋電視機的畫面，厚度相當於一塊磚頭，這隻箱子是他僅有的「宦囊」。

箱子雖小，顯然沉重，鄉人紛紛議論，認為這隻隨身攜帶的箱子裡一定是金條、甚或是珠寶。一個龐大的集團山崩瓦解之日，每個成員當然抓緊最重要最有價值的東西，上海可不是個尋常的地方啊，伸手往黃浦江裡撈一下，抓上來的不是魚，是銀子。鄉下小販兜售的餅乾，原是上海人拉出來的大便！

可是，我家的經濟情形並沒有改善，依然一年比一年「緊張」，遣走使女，賣掉騾子，把靠近街面的房子租給人家做生意。鄉人駐足引頸看不到精采的場面，也就漸漸的把那隻手提箱忘記了。

我初小結業，升入高小，美術老師教我們畫水彩，我得在既有的文具之外增添顏料和畫圖紙。這時，父親從床底下把那隻箱子拿出來。箱子細緻潤澤，顯然是上等的牛皮。

他把箱子打開。

箱子裡裝的全是上等的白紙！

那時候我們的學生使用兩種紙，一種叫毛邊紙（我至今不知道這個名字的來歷），米黃色，纖維鬆軟，只能用毛筆寫字，還有一種就是今天的白報紙，那時叫新聞紙，光滑細密，可以使用鋼筆或鉛筆。那時，「新聞紙」已經是我們的奢侈品。

父親從箱子裡拿出來的紙是另一番模樣：顏色像雪，質地像瓷，用手撫摸的感覺像皮，用手提著一張紙在空氣中抖動，聲音像銅。這怎會是紙，我們幾曾見過這樣的紙！那時，以我的生活經驗，我的幻想，我的希冀，突然看見這一箱白紙，心中的狂喜一定超過看見了一箱銀圓！

當年父親的辦公室裡有很多很多這樣的紙。當年雲消霧散，父親的那些同事分頭逃亡，有人捲帶了經手的公款，有人挾帶搜刮的黃金，有人拿走沒收的鴉片，有人暗藏銀行的存摺。父親甚麼也沒有，他打算甚麼也不帶。

他忽然看見那些紙。

做一個讀書人，他一向愛紙。這些在家鄉難得一見的紙。緊接著，他想到，孩子長大了也會愛紙、需要紙，各種紙伴著孩子成長。而這樣好的紙，會使孩子開懷大笑。他找了一隻手提箱，把那些紙疊得整整齊齊，裝進去。

在那個三代同堂、五兄弟同居的大家庭裡，繼祖母因父親失寵而嫌惡母親，可是母親對父親並沒有特別的期望。母親當時打開箱子，看了，撫摸了，對父親說：「這樣清清白白，很好。」他們鎖上了箱子，放在臥床底下，誰也沒有再提。

倏忽七年。

七年後，父親看到了他預期的效果。我得到那一箱紙，頓時快樂得像個王子。由於紙好，畫出來的作業也分外生色，老師給的分數高。

高小只有兩年。兩年後應該去讀中學，可是那時讀中學是城裡有錢人的事，父親不能負擔那一筆又一筆花費。他開始爲我的前途憂愁，不知道我將來能做甚麼。但是，他不能沒有幻想，他看我的圖畫，喃喃自語：「這孩子也許能做個畫家。」

我用那些白紙摺成飛機，我的飛機飛得遠，父親說：「他將來也許能做個工程師。」

我喜歡看報，儘管那是一個多月以前的舊報。我依樣畫葫蘆自己「做」了一張報紙，頭條新聞用安徒生的「國王的新衣」，大邊欄用「司馬光打破水缸」。這又觸發了父親的幻想：「這孩子將來也許能編報。」

有一次，我帶了我的紙到學校裡去炫耀，一張一張贈送給同班同學，引起一片歡聲。父親大驚：「難道他將來做慈善事業？」

父親也知道幻想終於是幻想，他用一聲嘆息來結束。這時，母親會輕輕的說：「不管他做甚麼，能清清白白就好。」

清清白白就好。我聽見過好多次。

現在，我的母親逝世五十年了，父親逝世也將十六年了，而我這張白紙上已密密麻麻寫滿了幾百萬字。這幾百萬字可以簡約成一句話：「清白是生命中不可忍受之輕，也是不可承受之重。」

雖然寫滿了字，每個字的筆畫很清晰，筆畫間露出雪白耀眼的質地。白色的部分也是筆畫，可以組成另一句話，那是：「生命無色，命運多采。」

我小時候的夢想是上大學。因爲，據說，大學是一面社交、旅行、享受生活，一面隨興趣讀書的地方。我喜歡讀書，但是沒法喜歡中小學裡所有的功課。對我而言，數學、物理、體育，都是隨文學、音樂、美術而來的魔劫，一門一門的苦修，全是折磨。那時，據說，大學分科施教，培養專才，於是，在我的想像中，這就是度過苦海到達彼岸之後的樂土。

那時大學很少，我偶爾聽到一些名字：北大，因爲五四運動；金陵，因爲教會；齊魯，因爲山東。這些學校的畢業生卻一個也沒見到。那時專科學校的畢業生已經有資格把姓名印在縣志上，中學畢業生已經有資格參加祭孔的大典（不是去舞佾，而是站在行列裡與祭），我的意思是：想上大學很難、很難。

但是我很想上大學，尤其是讀了高爾基的〈我的大學〉之後。高爾基說，他的大學是「社會」。於是我想，以高爾基之「偉大」，還得借「大學」這個金字來妝點他的成就！

在我的想像中，大學有很高的圍牆，「夫子之牆數仞」嘛！大學既然很大，圍牆也就很長，我想起長城。既稱校園，院子裡應該種滿了花。挾著精裝書本的年輕人走來走去，走著走著就走出了校門。有時我覺得他們在這高大的圍牆之內「呼吸」了四年就成為知識分子，好像魚在水中嘴巴一開一合就長成大魚。我知道讀書也很辛苦，但我仔細觀察了一些專科學校的學生，認為他們絕對沒有工人或農夫那種疲倦或絕望的神色，根本不知勞苦為何物。

長大了做甚麼？讀大學！讀完了大學做甚麼？教大學！老了呢？那就葬在大學裡！但是，上大學很難，很難。

大學多半靠近大城。抗戰勝利後我才接近大城市，第一個是瀋陽。這時我已過了入大學的年齡，但「跛者不忘履」，有時還作著在那長城般的圍牆下疾走的夢。一天心血來潮，我決意到東北著名的某某大學去看看。路難找，還特地僱了時興的馬車。

某大學的圍牆並不高。但門禁頗嚴，要辦會客手續，這倒是作夢也沒想到。找誰？誰也不認識，想進來看看。看看？這是上課的地方，沒甚麼看頭，您還是找個電影院吧。

我夢想的大學可不是這個樣子。

最後一個大城市是上海。那時共軍渡江，上海無法久守。我忽然想看看某某大學。這回沒人攔阻盤問，由我信步而入，只見一群學生正在練著插秧歌，腋下掛著南方人習用的圓形枕頭，權充腰鼓。我疑惑走錯了地方，又「假設」這些人不是大學生，他們來借用一下校園。還沒理出個頭緒，十幾個小夥子迎面奔來，把我包圍了，打量了，指著校門，大喝「滾出去」！

甚麼也沒看清楚。後來我知道他們是「萬人秧歌隊歡迎解放軍入城」計畫的一部分，他們把我當成以窺探爲專業的敵人了。我夢想的大學也不是這個樣子。

終於來到台北，安分守己的「生活」起來。但是，在台北住了幾十年，時間太長，難免「故態復萌」。有一年住在溫州街，離某某大學不遠，某一天不知不覺走了進去。又夢遊一樣走出來。倒不覺得快樂，也沒甚麼傷心，只是耳朵裡留下幾句飄忽的歌聲。第二天又進去兜了一圈，從路上撿起幾片還很鮮豔的花瓣。兩次都談不到有甚麼印象，恍恍惚惚，模模糊糊，好像照相用的底片業已失效，感光有了困難。

我決定再去一次，這次我在校園裡選了一個長凳坐下，仔細看過往的學生。我仔細看他們的臉，那天烏雲密佈，那些臉卻都天朗氣清。他們的臉和世上各行各業的人不同，自成一個族類，感受很深，卻不知怎樣記述下來，幾十年留心閱讀，也沒看見別人有成功的描寫。又覺得這臉只有在校園裡才皎潔明顯，等到出門去擠公共汽車就難免褪了顏色。大概和尙離開蒲團，母親離開搖籃，畫家離開山水，都很難保持同樣的面容吧。

這倒像我想像的大學。可是沒多久來了個人，像個教授，可是他穿軍服。向我攀談，從從容容，他提醒我天要下雨了，順勢問我住的地方遠不遠。慢慢點上一枝菸，關心「今天不上班嗎，怎麼有空閒？」雨點果然打下來，第一滴水就澆熄了他的菸火，他丟掉香菸說：「下雨了，到我辦公室裡坐一坐。」他穿軍服，我開始覺得此地不宜久留，倒不是因為雨。但雨是很好的藉口，就讓它打散了我們的匆匆一面。

果然有效率，大約十天左右吧，有人找上我們的里長，查問我在政治上是否有可疑之處。果然有了效率，他把我當作另一種職業窺探者了。倒也不怕，政策我了解，「假設從寬，求證從嚴」，由他們去辛苦。也沒惱怒，醫生早已說了，內科檢驗有三十幾種益處。在上海的經驗是如彼，在台北的經驗是如此，我去買了一面鏡子，仔細察看自己的長相，到底甚麼地方像是吃這行飯的。天下無不是的××，其過一定在我。

若干年後，我受聘到某大學去兼課，算是和大學有了正常的關係。世事滄桑，人到中年，「心腸非故時」，並不興奮。我教了七年，主動辭職，回想起來，在決定辭職的那一刻，我已經看破了紅塵。

余光中作品

散文卷

余光中

福建永春人，1928年生。母鄉與妻鄉均在常州，故亦自命江南人。曾任教於台灣師範大學、政治大學、香港中文大學、高雄中山大學等校。著有散文集《左手的繆思》、《隔水呼渡》、《日不落家》、《逍遙遊》、《聽聽那冷雨》、《余光中精選集》等，另有詩集、評論集、翻譯作品等五十餘種。曾獲國家文藝獎、吳三連散文獎、吳魯芹散文獎、霍英東成就獎、新聞局圖書金鼎獎主編獎、聯合報年度十大好書獎等。

橋跨黃金城

1 長橋古堡

一行六人終於上得橋來。迎接我們的是兩旁對立的燈柱，一盞盞古典的玻璃燈罩舉著暖目的金黃。刮面是水寒的河風，一面還欺凌著我的兩肘和膝蓋。所幸兩排金黃的橋燈，不但暖目，更加溫心，正好為夜行人卻寒。水聲潺潺盈耳，橋下，想必是魔濤河了。三十多年前，獨客美國，常在冬天下午聽斯麥塔納的「魔濤河」，和德伏乍克的「新世界交響曲」，絕未想到，有一天竟會踏上他們的故鄉，把他們宏美的音波還原成這橋下的水波。靠在厚實的石欄上，可以俯見橋墩旁的木架上，一排排都是棲定的白鷗，雖然夜深風寒，卻不見瑟縮之態。遠處的河面倒漾著岸上的燈光，一律是安慰的熟銅爛金，溫柔之中帶著神祕，像什麼童話的插圖。

橋眞是奇妙的東西。它架在兩岸，原為過渡而設，但是人上了橋，卻不急於趕赴對岸，反而耽賞風景起來。原來是道路，卻變成了看臺，不但可以仰天俯水，縱覽兩岸，還可以看看停停，從容漫步。愛橋的人沒有一個不恨其短的，最好是永遠走不到頭，讓重嚬的魁梧把你凌空托在波上，背後的岸追不到你，前面的岸也捉你不著。於是你超然世外，不為物拘，簡直是以橋為鞍，騎在一匹河的背上。河乃時間之隱喻，不舍晝夜，又為逝者之別名。然而逝去的是水，不是河。自其變者而觀之，河乃時間；自其不變者而觀之，河又似乎永恆。橋上人觀之不厭的，也許就是這逝而猶在、常而恆遷的生命。而橋，兩頭抓住逃不走的岸，中間放走抓不住的河，這件事的意義，形而上的可供玄學家去苦思，形而下的不妨任詩人來歌詠。

但此刻我卻不能在橋上從容覓句，因為已經夜深，十一月初的氣候，在中歐這內陸國家，晝夜的溫差頗大。在呢大衣裡面，我只穿了一套厚西裝，卻無毛衣。此刻，橋上的氣溫該只有攝氏六、七度上下吧。當然不是無知，竟然穿得這麼單薄就來橋上，而是因為剛去對岸山上的布拉格堡，參加國際筆會的歡迎酒會，恐怕戶內太暖，不敢穿得太多。

想到這裡，不禁回顧對岸。高近百尺的橋尾堡，一座雄赳赳哥德式的四方塔樓，頂著黑壓壓的楔狀塔尖，暈黃的燈光向上仰照，在夜色中矗然赫然有若巨靈。其後的簇簇尖塔探頭探腦，都擠著要窺看我們，只怕這橋尾堡太近太高了，項背所阻，誰也出不了頭。但更遠更高處，晶瑩天際，已經露出了一角布拉格堡。

「快來這邊看！」茵西在前面喊我們。

大家轉過身去，趕向橋心。茵西正在那邊等我們。她的目光興奮，正越過我們頭頂，眺向遠方，更伸臂向空指點。我們趕到她身邊，再度回顧，頓然，全愣呆了。

剛才的橋尾堡矮了下去。在它的後面，不，上面，越過西岸所有的屋頂、塔頂、樹頂，堂堂崛起布拉格堡嵯峨的幻象，那君臨全城不可一世的氣勢、氣派、氣概，並不全在巍然而高，更在其千窗排比、橫行不斷、一氣呵成的邐然而長。不知有幾萬燭光的腳燈反照宮牆，只覺連延的白壁上籠著一層虛幻的蛋殼青，顯得分外晶瑩惑眼，就這麼展開了幾近一公里的長夢。奇蹟之上更奇蹟，堡中的廣場上更升起聖維徒斯大教堂，一簇峻塔鋒芒畢露，凌乎這一切壯麗之上，刺進波希米亞高寒的夜空。

那一簇高高低低的塔樓，頭角崢嶸，輪廓矍鑠，把聖徒信徒的禱告舉向天際，是布拉格所有眼睛仰望的焦點。那下面埋的是查理四世，藏的，是六百年前波希米亞君王的皇冠和權杖。所謂布拉格堡（Pražský hrad）並非一座單純的城堡，而是一組美不勝收目不暇接的建築，盤盤囷囷，歷六世紀而告完成，其中至少有六座宮殿、四座塔樓、五座教堂，還有一座畫廊。

剛才的酒會就在堡的西北端，一間豪華的西班牙廳（Spanish Hall）舉行。慣於天花板低壓頭頂的現代人，在高如三樓的空廳上俯仰睥睨，眞是「敞快」。複瓣密蕊的大吊燈已經燦人眉睫，再經四面的壁鏡交相反映，更形富麗堂皇。原定十一點才散，但過了九點，微醺的我們已經不耐這樣的摩肩接踵，胡亂掠食，便提前出走。

一踏進寬如廣場的第二庭院，夜色逼人之中覺得還有樣東西在壓迫夜色，令人不安。原來是有兩尊巨靈在宮樓的背後，正眈眈俯窺著我們。驚疑之下，六人穿過幽暗的走廊，來到第三庭院。尚未定下神來，逼人顴額的雙塔早蔽天塞地擋在前面，不，上面；絕壁拔升的氣勢，所有的線條所有的銳角都飛騰向上，把我們的目光一直帶到塔頂，但是那嶙峋的斜坡太陡了，無可托趾，而仰瞥的角度也太高了，怎堪久留，所以冒險攀援的目光立刻又失足滑落，直跌下來。

這聖維徒斯大教堂起建於一三四四年，朝西這邊的新哥德式雙塔卻是十九世紀末所築，高八十二公尺，門頂的八瓣玫瑰大窗直徑爲十公尺點四，彩色玻璃繪的是創世紀。凡此都是後來才得知的，當時大家辛苦攀望，昏昏的夜空中只見這雙塔肅立爭高，被腳燈從下照明，宛若夢遊所見，當然不遑辨認玫瑰窗的主題。

茵西領著我們，在布拉格堡深宮巨寺交錯重疊的光影之間一路向東，摸索出路。她兼擅德文與俄文，兩者均爲布拉格的征服者所使用，但是，她說，納粹畢竟早於共黨，對布拉格人說德文，比較不惹反感。所以她領著我們問路、點菜，都用德文。其實捷克語文出於斯拉夫系，爲其西支，與俄文接近。以「茶」一字爲例，歐洲各國皆用中文的發音，捷克文說čaj，和俄文cháy一樣，是學國語。德文說Tee，卻和英文一樣了，是學閩南語。

在暖黃的街燈指引下，我們沿著灰紫色磚砌的坡道，一路走向這城堡的後門。布拉格有一百廿多萬人口，但顯然都不在這裡。寒寂無風的空氣中，只有六人的笑語和足音，在迤邐的荒巷裡隱隱迴盪。巷長而斜，整潔而又乾淨，偶爾有車駛過，輪胎在磚道上磨出細密而急驟的聲響，恍若陣雨由遠而近，復歸於遠，聽來很有情韻。

終於我們走出了城堡，回顧堡門，兩側各有一名衛兵站崗。想起卡夫卡的K欲進入一神祕的古堡而不得其門，我們從一座深堡中卻得其門而出，也許是象徵布拉格眞的自由了：不但擺脫了納粹與共黨的惡夢，而且現在是開明的總統，也是傑出的戲劇家，哈維爾（Václav Havel, 1936-），坐在這布拉格堡裡辦公。

堡門右側，地勢突出成懸崖，上有看臺，還圍著一段殘留的古堞。憑堞遠眺，越過萬戶起伏的屋頂和靜靜北流的魔濤河，東岸的燈火盡在眼底。夜色迷離，第一次俯瞰這陌生的名城，自然難有指認的驚喜。但滿城金黃的燈火，叢叢簇簇，宛若光蕊，那一盤溫柔而神祕的金輝，令人目暖而神馳，儘管陌生，卻感其似曾相識，直疑是夢境。也難怪布拉格叫做黃金城。

而在這一片高低迤邐遠近交錯的燈網之中，有一排金黃色分外顯赫，互相呼應著凌水而渡，正在我們東南。那應該是——啊，有名的查理大橋了。茵西欣然點頭，笑說正是。

於是我們振奮精神，重舉倦足，在土黃的宮牆外，沿著織成圖案的古老石階，步下山去。

而現在，我們竟然立在橋心，回顧剛才摸索而出的古寺深宮，忽已矗現在彼岸，變成了幻異矗人的空中樓閣、夢中城堡。真的，我們是從那裡面出來的嗎？這莊周式的疑問，即使問橋下北逝的流水，這千年古都的見證人，除了不置可否的潺潺之外，恐怕什麼也問不出來。

2　查理大橋

過了兩天，我們又去那座著魔的查理大橋（Charles Bridge，捷克文爲Karlův most）。魔濤河（Moldau，捷克文爲Vltava）上架橋十二，只有這條查理大橋不能通車，只可徒步，難怪行人都喜歡由此過橋。說是過橋，其實是遊橋。因爲橋上不但可以俯觀流水，還可以遠眺兩岸：凝望流水久了，會有點受它催眠，也就是出神吧；而從橋上看岸，不但左右逢源，而且因爲夠遠，正是美感的距離。如果橋上不起車塵，更可從容漫步。如果橋上有人賣藝，或有雕刻可觀，當然就更動人。這些條件查理大橋無不具備，所以行人多在橋上流連，並不急於過橋：手段，反而勝於目的。

查理大橋爲查理四世 (Charles IV, 1316-1376) 而命名，始建於一三五七年，直到十五世紀初年才完成。橋長五百二十公尺，寬十公尺，由十六座橋墩支持，全用灰朴朴的砂岩砌成。造橋人是查理四世的建築總監巴勒 (Peter Parler)：他是哥德式建築的天才，包括聖維徒斯大教堂及老城橋塔在內，布拉格在中世紀的幾座雄偉建築都是他的傑作。十七世紀以來，兩側的石欄上不斷加供聖徒的雕像，或爲獨像，例如聖奧古斯丁，或爲群像，例如聖母慟抱耶穌，或爲本地的守護神，例如聖溫塞斯拉斯 (Wenceslas)，等距對峙，共有三十一組之多，連像座均高達二丈，簡直是露天的天主教雕刻大展。

橋上既不走車，十公尺石磚鋪砌的橋面全成了步道，便顯得很寬坦了。兩側也有一些攤販，多半是賣河上風光的繪畫或照片，水準頗高，不然就是土產的髮夾胸針、項鍊耳環之類，造型也不俗氣，偶爾也有俄式的木偶或荷蘭風味的瓷器街屋。這些小貨攤排得很鬆，都掛出營業執照，而且一律不放音樂，更不用擴音器。音樂也有，或爲吉他、提琴，或爲爵士樂隊，但因橋面空曠，水聲潺潺，即使熱烈的爵士樂薩克斯風，也迅隨河風散去。一曲既罷，掌聲零落，我們不忍，總是向倒置的呢帽多投幾枚銅幣。有一次還見有人變戲法，十分高明。這樣悠閒的河上風情，令我想起「清明上河圖」的景況。

行人在橋上，認眞趕路的很少，多半是東張西望，或是三五成群，欲行還歇，仍以年輕人爲多。人來人往，都各行其是，包括情侶相擁而吻，公開之中不失個別的隱私。若是獨遊，這橋上該也是旁觀眾生或是想心事最佳的去處。

河景也是大有可觀的，而且觀之不厭。布拉格乃千年之古城，久爲波希米亞王國之京師，在查理四世任羅馬皇帝的歲月，更貴爲帝都，也是十四世紀歐洲有數的大城。這幸運的黃金城未遭兵燹重大的破壞，也絕少礙眼的現代建築齟齬其間，因此歷代的建築風格，從高雅的羅馬式到雄渾的哥德式，從巴洛克的宮殿到新藝術的蔭道，均得保存迄今，乃使布拉格成爲「具體而巨」的建築史博物館，而布拉格人簡直就生活在藝術的傳統裡。

站在查理大橋上放眼兩岸，或是徜徉在老城廣場，看不盡哥德式的樓塔黛裡帶青，凜凜森嚴，猶似戴盔披甲，在守衛早陷落的古城。但對照這些冷肅的身影，滿城卻千門萬戶，熱鬧著橙紅屋頂，和下面，整齊而密切的排窗，那活潑生動的節奏，直追莫札特的快板。最可貴的，是一排排的街屋，甚至一棟棟的宮殿，幾乎全是四層樓高，所以放眼看去，情韻流暢而氣象完整。

橋墩上棲著不少白鷗，每逢行人餵食，就紛紛飛起，在石欄邊穿梭交織。行人只要向空中拋出一片麵包，尙未落下，只覺白光一閃，早已被敏捷的黃喙接了過去。不過是幾片而已，竟然召來這許多素衣俠高來高去，翻空躡虛，展露如此驚人的輕功。

3 黃金巷

布拉格堡一探，猶未盡興。隔一日，茵西又領了我們去黃金巷（Zlatá ulička）。那是一條令人懷古的磚道長巷，在堡之東北隅，一端可通古時囚人的達利波塔，另一端可通白塔。從堡尾的石階一路上坡，入了古堡，兩個右轉就到了。巷的南邊是伯爾格瑞夫宮，北邊是碉堡的石壁，古時厚達一公尺。壁壘既峻，宮牆又高，黃金巷蜷在其間，有如狹谷，一排矮小的街屋，蓋著瓦頂，就勢貼靠在厚實的堡壁上。十六世紀以後，住在這一排陋屋裡的，是號稱神槍手（sharpshooters）的砲兵，後來金匠、裁縫之類也來此開鋪。相傳在魯道夫二世之朝，這巷裡開的都是鍊金店，所以叫作黃金巷。

如今這些矮屋，有的漆成土紅色，有的漆成淡黃、淺灰，蜷縮在斜覆的紅瓦屋頂下，令人幻覺，怎麼走進童話的插圖裡來了？這條巷子只有一百三十公尺長，但其寬度卻不規則，闊處約爲窄處的三倍。走過窄處，張臂幾乎可以觸到兩邊的牆壁，加以屋矮門低，牆壁的顏色又塗得稚氣可掬，乃令人覺其可親可愛，又有點不太現實。進了門去，更是屋小如舟，只要人多了一點，就會摩肩接踵，又髣髴是擠在電梯間裡。

砲兵和金匠當然都不見了。興奮的遊客探頭探腦，進出於迷你的玩具店、水晶店、書店、咖啡館，總不免買些小紀念品回去。最吸引人的一家在淺綠色的牆上釘了一塊細長的銅牌，上刻「佛朗慈．卡夫卡屋」，頗帶梵谷風格的草綠色門楣上，草草寫上「二十二號」。裡面是一間極小的書店，除了陳列一些卡夫卡的圖片說明，就是賣書了。我用七十克朗（crown，捷克文爲korun，與臺幣等值）買到一張布拉格的「漫畫地圖」，十分得意。

「漫畫地圖」是我給取的綽號，因爲正規地圖原有的抽象符號，都用漫畫的筆法，簡要明快地繪成生動的具象：其結果是地形與方位保持了常態，但建築與行人、街道與廣場的比例，卻自由縮放，別有諧趣。

黃金巷快到盡頭時，有一段變得更窄，下面是灰色的石磚古道，上面是蒼白的一線陰天，兩側是削面而起的牆壁，縱橫著斑剝的滄桑。行人走過，步聲跫然，隱蔽之中別有一種隔世之感。這時光隧道通向一個空落落的天井，三面圍著鐵灰的厚牆，只有幾扇封死了的高窗。顯然，這就是古堡的盡頭了。

寒冷的岑寂中，我們圍坐在一柄夏天的涼傘下，捧喝著咖啡與熱茶取暖。南邊的石城牆上嵌著兩扉木門，灰褐而斑駁，也是封死了的。門上的銅環，上一次是誰來叩響的呢，問滿院的寂寞，所有的頑石都不肯回答。我們就那麼坐著，似乎在傾聽六百年古堡隱隱的耳語，在訴說一個灰頽的故事。若是深夜在此，查理四世的鬼魂一聲咳嗽，整座空城該都有回聲。而透過窄巷，仍可窺見那一頭的遊客來往不絕，恍若隔了一世。

4 猶太區

凡愛好音樂的人都知道，布拉格是斯麥塔納和德伏乍克之城。同樣，文學的讀者也都知道，卡夫卡，悲哀的猶太天才，也是在此地誕生，寫作，度過他一生短暫的歲月。

悲哀的猶太人在布拉格，已有上千年的歷史。斯拉夫人來得最早，在第五世紀便住在今日布拉格堡所在的山上了。然後在第十世紀來了亞伯拉罕的後人，先是定居在魔濤河較上游的東岸，十三世紀中葉更在老城之北，正當魔濤河向東大轉彎處，以今日「猶太舊新教堂」(Staronova synagoga) 爲中心，發展出猶太區來。儘管猶太人納稅甚豐，當局對他們的態度卻時寬時苛，而布拉格的市民也很不友善，因此猶太人沒有公民權，有時甚至遭到迫遷。直到一八四八年，開明的哈布司堡朝皇帝約瑟夫二世 (Joseph II) 才賦予公民權。猶太人爲了感恩，乃將此一地區改稱「約瑟夫城」(Josefov)，一直沿用迄今。

這約瑟夫城圍在布拉格老城之中，乃布拉格最小的一區，卻是遊客必訪之地。茵西果然帶我們去一遊。我們從地鐵的佛羅倫斯站 (Florenc) 坐車到橋站 (Můstek)，再轉車到老城站 (Staroměstská)，沿著西洛卡街東行一段，便到了老猶太公墓。從西洛卡街一路蜿蜒到利斯托巴杜街，這一片凌亂而又荒蕪的墓地呈不規則的Z字形。其間的墓據說多達一萬二千，三百多年間的葬者層層相疊，常在古墓之上堆上新土，再葬新鬼。最早的碑石刻於一四三九年，死者是詩人兼法學專家阿必多．卡拉；最後葬此的是摩西．貝克，時在一七八七年。由於已經墓滿，「死無葬身之地」，此後的死者便葬去別處。

那天照例天陰，冷寂無風，進得墓地已經半下午了。葉落殆盡的枯樹林中，飄滿蝕黃鏽赤的墓地上，盡堆著一排排一列列的石碑，都已半陷在土裡，或正或斜，或傾側而欲倒，或入土已深而只見碑頂，或出土而高欲與人齊，或交肩疊背相恃相倚，加以光影或迎或背，碑形或方或三角或繁複對稱，千奇百怪，不一而足。石面的浮雕古拙而蒼勁，有些花紋圖案本身已恣肆淋漓，再歷經風霜雨露天長地久的侵蝕，半由人雕鑿半由造化磨練，終於斑剝陸離完成這滿院的雕刻大展，陳列著三百多年的生老病死，一整個民族流浪他鄉的驚魂擾夢。

我們走走停停，憑弔久之，徒然猜測碑石上的希伯萊古文刻的是誰何的姓氏與行業，不過發現石頭的質地亦頗有差異；其中石紋粗獷、蒼青而近黑者乃是砂岩，肌理光潔、或白皙或淺紅者應爲大理石，砂岩的墓碑年代古遠，大理石碑當較晚期。

「這一大片迷魂石陣，」轉過頭去我對天恩說，「可稱爲布拉格的碑林。」

「一點也不錯，」天恩走近來，「可是怎麼只有石碑，不見墳墓？」

茵西也走過來，一面翻閱小冊子，說道：「據說是石上塡土，土上再立碑，共有十層之深。」

「眞是不可思議，」隱地也拎著相機，追了上來。四顧不見邦媛，我存和我問茵西，茵西笑答：

「她在外面等我們呢。她說，黃昏的時候莫看墳墓。」

經此一說，大家都有點惴惴不安了，更覺得墓地的陰森加重了秋深的蕭瑟。一時眾人默然面對群碑，天色似乎也暗了一層。

「擾攘一生，也不過留下一塊頑石。」天恩感嘆。

「能留下一塊碑就不錯了，」茵西說。「二次大戰期間，納粹在這一帶殺害了七萬多猶太人。這些冤魂在猶太教堂的紀念牆上，每個人的名字和年份只佔了短短窄窄一小行而已——」

「眞的啊？」隱地說。「在哪裡呢？」

「就在隔壁的教堂，」茵西說。「跟我來吧。」

墓地入口處有一座巴洛克式的小教堂，叫作克勞茲教堂（Klaus Synagogue），裡面展出古希伯萊文的手稿和名貴的版畫，但令人低徊難遣的，卻是樓上收集的兒童作品。那一幅幅天真爛漫的素描和水彩，線條活潑，構圖單純，色調生動，在稚拙之中流露出童真的淘氣、諧趣。觀其潛力，若是加以培養，未必不能成就來日的米羅和克利。但是，看過了旁邊的說明之後，你忽然笑不起來了。原來這些孩子都是納粹佔領期間關在泰瑞辛（Terezin）集中營裡的小俘虜：當別的孩子在唱兒歌看童話，他們卻擠在窒息的貨車廂裡，被押去令人嗆咳而絕的毒氣室，那滅族的屠場。

腳步沈重，心情更低沈，我們又去南邊的一座教堂。那是十五世紀所建的文藝復興式古屋，叫平卡斯教堂（Pinkas Synagogue），正在翻修。進得內堂，迎面是一股悲肅空廓的氣氛，已經直覺事態嚴重。窗高而小，下面只有一面又一面石壁，令人絕望地仰面窺天，呼吸不暢，如在地牢。高峻峭起的石壁，一幅連接著一幅，從高出人頭的上端，密密麻麻，幾乎是不留餘地，令人的目光難以舉步，一排排橫刻著死者的姓名和遇難的日期，名字用血的紅色，死期用訃聞的黑色，一直排列到牆角。我們看得眼花而鼻酸。湊近去細審徐讀，才把這滅族的浩劫一一還原成家庭的噩耗。我站在F部的牆下，發現竟有心理學家佛洛依德的宗親，是這樣刻的：

FREUD Artur 17. V 1887–1.X 1944 Flora 24.II 1893–1. X1944

這麼一排字，一個悲痛的極短篇，就說盡了這對苦命夫妻的一生。丈夫阿瑟・佛洛依德比妻子芙羅拉大六歲，兩人同日遇難，均死於一九四四年十月一日，丈夫五十七歲，妻子五十一歲，其時離大戰結束不過七個月，竟也難逃劫數。另有一家人與漢學家佛朗科同姓，刻列如下：

FRANKL Leo 28. I 1904–26.X 1942 Olga 16.III 1910–26.X 1942 Pavel 2. VII 1938–26.X 1942

足見一家三口也是同日遭劫，死於一九四二年十月廿六，爸爸利歐只有三十八歲，媽媽娥佳只有三十二，男孩巴維才四歲呢。僅此一幅就摩肩接踵，橫刻了近二百排之多，幾乎任挑一家來核對，都是同年同月同日死去，偶有例外，也差得不多。在接近牆腳的地方，我發現佛萊歇一家三代的死期：

FLEISCHER Adolf 15.X 1872–6.VI 1943 Hermina 20.VII 1874–18. VII 1943 Oscar 29.IV 1902–28.IV 1942 Gerda 12.IV 1913–28.IV 1942 Jiri 23.X 1937–28.IV 1942

根據這一串不祥數字，當可推測祖父阿道夫死於一九四三年六月六日，享年（忍年？）七十一歲，祖母海敏娜比他晚死約一個半月，忍年六十九歲：那一個半月她的悲慟或憂疑可想而知。至於父親奧斯卡，母親葛兒妲，孩子吉瑞，則早於一九四二年四月廿八日同時殞命，但祖父母是否知道，僅憑這一行半行數字卻難推想。

我一路看過去，心亂而眼酸，一面面石壁向我壓來，令我窒息。七萬七千二百九十七具赤裸裸的屍體，從耄耋到稚嬰，在絕望而封閉的毒氣室巨墓裡扭曲著掙扎著死去，千肢萬骸向我一鏟鏟一車車拋來投來，將我一層層一疊疊壓蓋在下面。於是七萬個名字，七萬不甘冤死的鬼魂，在這一面面密密麻麻的哭牆上一起慟哭了起來，滅族的哭聲、喊聲，夫喊妻，母叫子，祖呼孫，那樣高分貝的悲痛和怨恨，向我衰弱的耳神經洶湧而來，歷史的餘波回響捲成滅頂的大漩渦，將我捲進……我聽見在戰爭的深處母親喊我的回聲。

南京大屠殺，重慶大轟炸，我的哭牆在何處？眼前這石壁上，無論多麼擁擠，七萬多猶太冤魂總算已各就各位，丈夫靠著亡妻，夭兒偎著生母，還有可供憑弔的方寸歸宿。但我的同胞族人，武士刀夷燒彈下那許多孤魂野鬼，無名無姓，無宗無親，無碑無墳，天地間，何曾有一面半面的哭牆供人指認？

5 卡夫卡

今日留居在布拉格的猶太人，已經不多了。曾經，他們有功於發展黃金城的經濟與文化，但是往往贏不到當地捷克人的友誼。最狠的還是希特勒。他的計畫是要「徹底解決」，只保留一座「滅族絕種博物館」，那就是今日倖存的六座猶太教堂和一座猶太公墓。

德文與捷克文並爲捷克的文學語言。里爾克(R.M. Rilke, 1875-1926)、費爾非(Franz Werfel, 1890-1945)、卡夫卡(Franz Kafka,1883-1924)同爲誕生於布拉格的德語作家，但是前二人的交遊不出猶太與德裔的圈子，倒是猶太裔的卡夫卡有意和當地的捷克人來往，並且公開支持社會主義。

然而就像他小說中的人物一樣，卡夫卡始終突不破自己的困境，注定要不快樂一生。身爲猶太種，他成爲反猶太的對象。來自德語家庭，他得承受捷克人民的敵視。父親是殷商，他又不見容於無產階級。另一層不快則由於厭恨自己的職業：他在「勞工意外保險協會」一連做了十四年的公務員，也難怪他對官僚制度的荒謬著墨尤多。

此外，卡夫卡和女人之間亦多矛盾：他先後訂過兩次婚，都沒有下文。但是一直壓迫著他、使他的人格扭曲變形的，是他那壯碩而獨斷的父親。在一封沒有寄出的信裡，卡夫卡怪父親不了解他，使他喪失信心，並且產生罪惡感。他的父親甚至罵他做「蟲豸」(ein ungeziefer)。緊張的家庭生活，強烈的宗教疑問，不斷折磨著他。在《審判》、《城堡》、《變形記》等作品中，年輕的主角總是遭受父權人物或當局誤解、誤判、虐待，甚至殺害。

就這麼，這苦悶而焦慮的心靈在晝魘裡徘徊夢遊，一生都自困於布拉格的迷宮，直到末年，才因肺病死於維也納近郊的療養院。生前他發表的作品太少，未能成名，甚至臨終還囑友人布洛德(Max Brod)將他的遺稿一燒了之。幸而布洛德不但不聽他的，反而將那些傑作，連同三千頁的日記、書信，都編妥印出。不幸在納粹然後是共黨的統治下，這些作品都無法流通。一九三一年，他的許多手稿被蓋世太保沒收，從此沒有下文。後來，他的三個姊妹都被送去集中營，慘遭殺害。

直到五〇年代，在卡夫卡死後三十年，他的德文作品才譯成了捷克文，並經蘇格蘭詩人繆爾夫婦 (Edwin and Willa Muir) 譯成英文。

布拉格，美麗而悲哀的黃金城，其猶太經驗尤其可哀。這金碧輝煌的文化古都，到處都聽得見卡夫卡咳嗽的回聲。最富於市井風味歷史趣味的老城廣場(Staroměstské náměstí)，有一座十八世紀洛可可式的金斯基宮，卡夫卡就在裡面的德文學校讀過書，他的父親也在裡面開過時裝配件店。廣場的對面，還有卡夫卡藝廊。猶太區的入口處，梅索街五號有卡夫卡的雕像。許多書店的櫥窗裡都擺著他的書，掛著他的畫像。

畫中的卡夫卡濃眉大眼，憂鬱的眼神滿含焦灼，那一對瞳仁正是高高的獄窗，深囚的靈魂就攀在窗口向外窺探。黑髮蓄成平頭，低壓在額頭上。招風的大耳朵突出於兩側，警醒得似乎在收聽什麼可疑、可驚的動靜。挺直的鼻樑，輪廓剛勁地從眉心削落下來，被豐滿而富感性的嘴唇托個正著。

布拉格的迷宮把徬徨的卡夫卡困成了一場惡夢，最後這惡夢卻回過頭來，爲這座黃金城加上了桂冠。

6 遭竊記

布拉格的地鐵也叫Metro，沒有巴黎、倫敦的規模，只有三線，卻也乾淨、迅疾、方便，而且便宜。令人吃驚的是：地道挖得很深，而自動電梯不但斜坡陡峭，並且移得很快，起步要是踏不穩準，同時牢牢抓住扶手，就很容易跌跤。梯道斜落而長，分爲兩層，每層都有五樓那麼高。斜降而下，雖無滑雪那麼迅猛，勢亦可驚。俯衝之際，下瞰深谷，令人有伊于胡底之憂。

布城人口一百廿多萬，街上並不顯得怎麼熙來攘往，可是地鐵站上卻眞是擠，也許不是那麼擠，而是因爲電梯太快，加以一邊俯衝而下，另一邊則仰昂而上，倍增交錯之勢，令人分外緊張。尖峰時段，車上摩肩擦背，就更擠了。

我們一到布拉格，駐捷克代表處的謝新平代表伉儷及黃顧問接機設宴，席間不免問起當地的治安。主人笑了一下說：「倒不會搶，可是扒手不少，也得提防。」大家鬆了一口氣，隱地卻說：「不搶就好。至於偷嘛，也是憑智慧——」逗得大家笑了。

從此我們心上有了小偷的陰影，尤其一進地鐵站，嚮導茵西就會提醒大家加強戒備。我在國外旅行，只要有機會搭地鐵，很少放過，覺得跟當地中、下層民眾擠在一起，雖然說不上什麼「深入民間」，至少也算見到了當地生活的某一橫剖面，能與當地人同一節奏，總是值得。

有一天，在布拉格擁擠的地鐵車上，見一乾瘦老者聲色頗厲地在責備幾個少女，老者手拉吊環而立，少女們則坐在一排。開始我們以爲那滔滔不絕的斯拉夫語，是長輩在訓晚輩，直到一位少女赧赧含笑站起來，而老者立刻向空位上坐下去，才恍然他們並非一家人，而是老者責罵年輕人不懂讓座，有失敬老之禮。我們頗有感慨，覺得那老叟能理直氣壯地當眾要年輕人讓座，足見古禮尚未盡失，民風未盡澆薄。不料第二天在同樣滿座的地鐵車上，一位十五、六歲的男孩，像是中學生模樣，竟然起身讓我，令我很感意外。不忍辜負這好孩子的美意，我一面笑謝，一面立刻坐了下去。那孩子「日行一善」，似乎還有點害羞，竟然半別過臉去。這一幕給我的印象至深，迄今溫馨猶在心頭。這小小的國民外交家，一念之仁，贏得遊客由衷的銘感，勝過了千言不慚的觀光手冊。苦難的波希米亞人，一連經歷了納粹與共產的凌虐折磨，竟然還有這麼善良的子弟，令人對所謂「共產國家」不禁改觀。

到布拉格第四天的晚上，我們乘地鐵回旅館。車到共和廣場站(Náměsti Republicky)，五個人都已下車，我跟在後面，正要跨出車廂，忽聽有人大叫「錢包！錢包！」聲高而情急。等我定過神來，隱地已衝回車上，後面跟著茵西。車廂裡一陣驚愕錯亂，只聽見隱地說：「證件全不見了！」整個車廂的目光都蝟聚在隱地身上，看著他抓住一個六十上下的老人，抓住那老人手上的棕色提袋，打開一看——卻是空的！

這時車門已自動合上。透過車窗，邦媛、天恩、我存正在月臺上惶惑地向我們探望。車動了。茵西向他們大叫：「你們先回旅館去！」列車出了站，加起速來。那被搜的老人也似乎一臉惶惑，拎著看來是無辜的提包。茵西追問隱地災情有多慘重，我在心亂之中，只曚曨意識到「證件全不見了！」似乎比丟錢更加嚴重。忽然，終站佛羅倫斯到了。隱地說：「下車吧！」茵西和我便隨他下車。我們一路走回旅館，途中隱地檢查自己的背包，發現連美金帶臺幣，被扒的錢包裡大約值五百多美金。「還好，」他最後說，「大半的美金在背包裡。臺灣的身分證跟簽帳卡一起不見了，幸好護照沒丟。不過——」

「不過怎麼？」我緊張地問道。

「被扒的錢包是放在後邊褲袋裡的，」隱地嘖嘖納罕。「袋是鈕釦扣好的，可是錢包扒走了，鈕釦還是扣得好好的。真是奇怪！」

茵西和我也想不通。我笑說：「恐怕眞有三隻手——一手解鈕，一手偷錢，第三隻再把鈕扣上。」

知道護照還在，餘錢無損，大家都舒了一口氣。我忽然大笑，指著隱地說：「都是你，聽謝代表說此地只偷不搶，別人都沒開口，你卻搶著說：『偷錢要靠智慧，也是應該。』眞是一語成讖！」

7 緣短情長

捷克的玻璃業頗爲悠久，早在十四世紀已經製造教堂的玻璃彩窗。今日波希米亞的雕花水晶，更廣受各國歡迎。在布拉格逛街，最誘惑人的是琳琅滿目的水晶店，幾乎每條街都有，有的街更一連開了幾家。那些彩杯與花瓶，果盤與吊燈，不但造型優雅，而且色調清純，驚豔之際，觀賞在目，摩挲在手，令人不覺陷入了一座透明的迷宮，唉，七彩的夢。醒來的時候，那夢已經包裝好了，提在你的袋裡，相當重呢，但心頭卻覺得輕快。何況價錢一點也不貴：臺幣三兩百元就可以買到小巧精緻，上千，就可以擁有高貴大方了。

我們一家家看過去，提袋愈來愈沈，眼睛愈來愈亮，情緒不斷上升。當然，有人不免覺得貴了，或是擔心行李重了，我便唸出即興的四字訣來鼓舞士氣：

昨天太窮

後天太老
今天不買
明天懊惱

大家覺得有趣，就一齊唸將起來，真的感到理直氣壯，愈買愈順手了。

捷克的觀光局要是懂事，應該把我這「勸購曲」買去宣傳，一定能教無數守財奴解其嗇囊。

捷克的木器也做得不賴。紀念品店裡可以買到彩繪的漆盒，玲瓏鮮麗，令人撫玩不忍釋手。兩三千元就可以買到精品。有一盒繪的是天方夜譚的魔毯飛行，神奇富麗，美不勝收，可惜我一念吝嗇，竟未下手，落得「明天懊惱」之譏。

還有一種俄式木偶，有點像中國的不倒翁，繪的是胖墩墩的花衣村姑，七色鮮豔若俄國畫家夏高 (Marc Chagall) 的畫面。櫥窗裡常見這村姑成排站著，有時多達十一、二個，但依次一個比一個要小一號。仔細看時，原來這些胖妞都可以齊腰剝開，裡面是空的，正好裝下小一號的「妹妹」。

一天晚上，我們去看了莫札特的歌劇「唐喬凡尼」(Don Giovanni)，不是真人而是木偶所演。莫札特生於薩爾斯堡，死於維也納，但他的音樂卻和布拉格不可分割。他一生去過那黃金城三次，第二次去就是爲了「唐喬凡尼」的世界首演。那富麗而飽滿的序曲正是演出的前夕神速譜成，樂隊簡直是現看現奏。莫札特親自指揮，前臺與後臺通力合作，居然十分成功。可是「唐喬凡尼」在維也納卻不很受歡迎，所以莫札特對布拉格心存感激，而布拉格也引以自豪。

一九九一年，爲紀念莫札特逝世兩百周年，布拉格的國家木偶劇場(National Marionette Theatre)首次演出「唐喬凡尼」，不料極爲叫座，三年下來，演了近七百場，觀眾已達十一萬人。我們去的那夜，也是客滿。那些木偶約有半個人高，造型近於漫畫，幕後由人拉線操縱，與音樂密切配合，而舉手投足，彎腰扭頭，甚至仰天跪地，一切動作在突兀之中別有諧趣，其妙正在眞幻之間。

臨行的上午，別情依依。隱地、天恩、我存和我四人，迴光返照，再去查理大橋。清冷的薄陰天，河風欺面，只有七、八度的光景。橋上眾藝雜陳，行人來去，仍是那麼天長地久的市井閒情。想起兩百年前，莫札特排練罷「唐喬凡尼」，沿著栗樹掩映的小巷一路回家，也是從查理大橋，就是我正踏著的這座灰磚古橋，到對岸的史泰尼茨酒店喝一杯濃烈的土耳其咖啡；想起卡夫卡、里爾克的步聲也在這橋上橐橐踏過，感動之中更覺得離情漸濃。

我們提著在橋頭店中剛買的木偶；隱地和天恩各提著一個小卓別林，戴高帽，揮手杖，蓄黑髭，張著外八字，十分惹笑。我提的則是大眼睛翹鼻子的木偶皮諾丘，也是人見人愛。

沿著橋尾斜落的石級，我們走下橋去，來到康佩小村，進了一家叫「金剪刀」的小餐館。店小如舟，掩映著白紗的窗景卻精巧如畫，菜價只有臺北的一半。這一切，加上戶內的溫暖，對照著河上的淒冽，令我們懶而又賴，像古希臘耽食落拓棗的浪子，流連忘歸。尤其是隱地，儘管遭竊，對布拉格之眷眷仍不改其深。問起他此刻的心情，他的語氣恬淡而雋永：

「完全是緣分，」隱地說。「錢包跟我已經多年，到此緣盡，所以分手。至於那張身分證嘛，不肯跟我回去，也只是另一個自我，潛意識裡要永遠留在布拉格城。」

看來隱地經此一劫，境界日高。他已經不再是苦主，而是哲學家了。偷，而能得手，是聰明。被偷，而能放手，甚至放心，就是智慧了。

於是我們隨智者過橋，再過六百年的查理大橋。白鷗飛起，回頭是岸。

——一九九四年十二月・選自九歌版《日不落家》

日不落家

1

壹圓的舊港幣上有一隻雄獅，戴冕控球，姿態十分威武。但七月一日以後，香港歸還了中國，那頂金冠就要失色，而那隻圓球也不能號稱全球了。伊麗莎白二世在位，已經四十五年，恰與一世相等。在兩位伊麗莎白之間，大英帝國從起建到瓦解，凡歷四百餘年，與漢代相當。方其全盛，這帝國的屬地藩邦、運河軍港，遍布了水陸大球，天下四分，獨占其一，爲歷來帝國之所未見，有「日不落國」之稱。

而現在，日落帝國，照豔了香港最後這一片晚霞。「日不落國」將成爲歷史，代之而興的乃是「日不落家」。

冷戰時代過後，國際日趨開放，交流日見頻繁，加以旅遊便利，資訊發達，這世界眞要變成地球村了。於是同一家人辭鄉背井，散落到海角天涯，晝夜顚倒，寒暑對照，便成了「日不落家」。今年我們的四個女兒，兩個在北美，兩個在西歐，留下我們二老守在島上。一家而分在五國，你醒我睡，不可同日而語，也成了「日不落家」。

幼女季珊留法五年，先在翁熱修法文，後去巴黎讀廣告設計，點唇畫眉，似乎沾上了一些高盧風味。我家英語程度不低，但家人的法語發音，常會遭她糾正。她擅於學人口吻，並佐以滑稽的手勢，常逗得母親和姐姐們開心，輕則解顏，劇則捧腹。可以想見，她的笑話多半取自法國經驗，首當其衝的自然是法國男人。馬歇．馬叟是她的偶像，害得她一度想學默劇。不過她的設計也學得不賴，我譯的王爾德喜劇《理想丈夫》，便是她做的封面。現在她住在加拿大，一個人孤懸在溫哥華南郊，跟我們的時差是早八小時。

長女珊珊在堪薩斯修完藝術史後，就一直留在美國，做了長久的紐約客。大都會的藝館畫廊既多，展覽又頻，正可盡情飽賞。珊珊也沒有閒著，遠流版兩巨冊的《現代藝術理論》就是她公餘、廚餘的譯績。華人畫家在東岸出畫集，也屢次請她寫序。看來我的「序災」她也有份了，成了「家患」，雖然苦些，卻非徒勞。她已經做了母親，男孩四歲，女孩未滿兩歲。家教所及；那小男孩一面揮舞恐龍和電動神兵，一面卻隨口叫出梵谷和摩娜．麗莎的名字，把考古、科技、藝術合而為一，十足一個博聞強記的頑童。四姐妹中珊珊來得最早，在生動的回憶裡她是破天荒第一聲嬰啼，一嬰開啼，眾嬰響應，帶來了日後八根小辮子飛舞的熱鬧與繁華。然而這些年來她離開我們也最久，而自己有了孩子之後，也最不容易回臺，所以只好安於「日不落家」，不便常回「娘家」了，她和么妹之間隔了一整個美洲大陸，時差，又早了三個小時。

凌越淼淼的大西洋更往東去，五小時的時差，便到了莎士比亞所讚的故鄉，「一塊寶石鑲嵌在銀濤之上」。次女幼珊在曼徹斯特大學專攻華滋華斯，正襟危坐，苦讀的是詩翁浩繁的全集，逍遙汗漫，優遊的也還是詩翁俯仰的湖區。華滋華斯乃英國浪漫詩派的主峰，幼珊在柏克萊寫碩士論文，仰攀的是這翠微，十年後遠去華氏故鄉，在曼城寫博士論文，登臨的仍是這雪頂，眞可謂從一而終。世上最親近華氏的女子，當然是他的妹妹桃樂賽(Dorothy Wordsworth)，其次呢，恐怕就輪到我家的二女兒了。

幼珊留英，將滿三年，已經是一口不列顚腔。每逢朋友訪英，她義不容辭，總得駕車載客去西北的坎布利亞，一覽湖區絕色，簡直成了華滋華斯的特勤導遊。如此貢獻，只怕桃樂賽也無能爲力吧。我常勸幼珊在撰正論之餘，把她的英國經驗，包括湖區的唯美之旅，一一分題寫成雜文小品，免得日後「留英」變成「留白」。她卻惜墨如金，始終不曾下筆，正如她的么妹空將法國歲月藏在心中。

幼珊雖然遠在英國，今年卻不顯得怎麼孤單，因爲三妹佩珊正在比利時研究，見面不難，沒有時差。我們的三女兒反應迅速，興趣廣泛；而且「見異思遷」：她拿的三個學位依次是歷史學士、廣告碩士、行銷博士。所以我叫她作「柳三變」。在香港讀中文大學的時候，她的鋼琴演奏曾經考取八級，一度有意去美國主修音樂；後來又任《星島日報》的文教記者。所以在餐桌上我常笑語家人：「記者面前，說話當心。」

回臺以後，佩珊一直在東海的企管系任教，這些年來，更把本行的名著三種譯成中文，在「天下」、「遠流」出版。今年她去比利時做市場調查，範圍兼及荷蘭、英國。據我這做父親的看來，她對消費的興趣，不但是學術，也是癖好，尤其是對於精品。她的比利時之旅，不但飽覽佛朗德斯名畫，而且遍嘗各種美酒，更遠征土耳其，去清眞寺仰聽尖塔上悠揚的呼禱，想必是十分豐盛的經驗。

2

世界變成了地球村，這感覺，看電視上的氣象報告最爲具體。臺灣太熱，溫差又小，本地的氣象報告不夠生動，所以愛看外地的冷暖，尤其是夠酷的低溫。每次播到大陸各地，我總是尋找瀋陽和蘭州。「哇！零下十二度耶！過癮啊！」於是一整幅雪景當面摑來，覺得這世界還是多采多姿的。

一家既分五國，氣候自然各殊。其實四個女兒都在寒帶，最北的曼徹斯特約當北緯五十三度又半，最南的紐約也還有四十一度，都屬於高緯了。總而言之，四個女兒緯差雖達十二度，但氣溫大同，只得一個冷字。其中幼珊最爲怕冷，偏偏曼徹斯特嚴寒欺人，而讀不完的華滋華斯又必須久坐苦讀，難抵凜冽。對比之下，低緯二十二度半的高雄是暖得多了，即使嚷嚷寒流犯境，也不過等於英國的仲夏之夜，得蓋被窩。

黃昏，是一日最敏感最容易受傷的時辰，氣象報告總是由近而遠，終於播到了北美與西歐，把我們的關愛帶到高緯，向陌生又親切的都市聚焦。陌生，因爲是寒帶。親切，因爲是我們的孩子所在。

「溫哥華還在零下！」

「暴風雪襲擊紐約，機場關閉！」

「倫敦都這麼冷了，曼徹斯特更不得了！」

「布魯塞爾呢，也差不多吧？」

坐在熱帶的涼椅上看國外的氣象，我們總這麼大驚小怪，並不是因爲沒有見識過冰雪，或是孩子們還在稚齡，不知保暖，更不是因爲那些國家太簡陋，難以禦寒。只因爲父母老了，念女情深，在記憶的深處，夢的焦點，在見不得光的潛意識底層，女兒的神情笑貌仍似往昔，永遠珍藏在嬌憨的稚歲，童眞的幼齡——所以天冷了，就得爲她們加衣，天黑了，就等待她們一一回來，向熱騰騰的晚餐，向餐桌頂上金黃的吊燈報到，才能眾辮聚首，眾瓣圍葩，輻輳成一朵烘鬧的向日葵。每當我眷顧往昔，年輕的幸福感就在這一景停格。

人的一生有一個半童年。一個童年在自己小時候，而半個童年在自己孩子的小時候。童年，是人生的神話時代，將信將疑，一半靠父母的零星口述，很難考古。錯過了自己的童年，還有第二次機會，那便是自己子女的童年。年輕爸爸的幸福感，大概僅次於年輕媽媽了。廈門街綠陰深邃的巷子裡，我曾是這麼一位顧盼自得的年輕爸爸，四個女嬰先後裹著奶香的襁褓，投進我喜悅的懷抱。黑白分明，新造的靈瞳灼灼向我轉來，定睛在我臉上，不移也不眨，凝神認眞地讀我，似乎有一點困惑。

「好像不是那個（媽媽）呢，這個（男人）。」她用超語言的渾沌意識在說我，而我，更逼近她的臉龐，用超語言的笑容向她示意：「我不是別人，是你爸爸，愛你，也許比不上你媽媽那麼周到，但不會比她較少。」她用超經驗的直覺將我的笑容解碼，於是學起我來，忽然也笑了。這是父女間第一次相視而笑，像風吹水綻，自成漣漪，卻不落言詮，不留痕跡。

爲了女嬰靈秀可愛，幼稚可哂，我們笑。受了我們笑容的啓示，笑聲的鼓舞，女嬰也笑了。女嬰一笑，我們以笑回答。女嬰一哭，我們笑得更多。女嬰剛會起立，我們用笑勉勵。她又跌坐在地，我們用笑安撫。四個女嬰馬戲團一般相繼翻筋斗來投我家，然後是帶爬、帶跌、帶搖、帶晃，撲進我們張迎的懷裡——她們的童年是我們的「笑季」。

爲了逗她們笑，我們做鬼臉。爲了教她們牙牙學語，我們自己先兒語牙牙：「這是豆豆，那是餅餅，蟲蟲蟲蟲飛！」成人之間不屑也不敢的幼稚口吻，離奇動作，我們在孩子面前，特權似地，卻可以完全解放，盡情表演。在孩子的眞童年裡，我們找到了自己的假童年，鄉愁一般再過一次小時候，管它是眞是假，是一半還是完全。

快樂的童年是雙全的互惠：一方面孩子長大了，孺慕兒時的親恩；一方面父母老了，眷念子女的兒時。因爲父母與稚兒之間的親情，最原始、最純粹、最強烈，印象最久也最深沈，雖經萬劫亦不可磨滅。坐在電視機前，看氣象而念四女，心底浮現的常是她們孩時，仰面伸手，依依求抱的憨態，只因那形象最縈我心。

最縈我心是第一個長夏，珊珊臥在白紗帳裡，任我把搖籃搖來搖去，烏眸灼灼仍對我仰視，窗外一巷的蟬嘶。是幼珊從躺床洞孔倒爬了出來，在地上顫顫昂頭像一隻小胖獸，令眾人大吃一驚，又哄然失笑。是帶佩珊去看電影，她水亮的眼珠在暗中轉動，閃著銀幕的反光，神情那樣緊張而專注，小手微汗在我的手裡。是季珊小時候怕打雷和鞭炮，巨響一迸發就把哭聲埋進婆婆的懷裡，嗚咽久之。

不知道她們的母親，記憶中是怎樣爲每一個女孩的初貌取景造形。也許是太密太緊了，不一而足，甚至要遠溯到成形以前，不是形象，而是觸覺，是胎裡的顛倒蜷伏，手撐腳踢。

當一切追溯到源頭，渾沌初開，女嬰的生命起自父精巧遇到母卵，正是所有愛情故事的雛形。從父體出發長征的，萬頭攢頭，是適者得岸的蝌蚪寶寶，只有幸運的一頭被母島接納。於是母女同體的十月因緣奇妙地開始。母親把女嬰安頓在子宮，用胚胎餵她，羊水護她，用臍帶的專線跟她神祕地通話，給她曖昧的超安全感，更賦她心跳、脈搏與血型，直到大頭蝌蚪變成了大頭寶寶，大頭朝下，抱臂交股，蜷成一團，準備向生之窄門擁擠頂撞，破母體而出，而且鼓動肺葉，用尚未吃奶的氣力，嗓音驚天地而動鬼神，又像對母體告別，又像對母親報到，洪亮的一聲啼哭，「我來了！」

3

母親的恩情早在孩子會呼吸以前就開始。所以中國人計算年齡，是從成孕數起。那原始的十個月，雖然眼睛都還未睜開，已經樣樣向母親索取，負欠太多。等到降世那天，同命必須分體，更要斷然破胎，截然開骨，在劇烈加速的陣痛之中，掙扎著，奪門而出。生日蛋糕之甜，燭火之亮，是用母難之血來償付的。但生產之大劫不過是母愛的開始，日後母親的辛勤照顧，從抱到揹，從扶到推，從拉拔到提掖，字典上凡是手字部的操勞，那一樣沒有做過？〈蓼莪〉篇說：

「哀哀父母，生我劬勞。」其實肌膚之親、操勞之勤，母親遠多於父親。所以〈蓼莪〉又說：「母「母兮鞠我，拊我畜我，長我育我，顧我復我，出入腹我。欲報之德，昊天罔極？」其中所言，多爲恩。「出入腹我」一句形容母不離子，最爲傳神，動物之中恐怕只有袋鼠家庭勝過人倫了。

從前是四個女兒常在身邊，顧之復之，出入腹之。我存肌膚白皙，四女多得遺傳，所以她們小時我戲呼之爲「一窩小白鼠」。在丹佛時，長途旅行，一窩小白鼠全在我家車上，坐滿後排。那情景，又像是所有的雞蛋都放在同一隻籃裡。我手握駕駛盤，不免倍加小心，但是全家同遊，美景共享，卻也心滿意足。在香港的十年，晚餐桌上熱湯蒸騰，燈氛溫馨，四隻小白鼠加一隻大白鼠加我這大老鼠圍成一桌，一時六口齊張，美肴爭入，妙語爭出，嘰嘰喳喳喧成一片，鼠倫之樂莫過於此。

而現在，一窩小白鼠全散在四方，這樣的盛宴久已不再。剩下二老，只能在清冷的晚餐後，向國外的氣象報告去揣摩四地的冷暖。中國人把見面打招呼叫作寒暄。我們每晚在電視上眞的向四個女兒「寒暄」，非但不是客套，而且寓有眞情，因爲中國人不慣和家人緊抱熱吻，恩情流露，每在淡淡的問暖噓寒，叮囑添衣。

往往在氣象報告之後，做母親的一通長途電話，越洋跨洲，就直接撥到暴風雪的那一端，去「寒暄」一番，並且報告高雄家裡的現況，例如父親剛去墨西哥開會，或是下星期要去川大演講，她也要同行。有時她一夜電話，打遍了西歐北美，耳聽四國，把我們這「日不落家」的最新動態收集彙整。

看著做母親的曳著電線，握著聽筒，跟九千里外的女兒短話長說，那全神貫注的姿態，我頓然領悟，這還是母女連心、一線密語的習慣。不過以前是用臍帶向體內腹語，而現在，是用電纜向海外傳音。

而除了臍帶情結之外，更不斷寫信，並附寄照片或剪稿，有時還寄包裹，把書籍、衣飾、藥品、隱形眼鏡等等，像後勤支援前線一般，源源不絕向海外供應。類此的補給從未中止，如同最初，母體用胎盤向新生命輸送營養和氧氣：綿綿的母愛，源源的母愛，唉，永不告竭。所謂恩情，是愛加上辛苦再乘以時間，所以是有增無減，且因累積而變得深厚。所以《詩經》嘆曰：「欲報之德，昊天罔極？」

這一切的一切，從珊珊的第一聲啼哭以前就開始了。若要徹底，就得追溯到四十五年前，當四個女嬰的母親初遇父親，神話的封面剛剛揭開，羅曼史正當扉頁。到女嬰來時，便是美麗的插圖了。第一圖是父之囊。第二圖是母之宮。第三圖是育嬰床，在內江街的婦產醫院。第四圖是搖嬰籃，把四個女嬰依次搖啊搖，沒有搖到外婆橋，卻搖成了少女，在廈門街深巷的一棟古屋。以後的插圖就不用我多講了。

這一幅插圖，看哪，爸爸老了，還對著海峽之夜在燈下寫詩。媽媽早入睡了，微聞鼾聲。她也許正夢見從前，有一窩小白鼠跟她捉迷藏，躲到後來就走散了，而她太累，一時也追不回來。

——一九九七年四月・選自九歌版《日不落家》

金陵子弟江湖客

1

我這一生，先後考取過五所大學，就讀於其中三所。這件事並不值得羡慕，只說明我的黃金歲月如何被時代分割。

第一所是在南京。那是抗戰勝利後兩年，我已隨父母從四川回寧，並在南京青年會中學畢業。那年夏天在長江下游那火爐城裡，我同時考取了金陵大學與北京大學，興奮之中，一心嚮往北上。可是當時北京已是圍城，戰雲密布；津浦路伸三千里的鐵臂歡迎我去北方，母親伸兩尺半的手臂挽住了我，她的獨子。

我進金陵大學外文系做「新鮮人」，是在一九四七年九月。還不滿十九歲的男孩，面對四年的黃金歲月，心情已頗複雜，並不純然金色。回顧七年的巴山蜀水，已經過去，但少年的記憶與日俱深，忘不了那許多中學同學：「上課同桌，睡覺同床，記過時同一張布告，詛咒時，以彼此的母親爲對象。」眼前的新生活安定而有趣，新朋友也已逐一出現，可是不像遠去北京那麼斷然而浪漫，而且名師眾多，尤其是朱光潛與（後來才知道的）錢鍾書。至於未來，我直覺不太樂觀。抗戰好不容易結束，內戰迫不及待又起，北方早成了戰場，南方很可能波及。茫茫大地正在轉軸，有一天目前這社會或將消失，由截然不同的社會取代。新的價值也許樸素，也許苛嚴，對文學的要求只會緊，不會寬吧？到那時，文學就得看政治的臉色了。這種疑慮惴惴然隱隱然，一直困擾著我。

記得當時金陵大學的學生不多，我進的外文系尤其人少，一年級的新生竟然只有七位。有一次系裡的黑人講師請我們全班去大華戲院看電影，稀稀朗朗幾個人上了街，全無浩蕩之勢。較熟的同學，現在只記得李夜光、江達灼、程極明、高文美、呂霞、戎逸倫六位。李夜光讀的是教育系，江達灼是社會系，程極明是哲學系，高文美是心理系，後面兩位才是外文系。其中李夜光戴眼鏡，愛說笑，和我最熟。程極明富於理想，頗有口才，儼然學生運動的領袖，不久便轉學去了復旦大學，跟大家就少見面了。他儀表出眾，很得高文美的青睞，兩人顯然比他人親近。高文美人如其名，文靜而秀美，是典型的上海小姐。她的父親好像是南京的郵政局長，所以她家寬敞而有氣派，我們這小圈子的讀書會也就在她家舉行。至於討論的書，則不出當時大學生熱中的名著譯本，例如《約翰·克里斯多夫》、《冰島漁夫》、《羅亭》、《安娜·卡列妮娜》之類。

呂霞和戎逸倫倒是外文系的同學。呂霞大方而親切，常帶笑容，給我的印象最深，因爲她的父親是著名的學者呂叔湘，在譯界很受推崇。有了這樣的父親，也難怪呂霞談吐如此斯文。

那時我相當內傾，甚至有點羞怯，不擅交際，朋友很少，常常感到寂寞，所以讀書不但是正業，也是遣悶、消憂。書呢讀得很雜，許多該讀的經典都未曾讀過，根本談不上什麼治學。因此當代文壇與學府的虛實，我並不很清楚，也沒有像一般文藝青年那樣設法去親炙名流。倒是有一次讀莫泊桑小說的英譯本，書中把「斷頭台」誤排成了quillotine，害我查遍了大字典都不見，乃寫信去問我認爲當時最有學問的三個人：王雲五、胡適、羅家倫。這種拼法他們當然也認不得，也許我寫的地址不對，信根本沒有到他們手裡，總之一封回信也沒有收到。

名作家去南京演講，我倒聽過兩次。一次是聽冰心，我去晚了，只能站在後排，冰心聲音又細，簡直聽不眞切。一次是聽曹禺，比較清楚，但講些什麼，也不記得。

金陵大學的文科教授裡，舉國聞名的似乎不多，也許要怪我自己太寡聞，徒慕虛名，不知實況吧。隔了半個世紀，我只記得文學院長是倪青原，他教我們哲學，學問有多深我莫能測，但近視有多深卻顯而易見，因爲就算從後排看去，他的眼鏡邊緣也是圈內有圈，其厚有如空酒瓶底。教我們本國史的陳恭祿也戴眼鏡，身材瘦長，鄉音頗重。有一次見他夾著自己的新著《中國通史》兩大冊，施施然在校園中走過，令我直覺老師的「分量」眞是不輕。還有一位高覺敷教授，教我們心理學，口才既佳，又能深入淺出，就近取喻，難怪班大人多。有一次他公開演講，題目竟是青年的性生活，聽眾擁擠當然不在話下。這講題十分敏感，在當日尤其聳動，高教授卻能旁敲側擊，幾番峰回路轉，忽然柳暗花明，冷不防點中了要害。同學們的情緒興奮而又緊張，經不起講者一戳即破，大爆哄堂，男生鼓掌，女生臉紅。

教我們英國小說的是一位女老師，蔻克博士(Dr. Kirk)。她的美語清脆流利，講課十分生動，指定我們一學期要讀完八本小說，依序是《金銀島》、《愛瑪》、《簡·愛》、《咆哮山莊》、《河上磨坊》、《大衛·高柏菲爾》、《自命不凡》、《回鄉》。我們讀得雖然吃力，卻也津津有味。唯一的例外是梅里迪斯的傑作《自命不凡》(The Egoist by George Meredith)，不僅文筆深奧，而且好掉書袋。我讀得咬牙切齒，實在莫名其妙，有一次氣得把書狠狠摔在地上。蔻克其實是金陵女子學院的教授，我們上她這堂課，不在金陵大學，而在她的女校（俗稱金女大）。每次和同學騎自行車去女校上課，那琉璃瓦和紅柱烘托的宮殿氣象，加上闖進女兒國的綺念聯翩，而講台上娓娓動聽的又是女老師悅耳的嗓音，眞的令我們半天驚豔。

初進金大的時候，我家住在鼓樓廣場的東南角上，正對著中山路口，門牌是三多里一號；弄堂又深又狹，裡面蝸藏著好幾戶人家，我家只有一間房，除了放一張雙人床、一張書桌、幾張椅子之外，幾乎難有回身之地。我被迫在隔壁堆雜物的走道上放一張小竹床棲身，當時倒並不覺得有多吃苦。好在金大校園就在附近，走去上課只要十分鐘。

後來我家終於蓋了一棟新屋，搬了過去。那是一棟兩層樓房，白牆紅瓦，附有園地，圍著竹籬，在那年代要算是寬敞明亮的了。籬笆門上的地址是「將軍廟龍倉巷十八號」。我的房間在樓上，正當向西斜傾的屋頂下面，饒有閣樓的遁世情調。最動人逸興的，是我書桌旁邊的窗口朝東，斜對著遠處的紫金山，也就是歌裡所唱的巍巍鍾山。每當晴日的黃昏，夕照絢麗，山容果然是深青轉紫。我少年的詩心所以起跳，也許正由那一脈紫金觸發。我的第一首稚氣少作，就是對著那一脊起伏的山影寫的。

其實那時候我的譯筆也已經揮動了。早在我高三那一年，和幾個同學合辦了一張文學刊物，竟然把拜倫的名詩〈海羅德公子遊記〉詠滑鐵盧的一段譯成了七言古詩，以充篇幅。不難想見，一個高三的男孩，就算是高材生吧，哪會有舊詩的功力呢？難怪漕橋老家的三舅舅孫有慶，鄉裡有名的書法家，皺著濃眉看完我的譯稿後，不禁再三搖頭，指出平仄全不穩當。

不過咪咪，我的十五歲表妹也是未來的妻子范我存，卻有不同的反應。那時我們只見過一面，做表兄的只知道她的小名。那份單張的刊物在學校附近的書店寄售，當然一份也銷不掉，搬回家來，卻堆了一大疊，令人沮喪。我便寄了一份給正在城南明德女中讀初三的表妹，信封上只寫了「范咪咪小姐收」，居然也收到了。她自然不管什麼平仄失調，卻知道拜倫是誰，並且覺得能翻譯拜倫的名作，這位表哥當非泛泛之輩。戰火正烈，聚散無端，這一對小譯者與小讀者四年後才在命定的海島上重逢，這才兩小同心，終成眷屬。此乃後話，表過不提。

進了金大不久，我讀到一本戲劇，叫作《溫波街的巴府》(The Barretts of Wimple Street by Rudolph Besier)，演的是詩人白朗寧追求巴家才女伊麗莎白(Elizabeth Barrett)的故事；一時興起，竟然動筆翻譯起來。這稚氣的壯舉可愛而又可哂。劇中對話的翻譯，難在重現流利自然的語氣，遇到英文的繁複句法，要能鬆筋活骨，消淤化滯。這對於大一的生手說來，無異是愚公移山。當時我只是出於興趣，憑著本能，絕對無意投稿。譯了十多頁，留下不少問題，就知難而止了。其實要練就戲劇翻譯的功力，王爾德天女散花的妙語要能接招，當時那慘綠少年還得等三十多年。

這就是我的青澀年代，上游風景的片段倒影。我的祖籍是福建永春，但是那閩南的山縣只有在五六歲時才回去住過一年半載，那連綿的鐵甲山水，後來，只能向我承堯堂叔的畫裡去神遊了。我以重九之日出生在南京，除了偶爾隨母親回她的娘家常州漕橋小住之外，抗戰以前，也就是九歲以前，我一直住在那金陵古城，童稚的足印重重疊疊，總不出棲霞山、雨花台之間。前後我進過崔八巷小學、青年會中學、金陵大學，從一個南京小蘿蔔變成「南京大蘿蔔」。在石頭城的悠悠歲月，我長得很慢，像一隻小蝸牛，纖弱而敏感的觸鬚雖然也曾向四面試探，結果是只留下短短的一痕銀跡。

2

二○○○年十月三日，正是重九之前三日，與我存乘機抵達南京。過了半個世紀再加一年，我們終於回到了這六朝故都，少年前塵。在我，不但是逆著時光隧道探入少年復童年，更是回到了此生的起點。在我存，也是在做了祖母之後才回來尋覓初中的豆蔻年華。機輪火急一觸地，我的心猝然一震，冥冥中似乎記憶在撞門，怦然激起了滿城回聲。

南京大學中文系的胡有清教授來南郊的祿口機場迎接，新機場高速公路浩蕩向北，引我們繞過雨花台，越過秦淮河，進入市區，進入了一個又像熟悉又像陌生的世界，只覺得背景隱隱，呼之欲出，前景栩栩，市聲囂囂，遮不斷歷史的回響。胡教授左顧右盼，為我指點街景與名勝，不斷問我以前是什麼樣子。他問的我大半答不出來，一切都在眞幻之間，似曾相識，可驚又可疑。身為南京之子，面對南京竟已將信將疑，南京見我，只恐更難相認吧。畢竟是半世紀了，玄武湖的明眸能看透我這白頭，認出當年倉皇出城的黑髮少年嗎？我見鍾山多嫵媚，從東晉以來便如此多嬌，但鍾山見我豈應如是？

汽車在鼓樓的紅燈前停下，數字鐘忐忑地倒數著秒，雞鳴寺纖細的塔影召我於東天，像要提醒我什麼。紅燈轉綠，熙攘的中央路引我們長驅北上，終於到了一棟雙管齊上的圓頂高廈，玄武飯店。其中的一管有如平地登仙，將我們吸上了天去，整座南京城落到我們的腳底，連同街道市聲紅燈與綠燈，落下去，只爲了騰出十里的空曠，秋高氣爽，讓紫金山在上面接受我們覲見，讓玄武湖回過臉來，佩戴著翠洲與菱洲的螺髻黛鬟。猝不及防這一霎驚豔，安排得恰到好處，有如童年跟我捉了半世紀的迷藏，遍尋不見，忽然無中生有，跳出來猛跟我打個照面。一驚，一喜，一嘆，我眞的是回來了。

其後三天，或有賴胡有清、馮亦同諸位學者的導引，或接受久別的常州表親聯合來邀約，我們懷著孺慕耿耿、鄉愁怯怯的心情，一一回瞻了孩時的名勝：中山陵、夫子廟、燕子磯、棲霞寺……半世紀來這些早成了記憶的座標，夢的場景，每一個名字都有回音，可串成一排回音的長廊。南京湖多，不限於玄武與莫愁。朝陽門與正陽門之間的明代城牆下，有一弧波光灩灩懷抱著古城，狀如新月，叫做月牙湖。十月五日的下午，江蘇省及南京市的台港澳暨海外華文文學研究會，就在湖邊的譚月樓上舉辦了一場「余光中文學作品研討會」，城影與波光之中，我有幸會晤了省垣的文壇人士，並聆聽了陳遼、王堯、方忠、馮亦同、莊若江、劉紅林等學者提出的論文。

但最能安慰孺子的孤寂、並爲我受難的魂魄祛魔收驚的，是玄武湖與中山陵。哀哀父母，生我劬勞。當年生我在這座古城，歷經戰亂，先是帶我去四川，後又帶我去海島。七十三年後只剩我一人回到這起點，回到當初他們做新婚夫婦年輕父母的原來，但是他們太累了，卻已在半途躺下，在命定的島上並枕安息。

當年，甚至在我記憶的星雲以前，他們一定常牽我甚至抱我來玄武湖上，搖槳蕩舟，饕餮田田的荷香，饕餮之不足，還要用手絹包了煮熟的菱角回家去咀嚼，去回味波光流傳的六朝餘韻。這一切，一定像地下水一般滲進了我稚歲的記憶之根，否則我日後怎麼會戀蓮至此，吐不盡蓮的聯想的藕絲。

後來進了金大，每逢課後興起，一聲吆集，李夜光、江達灼、高文美，幾位雙輪騎士就並駕齊驅，向玄武門馳去。金大是近水樓台，不消一盞茶的工夫，我們已經像萍錢一般，浮沉在碧波上了。越過風吹鱗動的千頃琉璃，西望是明代的城樓，層磚密疊，雉堞隱隱。東望是著魔的紫金山，陰晴殊容，朝夕變色，天文台的圓頂像眾翠簇擁的一粒白珠，可以指認。九州之大，名湖自多，但是像玄武湖這麼一泓湛碧，倒映著近湖的半城堞影，遠處的半天山色，且又水上浮洲洲際通堤的，還是少見。若你是仙人向下俯瞰，當可見湖的形狀像一只菱角，令仙人也嘴饞。

在我這南京孩子的潛意識裡，這盈盈湖水頗有母性，就是這一汪深婉與安詳，溫柔了我的幼年，嫵媚了我的回憶。或許有人會說，長江浩淼，不是更具母性嗎？當然是的，不過長江之長，奶水之旺，是南京與上游的江城水埠所共霑，不像玄武湖那麼體己。

至於父性呢，該屬紫金山了，尤其是中山陵。紫金山在南京的行政劃分上，與玄武湖同屬玄武區，但遍山林木蒼翠，名勝古跡各殊氣象，又稱鍾山風景區。這是登高臨風悠然懷古的地方，是處青山好埋骨，墓有今有古，今人的墓有中山陵、譚延闓墓、廖仲愷與何香凝墓，古人的還有明孝陵與常遇春墓。但孩時印象最深，而海外孺慕最切的，是中山陵。

壯麗的中山陵是青年建築家呂彥直的傑作。不知爲何，許多中山陵的簡介都不提設計人的名字。他是山東東平縣人，字仲宣，又字古愚。孫中山一九二五年病逝於北京，次年一月他的陵墓就在紫金山第二峰小茅山起建，直到一九二九年春天才落成。呂彥直也就死在這一年，才三十五歲。

宏偉的中山陵坐北朝南，靈谷寺與明孝陵拱於左右，占地近二千畝。從山下一路上坡，由四柱擎舉的白石牌坊到三洞的陵門，是四百八十米長的墓道，入了陵門要穿過碑亭，踏三百九十二級石階，才抵達祭堂。

那天秋氣高爽，胡有清教授帶我們去登臨，本來已經走進了側道，樹陰疏處隱隱窺見陵貌莊嚴。我忽然覺得那樣太草率了，五十年後終於浪子回頭，孺子回家，應該虔誠些，像是典禮。於是我們原路退回去，鄭重其事，從巍峨的牌坊起步，一路崇仰上去。

小茅山的坡勢緩緩上升，呂彥直匠心的經營，琉璃青瓦的陡斜屋頂覆蓋著花崗石的白壁，陵門上去是碑亭，更上去是祭堂，肅靜而高潔那氣象，層層疊疊把中山陵推崇到頂點，舉目只見人造的是白石青瓦的嚴整秩序，神造的是雪松水杉鬱鬱蒼蒼的自然生機，人工與神工天人合一，標舉一種恢弘的意義。

從陵門前起步，淺灰的花崗石階，三百九十二級，天梯一般把朝山的人群一級級接引向上，去攀附高處長眠的或許是仍未瞑目的靈魂。石階寬敞，可容數十人並肩共登，更添天下爲公的氣象。或許呂彥直有意把整座石陵譜成一首深沉的安魂曲，用三百九十二琴鍵來按彈，但按的不是巴哈或蕭邦的手指，是朝山者不絕於途的虔敬腳步。想當年有一個小學生，在女老師帶領之下也曾與群童推擠著踏過這一長排白鍵，幼稚的童心該也再三聽說過，腳下這坡道是引向崇高，但那首安魂曲究竟多深沉，卻要經歷過五十年的風吹雨打，從海外歸來才能體會。

正是重九的前一日，高處風來，間歇可聞遲桂的清芬，隱隱若前人留傳的美名。登到頂點已有些汗意，不禁在祭堂前回望人寰，才發現，咦，剛才攀登的數百級石階竟都不見了，只見梯田一般的坡勢變成了一幅幅寬坦的平台。原來由下而上，只見一層層階級，不見中間的平台；到了高處，回望時階級就悉被平台遮掉了。據說這正是呂彥直的匠心：朝山的人對陵頂的氣魄仰之彌高，油然起敬而見賢思齊，但祭堂上坐著的大理石像，胸懷廣闊，俯視只見坦然的平台，卻無視於一階一級。

3

十月四日的上午，胡有清教授帶我們去尋訪半世紀前我母校的校園。金陵大學早在五〇年代之初併入了中央大學，改屬於南京大學，所以地圖上只見南大，不見金大了。金大校友會會長周伯塤、副會長馮致光，南大校友總會副會長賈懷仁、祕書長高澎陪我重遊初秋的校園，並殷勤爲我指點歲月的滄桑。

南京大學目前聲譽日高，是中國排名前幾位的重點學府。校園看來相當整潔，有些建築顯得古意盎然，例如昔日的小教堂，但風骨猶健，並不破落。李清照詞「物是人非事事休」，正可印證半世紀後我的母校，雖已換了好幾代人，而舊樓巍巍，樹陰深深，規格仍在。似眞疑幻，一霎間我成了老電影中遲暮的歸客，恍然痴立在文理農三院鼎立的中庭，往事紛紛，像脫序倒帶的前文提要，閃過驚擾的心神。若非校友會的諸君在旁解說，我眞想倚在那棵金桂陰裡，合上倦目，讓風裡的桂香裊裊引路，帶我回到最後的——一九四八年的那一季秋天。也許高文美或者李夜光會抱著一疊書，從正中的文學院台階上，隨下課的同學們一湧而出，瞥見是我，會興奮地向我跑來。但跑到一半，會忽然停步，一臉驚疑，發現樹陰下向他們招手的並不是我，而是一個白髮的老人。

我回過神來，發現自己是回來了，遠從海峽的對面，回來了，但不是回到五十年以前，因爲世紀都已經交班了。我站在母校三院拱立的中庭，還記得當年的景色並沒有多少改變，這在那十年的大劫之後，在紅衛兵狂舞著小紅書鼓噪著破四舊之後，可說是十分幸運了。只是水杉與刺柏都長高了許多，而猖獗的爬藤，長莖糾纏著亂葉，早已迫不及待，攀上了方正的鐘樓，恨不得把高窗全都攀滿。

記得從前從家裡來上課，總是踏著漢口街沙石的斜坡，隔著高過人頭的籬樹，隱約可窺三院的灰瓦屋頂，往往從鐘樓頂上還會飄來音樂，恍惚迷離，奏的是舒曼的「夢幻曲」(Traumerei)。

「請問你就是余光中先生嗎？」

我從藤蔓綢繆的樓塔上收回目光，一位青年停在我們面前，笑容熱切，負著背包。我含笑點頭。胡教授問他，怎麼認出是我。

「我讀過余先生的書，見過照片。」他說。

「余先生是我們南大的校友，」胡教授說。「五十年第一次回來。」

「眞的呀？」那學生十分驚喜，要求與我合照。

「這幾天我們國慶放長假，」望著那學生的背影，胡教授解釋。「校園裡冷冷清清，否則就難脫身了。」

說著，眾人來到了老圖書館前。一進門，磨石地板上赫然鑲著一輪圓整的校徽，白底清純，襯托出篆書的「金陵」兩個大金字，各爲半圓，直徑超過四尺。我搜索失焦的記憶，不確定以前是否就如此。校友會諸君都說，正是原來所鑲的校徽。

「以前的做工就是這麼認眞，」我存羨嘆。「到現在都沒有缺陷！」

我走進陰深的大閱覽廳，一步，就跨回了五十年前。空廳無人，只留下一排排走不掉的紅木靠背椅子，仍守住又長又厚實的紅漆老桌，朝代換了，世紀改了，這滿廳擺設的陣勢卻仍然天長地久，叫做金陵。我抽出一張椅子來，以肘支桌，坐了一會。舒曼的「夢幻曲」瀰漫在冷寂的空間，隱隱可聞。我相信，若是我一個人來，只要在這被祟的空廳上坐得夠久，李夜光、高文美、江達灼那一伙同學就會結束半世紀捉迷藏的遊戲，哇的一聲，從隱身處一起跳出來迎我。

當天下午我訪問了南京大學中國現代文學研究中心，並以「創作與翻譯」爲題在校園公開演講。雖在十一大假期間，而且只貼出一張小海報，留校的學生卻無中生有忽然湧現，文學院措手不及，三遷會場才能夠開始。師生都來得很多，情緒也十分熱烈。聽眾的興奮令講者意氣風發，講者的慷慨更加鼓舞了聽眾。中文的「演講」也好，「講演」也好，不但要講，多少還要演，所以顯得生動。對比之下，英文的talk只講不演，就不及中文傳神。

能在自己的生日回到自己的出生地，用自己的母語對同樣是金陵的子弟，訴說自己對這母語的孺慕與經營；能回到中國對這麼多中國的少年訴說，倉頡所造許愼所解李白所舒放杜甫所旋緊義山所織錦雪芹所刺繡的中文，有怎樣的危機又怎樣的新機，切不可敗在我們的手裡——能這樣，該是多大的快慰。

幾百雙烏亮而年輕的眼瞳，正睽睽向我聚焦。那樣灼灼的神情令演講人感動。我當年聽講，也是那樣的神情嗎？想當年戰火正烈，我懷著淒惶的心情，隨父母出京南行，投向渺不可測的未來，正是他們這年紀。

掉頭一去是風吹黑髮，
回首再來已雪滿白頭。

悠長的歲月，在對岸聽到的是不斷的運動接運動，繼以神州浩劫的十年，慶幸自己是逃過了。但回到了此岸，見后土如此多嬌，年輕的一代如此地可愛，正是久晴的秋日，石頭城滿城的金桂盛開，那樣高貴的嗅覺飄揚在空中，該是鄉愁最敏的捷徑。想長江流域，從南京一直到武漢，從南大的校園一直到華中師大的桂子山，長風千里，吹不斷這似無又有欲斷且續的一陣陣秋魂桂魄。這麼想著，又覺得這些年來，倖免的固然不少，但錯過的似乎也很多。想這些年來，我教過的學生遍布了台灣與香港，甚至還包括金髮與碧瞳，但是幾時啊，我不禁自問，你才把桃李的青苗栽在江南，種在關外？

——二〇〇一年十月於高雄西子灣

我是余光中的祕書

「請問這是余光中教授的辦公室嗎？」

「是的。」

「請問余教授在嗎？」

「對不起，他不在。」

「請問您是——」

「我是他的祕書。」

「那，請您告訴他，我們還沒有收到他的同意書。我們是某某公司，同意書一個月前就寄給他了——」

接電話的人是我自己。其實我那有什麼祕書？這一番對答，並非在充場面，因爲我眞的覺得，尤其是在近來，自己已經不是余光中，而是余光中的祕書了。

詩、散文、評論、翻譯，一向是我心靈的四度空間。寫詩和散文，我必須發揮創造力。寫評論，要用判斷力。做翻譯，要用適應力。做這些事情的時候，我才自覺生命沒有虛度。但是，記得把許可使用自己作品的同意書及時寄回，或是放下電話立刻把演講或評審的承諾記上日曆，這些紛繁的雜務，既不古典，也不浪漫，只是超現實，「超級的現實」而已，不過是祕書的責任罷了。可是我並沒有祕書，只好自己來兼任了，不料雜務愈來愈煩，兼任之重早已超過專任。

退休三年以來，我在西子灣的校園仍然教課，每學期六個學分。上學期研究所的「翻譯」，每周都要批改練習，而難纏的「十七世紀英詩」仍然需要備課。退休之後不再開會了，眞是一大解脫。大頭會讓後生去開吧。回頭看同事們臉色沈重，從容就義一般沒入會議室，我有點倖免又有點愧疚之感。

演講和評審卻無法退休。今年我去蘇州大學、東南大學、南京大學、廈門大學，甚至母鄉常州的前黃高中，已經演講了八場，又去香港講了兩場。如果加上在台灣各地的演講，一共應該在二十場以上。但是我婉拒掉的邀約也有多起。其實演講本身並不麻煩，三分學問靠七分口才，在講之外更要會演。眞是錦心繡口的話，聽眾愈多就愈加成功。至於講後的問答與簽名，只是餘波而已。麻煩的倒是事先主辦者會來追討講題與資料，事後又寄來一疊零亂的記錄要求修正。所謂「事後」，有時竟長達一年之後，簡直陰魂不散，眞令健忘的講者「憂出望外」，只好認命修稿，將出口之言用駟馬來追。

近年去各校演講，高中多於大學。倒不是大學來邀的較少，而是因爲中山大學的列任校長高估了我，以爲我多去高中會吸引畢業生來投考中山。所以我去高中演講，有點「出差」的意味。其實高中生聽講更認眞，也更純眞。大學生呢，我在各大學已經教了四十年，可謂長期的演講了。

評審是一件十分重要但未必有趣的事情。文學獎的評審不但要爲本屆的來稿定位，還會影響下屆來稿的趨勢，當然必須用心。如果來稿平平，或者故弄玄虛，或者耽於流行的招數，評審委員就會感到失望甚至憂心。但若來稿不無佳作甚至珍品，甚至不遜於當代的名作，則評審委員當有發掘新秀的驚喜，並期待能親手把獎頒給這新人。被主辦單位指定爲得獎作品寫評語，也不一定是賞心樂事，因爲高潮已退，你還得從頭到尾把那些詩文詳閱一遍，然後才能權衡輕重，指陳得失。萬一你的首選只得了佳作，而獨領冠軍的那篇你並不激賞甚至不以爲然，你這篇評語又怎能寫得「顧全大局」呢？

另一種評審要看的是學術論文，有的是爲學位，有的是爲升等，總之都要保密。看學位論文是爲了要做口試委員，事先需要保密，事後就公開了。但是看升等論文，則不分事先事後，都得三緘金口，事態非常嚴重。這種任務純然黑箱作業，可稱「幕後學術」，其爲祕密，不能像緋聞那樣找好友分享。諷刺的是，金口雖緘，其金卻極少，比起文學獎的評審費來，不過像零頭，加以又須守密，所以也可稱「黑金學術」。這也罷了，只是學術機構寄來的洋洋論文，外加各種資料，儘管有好幾磅重，有時並不附回郵信封。我既無祕書，又無「行政資源」，那裡去找夠大夠牢的封袋來回寄呢？

「你爲什麼不叫助教代勞呢？還這麼親力親爲！」朋友怪我。

倒好像我還是當年的系主任或院長，眾多得力的助教，由得我召之即來，遣之即去。其實，系裡的助教與工讀生都能幹而又勤快，每天忙得像陀螺打轉，還不時要爲我轉電話，或者把各方對我的邀約與催迫寫成字條貼在我的信箱上。這些已經是她們額外的負擔，我怎能加重要求？

我當然也分配到一位「助理」。禮文是外文系的博士生，性格開朗，做事明快，更難得的是體格之好非其他準博女、準碩女能及。她很高興也實際爲我多方分勞，從打字到理書，服務項目繁多。不過她畢竟學業繁重，不能像祕書一樣周到，只能做「鐘點零工」。

所以無盡無止無始無終的疑難雜事，將無助的我困於重圍，永不得出。令人絕望的是，這些牛毛瑣細，舊積的沒有減少，新起的卻不斷增多，而且都不甘排隊，總是橫插進來。

以前出書，總在台灣，偶在香港。後來兩岸交流日頻，十年來我在大陸出書已經快二十種，有的是單本，有的是成套，幾乎每一省都出了。而每次出書，從通信到簽合同，從編選到寫序到提供照片，有時還包括校對在內，牽涉的雜務可就多了。像上海文藝出版社出的一套三本，末校寄給我過目。一看之下，問題之多，令我無法袖手，只好出手自校。一千二百頁的簡體字本，加上兩岸在西方專有名詞上的譯音各有一套，早已「一國兩制」了，何況還有許多細節涉及敏感問題，因此校對之繁，足足花了我半個月的時間。

同時在台灣，新書仍然在出。最新的一本《含英吐華》是我爲十二屆梁實秋翻譯獎所寫評語的合集，三百多頁詩文相繆，中英間雜，也校了我一個禮拜。幸好我的書我存都熟悉，一部《梵谷傳》三十多萬字，四十年前她曾爲我謄清初稿，去年大地出最新版，又幫我細校了一遍，分勞不少。

天下文化出版了《茱萸的孩子》，意猶未盡，又約傅孟麗再撰一本小巧可口的《水仙情操——詩話余光中》。高雄市文獻委員會把對我的專訪又當作口述歷史，出版了一本《讓春天從高雄出發》。不久廣州的花城出版社又推出徐學所著《火中龍吟——余光中評傳》。九月間爾雅出版社即將印行陳幸蕙在《幼獅文藝》與《明道文藝》上連刊了三年的《悅讀余光中：詩卷》。四本書的校稿，加起來不止千頁，最後都堆上我的紅木大書桌，要「傳主」或「始作俑者」親自過目，甚至寫序。結果是買一送一：我難改啄木鳥的天性，當然順便校對了一遍。

校對似乎是可以交給祕書或研究生去代勞的瑣事，其實不然。校對不但需要眼明心細，耐得住煩，還需要眞有學問，才能疑人之所不疑。一本書的高下，與其校對密切相關，如果校對粗率，怎能贏得讀者的信心？我在台灣出書，一向親自末校，務求謬誤減至最少。大陸出書，近年校對的水準降低，有些出版社倉卒成書，錯字之多，不但刺眼，而且傷心。評家如果根據這樣的「謬本」來寫評，眞會「謬以千里」。

另一件麻煩事就是照片。在視覺主宰媒體的時代，讀者漸漸變成了觀眾，讀物要是少了插圖，就會顯得單調，於是照片的需要大爲增加。報刊索取照片，總是強調要所謂「生活照片」，而且出版在即，催討很緊。家中的照相簿與零散的照片，雖已滿坑滿谷，永遠收拾不清，但要合乎某一特殊需要，卻是只在此櫃中，雲深無覓處。我存耐下心來，苦搜了半夜，不是這張太年輕，那張太蒼老，就是太暗，太淡，或者相中的人頭太雜，甚至主角不幸眨眼，總之，辛苦而不美滿。難得找到一張眞合用的，又擔心會掉了或者受損。

而如果是出書，尤其是傳記之類，要提供的「生活照片」就不是三兩張可以充數的了。自己的照片從少到老，不免略古而詳今，當然「古照」本來就少，只好如此。與家人的合照倒不難找，我存素來喜歡攝影，也勤於裝簿。與朋友的合照要求其分配均衡，免得顧此失彼，卻是一大藝術。但是出版社在編排上另有考慮，挑選之餘，均衡自然難保。大批照片能夠全數完璧回來，已經值得慶幸了。為了確定究竟寄了那些照片出去，每次按年代先後編好號碼、逐張寫好說明，還得把近百張照片影印留底。有時一張照片年代不明，夫妻兩人還得翻閱信史，再三求證。目前我的又一本傳記正由河南某出版社在編排，為此而提供給他們的一大袋照片，許多都是一生難再的孤本，不知道什麼時候才能浪子回家？

這許多分心而又勞神的雜務，此起彼落，永無寧時。他人代勞，畢竟有限，所以自己不能不來兼差，因而正業經常受阻，甚至必須擱在一邊。這麼一再敗興，詩意文心便難以為繼了。我時常覺得，藝術是閒出來的，科技是忙出來的。「閒」當然不是指「懶」，而是俯仰自得、游心太玄、從容不迫的出神狀態，正是靈感降臨的先機與前戲。

現代人的資訊太發達，也太方便了，但是要吸收、消化、運用，卻因此變得更忙。上網就是落網，終於都被那隻狡詭的大蜘蛛吞沒。啊不，我不要做什麼三頭六臂、八腳章魚、千手觀音。我只要從從容容做我的余光中。而做余光中，比做余光中的祕書要有趣多了。

——原載二〇〇二年八月《中國時報》人間副刊

另一段城南舊事

林海音的小說名著《城南舊事》寫英子七歲到十三歲的故事，所謂城南，是指北京的南城。那故事溫馨而親切，令人生懷古的清愁，廣受讀者喜愛。但英子長大後回到台灣，另有一段「城南舊事」，林海音自己未寫，只好由女兒夏祖麗來寫了。這第二段舊事的城南，卻在台北。

初識海音，不記得究竟何時了。只記得來往漸密是在六〇年代之初。我在《聯副》經常發表詩文，應該始於一九六一，已經是她十年主編的末期了。我們的關係始於編者與作者，漸漸成爲朋友，進而兩家來往，熟到可以帶孩子上她家去玩。

這一段因緣一半由地理促成。夏家住在重慶南路三段十四巷一號，余家住在廈門街一一三巷八號，都在城南，甚至同屬古亭區。從我家步行去她家，越過汀州街的小火車鐵軌，沿街穿巷，不用十五分鐘就到了。

當時除了單篇的詩文，我還在《聯副》刊登了長篇的譯文，包括毛姆頗長的短篇小說〈書袋〉和《生活》雜誌上報導拜倫與雪萊在意大利交往的長文〈繆思在意大利〉，所以常在晚間把續稿送去她家。

記得夏天的晚上，海音常會打電話邀我們全家去夏府喝綠豆湯。珊珊姐妹一聽說要去夏媽媽家，都會欣然跟去，因爲不但夏媽媽笑語可親，夏家的幾位大姐姐也喜歡這些小客人，有時還會帶她們去街邊「撈金魚」。

海音長我十歲，這差距不上不下。她雖然出道很早，在文壇上比我先進，但是爽朗率真，顯得年輕，令我下不了決心以長輩對待。但逕稱海音，仍覺失禮。另一方面，要我像當時人多話雜的那些女作家暱呼「海音姐」或「林大姐」，又覺得有點俗氣。同樣地，我也不喜歡叫什麼「夏菁兒」或「望堯兒」。叫「海音女士」吧，又太做作了。最後我決定稱她「夏太太」，因爲我早已把何凡叫定了「夏先生」，似乎以此類推，倒也順理成章。不過我一直深感這稱呼太淡漠，不夠交情。

夏家的女兒比余家的女兒平均要大十二、三歲，所以祖美、祖麗、祖葳領著我們的四個小珊轉來轉去，倒眞像一群大姐姐。她們玩得很高興，不但因爲大姐姐會帶，也因爲我家的四珊，不瞞你說，實在很乖。祖焯比我家的孩子大得太多，又是男生，當然遠避了這一大群姐妹淘。

不過在夏家作客，親切與熱鬧之中仍感到一點，什麼呢，不是陌生，而是奇異。何凡與海音是不折不扣的北京人，他們不但說京片子，更辦《國語日報》，而且在「國語推行委員會」工作。他們家高朋滿座，多的是捲舌善道的北京人。在這些人面前，我們才發現自己是多麼口鈍的南方人，ㄓㄔ不捲，ㄕㄙ不分，一口含混的普通話簡直張口便錯。用語當然也不道地，海音就常笑我把「什麼玩意兒」說成了「什麼玩意」。有一次我不服氣，說你們北方人「花兒鳥兒魚兒蟲兒」，我們南方人聽來只覺得「肉麻兒」。眾人大笑。

那時候台北的文人大半住在城南。單說我們廈門街這條小巷子吧，曾經住過或是經常走過的作家，至少就包括潘壘、黃用、王文興與「藍星」的眾多詩人。巷腰曾經有《新生報》的宿舍，所以彭歌也常見出沒。巷底通到同安街，所以《文學雜誌》的劉守宜、吳魯芹、夏濟安也屨印交疊。所以海音也不時會走過這條巷子，甚至就停止在我家門口，來按電鈴。

就像舊小說常說的，「光陰荏苒」，這另一段「城南舊事」隨著古老的木屐踢踏，終於消逝在那一帶的巷尾弄底了。夏家和余家同一年搬了家。從一九七四年起，我們帶了四個女兒就定居在香港。十一年後我們再回台灣，卻來了高雄，長住在島南，不再是城南了。廈門街早已無家可歸。

夏府也已從城南遷去城北，日式古屋換了新式的公寓大廈，而且高棲在六樓的拼花地板，不再是單層的榻榻米草蓆。每次從香港回台，幾乎都會去夏府作客。眾多文友久別重聚，氣氛總是熱烈的，無論是餐前縱談或者是席上大嚼，那感覺真是賓至如歸，不拘形骸到喧賓奪主。女主人天生麗質的音色，流利而且透徹，水珠滾荷葉一般暢快圓滿，卻為一屋的笑語定調，成為眾客共享的耳福。夏先生在書房裡忙完，往往最後才出場，比起女主人來也「低調」多了。

海音為人，寬厚、果決、豪爽。不論是做主編、出版人或是朋友，她都有海納百川的度量。我不敢說她沒有敵人，但相信她的朋友之多，交情之篤，是罕見的。她處事十分果決，而且決定得很快，我幾乎沒見過她當場猶豫，或事後懊悔。至於豪爽，則來自寬厚與果決：寬厚，才能豪，果決，才能爽。跟海音來往，不用迂迴，跟她交談，也無須客套。

這樣豪爽的人當然好客。海音是最理想的女主人，因爲她喜歡與人共享，所以客人容易與她同樂。她好吃，所以精於廚藝，喜歡下廚，更喜歡陪著大家吃。她好熱鬧，所以愛請滿滿一屋子的朋友聚談，那場合往往是因爲有遠客過境，話題新鮮，談興自濃。她好攝影，主要還是珍惜良會，要留刹那於永恆。她的攝影不但稱職，而且負責。許多朋友風雲際會，當場拍了無數照片，事後船過無紋，或是終於一疊寄來，卻曝光過度，形同遊魂，或陰影深重，疑是衛夫人的墨豬，總之不值得保存，卻也不忍心就丟掉。海音的照片不但拍得好，而且沖得快，不久就收到了，令朋友驚喜加上感佩。

所以去夏府作客，除了笑談與美肴，還有許多近照可以傳觀，並且引發話題。她家的客廳裡有不少小擺設，在小鳥與青蛙之外，更多的是象群。她收集的瓷象、木象、銅象姿態各殊，洋洋大觀。朋友知道她有象癖，也送了她一些，總加起來恐怕不下百頭。這些象簡直就是她的「象徵」，隱喻著女主人博大的心胸、祥瑞的容貌。海音素稱美女，晚年又以「資深美女」自嘲自寬。依我看來，美女形形色色，有的美得妖嬈，令人不安；海音卻是美得有福相的一種。

這位美女主編，不，資深美女加資深主編，先是把我的稿子刊在《聯副》，繼而將之發表於《純文學》月刊，最後又成爲我好幾本書的出版人。我的文集《望鄉的牧神》、《焚鶴人》、《聽聽那冷雨》、《青青邊愁》，詩集《在冷戰的年代》，論集《分水嶺上》都在她主持的「純文學出版社」出書，而且由她親自設計封面，由作者末校。我們合作得十分愉快：我把編好的書稿交給她後，一切都不用操心，三、四個星期之後新書就到手了。欣然翻玩之際，發現封面雅致大方，內文排印悅目，錯字幾乎絕跡，捧在手裡眞是俊美可愛。那個年代書市興旺，這六本書銷路不惡，版稅也付得非常爽快，正是出版人一貫的作風。

「純文學出版社」經營了廿七年，不幸在一九九五年結束。在出版社同人與眾多作者的一片哀愁之中，海音指揮若定，表現出「時窮節乃見」的大仁大勇。她不屑計較瑣碎的得失，毅然決然，把幾百本好書的版權都還給了原作者，又不辭辛勞，一箱一箱，把存書統統分贈給他們。這樣的豪爽果斷，有情有義，有始有終，堪稱出版業的典範。當前的出版界，還找得到這樣珍貴的品種嗎？

海音在「純文學出版社」的編務及業務上投注了多年的心血，對台灣文壇甚至早期的新文學貢獻很大。祖麗參預社務，不但爲母親分勞，而且筆耕勤快，有好幾本訪問記列入「純文學叢書」。出版社曲終人散，雖然功在文壇，對垂垂老去的出版人仍然是傷感的事。可是海音的晚年頗不寂寞，不但文壇推重，友情豐收，而且家庭幸福，親情洋溢。雖然客廳裡掛的書法題著何凡的名句：「在蒼茫的暮色裡加緊腳步趕路」，畢竟有何凡這麼忠貞的老伴相互「牽手」，走完全程。而在她文學成就的頂峰，《城南舊事》在大陸拍成電影，贏得多次影展大獎，又譯成三種外文，製成繪圖版本。

在海音七十大壽的盛會上，我獻給她一首三行短詩，分別以壽星的名字收句。子敏領著幾位作家，用各自的鄉音朗誦，頗爲叫座。我致詞說：「林海音豈止是長青樹，她簡直是長青林。她植樹成林，我們就在那林陰深處……常說成功的男人背後必有一位偉大的女性。現在是女強人的時代，照理成功的女人背後也必有一位偉大的男性。可是何凡和林海音，到底誰在誰的背後呢？還是台語說得好：夫妻是『牽手』。這一對伉儷並肩攜手，都站在前面。」

暮色蒼茫得眞快，在八十歲的壽宴上，我們夫妻的座位安排在壽星首席。那時的海音無復十年前的談笑自若了。賓至的盛況不遜當年，但是熱鬧的核心缺了主角清脆動聽的女高音，不免就失去了焦聚。美女再資深也終會老去，時光的無禮令人悵愁。我應邀致詞，推崇壽星才德相侔，久負文壇的清望，說一度傳聞她可能出任文化部長：「如果早二十年，她確是文化部長的最佳人選。可是，一個人做了林海音，還希罕做文化部長嗎？」這話突如其來，激起滿堂的掌聲。

四年後，時光的無禮變成絕情。我發現自己和齊邦媛、瘂弦坐在台上，面對四百位海音的朋友追述她生前的種種切切。深沉的肅靜低壓著整個大廳。海音的半身像巨幅海報高懸在我們背後，熟悉的笑容以親切的眸光、開朗的齒光煦照著我們，但沒有人能夠用笑容回應了。剛才放映的紀錄片，從稚齡的英子到耋年的林先生，栩栩的形貌還留在眼睫，而放眼台下，沉思的何凡雖然是坐在眾多家人的中間，卻形單影隻，不，似乎只剩下了一半，令人很不習慣。我長久未流的淚水忽然滿眶，覺悟自己的「城南舊事」，也是祖麗姐妹和珊珊姐妹的「城南舊事」，終於一去不回。半個世紀的溫馨往事，都在那幅永恆的笑貌上停格了。

——原載二〇〇二年十月二十三日《聯合報》副刊

張拓蕪作品

散文卷

張拓蕪

安徽涇縣人，1928年生。行伍30年。殘障，小學肄業，自況是素人作家。幼時當油坊學徒，老年街頭賣彩券。學過寫詩，不成；轉而習散文。著有散文集《代馬輸卒五記》、《坎坷歲月》、《何祇感激二字》、《我家有個渾小子》等。曾獲文復會散文金筆獎、中山文藝散文獎、國家文藝獎散文獎、文協散文獎章等。

扶持

多年以來，它一直是陪伴我、扶持我的好友兼忠僕：幾乎每有行動就無時無刻須臾不離的伴侶。

它是我的杖。

杖有扶持、仰賴、伴行等諸多意義的綜合，二十一年來它的忠誠，無怨無悔的完全奉獻，令我心折得愧怍。

八千多個風雨、崎嶇的日子裡，雖然形影不離，貼心貼肺的陪伴，我卻從未重視過它、撫慰過它；反之，有時卻還有些嫌厭。譬如搭公車罷，僅有的一隻手要緊抓住柱子，要掏錢付車資，司機又是一副好不耐煩的神色瞅著，弄得我慌亂又羞慚，狼狽不堪，這光景嫌惡之心陡然升起：都怪你礙手礙腳，增加我的麻煩，害我眾目睽睽之下手忙腳亂的出洋相，司機的鄙視怒斥令我無地自容！

到站了，我得下車。就在一足踏地的那一剎那，一股羞愧、歉疚之念噴漿般升到喉口，好個忘恩負義的老渾球！

眞的是老渾球，在需要它時從未感覺它的存在和重要，不需要時又嫌它累贅、妨礙，何其現實如此，渾球如此？手杖有知，定感到無限的齒冷與心寒！

手杖是絕對忠貞又無比委屈的，與我們的上一代一般農村家庭中童養媳處境極爲相似；善良、忠貞、婉順、委屈、無奈無告，是最卑微，最甘願奉獻卻又最得不到回報的。

自責常常「舉行」，但我的記性不好，忘性兒大，剛剛痛切自責，並且指天誓地下回絕不遷怒這根只默默工作從不多話的手杖，可一轉身就忘了個一乾二淨。之後就一直悔悔改改重重犯犯中迴迴旋旋個沒完沒了。

手杖也的確會給我帶來一些不便和累贅，然而過不蓋功，瑕不掩瑜，它的功勞依然一等一。每當我一起身，一邁步，必然先拿起它，沒了它，我行動大有問題，但我時常忘了它的存在。

二十一年來，用過近十支手杖，類別計有鉛製的、竹製、木製的、樹根、籐條的等等，但我最鍾情的還是籐條的。一來取其價廉，一根索價百元左右，質輕又不易發霉長白斑；二來取其極易買到；三來取其貌土，其貌不揚。其貌不揚正契合我這老而且殘的身分。

杖是用以幫助老、病、殘走路用的；即使是「斷后龍袍」的李太后、楊門女將中的佘太君這等尊貴人物所持的那根金光閃閃的龍頭枴杖，也是拄以行走之用；李太后在沉冤未雪之時和釣金龜中的康氏、清風亭中張老婆婆用的均是隨處可撿的竹竿以爲杖。

美國老牌影星弗雷亞司坦．金凱利、法蘭克辛納屈等人在歌舞片中既歌又舞，除了頭上一頂硬質高帽子，手中總不離那根白色或銀灰色的「司的克」，兩樣皆是道具。是極少數不是仗以行路的杖。可是台灣有位年紀不大既富有又騷包的「仁弟」除了以一座金馬桶炫人之外，又炫之以老虎皮和一根金手杖，你年紀輕輕，不殘不病又不跳（表演）爵士舞，世上能玩的花樣多著，爲何用黃金打造一根手杖，那麼重，你能用它拄著行路嗎？眞是富而無聊透頂！

籐杖價廉的原因是竹頭木屑般的剩餘物，是做家具截斷的廢品，據說是從印尼進口的。籐的纖維長，重量又極輕，不易割製，一根可用上三、五年，但我兩年換一根。

籐條運到台灣，乾濕度適中，用久了便乾，乾了容易裂斷，我見過一位老者依恃手杖太重，而木質手杖吭嗞一聲而斷，不但使老者踉蹌摔倒，手掌且被斷杖刺傷，血流不止。

爲安全計，每兩年換一根。

另外一個不成理由的理由是，我已多年沒有過年添置衣鞋的習慣，換根手杖也算替換年作個紀念，同時新手杖上手也能使精神一振。

竹木類手杖，古人大概不會少用，因爲取捨容易，登山涉水，路邊柴堆隨便撿一根就是；較講究一些就去刺棚（荊棘叢）中砍一根，削去細枝蔓葉，就很拉風了。

在詩古文中賞讀到策杖行吟遊歷的詩人，其中且以藜杖居多，藜藿常是一體，荊棘叢中之物是否即是藜藿不得而知，反正它是根曲虬古怪，帶點痿癧，能稱手的籐木質手杖就是了。

古人書上說，五十杖於家、六十杖於鄉、七十杖於國、八十杖於朝，意思大概指到了這個年紀，就可以拄根拐杖走路而不被說閒話？十幾年來我一直拄著手杖往來於新店與中、永和之間。沒有盤纏更沒有必要公務商務出國，且不論他；至於杖於朝，年紀還不夠，而且連里長鄰長都不認得，哪夠資格杖於國、杖於朝；總統府前的介壽路倒是經常路過，不過人坐在車中，杖在懷中，從來沒有拄著手杖親自步行過。

這也不是什麼憾事，我把朝字破破音，每天（通常）早晨五點多，朝陽尚未冒頭之際，我就在屋後小丘散步了，直到散步完，吃了早點，買了小菜回家，朝陽差不多在七、八點的位置，杖於朝，也算是一種虛榮的過癮。

——一九九八年九月．選自九歌版《何祇感激二字》

從美人寮到「抗日分子」

美人寮

慰安婦這名詞是最近幾年才見到；可是我見到慰安婦的人，已是五十二、三年前的事了。您別認爲我在吹牛，我從來不是那塊料；而且這也不是什麼了不得的光榮事，吹這牛對我有啥好處呢！

當然那時是不是叫慰安婦，我不知道，我記得，當時屬於淪陷區的孫家埠小鎮，駐紮了許多日本兵及和平軍，因爲孫家埠是日軍西進計畫中最後一個據點，再過去涇縣和寧國縣都還在重慶政府的控制之下。

孫家埠靠近鳳鳴街這頭的橫街有家老字號的正豐醬園，占地很大，房子也多，光是大小醬缸據說就有一千多隻。

人在高壓下，哪得不低頭，但求鬼子兵不要動輒殺人，能保住一條殘命就唸阿彌陀佛了，鬼子兵要征夫，要捐獻攤派，都得如數奉上，占房子，拆房子，在淪陷區是司空見慣的事。孫家埠、長生街和鳳鳴街均因接近日軍陣地，稍微大一點的房子，無一不征，我們油坊，對面的茶行，右手邊的澡堂和糟坊全駐了兵。

住在我們油坊的是和平軍一個步兵軍的連部，他們的任務是專門保護住在對面茶行裡的一個日軍將軍，這個連布滿茶行的四周。

徵房屋當然是爲了駐兵，可是醬園卻不一樣，征了好久不曾駐兵，後來又征來大批工匠，叮叮咚咚大肆裝修，那個連長的勤務兵打聽到消息跟我們說：最近南京又要派個日軍將軍來，整修醬園就是爲了他。可是後來來的卻是三、四十個花枝招展年輕貌美的花姑娘。

她們到孫家埠的時候，可風光著，四、五部日軍土黃色卡車載著她們，還特地到鎮上唯一的一大條大街轉一圈，就差點兒鳴鑼放炮披紅掛彩了。小鎮的居民，幾曾見過這陣仗？日軍進鎮換防，一個個凶神惡煞，荷槍實彈殺氣騰騰，無不紛紛關門閉戶，如今來了好幾十個如花似玉的妙齡花姑娘，還一直和顏悅色，嘻嘻哈哈的，怎不把孫家埠的老老少少弄得暈頭轉向，莫名其所以！鬼子兵來中國是打仗，殺人放火，搶掠強暴的，怎的這回派出花姑娘來誘惑中國男人嗎？眞教人用三個腦殼想也想不通。

她們全住進了「美人寮」，工作就是慰勞鬼子兵，這在民風淳樸的孫家埠，不但目瞪口呆的大驚失色，而且憤火難耐，可是我們身在鬼子兵的屠刀鐵蹄的淫威之下，我們更是手無寸鐵的「良民」，有什麼辦法！

維持會的人會自我阿Q一番，說她們雖是妓女，卻也不在街上表演給大家看，不管什麼寮，總是關著門做那件事；而這也是南京政府汪主席和日本皇軍開過會的，因爲有這些到處（隨軍）設置的美人寮，才免了鬼子兵到處奸姦我們中國婦女，反正那些女人也不是中國人，管他的！

這話似有幾分道理，事實上也是，美人寮未設立之前，鬼子兵每次「清鄉」，都有黑頭鬼子和和平軍陪著到鄉下姦淫中國婦女，這還是算文明一點的，野蠻的是強暴完之後朝女人肚子上捅一刺刀！甚至連孕婦也不放過；但最近幾個月很少有這種事發生，姑且就算「維持會」的人說對了罷。

說她們不是中國人倒有幾分眞，她們大約七八天就休息一天，然後吱吱喳喳的滿街閒逛，吃東買西，就我們油坊沒有光顧過，油坊沒她們需要的東西。

她們說的話沒人聽得懂，穿的衣服也和中國女人不一樣，都是長裙子，上下連在一起，花花薄薄的。可是這光景正是卅年或卅一年的初冬，已開始下霜，我們的冬衣都已上身了，她們出外只外罩一件鬼子兵的呢大衣。

她們換過幾批，大抵兩三個月一換，每次都是好幾卡車。反正她們來來去去和孫家埠的人沒多大關係，有關係的是標準亡國奴的和平軍，又叫皇協軍。美人寮他們負責站崗。日曬雨淋的怪辛苦的，但快樂卻沒他們的分，雖然武裝整齊、威風凜凜，但鬼子兵不當他們一回事，地位比黑頭鬼子低很多，老百姓也頗瞧不起，他們內心的委屈、窩囊及憤怒難以言宣。他們曾和鬼子兵起過衝突，打過架，起因是吃酒醉的鬼子兵踉踉蹌蹌撞了他們的衛兵，又吐了衛兵的一身，還罵他們「巴格也魯」。他們忍耐不下，十幾個皇協軍揍了正牌的大皇軍，結果連長被抓，綁去蕪湖審訊，這個連也換了防。

大概到三十三年初，鬼子兵已成強弩之末，皮鞋服裝既髒又破。到晚上，一箱箱的肥皂、香菸、糖果、餅乾偷運出來賣，軍官抽的「旭光菸」我們很輕易的買到，以前只偶爾看到包裝盒。日軍盛極而衰，剛占領孫家埠的那種盔甲鮮明，皮鞋釘踩在石板路上發出「嘩啦嘩啦」的鐵蹄般聲響，也不再那麼強烈刺目了，美人寮何時關了門，花姑娘何時不再來，也沒人去注意了。

「抗日分子」

抗日分子這名詞是指八年抗戰時期，身在大後方國民政府控制下的軍民人等，或在淪陷區從事搜集情報，進行破壞、暗殺的地下諜報工作人員而言；然而本文所說是謔而又虐的另有所指。時間過去四十餘年，雖是絕小部分人的一段特殊經驗，說出來也或可益各位茶餘飯後的談助。

民國卅六年的夏天，我們的砲兵營被臨時編組改爲步兵，且四分五裂的被分派到機場、車站、倉庫、橋樑、山區等地駐守。我們排被派在已近廢棄的岡山機場。

岡山機場占地不小，究竟有多大，我們不清楚，僅以衛兵換班來說，八點的班，七點就得出發；換班之後在哨所周圍轉一兩圈就準備換班往回走了。這是指從機場場本部到對角彈藥庫的最遠哨所而言；當然我們完全靠兩條腿走，不是行軍式的正規步伐，而是懶洋洋的漫步。

這機場據說是日軍西侵計畫中台灣最大的軍用機場，占地大不說，房舍更多，是機場也是飛機製造廠。由於重要，所以盟軍飛機列爲重點轟炸目標，房舍幾乎大半夷爲平地，沒有夷平的也都有牆無頂，牆也是半截，東倒西歪，屋裡不但草比人高，還長了香蕉木瓜，機場內有兩條半跑道，全是東一坑、西一窪的坑洞，鐵絲網邊上有個大池塘，我們常在那洗澡洗衣服，村長告訴我們：那兒危險，少去爲妙，因爲塘裡滿是大大小小的炸彈破片，鋒利得很，甚或還有未爆的炸彈。

從岡山到橋頭的寬大柏油路上（大概是後來的縱貫路）上打橫的一條比大柏油路更寬的柏油路，是筆直通機場的。我們就叫它機場路罷；足足有四五公里長，一路上斷垣殘壁、折柱、燒樑；馬路更是柔腸寸斷，不成其路，路燈從未亮過，兩旁破屋中不時有野鼠竄出，嚇人一跳；這條絕少人跡的大馬路，我們視爲畏途，但後來卻成爲全排官兵最喜走的一條路，常常三五成群的摸黑走進走出，祇因爲：岡山鎮上有家小旅社有花姑娘！

凡有駐兵的地方必然有色情行業，搞這一行的老闆鴇兒消息最是靈通，這個部隊剛來接防三天，他們就知道最高指揮官尊姓大名了，單位番號，哪團哪營一清二楚，雖然那光景還沒有保密防諜這個名詞，但部隊的機密性一向重視，然對色情業者毫無用處。

這家小旅社日據昭和多少年就開設了，日式平房，榻榻米之外還有天井、水池、假山，清靜淡雅得很。是小旅社就一定兼營姑娘小姐，這一家資格比我們老得太多，顯然不是衝著我們百來人而特設的。

所謂花姑娘，是我們效法鬼子兵說的，岡山鎮上有好幾家這樣的小旅社，還有小酒家、食堂等全兼營這買賣，也全是年輕貌美的小姐，但我們全排人只鍾情這一家，因爲這家特別，有兩個日本女人。

所有的日本軍、民、警，眷早在卅五年夏天之前就全部用兵艦遣返回日本，怎的還留下兩條漏網之魚？「花姑娘」聽不懂我們所說的，我們也聽不懂老闆娘所說的，問這幹啥，我們只是尋芳客，可不是來調查戶口的。

這兩個日本女人，年紀比我們老得多，大約四十左右或卅七八（當時我才十九，另一個在上海自己來的小鬼才十七，其他的也不過廿五六，除排長外最老的是第二班班長胡傑，也不過卅出頭）。這麼大的嬸嬸級的人物，以往我們看都不敢看，可在這，她倆可是最風光的明星級。

她們負責、盡職、溫柔、體貼、無微不至，許多小夥子還未經人道，她們盡心教導，全排官兵，全俯首貼耳的作了她們的裙下之臣，有的把金戒指金鍊子也脫抹下來奉獻，心甘情願。我們排長雖號稱閻王，對全排的部屬卻瞭如指掌，星期天早點名檢查衛生，一個口令下全伸出雙手，看到某兵手指光溜溜，便問：「你的『金溜子』呢？龜兒子，為『抗日』奉獻了！」然後當胸一拳：「龜兒子你是安徽接兵來的，在太倉對不對？抗抗日也好，夠資格叫一聲『抗日分子』了」！

從此，抗日或抗日分子成為大夥兒的口頭禪，有次營長老遠來巡視，中午開飯時分，營長親自點名，卻集合不到一半人，營長問排長：「那些兵呢？」「報告營長，昨天剛發餉，特准他們『抗日』去了！」

「嗯！」

經過解釋，營長咧嘴一笑：「好，雷排長，飯後你帶我去巡視一下戰地！」

抗日分子本來是個令人肅然起敬，很神聖的稱呼，我們卻輕鬆化、庸俗化了，不過對尚未抗過日，尚走趕上抗日戰爭的人來說，這個名詞因帶點兒粉紅而不是那麼嚴肅血腥了。

如果這也能進歷史（野史），它應該是最人性化的了。

——一九九八年九月・選自九歌版《何祇感激二字》

賈福相作品

賈福相

筆名莊稼，山東壽光人，1931年生，18歲隨軍來台。台灣師範大學生物系畢業，美國西雅圖華盛頓大學博士。專業海洋生物，曾任加州三可門頓助教授、英國新堡大學高等研究員，加拿大亞伯特大學教授兼動物系系主任、研究生院院長等，及香港科技大學生物系教授、台北海洋館館長等。著有散文集《獨飲也風流》、《看海的人》、《吹在風裡》等著作。曾被列入五種世界名人錄，曾獲金鼎獎等。

近午夜的華爾滋

「各位女士先生們，我有一個重要的報告……」管音樂的司儀重複了兩次，一百多位親戚朋友們才安靜了下來，大多數的人還拿著酒杯，不停的遊動著腳步，彷彿在繼續著上一支舞。「新娘特別要求，下一曲音樂是爲她爸爸播放的，新娘要和她爸爸跳舞，一分鐘後，也請大家參加。」

我吃驚的一回頭，我的女兒，莉莎（東瑩）就站在我的身邊，她仍穿著她媽媽替她縫製的長禮服，臉上洋溢著幸福的微笑，那是一種最美麗的笑。我還記得，當她三個月大的時候就這樣笑，她已笑了二十七年了。這種笑給了我鼓勵，給了我溫情，也充實了我的生命。

音樂是舒伯特的聖母頌，是我最喜歡的一支歌。若干年前在台北師大讀書的時候，我就喜歡上這支歌。雖然到今天我還是不會唱，但喜歡不著譜的亂哼，特別是當我孤獨的時候，特別是當我感情脆弱，當我有種「浪子思鄉」的情緒的時候。

我結婚時也選了這支歌，一位鋼琴家替我們彈了又彈。

結婚一年後，我的兩個雙生女兒就出生了，我們二女兒的名字瑪麗亞（西瑩），就是聖母頌的「Maria」。

若干年來，我的女兒們替我買了不少希臘女聲樂家，娜娜．莫斯寇瑞的唱片，每張都有聖母頌，我每次聽了都著迷。女兒們十幾歲的時候曾笑我太古董，太不現代。現在她們都常陪著我聽。

「莉莎，我不知道怎麼跳這支曲子。」

「隨便你，我只是跟你跳，我們可以完全不管音樂……」她那麼勇敢，那麼信任，彷彿只要是我做的就不會錯。

她兩歲半的時候，跟著我在英國新堡大街上走路，把頭撞在鐵柱子上，猛流血，她大哭，臉色蒼白。我抱著她急急地跑去醫院，我的白襯衫上染了血，我怕得要命，但告訴她不要怕，一切都不會有問題。那時，她緊緊的摟著我的脖子，停止了哭，她告訴我，她一點也不怕，只是摟得我更緊了些。

「莉莎，跳華爾滋吧！」

我們在舞池裡跳著，不再講話，細心地聽著音樂，舞步與音樂無關。我覺得只有華爾滋的旋轉才夠美，才夠古典，才能紀念這個重要的日子，才能配得上這最美麗的一刻。旋轉到頭有些微暈的時候，時間和空間都不存在了，女兒的童年、少年、青年，跟著我跑遍了大半個地球，那個紮著兩條辮子的小女孩，那個任性的中學生，和這一個亭亭玉立的新娘，都在與我跳舞、跳華爾滋的旋轉。

莉莎和哈維的婚禮，在渥太華舉行。我們老遠的從愛德門頓跑來，哈維的家人則從更遠的溫哥華跑來，都住在旅館裡，只有我妻子早來三週替莉莎縫製禮服。婚禮的程序都是莉莎和哈維別出心裁計畫的。

婚禮上的花以「望星百合」為主，淺紅色。六個伴娘的禮服是寶藍色，伴郎的大禮服是黑色，但領帶和束腰是寶藍。

因為哈維的父親約翰曾經是牧師（現任卑詩省的省議員），他就與另外一位牧師合作證婚。又因為哈維是記者，認識很多國會的人物，婚禮的許多攝影是在國會大廈完成的。從下午一點開始，現在已經快午夜了，每個人都興致勃勃，喜氣洋洋。

證婚典禮的節目，包括哈維的母親、妻子和我的賀詩朗誦。妻子讀的是革不勒(Gibram)的一段有關婚姻的詩。她讀了一半就哭了，惹得我女兒和許多朋友也哭了。我讀的也是革不勒的一段有關愛情的詩。因為女兒的要求，我寫了〈旅程〉，在他們婚禮上朗誦，並送給他們作婚禮：

莉莎和哈維
開始了新的旅程
穿過城市，漂過海洋
草原上跋涉，跨過山崗
途中會有大風雪
會有十里花香
目的地不是一個地方

目的地是
旅程的浩浩蕩蕩
彼此要幫忙
彼此要原諒
更重要的是，彼此要自由
發展自己所長

兩顆心，相戀的時候更甜蜜
兩雙手，相握的時候更堅強
幸福在你們的身傍

親愛的孩子們
上帝會照顧
你們旅程的浩浩蕩蕩

二月二十三日過去了。已經是二十四日凌晨一時半，我與妻子回到自己旅館的房間，坐下來，跌入了靜靜的沉默，要講的話，幾天來都講完了。快樂在沉默中擴大、發酵，又芬芳、又深遠。

——一九九四年．選自林白版《吹在風裡》

胎生的海葵

我常對朋友說：我之所以到加拿大定居實在是沾了海葵的光。

若干年前我在英國的新堡大學教書，英國雖然人傑地靈，文史輝煌，有莎士比亞、有牛頓、有劍橋和牛津，但他們人口擁擠、經濟不景氣，住那裡總有種沉悶的感覺。所以三年下來我一心想走。

有一年，加拿大亞伯特大學動物系主任奈索爾到英國來訪我。他在新堡住了兩天，我們談了兩天，談研究、談教書、談我對前途的計畫等等。有一次，他在我實驗室用茶，我順便給他看了一下我在一大堆玻璃杯子裡的小海葵。這些海葵們是胎生種，是剖腹取出來的，最大的不足十毫米。有些圓圓的像小草莓，有些扁扁的像小飛碟，也有些直立著的像蠟燭。五顏六色，藍色的、牛奶色的、淡紅的，還有黃的，它們都舉著花瓣一樣的觸角，靜靜地坐在杯子裡，像婦產科嬰兒室床上的那些小身體，有的在哭，有的在笑，大部分都是莫名其妙地睡著了。

奈索爾不信這些是海葵。他以爲我在和他開玩笑，一個動物系的教授是什麼動物也知道一點的。於是，我告訴他這些奇形怪狀的海葵是人工造出來的。因爲每一隻海葵的肚子裡都有一塊染過色的蛋白——蛋白是由我午餐袋中白水煮的蛋上取得的。就像雕塑家，我把蛋白切成大小不同的各種形狀，再用活體染色成不同的顏色，用來餵這些飢餓的小海葵，它們可以呑下比自己身體還大的蛋白。這樣我就有了這一大堆杯子中不同花形的海葵。每個杯子都編了號碼，每塊蛋白也都量過，由此我可以知道，它們是否能消化蛋白以及消化率。

我告訴奈索爾這些杯子是我的花園，與我正式研究的工作無關。別人養狗養貓、養魚養花，我就養海葵。這些動物不吵不鬧，也不令人煩心。海中的葵花，好像比地上的更可愛。

在動物族中，海葵幾乎是最低等的，只比海綿高了一點。一般動物身體上的許多器官，如心臟、血液、腦子、肝、肺、腎、生殖器它們都沒有，它們只有一些神經和肌肉組織，也有一個袋狀的腸胃，而腸胃是它們身上唯一的空間，進出口是嘴又是肛門，食物呑進去、排出來都通過此口。海葵的同族包括珠寶店裡的珊瑚和餐桌上的海蜇（水母）。我們知道有些水母因毒素而出名，澳洲北部的海蜂，每年報紙上都有泳者被毒死的消息，所以澳洲的海濱游泳場，常有木製的和由網做成的柵欄，來阻止沙魚和海蜂的侵入。但是我的海葵卻一點也不毒，它們只是搖動著觸角，也偶然慢慢地爬行。比花好像聰明些。

大部分海葵種都是把精子和卵子由嘴中排出來，在海水中受精，發育成一個個小小的幼蟲，再回到海底變成海葵。而我之所以特別被這種海葵吸引，是因爲它們特殊的胎生現象。

我的博士論文是研究一種海星的胚胎，畢業後發表的論文也都是有關海星的生殖。所以海洋生物學界就把我列成海星專家。事實上，除去海星外，我對海葵的知識並不比教科書上的多些。

直到有一天，在一個偶然的機會裡，我與海葵結下了不解之緣。到今天我發表的海葵論文比對海星的研究還多些。

在新堡的時候，我每月至少要去海邊作實地調查兩次（低潮期）。我調查的對象，是一座沉船骨骸附近的海星族群。有一次調查完畢後實在太累了，預備坐下來抽支菸，但是石頭太滑，一不小心摔倒在水窪裡，右手剛好壓到一隻海葵，把它壓破了。若干紅色的淚珠灑在我身上。當時眞的又好氣又好笑，對那隻被壓碎的海葵感到深深抱歉。仔細看了一下，那些紅色淚珠卻原來是幾隻年輕的海葵從母體中被擠飛了出來。我又用身邊的小刀解剖了七隻海葵，而每一隻都懷了孕，每一個肚子裡都有三、五隻小海葵。

對於一個學胚胎的人，這是一個莫大的驚喜。我於是想到一連串的問題：這些住在母親胃中的小海葵怎麼能抗拒被消化掉呢？海葵應該雌雄異體，那麼爲什麼我解剖的海葵每隻都懷了孕呢？怎麼樣受精的？每年有固定的產期嗎？爲了回答這些問題，我開始閱讀有關海葵的文獻，也開始作有系統的研究。在這種時候，眞是「發憤忘食，不知老之將至」了。

奈索爾來訪的時候，我已經對海葵作了一年多的研究了。他原是來與我約談去加拿大任教的事，但卻對我杯中的海葵發生了濃厚的興趣，印象也最深刻。他打電話到加拿大告訴了他系中同仁們我的海葵工作，結果反而一點也不提我對海星生殖上的研究。後來他在倫敦的朋友柴甫曼教授家中剛好碰到一位博士生瑪革・若斯竹，也正在作這種海葵的生殖生理。

瑪革遂到新堡來看我。當我們把研究資料攤在桌上的時候，我們都有種意外的喜悅。原來我們問的問題是相同的，而得到的案也是相同的。兩個海葵族群相距三百里，卻有著相同的性生活。

我們花了五天的時間，合作了一篇論文。在這篇文章中，我們提出幾點大膽的結論，其中一點是與「養子」、「養女」或「繼父」、「繼母」的情形有關。我們當時的困惑是爲什麼雄的海葵也會像雌的一樣懷孕呢？我們知道這些雄的並不是在中途變性，它們自始至終都是雄的，所以我們推論，雌的卵子在體內受精後，發育成幼蟲，媽媽就把幼蟲送出去。在海中漂流。幾週後，再沉落到海底，找尋繼母或繼父，鑽入它們體中。所以繼父母體中的胎兒不是自己的骨血。我們的證據是，在海水中用浮游網過濾的結果，找到了幾隻幼蟲。

這篇文章發表後，引起國際同行們很大的興趣和辯論，而在同時，我也收到了奈索爾寄來的聘書。

離開新堡大學之前，我把杯中的葵花們釋放到潮間帶的水塘中。現在它們應該是二十多歲了，在文明的污染越來越嚴重的北海，不知它們可曾無恙？

——一九九四年・選自林白版《吹在風裡》

海中天

遠行在海上，看不見陸地的時候，沒有潮汐，如果風暴不來，浪濤也失去意義，天接海，海接天，劃了一個界線不清的橢圓，白天的太陽和雲彩，晚上的月亮和星星，都在圓內，作大幅度的擺動，一切都不眞實，又回到了原始：人類還沒有出現之前，生物還沒有出現之前，星球尚不存在，宇宙尚不存在，等待大爆炸嗎？於是所有人間定義，突然變成了童話，心中有些恐懼卻無理由，有些興奮和激動卻與荷爾蒙無關。唯一接近這種感覺的經驗，是小時候，躺在大草原上，躺在秋空之下，也彷彿置身大圓之內，但土地使人安定，使人平穩，使人恬靜，與這種深不可測的海天搖動不一樣。

莊子在〈秋水篇〉一開頭就說：秋雨氾濫，千水萬水都流入黃河，浩浩蕩蕩，偉大集於一身，河伯大悅，東行到北海，海天一色，無邊無際，河伯開始覺得自己渺小，老老實實把自己感覺告訴了海神，海神藉機會講了一篇大道理，說井底之魚不可以談海，夏季小蟲不可以談冰，褊狹的讀書人不可以和他講道理，這位河伯，虛心務實，可以談「道」了。莊子的道是原始的無。

一九九一年夏季，在日本新潟市的一家餐館，看到李鴻章寫的三個大字「海中天」，一時激起了一種澎湃的感情，又喚醒了大海上看不見陸地的孤獨和恐懼。

這是一段緣：那一年，我代表亞伯特大學研究生院，隨校長和兩位同事去日本各大學訪問，從東京乘火車去新潟，先拜訪市政府，他們非常隆重的把加拿大國旗升起，在大廳舉行了歡迎儀式並交換禮物，之後我們就去大學開會，談交換學生、交換教授、合作研究等等。晚餐市長請客，在一家古色古香的日本餐館，入店照例脫掉鞋子，彎著腰在榻榻米上走，圍桌而跪，每人面前都有一排碗碟，排列整齊，顏色悅目。

餐室佈置雅致，有許多古物，特別是牆上掛了幅李鴻章寫的中堂「海中天」，我詢問店員這幅字的來歷，結果店員傳話到掌櫃，掌櫃傳話到老闆，老闆是一位禿頭的長者，從家中匆匆趕來，他的舉動倒像是位飽學大儒，我們一邊淺淺的飲米酒，一邊用筆在紙上談話，原來一九六〇年，他在東京一家拍賣店買到了這幅字，經過專家鑑定，才把它鑲裱掛起，三十年來成了他飯店的特有標誌。後來我們又談了很多關於書法的事，臨行前他把我們交談過的紙張小心收起來，並送我一包紀念品。

之後數年我們交換過聖誕賀卡，然後就中斷了。行筆至此，悵然有失，遙隔太平洋，老友可是無恙？

後來聽說台北淡水有家「海中天」餐館，老想去拜訪，可惜到今天尚未如願。

李鴻章是清末一個很有才氣的人，大風大浪，割地賠款，如果沒有他，中國是不是會更糟？我在中學讀書的時候，一位歷史老師曾讚揚李鴻章，說他替中國人爭面子，他去歐洲訪問時，令部下抬了口棺木，代表不怕死，又令人捧了痰盂伺候左右，與其他國家代表談話時，常常故意吐一口濃痰，虎虎有聲，表示我們中國傳統習慣，不受洋鬼子干涉，我們那一群十四五歲的孩子都覺得臉上有光，自然不懂這才是眞正的阿Q精神。二次大戰結束後，美國國務卿都拉斯，在一次聚會上，拒絕與周恩來握手，也是阿Q，周恩來微笑點頭，表現出泱泱大國外交家的彬彬風度。

這三個斗大的字，由右方讀起是「海中天」，由左方讀起是「天中海」，兩者都通，只是境界不同。天也藍，海也藍，天中有海，海中有天，不管怎麼讀，它給我的感覺總是一種大海上漂泊的荒寒。我的一位友人聽了這個故事，並看了我和店老闆在「海中天」前的照片卻說：她特別喜歡這三個字給她的印象，她覺得海天一色的平靜，是一種無限，是一種恆久。

近代散文家張愛玲，是李鴻章的外孫女，她的用字造句都新鮮，文章的風景有種不著邊際的美，卻又緊緊靠近人生，彷彿捉住了「海中天」的境界。李先生是在怎樣的情形下寫了這三個字？寫給誰？

海多貌，海天連在一起使人寂寞，使人親切，親切才有故事，故事的結束往往是寂寞，多麼無奈。

——原載二〇〇〇年三月二十日《聯合報》副刊

張作錦作品

張作錦

筆名龔濟，江蘇銅山人，1932年生。政治大學新聞系畢業。曾任《聯合報》記者、採訪主任、總編輯、美國《世界日報》總編輯、《聯合晚報》社長、《聯合報》社長、《聯合晚報》副董事長等職，現已退休。曾先後在世界新聞專科學校、中國文化學院和台灣大學新聞研究所講授「新聞採訪與寫作」。著有散文集《牛肉在那裡》、《誰在乎媒體》、《試為媒體說短長》、《史家能有幾張選票》、《小人富斯濫矣》、《那夜，在安德海故宅，思前想後》等。曾獲中山文藝獎散文獎。

生命不可不惜，不可苟惜

——悼念新聞人而兼音樂人的張繼高

九歌出版社那天爲張繼高先生舉辦新書發表會，坐在會場，捧著「餘溫猶存」的《必須贏的人》，遙想在北京求醫的張先生，心裡雖然懸念，但並不爲他擔憂。

去年九月，張繼高住進榮民總醫院，醫生「人贓俱獲」的找到癌證。幾位朋友去看他，他不在病房裡，原來串門子去了。被「押解」回房之後，他像一位主治大夫一樣爲我們解析病情。癌是怎麼找到的，原來在哪兒，現在在哪兒，可能再轉移到哪兒。他笑容滿面，口若懸河，不時「幽自己一默」，還像個孩子那般把新學到的醫學常識拿出來賣弄一番，竟使我們像往常一樣「如沐春風」起來。在回去的路上，我不禁自問：那個張繼高剛才是談誰的病呀？

他「不藥」而出院，朋友們打電話找他，約他喝咖啡、喝酒，其實都有「探病」的意思。他很爽快的答應：「你們別麻煩了，都約起來，我送給你們看就是！」席間有他，總是溫馨有趣。他神色體力都好，大家圍繞著新聞與文化的話題，這些不僅是他素所關心，也最能展現他的多識與專精。雄論滔滔之餘，他每每「其詞若有憾焉」的表示，他有病，但「可惜」不像病人。

「鈑金」尚稱完好

後來他到「孫逸仙癌症中心」接受鈷六十治療，醫生很細心的把劑量分多次放射，所以他沒有一般病人諸如落髮、嘔吐種種反應。這時他表彰自己和告慰朋友的詞是：「鈑金尚稱完好」。鈑金雖稱完好，但引擎、汽缸等等已不能再用，車子還是停了。不過停得很從容，很優雅，緩緩駛到路旁，像回到自家車房那般的平穩安靜。不是顛顛簸簸，淅瀝嘩啦，又橫七豎八的擱在路中央。

人類所追求最初的和最根本的知識，大概就是對宇宙和生命的探索。這麼艱深的「道」不易探索得完、探索得著，於是我們對死亡不免懷有疑慮和恐懼。人一旦生了較嚴重的病，常見的現象是：醫生、家屬和病人你哄我、我瞞你，搞得大家十分狼狽。親友問病，或支吾其詞，或淚眼相對，把一件原很自然的事弄得尷尬難堪。

沒有錯，生老病死，無人可以豁免，所以是很自然的事，所以不值得那麼樣的擔憂害怕。西塞羅說得最清楚：「咱們應該摒棄那種老婦人的奇談怪論，說什麼人沒有活夠就夭折乃是一種悲劇。我倒想知道，什麼叫『活夠』？大自然答應把生命借貸給我們，並沒有規定償還的期限。那麼，大自然在高興的時候，要求還債，我們有什麼可以埋怨的？」不埋怨，是人對自然的一點感激、一點虔誠。

走得很「精緻」

中國的哲人用更少的字說得更深。顏之推告誡子孫：「生命不可不惜，不可苟惜。」不可不惜是站在人性與人情的基礎上，不可苟惜則是洞明世理的睿智與參透。苟惜者，是酒店關了門還賴著不走的那種人。劉向說得更透徹：「必死不如樂死，樂死不如甘死。」世人多凡夫俗子如區區者，樂死、甘死的境界恐怕力有未逮，但既然必死——大去為不可避免之事，那就應勉力做到「不可苟惜」。

張繼高先生平生倡導精緻文化。能生產精緻文化的社會，必有一群有品味、有識見的人。按張先生的說法，那樣的人「必然『大』、『深』，也『遠』。」人有這樣的格局，處生、事死都必卓然不俗。張繼高遺囑不訃告、不開弔，遺體捐贈醫院，骨骸葬於大海；瀟瀟灑灑，乾乾淨淨。今世喪儀的繁文縟節，多半只為滿足生者；而靈堂成為社交場所般的粗糙與喧囂，尤為對死者的不敬。張繼高身體力行他對精緻文化的信仰，走得「精緻」，很有「品味」。

寫《神學大全》的阿奎那說：「在由外界引起的一切激情之中，死是首屈一指的……。當一個人克服了死和導致死的一切因素，他的精神就是最完全的勝利。」「九歌」的蔡文甫先生以《必須贏的人》命書名，自然意在言外，盼張繼高能打贏在醫院的那一仗。其實我們可能低估了張先生的實力，他贏得的戰利品，比朋友們所祝望者要大得多。

「夕陽更美；樂曲之尾音更易使人牢記。」管它這句話是誰說的，新聞人而兼音樂人的張繼高，他那章樂曲之尾音，實在演奏得出色。而且你我都必須承認，那絕非「無心插柳」！

——一九九七年五月．選自天下文化版《試爲媒體說短長》

沒有道德的自由社會從未存在過

住在美國的華裔女子鍾愛寶，十個小時內和兩百五十一名男人做愛，舉世喧騰。電影公司把十小時的行房紀錄剪輯成兩小時的影片《性女傳奇》，目前正在台灣上映。某些媒體在談論這部影片時，語帶輕蔑和挑釁地說：恐怕又要惹起「衛道之士」的批評與抗議了。

「衛道」自然是「保衛道德」的意思。不知何時起它變成了嘲笑人的貶詞。這就叫人困惑：難道「道德」不值得「保衛」嗎？

道德是哲學研究的重要項目。有人主張先天論，如孟子說：「仁義禮智，非由外鑠我者也，我固有之也。」有人主張後天論，如荀子說：「木受繩則直，金就礪則利，君子博學而日參省乎己，則知明而行無過矣。」但不論是與生俱來還是學習所得，現代人總能略知基本的道德規範，譬如不能隨地便溺、不能偷竊、不能殺人等等。一言以蔽之：己所不欲，勿施於人。

鍾愛寶自承，她的「二五一」行動目的有二，一是享受性的歡愉，一是實踐女性主義。這兩點都屬於個人的主觀認定，他人無從置喙；但是，她大張旗鼓的和兩百多人做愛，又實況錄影轉播，公諸千萬人之前，能對青年人的身心發展沒有不良影響？對世道人心沒有腐蝕與摧殘作用？

做這種事，完全不需要善惡與是非的判別？

預測這部影片會引起台灣「衛道之士」不滿的人，都猜錯了。就我閱聽所及，好像並無人批評，更無人抗議。廿一世紀的「大時代」就要到了，學前進、趕時髦都來不及，誰願意作落伍的「衛道之士」？再說，今天的台灣，禮毀樂棄，誰有能力扶起那根已頹的道德樑柱？請看：

從廟堂到民間，從軍中到社會，從中產白領階級到引車賣漿者流，我們每天看到多少貪瀆、欺詐、鬥爭、情色、殘暴，以迄殺戮。這些事，自報紙上、電視裡俯拾皆是。其邪惡種類之多，犯罪手段之狠，常叫人不寒而慄，內心震痛。

有人把這些行徑歸咎於「人性」，覺得不必驚異，也無從責難。當然，人是有欲望的，很難完全避免金錢、物質和權力的役使。其實，中外賢哲在設定道德要求時，都考慮了人性正當的需求。寫《神學大全》的阿奎那就說過：「道德的淨化並非要徹底的去掉七情六欲，而是使七情六欲合於規範。」《春秋繁露》的作者董仲舒說：「天之生人也，使人生義與利。利以養其體，義以養其心。心不得義不能樂，體不得利不能安。義者，心之養也；利者，體之養也。體莫貴於心，故養莫重於義，義之養生人大於利。」瞧瞧這話說得多透徹，多合情合理，只課義利之辨這麼一點責任，標準能算高嗎？

既然不高，怎麼很多人做不到呢？胡適的老師杜威早就點明：「道德……要不斷發展……因為生活就是一種使舊道德不斷失去作用的運動形態。」原來道德要「不斷發展」，以接合「舊道德不斷失去作用」的斷層。可是，在台灣，政治階層禁不起「察其言，觀其行」的考驗，民間人士又怕戴上「衛道之士」的落伍帽子，道德如何能「不斷發展」？既然道德向下沉淪，社會又何能向上提升？

爲了掩飾與平衡台灣的亂象，有些人愛標舉我們「民主自由」的成就。若論民主自由，美國大概應算是民主自由的國家。寫《美國的民主》這本名著的法國佬托克維爾就曾斷言：「沒有道德的自由社會從未存在過！」

不錯，如不塗上道德防腐劑，以規避邪惡的侵蝕，任何自由社會，即使是美國，均非金剛不壞之身。

——原載二〇〇〇年十月二十二日《聯合報》副刊

逯耀東作品

逯耀東

江蘇豐縣人，1933年生。台灣大學歷史系畢業，香港新亞書院研究所、台灣大學歷史研究所博士學位，曾任台灣大學歷史系教授、香港中文大學歷史系教授。著有散文集《那年初一》、《異鄉人手記》、《肚大能容》、《似是閒雲》、《窗外有棵相思》等，另有史論專著多本及相關論文百餘篇。曾獲散文金筆獎、國家文藝散文獎等。

高原行腳

麥客

從西安到延安道上，車子馳騁在高原。雖然是個晴朗的六月天，也許高原的氣候比較乾燥，早晨的空氣非常清冽，一如江南林下湧泉似的滲心涼。路旁的白楊邐迤羅列伸向天邊。天是片湛湛藍天。藍天下是一望無際耀眼的金黃。現在正是麥子成熟時，層層疊疊的萬頃麥浪，在微風飄過後，輕輕蕩漾著。

一路行來，常看見些戴著破舊麥稭草帽，身穿藍或灰的衣裳，肩負著一個小小行李包的莊稼漢。他們六七個人一夥，迎面而來，在道旁緩緩走著。有時經過些小集鎮，也看到這樣的莊稼漢，一夥夥聚在集鎮街兩旁，有的蹲在店前簷下，默默吸著紙煙，有的在樹蔭下枕著行李包沉睡或眼翻著藍天，也有的站在街心和人比著手勢攀談著。一眼望去就知道他們都是外鄉人，暫時在這裡歇腳。不過，我心裡納悶，如今正是農忙時候，哪來這麼多閒人。

後來人家告訴我，這些人是麥客。他們都是陝甘邊區的莊稼漢。高原北面的收成比南邊晚，他們趁著自己地裡的莊稼還有沒熟的空隙，搭乘不同的交通工具，多是不用買票的貨車，來到高原的南端，幫人家收割麥子，賺些額外錢，補貼生計。一路由南向北收割，大約個把月的光景，就回到自己的家門，地裡的麥穗已纍纍垂地了。

麥客，乍聽起來，的確是非常江湖又詩意的名字。自古以來中國的莊稼漢，都固執地擁抱著自己的土地過活，除非萬不得已，他們是不會背井離鄉的，就像我路過黃土地的一個村莊，看到的那位老大爺那樣。他坐在老榆樹涼蔭下的石板上，身後是塊半塌的土牆，他微閉雙目默默地吸著旱煙袋，噴出的煙霧罩著他滿布皺紋的臉，和滿頭蕭蕭的白髮。那層矇矓的煙霧，在午後的斜陽裡，輕輕悄悄在他面前沉浮著，是那麼平靜和平淡。也許他多年來就寂寂坐在那裡，雖然日子過得不平和而且艱困，但卻被他熬過去了。

但麥客卻像候鳥，每年到了這個季節，一定的時間，一定的路線，在高原上往來穿梭。他們人在路上，路上卻是另一個江湖。他們將江湖風雨的點滴帶回家來，可以伴他們過一個落葉的秋，也夠他們回憶整個覆雪的冬天。等春天隨著田埂上的桃花再開的時候，一陣綿綿細雨後，柳絲也吐出了鵝黃、燕子回來翩翩在田裡青青的麥苗間，他們又伸出手指，合計著另一次江湖。江湖上雖然有風雨，但也有那串從他們身旁飄過的銀鈴的笑……

麥季又來了。麥客再上路。他們走在路上，風颸過道旁楊樹梢。麥客沉默的腳步，烙在他們去年的足印上，由北向南，再由南向北。

牧蜂人

那年，行罷延安附近的所在，再折回西安，正是小麥成熟的六月天。車行塬上，穿梭在一望無際的麥田間，匍匐的麥穗，在徐徐的薰風中盪曳，翻騰著層層金色的波濤。浩瀚的金黃麥海，伴著高高的碧雲天，金黃與蔚藍相映，色調是那麼鮮明。路旁的白樺樹又在風中竊竊私語，似乎說收刈的麥客快來了。

車上倘坐半日，停下歇歇腳。下得車來，迎面而來的是個高原靜穆的黃昏。一輪渾圓的紅日，正緩緩沉入斷層峽谷對面的另一個麥海，西天燃燒起一蓬火紅的雲霞映著四周的麥海，還有峽谷中層層疊疊的黃土斷層，伴著自谷底浮起的暮色，整個高原融在一層蒙蒙紫色中，古往今來的紛紜和塵埃，剎那間都沉澱在亙古不變的沉默裡了。

也像往古一樣，谷底疏林環繞的窯洞，又升起縷縷的炊煙，在寧靜中冉冉上升，一如那條依附著黃土斷層，蜿蜒上升的黃土路，自谷底攀伸到塬上來。我隱隱看見那條黃土路上，有一個瘦小的身影在移動著。好一會，那瘦小的身影終於爬到塬上。原來是個紮著兩條辮子的小女孩，還擔了兩桶水。

那小女孩來到塬上，將肩上的擔子放了下來，用手攏攏頭髮，汗水順著鬢角流下來，她又用紅色上衣的衣袖，擦抹臉上的汗，然後俯下身去手扶著桶沿，湊過頭去喝了幾口桶裡的涼水。我悄悄走過去，她喝罷涼水抬起頭來，發現我站在她身旁，笑了笑，露出兩排潔白的牙齒，一點也不怯生，是一種純眞友好的笑。

那小女孩又站起身來，約莫十四五歲的光景。圓圓的蘋果臉，兩腮紅撲撲的，有一對明亮的大眼睛。「家裡？」我眼望著谷底問。她搖搖頭，用手指指路的那邊，我順著她的手望去，那邊路旁支架了帆布的帳棚，帳棚旁堆著一排排小木頭箱子。一路過來，常看到路旁有這樣堆著木箱子的帳棚，但不知是做什麼的。

於是，那小女孩擔著水向帳棚走去，我隨在身後。等她走近帳棚時，一隻大花狗親暱地向她撲來，待牠發現女孩身後的陌生人，即立刻停下來向我狂吠。那大花狗吠出正在整理木箱的主人。在帳棚旁，準備晚飯的婦人，也停下工作，從煙霧瀰漫中探出頭來，怔怔地望著我。

那男主人大概四十多歲，瘦削黝黑的臉膛上，刻劃了許多風霜的痕跡，他用毛巾搓著手，微笑著對我點點頭。我問他做什麼的？他答：「放蜜蜂的。」然後帶我走到木箱旁，他啓開一只，箱內蜂巢中萬千隻蜜蜂攢動，並且發出嗡嗡的聲音。聽他說話不是本地口音，他說他是浙江溫州來的。每年花開時節，離開家鄉，一路追逐著各地不同的開花時間，沿途放蜂採蜜，就地換錢，維持生計。來到黃土高原之前，正是雲南花開的時候，在那裡放了一陣子蜂，收成後又來到這裡。眼下這裡的花開得差不多了，準備明天搭運貨的回程車子去青海草原放蜂，現在那裡花正盛開。然後，他又笑著說，每年四月離開家鄉，開始放蜂的行程，由東南到西南，然後來到西北的黃土高原，青海是最後的一站，大概秋收時回到家鄉，再忙一陣子，就要過中秋了。

青海，是個遙遠的地方。但第二年的夏天，我探訪過敦煌、吐魯番，告別不毛的戈壁，然後由蘭州進入青海，再經毛兒蓋、松番，自岷江源頭，順流而下到成都。一路穿山越嶺，曉行夜宿，又是大雨過後，橋塌路崩，確是一段非常艱辛的旅程。但青海大草原的那一段，卻是壯闊的。

車子在褐黃的峻嶺間盤旋而下，單調枯燥得緊，最後終於進入草原，正是微雨初歇的午後。雨後的清涼伴著滿眼的新綠，在面前展開來，除了我們車行的道路，像一條分劃草原的白線，筆直地通向遙遠的天際，剩餘下的就是無盡的綠色了，而那綠色的草原，在蔚藍的天空下，顯得格外深湛。黑色的牦牛和白色的羊群散在草原的坡地上，靜靜地啃著草。在牛群和羊群間，還點綴著幾座牧人的白色的蒙古包，環繞在蒙古包插著許多彩色的經幡，在風中招展著。

突然，我發現路旁有幾座帆布支架的三角形的帳棚，那帳棚和散在坡地上圓形的蒙古包不同，正是去年在塬上看到的那種。帳棚外堆著一排排的木箱，心中一陣欣喜，不由喊出：「牧蜂人！」也許我在塬上遇到的那個穿紅色短衫的擔水小女孩，和她的家人就在這裡，像草原牧人放牧牛羊一樣，在草原的花叢中放牧著他們的蜜蜂。

後來車子停下來，在路旁的青草間，開放著叢叢紅色和藍色的小花，順手採了幾朵，細小的花朵綻著黃色的花蕊，問同伴也喊不出花的名字。雖然不知這些花的名字，但我卻知道這些花，曾被牧蜂人的蜂群吸吻過的。一陣風來，紅色和藍色的小花，在風中飛舞著，在綠色的草原襯托下，顯得更嬌豔了。

風，在草原上迴旋著，也在西南的山地，西北的黃土高原迴旋著。牧蜂人在風裡，在花間飄泊，離他們自己生長的土地越來越遠了。

哈密月

從吐魯番乘汽車到林園，轉搭火車去敦煌，已經黃昏了。我們這節車廂是臨時加掛的，從烏魯木齊開來。

隨車的列車長是個婦人，約莫三十來歲的光景。相貌平庸，闊扁鼻子厚嘴唇，大盤帽簷下，壓著兩道濃眉一雙大眼睛，背後還拖著條粗長的辮子，隨著她在走廊急促往來的步子，不停左右擺晃著。但她像這裡所有列車服務員一樣，一臉冷漠，絕少笑容，也不言語。開車前給我們換了暖水瓶後，再也沒見她了。

車明天上午才到敦煌。於是，從行囊裡爲在大陸行走特備的大洋磁缸子，下了茶葉，沏滿一杯，準備消此漫漫長夜。茶葉隨著沖下的開水舒展開來，在杯中沉浮，茶湯由青綠滲濺成褐黃。一如我倚床凝視的窗外戈壁，在晚霞裡一片無際的褐黃。戈壁盡頭的遙遠天際，落日餘暉留下的一抹淡紅褪去後，剩下的是幅遼闊的淡青。漸漸地那淡青又溶入四起的蒼茫暮色裡，轉瞬間天黑了下來。黑色的天幕上綴出點點繁星，隨著奔馳的列車，流星似的飛旋著。

多年在歷史中徘徊與尋覓，這一帶曾伴我度過不少燈前的夜，論理說該是熟悉。但昨天午後登上沙丘，攀上廢棄的烽燧，舉目四望，四周的黃沙在燠熱的陽光下閃爍，白髮將軍仰天的悲嘆，守戍更卒在天田中的嗚咽，似乎都已遠去了。留下的祇有千古不變的塞上的風沙和黑夜。沒有想到塞上的夜，竟是如此空寂。隨著車輪在軌道上單調的聲響，突然一陣謫客的蕭瑟湧上心頭，風沙瘦馬戈壁道，眞的不知何處是歸程了。

再回首車內，車廂裡暈黃的燈光，寂寂澹澹地照在同伴們疲憊的臉上，他們已入睡沉沉了。我啜了口茶，又燃著一支煙，藍色的煙氛在寧靜的室內，悠悠緩緩地飄浮著。透過飄沉的煙氛，我彷彿又看到來時路上，晌午的豔陽下，晴空無風也無雲，遙遠的地平線上，突然顯出江南的湖光山色，山巒隱隱，波光粼粼，還有垂楊的輕揚……是似江南，不是江南。就在是耶非耶的變幻裡，我沉入一個遙不可及的夢裡。……後來在一陣剎車顚簸裡醒了過來。望望窗外，天將破曉，月臺的站牌寫的是哈密。哈密是大站，將會停靠較長的時間。於是披衣而起悄悄啓開門，準備下車到月臺上走走。

下得車來，伸了個懶腰，一陣清冽的曉風撲面吹來，使我完全清醒過來。月臺悄悄，滿地銀白似霜。舉首仰望，一輪皎潔的明月懸在西天。我從來沒有見過這麼渾圓、明亮，而且又比往常大許多的月亮。月旁有三數顆星星相伴。在黑裡透藍的遼闊天空襯托下，那月亮和星星顯得格外晶瑩了。月光的清輝灑落下來，化作一層朦朧的銀屑，塗抹站臺外民居的屋瓦上。房舍間有幾扇窗子，已燃著早起的燈光。

我祇是個過客，偶然在此剎那駐腳。浴沐在月光下，呼吸著四周陌生的寧靜，浸沉在異鄉的月色裡。下車的旅客不多，三三兩兩從我身旁喁喁而過。在旅客中有個婦人牽著個孩子，在我前面不遠停住，那婦人蹲下身子給孩子整理衣服，又用手帕爲孩子擦臉。彷彿又在叮囑些言語。那孩子揉著惺忪的眼睛專注地聽著。最後那婦人站起身來，將手中一包似點心的紙盒子，遞給那孩子，並且輕輕拍著他的背，示意那孩子向月臺出口處走去。那孩子走到出口的地方，轉過身向婦人揮手。那婦人向前行了幾步停了下來，擺手叫孩子繼續前行，她望著那瘦小的身影，消逝在出口處的柵欄處。

最後，那婦人轉過身來，竟是我們的列車長。她看到站在她身後的我突然一怔，然後想起我是她車上的乘客，便說：

「我的娃，八歲了，三年級，去看他姥姥。明天我再過這裡，帶他回家。一個人還是第一次……」

她說著笑了起來，月光映在她臉上。有一雙閃亮的眼睛，笑起來嘴微微上翹，露出潔白整齊的牙齒。沒有想到那張平庸的臉，在月光下變得如此嫵媚美麗。也許每一個母親都是這樣，在說到自己孩子時，都是很美的，尤其在這樣寧靜皎潔的月色裡。

——一九九八年・選自東大版《窗外有棵相思》

便當

下課了，又下課了。

這個學期最後一節課堂課，也是我大學三十多年教書生涯，最後一堂課下課了。上課下課，是我們教書營生的人，日常生活與工作的一部分，是非常平常的事。

所以，像往常每學期最後一堂一樣，將這個學期所講的作了一個總結，往後不論誰騙誰，學生們都要面對一個現實的問題，就要考試了。講著講著，突然想起，上罷這堂課，我也要收拾書包回家了。收拾書包回家，就是退休。雖然現在沒有山林，可供寄情，但該走的是時候，就該走。沒有什麼好說的。

於是，我又燃著一支菸，站起身來，感謝他們一年來的合作，並且謝謝他們陪伴我，上完我教書生涯最後的一課。一陣錯愕後，接著一陣掌聲，我向他們一鞠躬，就這樣，真的下課了。然後，學生像平常一樣，嬉笑著陸續走出教室，空洞洞的大教室，祇餘下坐在講臺上的我。一面將參考書和講稿裝進環保帆布袋，一面將上課吸的殘餘菸蒂，蒐集起來放到喝茶的紙杯裡，轉過身揩掉黑板上的字跡，拍拍身上的粉筆灰，離開教室。再回轉頭，教室已經空了，一陣聚散的涼意剎那湧上心頭，不過想想去來的事，天天發生，實在不該牽動情感。

於是，我獨自搭電梯下樓，到小福買了一個便當。今年的「中國飲食史」，上課時間比較特別，因爲加選的人多，三易教室。最後有了教室，排不出時間，祇好在十點到一點上課，下課的時候很餓了。不過，這樣也好，買便當的時間已過，不必再擠著排隊。我隨便拿了一個，穿過文學院旁的老樹，回到研究室去，天空正飄散著細雨，卻很陰暗，可能又要下大雨了。

我的研究室很寬大，但很雜亂。研究室中間用幾張桌子拼成一張長桌子，四周擺了十來把椅子，是平時研究生上課用的。常常是一面扒著便當，就開講了。爲了圖個方便，我棄自己原來的桌子不坐，轉移到這張桌子上來。這張桌子雖大，卻也雜亂異常，堆著外面寄來的書刊雜誌，裡面傳閱的公文紀錄。這些公文紀錄和我全無關係，我要看的祇有一份，就是學生的成績登記單，其餘的很少過目。這是多年的習慣，也許是沒有做過領導的原因。一路陽春教授做到底也好，免卻了許多無謂的紛紜，落得清閒和清靜。也許這就是教書的好處了，一個人一個單位，既無須人管，也無權管人。不過，這些無用之物，日積月累，卻也成了堆。

但我坐的面前那塊桌子，還算過得去，祇有茶杯和煙灰缸，還有兩枝找不到筆套的原子筆。於是，我坐了下來，喝了一口先前沏妥的涼茶，啓開便當扒食起來。便當也涼了，一面嚼著又冷又硬的豬排，一面將便當盒兩片黃蘿蔔挑了出來。雖然我並不挑食，但當年在臺北吃了幾月的牢飯，餐餐是一碗糙米飯，兩片黃蘿蔔，出得獄來，從此拒食此物，那已是快半個世紀的舊事了。我慢慢咀嚼口裡的飯菜，雖然無味，但已經習慣了。四下觀望，書櫥倚壁而立，這些年前後換了不少研究室，不論大小或形狀不同，書櫥一定有的。書櫥裡豎著許多書，其中有些是當時不想買，卻又禁不住買了回來的。這些書曾伴著遷播過不少地方，又伴著我度過不少寂寞的黃昏和風雨的夜晚，已經成了生活的一部分了。雖然現在教書暫告一個段落，但是，書還是要讀的。而且還有些正在做的工作沒有完成，又有計畫做的工作沒有開始。這些工作都離不開書，祇是這些書又將隨著我搬遷了。

想到這裡，不由站起身來，推門而出。現在正是下班下課的時候，走廊上靜悄悄的，但走廊的窗外卻大雨滂沱，在雷電交加裡，我聽見傅鐘又被敲響。但傅鐘旁兩株火紅似的鳳凰木，在雨中卻變得一片濛濛。

——二〇〇〇年四月・選自東大版《那年初一》

過客情懷

去年，一九九七的春節，在香港過的。前後在香港過了不少的年，數這次最冷清孤寂。吃罷年夜飯，妻在收拾桌子，我說出去走走，就拎著傘出門了。

這次來港，借棲新亞書院會友樓的客舍。新亞書院在沙田馬料水的山上，會友樓在新亞書院的最高處，面向吐露港。吐露港是個寧靜的內海灣，即有風雨，也興不起多大的波濤。清晨初昇的旭日，將海面點染成一汪金黃，入夜綠熒熒的漁火，伴著一天的繁星。這景色我是熟悉的，我就在山下傍海的宿舍，居停過五六年。現住的客舍一房一廳，整理得窗明几淨，廚灶俱全，非常方便。客舍原為過往著名學人準備的，如今天寒地凍，著名學者很少出外行走。我是新亞的舊人，剩這個空檔，租了一個月，準備在此過寒假。

對於新亞書院，我有難以割捨的情份，前後在香港二十年，先是在新亞研究所過了五年青燈黃卷的日子，後來又在新亞書院教了十五年的書。雖然前後兩次來港，都有些偶然，卻皆緣錢賓四先生在顛沛流離中創辦的新亞書院。

錄取新亞研究所，在臺灣幾經波折，最後終得成行。當年倉皇渡臺，漸漸安定下來，有一個喘息的機會，生活雖清苦，日子過得倒平淡。而且生活的目標與目的，上面已交代得非常明白與堅決，我們祇要像磨道裡的驢，默默行走就行了。但到了香港，才發現同樣蔚藍的天空裡，還飄揚著另一面旗幟，而且不時也聽到另一種喊萬歲的聲音。因此，就不得不想想這是個啥年頭了。是的，我們生活在一個似是平靜，卻是個動盪的年頭。不過，後來發現香港對這種動盪，卻以另一種形式表現。兩岸高樓上巨幅廣告霓虹燈的光芒，倒映在海峽起伏的波濤裡，將這海峽點綴得多采多姿。各種不同顏色的光芒，從海峽兩岸不同角落照射過來，起初落在海水擊拍的岸邊，色彩是非常鮮明的。然後，沉浮在波濤裡，匯集成不同色彩的光柱，從不同的兩岸向海峽深處延伸，色彩也隨著轉弱。最後，在海峽中間難以渡越的黑暗處，摻雜在一起，使人再難辨識是什麼顏色。祇有往來海峽兩岸的渡輪，載著一個浮動的光圈，在那裡緩緩移動著。

也許這就是當年我認識的香港，是歷史也是現實的。因為不東不西，既東又西的香港，沒有自己獨特的文化，卻一直扮演著文化驛站的角色。每逢中國大陸動盪之際，就有一批知識份子北雁南飛，來此暫避風雨。但等不及風雨停歇，就準備展翼歸巢了，再不回首。他們走了，了無紅豆南國的相思與依戀，因為他們祇是過客。但這種情形在一九四九年以後完全不同了。中國大陸發生翻天覆地的改變，斬斷了南來知識份子的歸途，使他們有家難奔，有國難投，因而興起花果飄零的嘆喟。花果飄零，悲愴又淒涼。如今歸程既斷，歸期更難卜，何妨蓬萊小住，於是又有了落地生根的吶喊。不過，落地生根，祇是苟全於亂世而已，也是非常無奈的。我就是在當口來香港的。

最初到香港，也無法確定自己是過客還是異鄉人。過客和異鄉人是不同的，過客祇是在此暫歇腳，然後還有茫茫的天涯路。異鄉人祇有飄泊，似池中無根浮萍似的飄泊。最初幾年的生活，確有幾分異鄉人飄泊的蕭瑟。因爲人地生疏無處去，也無處可去。祇有日夜窩在研究室，當時的研究室在大廈的五樓，我成爲五樓孤獨的守護者。常常在黃昏時分，兀坐街旁的椅子上，低頭點數著路人匆忙歸家的腳步，任暮色在身旁升起。即使在除夕的夜裡，聽著滿城的爆竹，孤燈獨坐，翻書到天明，眞的是「今夜不眠非守歲，祇恐有夢到鄉關」了。

離開十一年後，從無謂的喧囂中拔出泥足，那幾年自己似乎已陷身江湖，四下奔波、風塵僕僕、美其名曰天下爲己任。但這句話不知迷惑了古今多少書生，祇爲了那個鏡花水月的浮名，逗得多少人在那裡喋喋不休，累得多少人盡折腰。當時，我自己也迷失其中。不過，我還想再尋回失去的寧靜，於是便去請教我的業師沈剛伯先生。雖然當時剛伯先生談的是現代的世變，但彷彿澗水流過山間，將我帶進另一個寧靜的境界。望著他聳立的白髮，和深度鏡片後的恬靜眼神。突然，我想起他常說的「量才適性」來。他坐在那裡像座靜穆的山，看著他，我有難言的激動。最後終於吶吶說出，我想離開。他聽了，望著自己手中的酒杯想了一陣，然後，淡淡說了句：「也好。」於是，我再去香江。

香港，石林矗立，紅塵滾滾，眞不該是個爲往聖繼絕學的地方。不過這次重臨，爲的是寄跡於市井之中，自逐於紛紜之外，原不爲讀書。記得多年前寫過一篇〈何處是桃源〉，那是因爲陳寅恪先生的〈「桃花記」旁證〉，將陶淵明的桃花源固定在弘農或上洛間，我的老師勞榦先生曾去過那裡，認爲那裡一片黃土，既無桃花，更無幽竹可看，很想往南移一移。有事弟子服其勞，於是我經過考證，將武陵人居住的桃花源，南移到當時的淮泗邊荒地帶。那裡不僅有桃花幽竹可看，而且居住在邊荒的荒人，不屬於南北政權，是可以不知有漢，遑論魏晉的。

不過，我在這篇文章最後卻說，我們似乎不該將桃花源固定在某一個地方。這樣可以留給生活在亂世，又無山林可遁的人，一個遙望青山，仰觀白雲遐思的機會。是的，中國知識份子胸中，都隱藏著一個桃花源，自有青山白雲，何必又另覓山林呢。祇是沒有及早發現，才落得熙熙攘攘，惶惶慌慌。也許陳寅恪先生就沒有參透，才愁苦終生。再來香江，我的研究室在山上，窗外就是吐露港，有青山有綠水，在晴朗的日子裡，藍天浮著幾堆白雲，的確是一個可使人進入漁樵閒話的地方。祇是上次離開香江時，中國大陸一場歷史風暴將起，山雨欲來風滿樓，這次重臨，風雨乍歇。山腳下濱海的地方有條鐵路，隔不多久，就有列火車駛過。往來的火車載來許多過去想知卻無法知道的訊息。我所關心的還是中國讀書人的訊息，因爲中國讀書人除了歡喜多說自以爲是的話外，實在犯不了什麼大過。他們不該受這麼大的折磨、污辱和損害的。但事實他們不僅遭受了，而且是史無前例的。

聽罷他們的吶喊和呻吟，我按捺不住又重入江湖，創辦了名曰《中國人》的雜誌。寫了〈中國，中國人的中國！〉的發刊詞，其中有「一個今天的中國人，即使是一個最普通的中國人，雖然微不足道，但卻都是由數千年文化孕育而成，不是任何外在力量所能改變的。因此，個人的尊嚴，自由的生活方式，獨立的思考與判斷，是我們最基本的權利，是不容被忽視，被剝奪的。」

徐復觀先生特別歡喜，認為落地有聲，一再囑咐，將來結集時，一定收入。不過，這個雜誌我祇編了十期，就和那個不爭氣的合夥人，翻了。於是，我拂袖，再也不管他的閒事了。

是的，再也不管他的閒事了，此後了無牽掛，倒落得個清閒。閒來無事，常兩肩擔一口，港九通街走，漸漸地了解這個城市，並且歡喜上這個城市。走在繁華熱鬧的街上，擠在匆忙的人群裡漫步，沒有人問我來自何方，姓氏名誰，我是這個城市熟悉的陌生人，一個眞正快樂的過客。回得家來將門關起，擁有自己獨立的天地，四壁雜書殘卷環列，上下古今馳騁，窗外青山隱隱、碧波粼粼，我心中隱藏的那個桃花源也浮現了。所以，我有很多獨自思考與反省的時間，並且也獲得某些自我的肯定，成了個眞正散旦的人，優閒自在。最後，我還是回來了。因為這裡是我的故園。但我已習得風雨裡的沉靜，不再在意風雨的喧嘩，任其一夜空階滴到明。的確，這個城市使我眞正體驗了喧囂裡的寧靜。所以，每年總抽空來此，住上幾天，無他，閒散而已。

我拎傘出門，門外大雨滂沱。我撐傘在雨中行走，路旁的幾盞霧燈，被緊密的雨絲纏繞著，祇剩圈圈的暈黃。隔著雨簾下望，山腳下是我居停多年的宿舍。佇立在朦朧的雨霧裡，隱隱透著幾窗燈火，也許那燈火正在點燃團圓的歡樂。

宿舍大廈的下面是條深圳來的鐵路，有輛載著沉重鄉心的火車，急駛而過。鐵路外是環繞海灣的高速公路，往日車輛在那排連綿的路燈下，匆忙穿梭往來。現在冷清了，祇留下一串微弱的黃色路燈光芒，明滅在雨霧裡，伴著偶爾傳來聲歸家的急促煞車聲響。公路外的海上更是蒼蒼茫茫，這景色原來都是熟悉的，如今在雨中卻變得模糊不清了。

轉過彎，就是我過去的研究室了。研究室在二樓，我曾在這研究室的窗前，兀坐多年，已看慣窗外的綠水青山，陰晴圓缺。看著窗前那棵相思樹的細苗，漸漸長成一窗濃蔭。於是，我走了過去撫摸沉默的樹幹，雨水順著樹幹淌下，落在我的手上涼涼的。最後，我走到新亞廣場，停在廣場中央，山風攜著驟雨四下聚來，我獨自站在除夕的風雨中，突然想起一位朋友的詩句，我是過客，不是歸人。

——二〇〇〇年五月・選自東大版《似是閒雲》

江瀾

——寫給九七

散聚憑今夕，歡愁聚一身；
與君霄對榻，三渡雨飄萍。
去國桃千樹，憂時突再薪，
不辭京口月，肝膽醉輪囷。

——魏源〈京口晤林少穆制府〉

林則徐一夜輾轉未眠。先是聽簷外的淅淅雨，後來雨歇，月光的清輝，映出滿窗的松影。最後月移影散，灰白的曙光，又悄悄抹上窗紙。於是，林則徐披衣而起，透過對榻的珠紗羅帳，隱隱看到魏源酣睡正甜。林則徐低笑一聲：「默深醉了，累了。」於是，輕輕推開房門，出得廳堂，繞過畫廊，緩步走到昨夜和魏源觀月的聽瀾亭來。

林則徐在亭內沁涼的石凳坐定，一陣被昨夜雨水洗刷的松針清香，在早晨的微風裡迎面吹來。江上茫茫一片，在茫茫的水天一線處，隱隱出現幾叢灰黯的雲朵，沉浮在江瀾中。在層累的雲朵間，有幾許透亮的白光正漸漸擴大，已是破曉時分了。江瀾輕聲拍岸，和著林間早醒鳥隻的啁啁，還有臨近農家的雞啼，焦山禪寺早課的晨鐘也跟著響起……林則徐深深舒了一口氣，心想這些日子突發或偶發的事情，接踵而來，很難有一個獨處的機會細想。現在孤身獨坐江濱，的確是一個梳理思緒的機會。

1

先是去年，道光二十年（一八四〇年），最初琦善任欽差自天津起程南下，同時林則徐在廣州也接到上諭，譴責他和閩浙總督鄧廷楨「誤國病民，處理不當」，革去其職，並命鄧廷楨即赴廣州，與林則徐共同「以備查問原委」。但未及半月，林則徐又接到吏部傳來的公文：「奉諭旨交部嚴加議處，來京聽候部議。」林則徐立即整理行裝，準備起程。就在動身的前夕，又接到吏部轉來的上諭，命林則徐「折回廣州，以備查問」。

自此以後，有大半年的時間，林則徐以待罪之身，絀繫羊城。當是時，戰雲密布，但朝廷和戰舉棋不定。林則徐雖內心焦急，卻無處著力。他寫信給他親戚葉小庚就說：「辰下羈滯羊城，聽候查問。如何蒙聖恩永回故里，養痾營墓，正愜夙懷。」林則徐自逐紛紜之外，杜門謝客。這年在廣州渡歲，顯得格外冷清。寫下〈庚子歲暮雜感〉四首五言律詩，其中一首：「病骨悲殘歲，歸心落暮潮。正聞烽火急，休道海門遙。蜃市連雲幻，鯨魚挾雨驕。舊慚持漢節，才薄負中朝。」的心情落寞蕭瑟是可以想見的。

所以，林則徐急於離開廣州，甚至上疏請求到浙江前線效命。後來終於盼到。林則徐奉到上諭：「賞四品卿銜，速赴浙江省，聽候諭旨」。於是，林則徐立即自天字碼頭登舟，離開廣州，直馳鎮海前線，協助兩江總督裕謙，處理軍務。但林則徐到鎮海祇有三十三天，就接到「革去四品卿銜，從重發往伊犁，效力贖罪。即由該處起解，以爲廢弛營務者戒。」同時被發配的還有閩浙總督鄧廷楨。鄧廷楨原任兩廣總督，在印信交給林則徐後，即調任閩浙總督。鄧廷楨在赴福建任所途中，寫了首〈酷相思・寄懷少穆〉的詞給林則徐：「五百佳期未過也，但吹笳，催千騎，看珠海盈盈分兩地。君往矣，緣何意？召緩征和醫並至。眼下病，肩頭事，怕愁重如春擔不起。儂去也，心應碎！君往也，心應碎！」此後，林則徐和鄧廷楨成爲禁煙與並肩作戰的同志和戰友。

林則徐接到發配的上諭後，由鎮海登舟，沿甬江，經梅市到寧波，然後經姚江，過慈溪，取道餘杭，經富春江到杭州。準備在杭州安置家眷與添置赴戍的行裝，稍事停留，待暑盡天氣轉涼，再從杭州起程赴戍所。林則徐船過富春江，觀看青山碧水，心情一暢。並在嚴子陵釣磯下停泊，憑弔這位自我放逐的前輩古人。回到舟中寫了封信給鄧廷楨說：「患難兄弟，相依爲命。」當時羈滯廣州的鄧廷楨，接到發配伊犁的上諭後，即刻登程。在途中接到林則徐的信，覆信說：「今日之事，雖意外，而細思之，似亦意中。惟崦嵫景短，關塞路長，此後茫茫殊難逆計耳。」並約定彼此在秦中相候，然後結伴出關。

林則徐寫了給鄧廷楨的信，又踱出艙來。此刻夜已深沉，一輪皓月當空，月光映在江中，被緩緩的流水穿過，化成碎銀片片。林則徐佇立船頭四望，群山穆穆，衹有江流拍擊船舷的輕響，突然一陣難抑的悲涼湧上心頭。想起去年中秋，關天培陪他校檢沙角的防務，並和營中弟兄度節，酒後在沙角砲臺賞月。群山環抱的沙角海面，在月光下平滑如鏡。港灣裡停泊的艦艇，桅竿上的串串燈火，和夜空裡的繁星相映。岸上刁斗森嚴，架置在垛口上的巨炮，已褪下炮衣，炮口冷冷地對著泛起銀色波紋的海面。林則徐思潮澎湃，寫下一首七言長詩，其中有「森森寒芒動星斗，光射龍穴龍爲愁；蠻煙一掃海如鏡，清氣長此留炎州」。雖然豪情萬頃，但歸去後想想，這場戰爭勝負未卜，不知前途如何。不過，不論結果如何，林則徐盼望戰爭結束後能歸隱田園。於是，又寫下另一首七絕：「今年此夕銷百憂，明年此夕相對否；留詩準備別後憶，事定我欲歸田疇。」「事定我欲歸田疇」？沒有想到還不到一年，這卑微的願望不僅無法實現，反而被充軍發配萬里之外，思之泫然欲涕。

2

林則徐在杭州，雖有故舊設宴贈詩，送他遠行。但他仍然無法揮去縈繞心間的謫客愁緒，寫下「詩夢俄驚梁月墮，邊心遙逐塞雲愁；誰知卷裡濡墨客，垂老憑君問戍樓。」至此，林則徐已作好西出陽關的準備了。暑退後，從杭州動身，準備由江蘇、河南，在揚州稍作停留。之前，先到京口和魏源會面。

福建侯官的林少穆和湖南邵陽的魏默深，是在北京的宣南詩社結識的。宣南詩社是嘉慶年間，南方出身的小京官組織的詩文團體。前身是吳椿、夏修恕、陶澍、顧純餘等組織消寒詩會。最初衹是同科進士間詩酒唱和的聚會。但由於彼此行蹤不定，或因社友任命出京，難以爲繼。後來錢吉儀、賀長齡、陶澍等復起消寒詩社，範圍擴大，參加者不再以同科爲限，活動不僅爲了消寒，但規定「間旬一舉，集必有詩」的雅集。因爲集會的地點在宣武門以南一帶，而稱爲宣南詩社。胡承珙〈宣南詩社序〉說：「尊酒流連，談劇間作，時復商榷古今上下，其議論足以啓神智廣見聞也。」他們集會飲酒吟詩，賞花觀畫；而且都是進士及第出身，皆通經學，有時談論些上下古今的學術問題，偶爾也會發抒一下懷才不遇的心境。但卻很少涉及敏感的現實問題。

林則徐可能是由梁章鉅、李彥章介紹，參加宣南詩社的。當時林則徐任翰林院庶吉士，後來又在清祕處辦事，是個俸祿微薄的小京官。經常入不敷出，交遊不廣，心情非常鬱結憂悶。參加宣南詩社後，爲他的生活啓開了另一扇窗子。常披著滿街的風雨，或冒著漫天的飛雪，到宣武門外參加詩酒之會。他有詩寫道「遊宦我憶長安樂，聽雨銅街夢如昨；朝參初罷散鵷鸞，勝侶相攜狎猿鶴，清時易得休沐暇，詩人例有琴尊約，金貂換取玉壺春，斗韻分曹劈雲膜。」另一首詩寫出他實際的生活情況：「四時流序付游屐，有端悲喜歸吟稿，豈無嘆息居不易，臣朔市飢米難索。室如蝸角車雞棲，衣似西華履東郭，秀句要教出寒餓，高歌未厭塡溝壑。」

林則徐初爲京官，生活艱困，而且有懷才不遇的落寞，宣南詩社的詩文酒會，也許是苦中作樂聊以解憂的好去處。林則徐在這裡結識了魏源和龔自珍。龔自珍是浙江仁和人，外祖父是乾嘉著名的學者段玉裁。道光九年中進士，在禮部做個小官，仕途並不顯達。魏源嘉慶十八年到北京，屢試不中，先在湖南學政李宗瀚家中任教席，後來捐了個內閣中書舍人候補。龔自珍、魏源都從劉逢祿習《公羊春秋》，成為著名的今文學家，文名譽滿京師。

後來魏源應江蘇布政使賀長齡之聘，到江蘇主編《皇朝經世文編》。陶澍出任兩江總督，魏源又受聘於他的幕府，負責鹽務與漕運的籌劃工作。林則徐也因陶澍的推薦，由河南布政使，轉任江寧布政使，主持江蘇的賑災事務，後來又升任河東道總督，江蘇巡撫。林則徐與魏源在京師分別之後，又在江蘇異地重逢。魏源辭幕之後，定居揚州新城內倉巷的絜園，過著著書立說的生涯。林則徐罷官廣州，以四品頂戴貶赴鎮海敵前效命之時，魏源正在京口，參加籌劃徒陽河修浚工程的工作。林則徐特別推薦他入裕謙幕府，籌劃江浙的軍務。但魏源對朝廷和戰舉棋不定，又因林則徐罷官悲憤難平，寫下〈寰海〉詩篇中的「不誅夏覽懲貪師，枉罷朱紈謝島夷」，拂袖回到京口，林則徐對此耿耿於懷。所以，在西戍途中，到京口與魏源一聚。並且將在廣州搜集的夷情夷務的材料，託付魏源編寫一本認識外夷的書。後來，魏源終不負故人之託，寫成那部「師夷之長技以制夷」的《海國圖志》。

3

林則徐的船泊京口，已是黃昏時分，魏源在岸上相迎。林則徐下得船來，兩位闊別六年的老友，在漫天彩霞、江瀾和松濤聲中又相聚了。兩人四手緊握，林則徐炯炯的雙目，閃著瀅瀅的淚影。他們彼此沉默相視，久久說不出一句話來。然後相攜拾級而上，濃濃的松蔭伴著迎面的晚風，林則徐多月來的鬱積和一路的風塵都盡掃了。

林則徐稍事漱洗更衣，又回到花廳，酒案已經置妥。魏源請林則徐入坐，他們對飲起來。林則徐舉杯，不覺想起了龔自珍。魏源道：「定庵兩年前辭官南歸，先在杭州他父親主持的紫陽書院教了一陣，然後到丹陽書院任教席。今春急病過世。他的長公子澄之世兄請我將定庵的文集編出來。」林則徐說：「應該，應該。定庵如未死，看到今日這樣局勢，不知又如何！」林則徐說到這裡，放下手中的酒杯，深深嘆了口氣。想到他出京之時，龔自珍自告奮勇，要隨林則徐南下廣州。林則徐以「時勢有難言者」，婉言相阻。然後龔自珍寫了〈送欽差大臣侯官林公序〉叮嚀周至。林則徐在出京的轎車上，展讀龔自珍寫的序，至「公此行，此心為若輩所動，游移萬一，此千載一時，時機一跌，不敢言矣。」不禁熱淚盈眶。當晚在驛館燈下，復書給龔自珍說：「責難陳義之高，非識謀者，不能言；非關注深切者，不肯言也。」林則徐想到這裡，又深深嘆了口氣，舉杯一飲而盡，然後對魏源說：「我當日離京之時，定庵贈序，情義拳拳，感人肺腑。後來我到廣州，他又贈詩：『故人横海拜將軍，側之南天未箴勛，我有陰符三百字，蠟丸難寄惜雄文。』關切至殷。」說到這裡又乾了一杯，接著說：「離京之日，我曾信誓旦旦說，鴉片一日不絕，本大人一日不返，誓與此事共終始！誰想到會落到這個地步，眞是愧對故人於地下。」

桌旁高燒的紅燭，躍動的燭焰映著他們微酡的臉，一種難言的悲愴梗在他們的心頭。沉吟半晌，魏源安慰林則徐說：「此役事關氣數，非吾公之過。」林則徐說：「非也，默深。你知道這場仗怎麼打起來的？」魏源搖搖頭，林則徐說：「我為除惡務盡，夷商交出鴉片後，又命他們切結，以後再販鴉片，『船貨沒官，人即正法』，問題就出在『船貨沒官，人即正法』上。」魏源疑惑不解，問道：「爲何？」林則徐答道：「夷頭義律認爲船貨沒官尚可，人即正法，萬萬不能。因爲未經審判即定人死罪，是一種野蠻行爲。而且犯罪僅及於個人，連株他人，於情、於理皆所不容。」魏源不解地說：「吾公是奉聖命的欽差，且有便宜行事的官防，九族之律自古有之，人即正法，天經地義，有何不可?!」林則徐說：「起初我也這樣想，奈何夷我雙方法理不同，談判自始南轅北轍，爭執的就在這一點上。恰巧這時，又發生一件偶然的事。」魏源問道：「什麼事?」林則徐接著說：「一件偶然的事，往往就轉變了歷史。一群喝醉酒的夷兵，在尖沙嘴村滋事，打死村民林維喜。我盛怒之下，將所有夷人都趕下海，不許靠岸，並切斷他們的糧水補給。夷頭義律向印度求援，東印度公司派船前來，仗就這樣開打了。」林則徐越說越激動：「默深，難道說此役與我無關?!」魏源安慰道：「吾公如此做，以示天威。」林則徐說：「起初，我自恃天朝尊嚴太過，現在想想確有些孟浪。雖然，我自喻是中國士人中，和夷人打交道的第一人，但實際上，不知夷情，又不通夷務……」

的確，林則徐初抵廣州，自恃天威可以制伏夷人，後來發現自己對夷情夷務，所知實在太少。於是，遣人刺探夷情，翻譯夷文書報，增加這方面的知識。林則徐南下廣州時，隨身帶了一名在理藩院供事的翻譯。此人早年曾在印度塞蘭普爾受過教育，可以將中文譯成英文，但年事已高。林則徐爲了實際需要，招請了一批洋行買辦、通事、華僑，以及在教會學校就讀的學生入幕。其中一個名叫袁德輝的青年，是個馬來亞的華僑，曾在美國讀過幾年書。一個是澳門馬禮遜學校的學生梁進德。梁進德是梁阿發的兒子，梁阿發後改名梁發，是馬禮遜在廣州傳教第一個領洗的人，也是第一個中國人牧師，後來創辦了嶺南大學。

這個藉以探討夷情的翻譯小組，首見翻譯的是澳門的新聞紙，也就是廣州英商在澳門辦的《廣州周報》。最初祇是零星的翻譯，後來將譯稿抄寫後裝訂成冊，以備參考。然後又擴大到有關新版的西書的翻譯，其中有些摘譯自《中國人》與《在中國做鴉片貿易的罪過》，這些書都是最近幾年在英國出版，由夷人撰寫討論中國事務的著作，輯成《華事夷言》。最重要的還是將一八三六年倫敦出版，莫瑞(Hugh Murry)所著的《世界地理大全》全書翻譯，抄寫成冊，定名爲《四洲志》。

林則徐說到這裡，回頭吩咐著站在一旁伺候的隨從，到屋裡將那部《四洲志》取來。那部書用藍色綢布包裹，林則徐仔細打開包裹，啓開函套，順手取出最上面的一冊，遞給魏源。魏源拿起書在燈下翻閱，全書以蠅頭小楷抄錄，字跡非常工整。魏源看了幾頁，又還給林則徐說：「這部書大有用途。」林則徐將書收妥，然後慎重地說：「經此一役，以後亂事將接著來，中國從此不太平了。」說著又將《四洲志》的包裹交給魏源。林則徐又說：「所以，夷事不可不曉，夷技不可不師；不曉夷事，不師夷技，何以制夷！我此次專程來京口，一來此次出關，不知何年歸來，特來一聚；二來以此書相託，藉老弟高才卓識，以此書爲藍本，加上我搜羅的夷文圖錄，輯成一書，以備來者之需。」林則徐說罷，酌滿酒起身敬了魏源三杯。魏源接過書來，一躬到地，含淚言道：「魏源愚駑，當謹奉命，不負我公所囑。」林則徐過去將他扶起。他們像來時一樣，四手緊緊相握，四目沉默相望，但都已熱淚盈眶。廳內寂寂，燭影搖曳著他們雙影，屋外風起和著松濤瀾聲，牆外梆鈴正敲響三更……

林則徐又深深舒了口氣，起身走出亭外，佇立在懸岩旁，眺望江上。江上的輕霧，被東方橙色的雲霞燃燒著，漸漸散去，江面又變得遼寬了。江瀾輕輕翻騰著，早航的白帆已經扯起，白色的水鳧追逐著江帆，在江瀾彩雲間高低飛翔……不知何時，魏源已站在林則徐身旁。林則徐回望了一眼，也沒有言語。過了許久，林則徐嘆了口氣，然後言道：「千帆過盡，江水仍東流，默深，我們現在是白首到此同休戚，但青史又憑誰來定是非？」

——二〇〇〇年五月·選自東大版《似是閒雲》

林文月作品

林文月

台灣彰化人，1933年生。台灣大學中國文學系、研究所畢業。曾任教於台灣大學中文系，及擔任美國華盛頓大學、史丹佛大學、加州柏克萊大學、捷克查理斯大學客座教授。著有散文集《遙遠》、《午後書房》、《交談》、《飲膳札記》、《林文月精選集》等，及評論、翻譯、兒童文學等作品多種。曾獲中興文藝獎章、中國時報散文獎、國家文藝獎散文獎及翻譯獎等。

溫州街到溫州街

從溫州街七十四巷鄭先生的家到溫州街十八巷的臺先生家，中間僅隔一條辛亥路，步調快的話，大約七、八分鐘便可走到，即使漫步，最多也費不了一刻鐘的時間。但那一條車輛飆馳的道路，卻使兩位上了年紀的老師視爲畏途而互不往來頗有年矣！早年的溫州街是沒有被切割的，臺灣大學的許多教員宿舍便散布其間。我們的許多老師都住在那一帶。閒時，他們經常會散步，穿過幾條人跡稀少的巷弄，互相登門造訪，談天說理。時光流逝，臺北市的人口大增，市容劇變，而我們的老師也都年紀在八十歲以上了，辛亥路遂成爲咫尺天涯，鄭先生和臺先生平時以電話互相問安或傳遞消息；偶爾見面，反而是在更遠的各種餐館，兩位各由學生攙扶接送，筵席上比鄰而坐，常見到他們神情愉快地談笑。

三年前仲春的某日午後，我授完課順道去拜訪鄭先生。當時《清晝堂詩集》甫出版，鄭先生掩不住喜悅之情，教我在客廳稍候，說要到書房去取一本已題簽好的送給我。他緩緩從沙發椅中起身，一邊念叨著：「近來，我的雙腿更衰弱沒力氣了。」然後，小心地蹭蹬地在自己家的走廊上移步。望著那身穿著中式藍布衫的單薄背影，我不禁又一次深刻地感慨歲月擲人而去的悲哀與無奈！

《清晝堂詩集》共收鄭先生八十二歲以前的各體古詩千餘首，並親爲之註解，合計四八八頁，頗有一些沉甸甸的重量。我從他微顫的手中接到那本設計極其清雅的詩集，感激又敬佩地分享著老師新出書的喜悅。我明白這本書從整理、謄寫，到校對、殺青，費時甚久；老師是十分珍視此詩集的出版，有意以此傳世的。

見我也掩不住興奮地翻閱書頁，鄭先生用商量的語氣問我：「我想親自送一本給臺先生。你哪天有空，開車送我去臺先生家好嗎？」封面有臺先生工整的隸書題字，鄭先生在自序末段寫著：「老友臺靜農先生，久已聲明謝絕爲人題寫書簽，見於他所著《龍坡雜文》〈我與書藝〉篇中，這次爲我破例，尤爲感謝。」但我當然明白，想把新出版的詩集親自送到臺先生手中，豈是僅止於感謝的心理而已；陶潛詩云：「奇文共欣賞，疑義相與析。」何況，這是蘊藏了鄭先生大半生心血的書，他內心必然迫不及待地要與老友分享那成果吧。

我們當時便給臺先生打電話，約好就在那個星期日的上午十時，由我駕車接鄭先生去臺先生的家。其所以挑選星期日上午，一來是放假日子人車較少，開車安全些；再則是鄭先生家裡有人在，不必擔心空屋無人看管。

記得那是一個春陽和煦的星期日上午。出門前，我先打電話給鄭先生，請他準備好。我依時到溫州街七十四巷，把車子停放於門口，下車與鄭先生的女婿顧崇豪共同扶他上車，再繞到駕駛座位上。鄭先生依然是那一襲藍布衫，手中謹愼地捧著詩集。他雖然戴著深度近視眼鏡，可是記性特別好，從車子一發動，便指揮我如何左轉右轉駛出曲折而狹窄的溫州街；其實，那些巷弄對我而言，也是極其熟悉的。在辛亥路的南側停了一會兒，等交通號誌變綠燈後，本擬直駛到對面的溫州街，但是鄭先生問：「現在過了辛亥路沒有？」又告訴我：「過了辛亥路，你就右轉，到了巷子底再左轉，然後順著下去就可以到臺先生家了。」我有些遲疑，這不是我平常走的路線，但老師的語氣十分肯定，就像許多年前教我們課時一般，便只好依循他的指示駕駛。結果竟走到一個禁止左轉的巷道，遂不得不退回原路，重新依照我所認識的路線行駛。鄭先生得悉自己的指揮有誤，連聲向我道歉。「不是您的記性不好，是近年來臺北的交通變化太大。您說的是從前的走法；如今許多巷道都有限制，不准隨便左轉或右轉的。」我用安慰的語氣說。「唉，好些年沒來看臺先生，路竟然都不認得走了。」他有些感慨的樣子，習慣地用右手掌摩挲著光禿的前額說。「其實，是您的記性太好，記得從前的路啊。」我又追添一句安慰的話，心中一陣酸楚，不知這樣的安慰妥當與否？

崇豪在鄭先生上車後即給臺先生打了電話，所以車轉入溫州街十八巷時，遠遠便望見臺先生已經站在門口等候著。由於我小心慢駛，又改道耽誤時間，性急的臺先生大概已等候許久了吧？十八巷內兩側都停放著私家小轎車，我無法在只容得一輛車通行的巷子裡下車，只好將右側車門打開，請臺先生扶鄭先生先行下車，再繼續開往前面去找停車處。車輪慢慢滑動，從照後鏡裡瞥見身材魁梧的臺先生正小心攙扶著清癯而微僂的鄭先生跨過門檻。那是一個有趣的形象對比，也是頗令人感覺溫馨的一個鏡頭。臺先生比鄭先生年長四歲，不過，從外表看起來，鄭先生步履蹣跚，反而顯得蒼老些。

待我停妥車子，推開虛掩的大門進入書房時，兩位老師都已端坐在各自適當的位置上了——臺先生穩坐在書桌前的籐椅上，鄭先生則淺坐在對面的另一張籐椅上。兩人夾著一張寬大的桌面相對晤談著；那上面除雜陳的書籍、硯臺、筆墨，和茶杯、菸灰缸外，中央清出的一塊空間正攤開著《清晝堂詩集》。臺先生前前後後地翻動書頁，急急地誦讀幾行詩句，隨即又看看封面看看封底，時則又音聲宏亮地讚賞：「哈啊，這句子好，這句子好！」鄭先生前傾著身子，背部微駝，從厚重的鏡片後瞇起雙眼盯視臺先生。他不大言語，鼻孔裡時時發出輕微的喀嗯喀嗯聲。那是他高興或專注的時候常有的表情，譬如在讀一篇學生的佳作時，或聽別人談說一些趣事時；而今，他正十分在意老友臺先生對於他甫出版詩集的看法。我忽然完全明白了，古人所謂「奇文共欣賞」，便是眼前這樣一幕情景。

我安靜地靠牆坐在稍遠處，啜飲杯中微涼的茶，想要超然而客觀地欣賞那一幕情景，卻終於無法不融入兩位老師的感應世界裡，似乎也分享得他們的喜悅與友誼，也終於禁不住地眼角溫熱濕潤起來。

日後，臺先生曾有一詩讚賞《清晝堂詩集》：

千首詩成南渡後，
精深雋雅自堪傳。

詩家更見開新例，
不用他人作鄭箋。

鄭先生的千首詩固然精深雋雅，而臺先生此詩中用「鄭箋」的典故，更是神來之筆，實在是巧妙極了。

其實，兩位老師所談並不多，有時甚至會話中斷，而呈現一種留白似的時空。大概他們平常時有電話聯繫互道消息，見面反而沒有什麼特別新鮮的話題了吧？抑或許是相知太深，許多想法盡在不言中，此時無聲勝有聲嗎？

約莫半個小時左右的會面晤談。鄭先生說：「那我走了。」「也好。」臺先生回答得也簡短。

回鄭先生家的方式一如去臺先生家時。先請臺先生給崇豪、秉書夫婦打電話，所以開車到達溫州街七十四巷時，他們兩位已等候在門口；這次沒有下車，目送鄭先生被他的女兒和女婿護迎入家門後，便踩足油門駛回自己的家。待返抵家後，我忽然冒出一頭大汗來。覺得自己膽子眞是大，竟然敢承諾接送一位眼力不佳，行動不甚靈活的八十餘歲老先生於擁擠緊張的臺北市區中；但是，又彷彿完成了一件大事情而心情十分輕鬆愉快起來。

那一次，可能是鄭先生和臺先生的最後一次相訪晤對。

鄭先生的雙腿後來愈形衰弱；而原來硬朗的臺先生竟忽然罹患惡疾，纏綿病榻九個月之後，於去秋逝世。

公祭之日，鄭先生左右由崇豪與秉書扶持著，一清早便神色悲戚地坐在靈堂的前排席位上。他是公祭開始時第一位趨前行禮的人。那原來單薄的身子更形單薄了，多時沒有穿用的西裝，有如掛在衣架上似的鬆動著。他的步履幾乎沒有著地，全由女兒與女婿架起，危危顛顛地挪移至靈壇前，一路慟哭著，涕淚盈襟，使所有在場的人備覺痛心。我舉首望見四面牆上滿布的輓聯，鄭先生的一副最是眞切感人：

六十年來文酒深交弔影今爲後死者
八千里外山川故國傷懷同是不歸人

那一個仲春上午的景象，歷歷猶在目前，實在不能相信一切是眞實的事情！

臺先生走後，鄭先生更形落寞寡歡。一次拜訪之際，他告訴我：「臺先生走了，把我的一半也帶走了。」語氣令人愕然。「這話不是誇張。從前，我有什麼事情，總是打電話同臺先生商量；有什麼記不得的事情，打電話給他，即使他也不記得，但總有些線索去打聽。如今，沒有人好商量了！沒有人可以詢問打聽了！」鄭先生彷彿爲自己的詩作註解似的，更爲他那前面的話作補充。失去六十年文酒深交的悲哀，絲毫沒有掩飾避諱地烙印在他的形容上、回響在他的音聲裡。我試欲找一些安慰的話語，終於也只有惻然陪侍一隅而已。腿力更爲衰退的鄭先生，即使居家也須倚賴輪椅，且不得不雇用專人伺候了。在黃昏暗淡的光線下，他陷坐輪椅中，看來十分寂寞而無助。我想起他〈詩人的寂寞〉啓首的幾句話：「千古詩人都是寂寞的，若不是寂寞，他們就寫不出詩來。」鄭先生是詩人，他老年失友，而自己體力又愈形退化，又豈單是寂寞而已？近年來，他談話的內容大部分圍繞著自己老化的生理狀況，又雖然緩慢卻積極地整理著自己的著述文章，可以感知他內心存在著一種不可言喻的又無可奈何的焦慮。

今年暑假開始的時候，我因有遠行，準備了一盒鄭先生喜愛的鬆軟甜點，打電話想徵詢可否登門辭行。豈知接電話的是那一位護佐，她勸阻我說：「你們老師在三天前突然失去了記憶力，躺在床上，不方便會客。」這眞是太突然的消息，令我錯愕良久。「這種病很危險嗎？可不可以維持一段時日？會不會很痛苦？」我一連發出了許多疑問，眼前閃現兩週前去探望時雖然衰老但還談說頗有條理的影像，覺得這是老天爺開的玩笑，竟讓記性特好的人忽然喪失記憶。「這種事情很難說，有人可以維持很久，但是也有人很快就不好了。」她以專業的經驗告訴我。

旅次中，我忐忑難安，反覆思考著：希望回臺之後還能夠見到我的老師，但是又恐怕體質比較薄弱的鄭先生承受不住長時的病情煎熬；而臺先生纏綿病榻的痛苦記憶又難免重疊出現於腦際。

七月二十八日清晨，我接獲中文系同事柯慶明打給我的長途電話。鄭先生過世了。慶明知道我離臺前最焦慮難安的心事，故他一再重複說：「老師是無疾而終。走得很安詳，很安詳。」

九月初的一個深夜，我回來。次晚，帶了一盒甜點去溫州街七十四巷。秉書與我見面擁泣。她爲我細述老師最後的一段生活以及當天的情形。鄭先生果然是走得十分安詳。我環顧那間書籍整齊排列，書畫垂掛牆壁的客廳。一切都沒有改變。也許，鄭先生過世時我沒有在臺北，未及瞻仰遺容，所以親耳聽見，也不能信以為眞。有一種感覺，彷彿當我在沙發椅坐定後，老師就會輕咳著、步履維艱地從裡面的書房走出來；雖是步履維艱，卻不必倚賴輪椅的鄭先生。

我辭出如今已經不能看見鄭先生的溫州街七十四巷，信步穿過辛亥路，然後走到對面的溫州街。秋意尙未的臺北夜空，有星光明滅，但周遭四處飄著悶熱的暑氣。我又一次非常非常懷念三年前仲春的那個上午，淚水便禁不住地婆娑下流。我在巷道中忽然駐足。溫州街十八巷也不再能見到臺先生了。而且，據說那一幢日式木屋已不存在，如今鋼筋水泥的一大片高樓正在加速建造中；自臺先生過世後，實在不敢再走過那一帶地區。我又緩緩走向前，有時閃身讓車輛通過。

不知道走了多少時間，終於來到溫州街十八巷口。夜色迷濛中，果然矗立著一大排未完工的大廈。我站在約莫是從前六號的遺址。定神凝睇，覺得那粗糙的水泥牆柱之間，當有一間樸質的木屋書齋；又定神凝睇，覺得那木屋書齋之中，當有兩位可敬的師長晤談。於是，我彷彿聽到他們的談笑親切，而且彷彿也感受到春陽煦暖了。

——一九九一年九月二十二日・選自九歌版《作品》

白夜

——阿拉斯加印象

輪船這一天整日在冰山海灣內緩緩轉動。海灣的南北二十五哩長，東西三哩寬，是一個狹長形狀的灣。天氣晴朗，無風亦無浪，船身十分平穩。

畫間的甲板上充溢遊客，舷邊更不易找到一個空隙，人人拿著各式相機或錄影機拍攝白皚皚的冰山群；如今夜已深，興奮的表情與讚賞的歎聲，有如夢幻一般，不復聞見。甲板上，空空盪盪，偶爾見到三數堅持不眠的人。

堅持不眠的我，是爲了一償畫間未能飽覽北地奇景之憾，也或者是想要珍藏今生大概不再的記憶吧。

在十分寬敞的甲板上走了一圈。船舷的右翼是拍打船身的寒波；稍遠處見浮冰漂流，有碎細點點，也有較大的，如猛獸、似奇禽，從不同角度觀看，自能引發不同聯想；更遠處，便是皚皚綿延的冰山群了，連嶂巇崿，變化無窮，難以言狀。左舷的風光亦復如此。寒波、浮冰，以及巇崿難言的冰山群。

更上層樓、更上層樓，終於登上最高層的甲板。現在，我幾乎可以不必仰望而平視遠方的冰山群了。

晝間在陽光下，冰層反光，不容逼視；而今是深夜十一時，天依然亮著，卻不再光耀照目。我清楚地看見冰山壘壘峨峨、犖确磷堅的樣貌，卻都蘊藏在深沉的白色裡。其實，不是白色；千萬年、千千萬萬年的冰山，有深刻的白色，是一種滲浸著寶藍色的白。也許這種包容寶藍顏色的白，才是最原始的白色吧。

而藍白色的冰山群，沉寂地矗立於船的左右兩翼遠處。浮冰也是沉寂的，寒波亦然。這靜謐，令我突然欲淚。彷彿我心底的某種思緒逕自離我而去，瞬息之間遍歷皚皚的群峰，帶著砰然巨響回到我最深沉的體內。於是，我聽到群山冰凍的一切故事了。

感覺到冷，是相當冷。氣象預報說，今天的氣溫在華氏四十二度到五十一度之間。天雖然還亮著，如今已是深夜，氣溫當在四十五度以下吧。無人的最高層甲板上，還有一些風吹。我拉起薄呢外套的衣領，一手按著揚起的裙襬，走下扶梯。眼角因寒風而有淚水流出，鼻尖和雙耳也是凍涼的，眞不能相信這是盛夏七月天。

下面的甲板上，也還是冷，但風勢較弱。仍見到三幾個人徘徊著。我看到一個東方人，是一個日本人，他善意地和我招呼。

「還沒有想睡嗎？」我用日本話同他講。

「啊，不捨得這個夜色。」他用十足的美語回答我。

我們站著交談。他告訴我：生長在西雅圖郊外，大學畢業後即在一家美國商務機關任職，負責與日本方面接洽事務，但只會講幾個有限的日語專有詞。已經退休了，興趣是垂釣。

「這次旅遊終了，我要和妻子留在安哥拉契釣魚。」他憨厚的面孔上，有健康的陽光曬過的痕跡。看來是一個喜愛戶外運動的人，但顯然不是能言善道類型。

「我不喜歡金錢買得到的物質。」

「你看，大自然多麼美、多麼偉大！」

極簡短的談話內容，卻足夠令人揣摩他的個性。忽然，他問我：「你怎麼一個人在這兒？」

「想看看北地的夜晚。」我眞是有些好奇的。

「誰知道什麼時候天才黑。」他可能也是好奇心重。

我們走到白色的欄杆邊。氣象預報是說：今天早晨五時二十一分日出，晚上十時三十一分日落。如今已過午夜，太陽早已下去了，但天空依然是亮的。我注意到，先一刻碧青的海水，不知什麼時候開始，已轉變爲水銀一般的有重量的顏色了。天色似乎也帶了一些深沉的雰圍。時間並未永駐，唯其似乎運轉得極緩慢，趕不上我手錶上時針移動的速度。

「我看，我要先回艙房去了。明天還得早起。」身旁的日本人說著，伸出厚實溫暖的手：「晚安。我叫早川。」

「晚安。我再多留一會兒。」我漫應著，心裡卻在想，現在不是已經明天了嗎？

現在是明天的清晨。只因爲太陽已西墜，如鉤的一彎月淡淡在中天，而天色不暗，冰山又在兩側岸邊茫茫的白著，所以令人不辨是晝是夜。

我探首下望。海水似乎又從水銀凝重的顏色微微轉變呈玄墨，卻仍然有波光隱約。波浪重複著拍打舷腹的單調律動，一次一次無限次，令人暈眩不克自解。

這無數片玄墨有波光隱約的底層是什麼呢？如果我再探首向前往下，會不會被那神祕的深沉吸收吞噬進去呢？

我看見自己墜落下去。一次又一次。

以一種疾速如落石般的重量。

以一種飄忽如羽毛般的輕盈。

以一種翩躚的舞樣。

以一種朦朧的澄明。

我的背脊冰涼。我握著欄杆的雙手因過度用力而僵硬。而我的雙頰何以也是如此僵硬冰涼呢？

我仰首，唯見白夜茫茫無極無限。

我在陌生的阿拉斯加海中某處。

——一九九二年十月十日・選自九歌版《作品》

陽光下讀詩

這本書在膝蓋上，沉甸甸的，頗有些分量。這本精裝約莫十六開大小的書，有三百多頁，大概是因爲從前的人把印書很當一回事的緣故罷，紙張厚厚的，十分講究；不過，也就因爲十分講究而令書在膝上愈爲沉重了。

長雨過後忽晴。晴空萬里，蒼天無半絲雲氣。使人置疑，昨夜以前的雲雨陰霾究竟是眞實還是長長的夢魘？老天是最神奇的魔術師，翻手作雨覆手晴。這樣的晴天，不晒晒陽光太可惜，但徒然晒陽光又未免無聊，遂自書架上順手取了一本書走到陽台來。這一本沉甸甸朱紅色布紋精裝書，便如此頗有分量地落在膝上。

其實，在方方正正稍帶一些古拙趣味，就像一個老派英國紳士的書皮之外，原本還有一個分毫不差緊密配置的墨色紙皮書篋，是因嫌其累贅而取下留在書桌上了。

朱紅色布紋書面的右下方，有墨色的線畫，一隻仙鶴上騎著一個老者，大概是意味著仙人的罷，鶴的下端有一片浮雲。那雲、仙鶴與老仙人分明是中國的，但每一根線條，分明不是中國畫的線條。這一點，不用行家辨析，任誰都一眼可識。這是一本英國近代漢學家亞瑟威利(Arthur

Waley)的中詩英譯本(Translations from the Chinese)。

想起來自覺有些靦腆。這本書買來已經年餘。當時從書店買回來，只略略翻看一下，便上了書架，沒想到一上書架就沒有再取下來。日子總是忙忙亂亂，要做的事很多，要讀的書也很多，終於沒有輪及讀這一本書。

記得是一個夏天的夜晚，飯後開車，經過那一條街，被輝煌又含蓄的燈光吸引而駐車走進去一家舊書店。那一條街道的許多店都熄燈打烊了，只餐廳和酒店有紅色綠色的霓虹燈閃鑠著。舊書店的燈黃黃的，明亮卻單調。店面意外的寬敞深奧。前面賣些月曆、本子、卡片類文具，後面的舊書籍倒是整理得有條不紊。我隨便瀏覽過去，在與東方相關的一隅停步細觀。其實，與東方相關之書籍並不多，又雜有印度、日本、韓國方面的書。我關心的與中國有關的書則又大多係政治經濟新聞性的書籍，文學的或學術的少之又少。在少之又少中，這本威利的英譯詩集，反而很快地吸引了我的注意。

這麼厚的一本精裝書，應該不便宜。但一向對數目字沒有記性，便也忘了，收據也早已丟了。可是翻動膝上的書，卻看到用鉛筆字書寫的一二·五〇美金。加上稅金，應該是十四塊美金的樣子。

十四塊美金，約合台幣三百多元，還不到四百元。四百元不到就能購得一本保存完好的舊書。我不禁深深慶幸起來，手指在紙張上面游移，感覺出那泛黃的紙的質感。面對一本有年代的書，有時候反而不急於去閱讀那內容。前後翻動，摩挲紙張，欣賞字體，都是極快樂的經驗。

這詩集是Alfred A. Knopf出版的第三版書，印製時間在一九四一年，初版則是一九一九年。當然比不得宋版明版善本書，不過也已經逾越半世紀。倘換爲人，合當是風霜在顏，蕭疏鬢斑，看盡世態炎涼的年紀了。只因爲書不言語，靜靜地伏臥膝上，任我翻弄。

我在春風微寒的陽光下翻弄一本英國學者翻譯的中國詩集。陽光自背後照射，令我覺得腰背之際有一種難以言喻的溫暖舒適。書在我自己的身影之下，所以讀起來並不耀眼。字大行疏，這對於現在的我，毋寧是更爲方便的。

威利的序言並不長，只簡單說明中國古典詩與英詩在內蘊與技巧方面的異同。特別強調西方詩人以愛情爲主調，古代的中國詩人則更重友誼與閒適的生活情調。他似乎偏好白居易。這也就難怪這本譯詩中，樂天之作占了很大的比例。有多少首呢？但陽光之下讀書、最好也閒適，甚至慵懶無妨。不要細數了罷。約莫是有三分之一的樣子。

在序言的前面，威利說到譯詩之難。西方的讀者們或者會好奇，中國詩講究協韻嗎？有的。但他翻譯時，衡量形式與內容，避免顧此失彼而放棄了韻的問題。於末端，則又提及此書的面世，恐將引起一些爭議，但他自信尚不至於誤導讀者。畢竟要了解千餘年前的作品，並不容易。他說：有些中國朋友告訴他，這些英譯詩，較諸他家之譯筆更爲貼近原作。

我看見威利的微笑在那裡出現。朦朧但堅定。是的，如果不堅定，如何能出版一本書？

在七十年前，或者八十年前，一位生於英國，長於英國，從未到過東方而熱愛東方文化的學者，將他一生的大部分時間貢獻給東方文學的譯介。他必然是經由文學而與許多東西的古人神交，不忍將自己心儀嚮往的美好獨享，故而仔細琢磨，一字一句將那些中文與日文翻譯為他自己的語文。而今，我坐在陽光之下，閱讀一本英譯的中國古典詩集，遂經由一位英國文士的譯文，再去溯源一些熟悉的以及不甚熟悉的古詩。感覺有些複雜而奇妙。

其實，第一次接觸威利的譯著是二十餘年前，當時正譯著紫式部的《源氏物語》。威利的譯本“*The Tale of Genji*”，給了我另一個觀察原著的視角。他的翻譯未必十分忠實，有些部分刪節了，有些文字修改了原著的纏繞，但譯文十分典雅優美，相信西方的讀者會被那本書導引入神妙的東方文學世界。我後來又有了一本美國學者塞登史帝克 (Edward G. Seidensticker) 的英譯本“*The Tale of Genji*”。那本譯著頗為忠實，對我自己的譯事十分有助益，然而，字裡行間似欠缺了一些什麼。也許是品味罷，或者是風格。可見得忠實正確，大概不是翻譯的全部。

忽聞得鳥鳴啁噍。側首從欄杆望過去，近處大樹的繁枝已有萬點新綠，一群不知名的藍色小鳥正穿梭新綠萬點之間。山谷向遠方傾斜迤邐，高低深淺不同的樹姿和樹色也一逕流宕至遠方，在春日陽光下，彷彿到處躍動著；而那更遠處的海港，水映著光，反而像似透明的鏡面，文風不動。

如果，如果從海港駛出大海，一逕航行，與哥倫布採相反的方向，大約筋疲力竭後，可以抵達威利的故鄉罷？不過，讀其人之書，也未必非要追尋其人的蹤跡不可。有人誦讀杜甫、白居易，或蘇東坡，便發願追蹤其一生遺跡。但會看到甚麼呢？多係一些後世人庸俗的附會罷了。威利聰明，或者可以說浪漫，他寧願保存文字裡美好的東方印象，足不離英國土地一步。他的日本，遂永遠是紫式部筆下的日本，他的中國，也應該就是像這本譯詩集中的中國罷。

詩譯自屈原的《九歌》〈國殤〉。何以沒有從詩經國風那些抒情作品譯起呢？或者何以不譯〈離騷〉？至少，他應該想到九歌中的〈湘夫人〉或〈山鬼〉才對。然而，是〈國殤〉居於首篇。其間自有他的道理罷。幾年前，一次國際性的翻譯討論會中，一位年輕的外國學者於聽取我方專家們的建議後，頗不以為然地堅決抗議道：「我翻譯，是因為自己閱讀受感動，想把這感動與人分享；我並不想去翻譯別人認為應該翻譯或重要的書！」這話說得有道理。對於文學作品的品味與衡量價值，豈有一定的準則？

〈國殤〉譯為 Battle。譯詩鏗鏘有力。除一個譯音詞而外，幾乎看不出是翻譯的作品。是一首上好的英詩。

漢武的〈李夫人〉，則纏綿悱惻。

古詩十九首之中的若干譯作，也保留了重疊詞的趣味。

目光追逐著横書的英語詩歌，暫忘記原詩的閱讀，令人熟悉又陌生的感動，是十分奇妙的。當然，若要挑剔，也並非眞的無懈可擊。譬如原作中所省去的主詞，在這裡就顯得有些刺目了。中國和日本的古詩文，共同的特色是罕設主詞，讀者自能由上下文去辨識之，然而英文卻往往不可避免的需要設置主詞。這些我或你、我們或你們，以及他、他們等等，相當礙眼刺目。

刺目的，其實也因為陽光。日影不知不覺間已移動，顯然我自己的背影已縮短，擋不住白花花的光線了。大概是瞇著眼睛看了好一陣子陽光耀目的書面的緣故，感覺有些暈眩。遂將書闔起，闔起之前，習慣性地想在紙頁裡夾個書籤或什麼的。不必了罷。遂將讀了一半的秦嘉的妻子徐淑的〈答秦嘉詩〉那一頁闔起來。她丈夫秦嘉的贈詩則在背面的另一頁上。多可惜，若在毗連的兩頁，夫妻豈不因詩而會合了。生時分離，遂有情詩往來，身後兩人愛情的見證竟也未得逢會！忽覺得遺憾。不過，即令情詩毗連，變成了英文橫書體，秦嘉和徐淑大概也不認得了罷。

膝上的厚書挪移開後，頓覺輕鬆。

我站起來，憑倚欄杆，定眼望去。近午的陽光下，遠處的海洋平靜而光亮。不免又想到更遙遠處那一位可敬的英國學者。秦嘉和徐淑的情書曾經打動了他的心嗎？他的譯筆，如今卻打動更廣大的讀者群了。雖然秦嘉和徐淑早已逝去，威利也已經作古，但是，詩留下來了，中文的和英文的詩全都留下來了。書，不言語嗎？書，正以各種各樣的語言與我們交談著。

——原載一九九五年三月十九日《聯合報》副刊

秋陽似酒風已寒

終於走進「凱撒」(César)了。

這家專賣酒與西班牙酒餚小吃的店，在嚇倒 (Shattuck) 街一五一五號。地址很容易記，店面也一目了然可判識。據說在此區開設已經一年，但每次車經時，總是望望而已，未敢鼓足勇氣駐車入內。

無論夏冬，這家店總是賓客滿座，溢出街上。說「溢出」，幾乎不是誇張。因爲那臨街的一面牆壁，整片卸除，只用細緻的鐵欄杆將店與街聊爲之分隔。兩個巨型落地窗，各有兩大片摺門推向兩側，中間只留一片窄窄的粉牆，寫著店名 César 和門牌號碼1515。四、五張木桌和椅子擺在那裡，飲酒談笑的人簇擁其間，彷彿就是被店內擁擠的人群擠出街上來似的；尤其入夜以後，街面黑暗，獨獨這個挖空的牆壁內燈光輝煌，人頭攢動，景致眞可嚇倒行人。便也往往望而卻步。

店是從下午三點營業至午夜。一週七日，沒有休息。

這一天，我們決心不做過客，定要入內。便選擇一個非週末、非假日的下午四點過後。那一帶是出名難駐車地區。店才開始營業不久，果然賓客並不多，但是我們繞屋三匝，未能覓得車位，便只好駛向稍遠處，並互相提醒，一個鐘頭以後須來丟銅板。

「凱撒」的落地窗敞開向街，已然有兩、三個檯子被占據。我們從側面推門而入。

到得早，是有好處。店內空間寬敞，不像往時看見的熙攘擁擠情況。迎面整片牆是吧檯和酒架，中央部位鑲著一巨型玻璃。吧檯邊當然有一列高椅。其對面是一長排由木條組成的不分隔的椅子，放著十來張小方桌，夾著方桌，各置一張木椅。中間地帶，則散放著稍大的圓形桌，可坐四個、五個，甚至六個人。中心處則被一張方形樸質的木桌占據著。四面隨便地放著長、短板凳四具。人多時大概是可以肩並肩、臂觸臂地擠坐的吧。

如今，四張板凳上，空無一人。許多圓形的桌和方形的桌，也尚無賓客。到得早，反而不知所措，猶豫不決，不知坐哪個位置才好。

選定長排椅的中間部位，也沒有什麼特別用意，只覺得這個位置最適合觀察店內全景；他只得很自然地落坐對面的木椅上。

甫一坐定，全身黑色衣褲，甚至圍裙也是黑色的侍者便用三個指頭捏夾著一小碟各色橄欖，含笑放在桌上，同時也送來三份單子。兩張相同的白底黑色簡單的，一面印著一般酒品，另一面是今日菜餚（tapas）。每人各一張，方便各人選酒點菜。一本有黑色皮套的小冊子，則全屬酒事。從各色紅、白葡萄酒，至世界各地的佳釀，產地、年份都記載得清清楚楚。

我們翻看一陣，相顧莞爾，同時拿起那份簡單的。洋酒的學問大了，可別出洋相才好。想起溥心畬先生那則逸聞。溥先生早年遊學於歐洲之初，在餐館點菜，因不諳法文，在菜單最上一行點一點。侍者端來一杯酒。以爲歐洲人餐前好尚飲酒，乃飲盡杯中物。侍者再來時，溥先生指了最下一行，詎料，復來一杯酒，亦只好飲盡。第三次，便指了中間一行，竟亦是酒一杯。酒已足而飢腸轆轆，他哭笑不得。其後方知那張「菜單」，原來是酒單，無怪乎指哪一行字，來的都是酒！這是溥先生往昔在師大藝術系教國畫時，親口對學生們說的，而那時他正是其中一個學生，所以不是捏造的名人趣事。

他叫了一杯「此利」(Sherry)。我要了一杯「馬嘉利大」(Margarita)。等酒的時間，我們用指頭撿起大小顏色各異的橄欖。想起前幾年旅行西班牙時聽當地人說的，橄欖是上帝的恩賜；果實可食，既營養又助消化；其油可烹調，膽固醇低；枝葉可以焚燒取暖，復可用於沐浴之際擊打加熱之石，使散發芳香之氣。至於中國人飲酒時最自然會想到的，大概是花生吧。想到飲酒與花生，難免又自然會想起臺先生，他有一句名言：「花生佐酒，謂之『吃花酒』。」老學生在課堂之外，大多聽過臺先生這句戲謔的話語，大概也多數不會忘記他說罷哈哈大笑的爽朗神情。那竟已是許多年以前的事了。多年後在異鄉想到這些，忽然令人心痛！

酒來了。喝酒吧。

侍者站在一旁問：「決定點些什麼菜餚嗎？」

那份tapas上面列出的樣式並不多。是日日更換的菜單。看看左右的客人，每個方桌之上都有一盤如山一般聳起的炸洋芋薄片，便先點了這一道再說。

那炸洋芋片，與漢堡附帶賣的有些不同。連皮切得極薄的長條形狀，炸的火候剛好、不膩不黏，乾而且爽脆，略帶鹹味，間又有些各類香菜。以之佐酒，風味絕佳，難怪幾乎人人點一盤。鄰座一個中年男子，比我們早到，獨自飲酒讀晚報，自始至終便只慢條斯理抓兩條芋片，佐酒也佐報。或許是一位常客吧。

啜飲幾口酒後，忽一抬頭，看見對面稍遠處有個非常熟悉的身影。定神再望，方知是鏡中的自己，不覺得有些滑稽可笑。其實，方才一進門就注意到這一大片鏡子，怎麼竟自己嚇倒了自己呢？鏡子大得像一面牆，又令我想到馬奈(Edward Manet)那張油畫「吧檯」的印象派作品(Bar at the Folies-Bergère)。不過，對面站在吧檯後的不是金髮婀娜的少婦，卻是一個瘦高的中年男人。他正非常專業地從左肩上方斜斜搖下調酒瓶，動作精確而有韻律感。行行出狀元。那人的位置、動作和神情，都極明顯地成爲酒店的重心，其餘遠近各種角度映現於大鏡中的男男女女，相形之下都變成了芸芸眾生。我那個身影，和坐在我對面的他的背影，當然也是芸芸眾生的一部分了。

芸芸眾生，每個人都在忙些什麼？在他們尚未來到此酒店以前，以及以後？生活樣式有千百種，無以計數，驟然於此刻相遇構成芸芸眾生的一部分，也是一種緣分吧。

我們現在未必眞的那麼忙，但是偶爾的憩息和排遣空閒的方法倒也是有種種，兩個人來酒店消磨一下午，則是頗新鮮的經驗。至於我的毛病是，遇著新鮮的事情就喜歡用心觀察。譬如這樣子看吧檯的酒保，又裝成若無其事地左顧右睞看這些人群。什麼時候才能戒掉這種習慣呢？

換一個姿勢坐，並不是原來的坐姿不舒服；把頭偏向另一邊，是想要丟棄用心觀察的持續。

「怎麼啦？」他問我。「要再點一些什麼小菜嗎？」

也好。再點一些小菜吧。「要一碟醃火腿片。」我知道那與金華火腿近似，片得薄薄、生吃。「再來一碟燻鱈魚。」「如果還要一點番茄蝦，會不會嫌多？」是稍嫌多了些，但中國人不作興乾喝酒，總要佐些菜餚。環視酒店內，只有我們兩個黃種人哩。

於是，順便又各續一杯與原先相同的酒。

Margarita是墨西哥雞尾酒。取材於龍蛇蘭的「特級辣酒」(Teguila)，辛辣似杜松子酒。加些冰塊，夾一片檸檬於寬杯口，杯口塗抹一圈細鹽。輕輕搖晃玻璃杯，使冰塊與酒均勻混合，檸檬片在唇貼著抹細鹽的杯口時最是芳香。這Margarita與「馬丁尼」的製法相類，也很好上口，一不小心令人醉的特色也近似。所以有台灣飲客戲稱爲「墨西哥晃頭仔」，蓋指其易令人醉後搖頭晃腦的吧。

可是，在這個酒店裡沒有人喝得搖頭晃腦。人人似乎來此享受談天或獨處的樂趣，酒是增添樂趣之一途罷了。

聲音越來越大。

在我們續杯添菜餚之際，西陽更斜，下班或下課的人漸漸填滿那些原來空著的位置。原先清楚可辨的配樂，那種帶著些許哀愁和慵懶的西班牙民謠，也逐漸淹沒在喧嘩的談笑聲浪裡，幽幽地斷續間歇地，歌詞樂調在可辨不可辨之間低低吟唱著。

隔壁看報飲酒的人，起身付帳，套上外衣，將看過的報紙仔細摺成長形夾入腋下，與酒保遠遠舉手道別，走了。桌面上留著一只空酒杯，和乾乾淨淨不剩一片炸洋芋片的白瓷碟。

兩杯Margarita尚不致令人搖頭晃腦，但雙頰上微微發熱，可是人多起來的緣故嗎？瓷碟裡尚有些許殘餘的酒餚，但酒杯既空，我們也該走了，把位置讓給門口稍稍擁擠起來的下一波酒客。

走出店門外，西天豔紅。「秋陽似酒」，有人取書名如此的美。而秋陽確實似酒，唯風中已然有些寒意。

——原載一九九八年十二月十二日《自由時報》副刊

隱地作品

散文卷

隱　地

本名柯青華，浙江永嘉人，1937年生於上海。成長於台北，寫散文、小說之外，也寫詩。爾雅出版社發行人。著有《愛喝咖啡的人》、《漲潮日》、《2002／隱地》及詩集《七種隱藏》等。曾獲2000年年度詩人獎、聯合報2000年最佳書獎。

漲潮日

我的少年就是在寧波西街、南昌街、牯嶺街不停地穿梭中消逝的。父親早年分配到的宿舍，是一女中向台北市政府，還是其他什麼地方租來的，我因當時年紀太小並不清楚，只知道，收租金的單位收不到錢，就向住在房子裡的我們說只要把北一女歷年積欠的房屋租金一次全部繳清，就將房屋直接租給住戶，這就是爲何後來父親改到當年設在南昌街的樟腦局（公賣局斜對面，現爲立體停車場）上班，卻不向樟腦局申請宿舍，而仍住在寧波西街的原因。

民國三十八年大陸淪陷，逃難潮湧來的各省人口一波接一波，北一女的學生不停增加，教師人數同樣劇增，宿舍不敷使用，學校很容易想到寧波西街八十四巷有幾戶和我們情況相似的住戶，他們希望收回宿舍，讓正在學校教書的老師居住，於是一來一往，我們這幾戶聯合起來和北一女打起長期房事官司來。

當時北一女的校長名叫江學珠，母親書讀得不多，但是頗能據理力爭，她要父親去見江校長。父親的個性和母親相反，最怕枝節橫生，不肯去，其實也是不敢去，母親卻一點也不畏強權，她跑去見江學珠校長，興師問罪，江校長當然也不會有好臉色給她，回來後從此江校長成爲她心目中最不講情義的人，後來江學珠眞的成爲她嘴裡驅趕她、使她無家可歸的人。

而當我懂事起，我知道的江學珠女士，是一位教育家。她希望收回宿舍，分配給當時任教的老師居住，也沒有錯。問題只是最初北一女的行政人員，以及把房屋直接租給我們的某單位之間的認知上有了差距。

最遺憾的是母親那個年代大人們處理事務的奇怪方式。當一、二庭勝訴之後，幾家人都不認爲自己住的房子，一女中有什麼辦法能把它收回。輕敵的結果，第三庭大逆轉，法院判下來，要我們幾家搬走，將房屋還給北一女。別的家庭可能經濟環境不錯，眞的將房屋讓了出來，剩下我們一家，母親卻用苦肉計，跑到法院和父親辦了離婚手續，母親要父親先搬出去，她說憑她一個婦道人家，帶著兩個未成年的孩子（姊姊和我），法院會忍心把我們掃地出門嗎？

這當然是一種假離婚。但假離婚後來演變爲母親眞的和父親離婚了。原因是法官並未如母親所料放她一馬，一而再再而三地判決和通知限期讓出房屋，母親仍舊置之不理，有一天法院派出大批警力，跑到我家開始強制執行，把所有的家具和衣物全部丟到門外，貼上封條，從此我們再也沒有回到前後住過九年的寧波西街的家，一家四口各自飄零，往後的十年，每個人至少都搬過十次以上的家，像吉普賽浪人，各自過著生命中最黯淡的一段日子。

當大批警察把我們家的各種家具往外丟的時候，母親呼天搶地，又罵又跳腳，然而不管她反應多麼激烈，警察完全無動於衷，他們面無表情地照樣一樣樣將東西往外丟，母親眼看大勢已去，突然安靜下來，乘人不注意時，她竟悄悄地消失了，姊姊和我不知她到底去了哪裡，正四處找尋，突然有鄰居跑來告訴我們，說母親在螢橋跳河了，我們趕過去，總算有好心人已經把她救了起來，母親坐在地上，頭髮散亂，她仍哭著，但只是一種無聲的抽抽噎噎，經過一整天的折騰，她已經哭不出聲音，一向在我們兒女心目中強勢的母親，突然之間，變得蒼老衰弱，特別是當我們扶著她走回寧波西街的家，兩位高大的警察在家門前站崗，門上有白封條。我們再也無法回家。

我們的家——父親辛辛苦苦，把我們從上海一個一個接到台北後組成的四口之家，從此再也沒有團圓過。

人人都有傷心史。那一刻，就是我們家每一個人最傷心的時刻。姊姊本來在板橋中學讀書，從那一天起，她不再去學校，她和另一位傷心女子楊家姊姊合租一間小室，兩艘都還沒有建造好的船隻，也不管安不安全，就這樣挺著風雨，開進人生的海洋。她們的一生，要航行平順，怎麼可能呢？

「貧賤夫妻百事哀」，父親離開樟腦局後，做過各種貿易，沒有一件成功，後來他到八堵基隆中學教書，可能心不在焉，又離職了，和母親正式離婚後，他多麼希望自己能像潮水一樣有漲潮的一天，可是他的潮水就是不漲。後來他遠去虎尾，在虎尾女中教書，我猜他也不得志——不是不得志，根本只是在捱日子。一個教書的人，如果心不在學生，無法從教書中獲得樂趣，教書就會成爲很苦的職業。我看我的父親，從來也不曾喜歡過教書，他一直想透過做生意賺些錢，讓家人改善生活。可他的個性不可能讓他賺錢：太容易相信人，連騙子的話他也信。這樣的人，怎麼可能會賺到錢。

母親還未和他離婚的最後幾年，曾將家裡所有的儲蓄都買了黃金，一塊塊一條條都縫在棉被裡，要父親到香港變賣後帶貨物回來。那是物資缺乏的年代，所有的舶來品，昂貴不說，還只有在委託行才能買到，委託行裡的貨品都是由「跑單幫」供給，轉手之間利益頗豐，連小學畢業的母親都知道這種錢好賺，所以想出讓父親也去客串一次「跑單幫」，我的父親竟也答應了。誰想到他在香港「他鄉遇故知」，「一個老朋友」聽說他帶了不少黃金在身邊，一方面答應幫他換港幣，一方面爲了度過自己的難關，向他暫借幾天，我偉大的父親一生就是分不清好人壞人，黃金被朋友帶走之後，竟老老實實在旅館裡等，等那個朋友來還他錢，一等四十二天，朋友當然不會來，這個朋友在他有生之年，再也不曾出現過。

另一頭，母親也在等，等父親帶貨物回來，不管是化粧品、皮件或衣物，只要是外國東西，母親有辦法轉手賣掉，從中賺些利潤，以便過日子。而父親就是不回來，四十二天了，仍然沒有一點音訊，終於，母親不知如何和父親接上了頭，母親說，不管發生了什麼事，你人先回來——父親回來了，滿臉鬍鬚，還有幾隻煤油爐子，原來，父親身邊已經沒有多餘的錢到飯館吃飯，只好買米自己在旅館裡偷偷燒起飯來。

父母總是父母，即使識人不清，我對父親仍然尊敬，他把全世界的人都當成好人，也沒什麼不對，難道只因爲受過騙，就對人性完全失去信心？只是有一點，父親大學畢業，學問比母親好得多，卻凡事被母親牽著鼻子走，母親想出用假離婚來爭取法官和警察同情的不妥法子，他竟然也不敢表示反對意見，讓我覺出父親個性中的軟弱。我也是外表軟弱的人，但我有自己骨子裡的堅持。

四十多年前，我被趕出寧波西街的家。二十五年前創業，成立爾雅出版社，老友景翔幫我找到的辦公室地址在廈門街，我一點也不反對，雖然那時家住北投，來往交通對我不便，潛意識裡，我要在我們家失敗的地段裡站起來。如今我在廈門街有三戶房屋，一戶當住家，一戶爲爾雅社址，另一戶用來放書做倉庫。而我生活的周邊仍舊是南昌街、牯嶺街和寧波西街。這幾條當年陪我成長的街道，也陪我度過清苦日子，但回憶起來那種樸實的苦澀至今令人懷念。

寧波西街有我傷心的往事，也曾讓我失去尊嚴。特別是父親，他走在寧波西街的日子很少抬頭挺胸，我相信，是憂鬱，讓父親比母親早走了二十二年。後來母親也走了，如今只有我還不時地會到寧波西街走走。有兩個白淨兒子的豆漿店不見了，母親經常看病的謝德仁醫院，早已消失，這條陌生又熟悉的街，是當年父親母親從上海到台北最早落腳的地方，也是我童年成長的原鄉。

走在寧波西街，我彷彿又看見父親和母親。做爲一個十歲時被父親特地到上海接過來的兒子，父親，我是您期盼已久的潮水。只是漲潮日要在你離世後這麼久才出現，父親，我仍感覺對您不起。

而母親，我是您的種子，我遺傳了您堅強的因子，若缺少了您堅持的血液，爾雅的文學出版不可能被我踩出一條路來。

附註：

姊姊在上海讀了我一系列發表於《中國時報》人間副刊的自傳散文，於九月二十二日撥了個電話，她記憶中我們家被強制執行掃地出門的畫面比我記得的更加「慘烈」，她說：母親跳河自殺救起後，強制執行的警察怕真的弄出人命就打道回府，我們繼續又住了一段時日，法院仍不停地限期我們讓出房屋，母親置之不理，警方改採「智取」，他們用和善的態度請母親到警察局走一趟，等到母親中計，他們趁母親人在警局立刻展開第二次強制執行，鄰里長、法院和警察局的人，加起來將近二十人，團團將我家圍住，而我們家就只有姊姊和我，看熱鬧的鄰居出主意，要我橫躺在大卡車前，阻止車子開進巷子去拆我們的家具，姊姊說，當時你真的勇敢的躺在車子前，而另一方面，姊姊跑進屋子裡拿了兩把菜刀，阻止警察搬動我們家的任何東西，結果當然失敗了，姊姊的刀被奪了下來，我也被警方人員硬拉了起來。

這段記憶，姊姊在電話彼端說的時候，我彷彿覺得確有其事，又奇怪怎麼在自己的記憶裡竟然「缺席」了。記憶逐漸消逝，就像時光催人老。

——二〇〇〇年九月二十五日・選自爾雅版《漲潮日》

我的另類家人

家具和人到底維持著一種怎樣的關係？

家具是靜物，碰到人這種好動的動物，家具也就時時的被人搬動著。一把椅子，有時放在客廳裡，有時被移到餐廳。一張桌子，有時靠著牆邊，有時突然被搬到屋中央。

從家具的擺設可以看出一家人的性格。年輕人組成的小家庭，家具的顏色較多變化，一種輕快的感覺，彷彿室內正播放著音樂。笨重的家具，多半是有了地位之後的老年人在使用。有些人的家裡，一跨進去，就讓人生出一種拘束感，這必定是屋主擁有一套使人望而生畏的所謂名貴家具。家具讓人聯想權威，向明有一首詩〈太師椅〉可為明證：

……

閒置得夠久的
這張太師椅
還一直巴巴的等待

當年的正直和威望
……
耍酷的後現代兒孫們見了
總覺得
一輩子得這麼端正的坐著
要多彆扭就有多彆扭
要多荒唐就有多荒唐

透過家具，我看到自己的一頁成長史。

民國三十六年剛到台灣的時候，一般人家裡的家具都是拼湊的，家裡有幾把藤椅，已經算是有錢人物，榻榻米組成的日式房子，也不需要什麼家具，坐在榻榻米上，睡在榻榻米上，當時也不分什麼廚房餐廳，火爐邊放著一張黑漆墨烏的方桌，上面用紗罩罩著當天的飯菜，誰餓了，誰就坐上去扒幾口飯，有時夾些菜在碗裡，端著到門口吃，那時沒有冰箱，沒有瓦斯爐，沒有電鍋，夏天是怎麼過的，現在想來眞是匪夷所思。

在那樣的克難年代，家具也就無所謂設計和美觀的問題，椅子就是椅子，桌子就是桌子，只有實用一途，完全不講究花樣。你走訪十個家庭，每家的家具大同小異，誰家的客廳裡如果擺放著一套稍有氣派的沙發，就是大戶人家。

從因陋就簡的年代走過來，走出了「經濟奇蹟」，我們富裕過，我們又貧窮了，台灣五十多年柳暗花明、柳明花暗的轉變沒有人說得清楚，從燒餅油條到街角隨處可見的STARBUCKS咖啡屋，現在我們似乎早已和世界各大都會接軌。紐約、巴黎、東京、米蘭……所有世界上的經典家具，都一一展示在台北人眼前，當年過苦日子的小孩都長大了，他們是屬於開眼界的一代，坐著噴射客機來來去去之後，帶回新的居家觀念，桌椅櫥櫃、床組和掛畫，若無新穎設計，缺少新潮流美學，再多麼實用，也引不起他們的興趣。如果新一代繼承了父親的房產，第一件想做的事，就是先把家裡老舊的家具換掉或丟掉，至於老先生老太太書房裡的藏書最好自動消失，這種屬於家具變革的故事，一直在我們的四周流傳，有些甚至早已成爲一則則寓言了。

住過世界各地的大小旅館之後，許多人回到家裡最想做的一件事，可能就是重新裝潢盥洗室。擁有一間像豪華旅館一樣的衛浴設備，是許多人的夢，我曾經爲此裝了一套進口洗臉台，流線型的水龍頭，洗面台造形更是炫目，喜悅的心情還來不及展現，我已發現高貴背後隱藏著憂慮，每次漱洗完畢，想保持洗臉台的清潔，殊爲不易。所有豪華的東西，都是彎彎轉轉，原來所謂名貴的物品是在玩不必要的繁複，必須有專人清洗，才能永保亮晶晶，如今我把「名貴」搬回家裡，眞是搬錯了地方，誰有時間整天擦洗？顯然，我爲自己製造了一個麻煩。

從豪華浴室得到的啓示，更讓我想到三十多年前在中央副刊上讀過的一篇小說：〈一枚領帶夾〉。

小說的主人翁有一天收到一件禮物，是個可愛的領帶夾，爲此，他特地跑去買了一條漂亮領帶，有了領帶，當然要有新的白襯衫，爲了配新襯衫，一條西褲就成爲必需，等到西褲一上身，在旁的朋友立刻說：「現在你只缺一件西裝外套！」

怎麼可能只缺西裝外套？穿上筆挺的西裝，立刻凸顯了腳上那雙舊皮鞋的寒酸，換皮鞋之外，連帶襪子也得買新的，還有，平時穿得隨便，頭髮也就讓它亂吧，如今穿得這麼體面的一個人，不進美容院破費幾文可能嗎？

我引用這樣一個小故事，只是想說明家具和人的衣著一樣，有其整體性，單單一張豪華椅子，突兀之外，反倒把家裡其他家具一一比了下去。美，有時並不講理，它容不下和它不搭調的。美，甚至是很殘酷的，一件家具會排斥另一件家具。

也就是說，名貴的家具，最好有一間上好的屋子擺放。

說來說去，這是人的勢利。什麼人穿什麼衣服，什麼人用什麼家具。

我的朋友沈君不信邪，他住陋巷居陋室，他曾經多金，擁有嬌妻美妾，後來因酗酒，只剩一條狗陪著他，可能是因爲氣恨吧，他把什麼都丟了賣了，只留一把上好的手工打造椅子，放在空蕩蕩的屋中央，如果醒著，他總是坐在椅子上喝酒，一把椅子是他全部的家當，他說：「只要椅子在，我在這個世界上仍然有著我的位置！」

我的朋友已達修行的地步。我不行，我還要一張桌子。儘管一生倒有半生，總是在清理一張桌子，我仍然喜歡一張讓我清理不完的桌子。坐在椅子上，人會東想西想。有了桌子，就會忙著處理桌面上的事情，哪有時間只是沉思默想。人的悲劇潛因，就是只會坐著想（有些人連想也不肯想了），完全沒有行動力。說來說去，就是懶散，人一懶散，當然只會喝酒了。

家裡的家具都在互相張望，我當然不能只守著一張桌子，我更喜歡的其實是一櫥的杯子，各色各樣的咖啡杯，有些是我旅遊時從異國帶回的紀念品，有些是朋友送給我的禮物，喝不同的咖啡，我用不同的咖啡杯。我也喜歡水晶杯，裝紅酒的水晶杯最美，裝啤酒的水晶杯誘人，裝黑麥汁的水晶杯，更讓我覺得暑氣全消。

家具是我的另一組親人。當我看得見我擁有的家具，當我珍愛屬於我的家具，我知道，其實我逐漸老了。老人愛家具，愛家具的是老人，孩子是看不見家具的。當我們年輕時，在家裡跑進跑出，就是不會多看椅子一眼，多看桌子一眼，一個書櫃或一個衣櫥，長久使用著，卻不一定描繪得出它們的長相。

老桌子老椅子，有一天會隨著老人的離開而被丟棄。還好，如今也有愛古董家具的年輕人了。眞正的好椅子好桌子可以用一百年，比人的壽命還長。歐洲有些博物館裡存放著三、五百年的家具。但椅子不准人坐，其實已經不是椅子了，它變成靜物，像牆上的一幅畫，只能用眼睛看，於是我終於懂得家具畢竟是家具，它有陽壽，不像室外的山川日月永恆。

所以，當我們坐著一張椅子，望著眼前自己喜歡的桌子，珍惜它吧，寶愛它吧，有一天我們會和它分離。

——原載二〇〇一年九月十一日《中國時報》人間副刊

劉大任作品

散文卷

劉大任

江西永新人，1939年生。台灣大學哲學系畢業，早期參與台灣的新文學運動。1966年赴美就讀加州大學柏克萊分校政治研究所。因投入保釣運動，放棄博士學位。1972年入聯合國祕書處工作。現專事寫作。曾出版作品十多種，包括散文集《紐約眼》、《果嶺上下》等，另有小說、評論及運動文學。

六松山莊

在舊金山灣區，做爲第一代移民的華人，如果有能力在灣區東岸的柏克萊丘陵地半山買下一座華宅，在人們的眼光裡，就算是功成名就了。然而，功成名就並不一定讓人志得意滿，特別是知識分子移民，一種永恆的缺憾，彷彿揮之不去，常年蠶食著這種人的心靈。

生於中國國恥教育，長於抗戰救亡運動的知識分子，症狀尤其深重。我有幸認識的陳世驤先生，便是個表面看不出任何煎熬但眉眼之間總是藏著某種愁悶的長者。

陳先生是柏克萊加大中國語文教育和比較文學方案的奠基人之一。加大的現代中國研究所也是他的腦產兒。一九四九年前後，中國大陸烽火連天、兵燹千里，陳先生絞盡腦汁，動用了一切手段籌集資金，派遣可靠人員往北京、上海、廣州等大城市去蒐購典籍文物和書報雜誌，爲加大東方圖書館建館以來的最大手筆，使之成爲僅次於哈佛燕京的海外一大收藏。

我剛到加大不久，有一天在現代中國研究所（當時設於Shattuck Ave.一建築物二樓）廝混，忽見三、五洋青年學者簇擁著一位莊嚴肅穆的老教授。巡視一周後，眾人離去，我聽見新到任的祕書小姐說：「這就是那位illustrious Professor Chen?」（大名鼎鼎的陳教授？）

眞正認識陳先生卻在東方圖書館。通過一位老同學的介紹，我在東方圖書館打半工，月薪一百二十五美元，官拜Page（負責按書單找借出的書送到櫃台並將還書按書號插回書架，在台灣，也許就叫「工讀生」）。由於工作相當清閒，我給自己在三樓書架間布置了一個書桌，上面擺列自己急於猛啃的一批「閒書」，都是三、四十年代的文學作品。陳先生的研究室就在圖書館一樓，有事沒事常直上二、三樓瀏覽，見我書桌上竟有他的好友何其芳的詩集，不免好奇，遂問他的入室弟子葉珊：「這年輕人是誰？」

葉珊領我到六松山莊拜見陳先生是一九六七年初春，已經是我打廚房工、端盤子和「落難」於各種雜工七、八個月以後的事了，因此，看到陳先生放在我那走私書桌上的紙條時，不覺一股暖流直貫心臟，彷彿初戀的人意外收到情書。紙條上這麼寫著：「……如果不嫌待遇簡薄，這工作也許可以讓你有多點時間讀書……」

然而，我的月薪卻一夜之間漲了三倍，官稱也連升三級，叫做Assistant specialist（助理專家）。

由於我的專業不是文學，所以自始至終，我不能算是登堂入室的陳門弟子。但因爲他的威望和影響力，陳先生的保護傘下卵翼著不算小的一批流落海外的知識菁英，包括張愛玲。那幾年，六松山莊每逢周末假日常有夜會，名流學者與頭角崢嶸的青年學子共聚一堂，唇槍舌劍之餘，有時竟予人海外「群英會」的幻覺。

那晚上的話題一直圍繞著金庸，我有點煩，終於忍不住發言。找到一個空檔，我問陳老師：

「這次大選，您中意選誰？」

那是一九六八年十一月初，競選總統的是民主黨的韓福瑞和共和黨的尼克森。

不料先生反過來問我：「大任，你學政治的，倒要聽聽你的高見。」

我本不敢造次。來美國還不到三年，讀了幾本，上過幾堂課，信口開河必鬧笑話，我知道。可是我才二十幾歲，二十幾歲的人，是急於打天下的。所以我就用謙虛客觀的語氣說了一堆大話。主要的意思是：兩惡相權取其輕，這是西方民主制度下選民唯一的選擇，因此證明這種制度的虛僞云云。

金庸沒人談了，但晚會的場面卻被我攪了局，冷了。

我後悔我的造次。

陳先生抽著他不離手的煙斗，兩眼望著慢慢散開的煙霧，望進一個當時的我無法看見的世界。

「大任的話，有他的道理……」

先生在幫我解圍。座上有些人，正用看猛獸的眼光看我。

「我變更身分的時候，也想過這個問題。那時候是史蒂文生對艾森豪。我聽史蒂文生演講，看他的文章，就想，如果允許這樣好學深思、溫文儒雅的人出人頭地、主持政局，美國這個文明也許值得愛護，做一個美國人，也許值得自豪。」

先生的話，意含反諷，因爲史蒂文生終究敗選，而先生自己卻成了美國公民。但是，如今仔細咀嚼，先生的話，可能還有安撫我的用意。那是火紅的六十年代，柏克萊校園三天兩頭罷課，每天中午都有群眾大會和形形色色的街頭活動。眼看他羽翼下的一批年輕人蠢蠢欲動，先生的耐心和委婉，當時只顯得蒼白。

不過，現在回想，我的「新中國」和「舊中國」，大概就是在六松山莊經常舉行的晚會中，漸漸地分了家，大約在一九六八年春到一九七〇年秋那一段日子。

六松山莊是陳老師給自己在北美洲安家落戶購買的宅院取的雅號。山莊的布局其實不很好，前高後低。後院一路往下滑，直滑到院落的邊界，隔一圍樹籬，便是公墓，陳老師晚年的至交好友夏濟安先生，就葬在那裡。六棵松樹甚是高大，我那時的心還沒到植物上，因此不記得那六株長青樹，究竟是白松、黑松還是赤松。甚至是否是松，也不能確定，只記得它們高大參差的姿態，有一種古中國水墨文明的風貌。

除了談天說地，議古論今，品評詩文與人物，晚會往往有音樂助興。陳老師的研究工作不以此爲主，只能算是副產品。他挖到一批古樂譜，喜歡用他不很嫻熟的橫笛技巧，伴奏姜白石的古詞，特別是〈揚州慢〉那一首。座中歌喉最佳者，首推陳少聰，她的唱法比較接近民歌，胸腔開發不足，但也因此產生一種如泣如訴的效果，跟我們想像中的古中國，彷彿更接近，尤其是「淮左名都，竹西佳處」之後，到了「盡薺麥青青」那一句，笛音高昂，「青青」兩個字簡直帶出了淒怨氣氛，難怪每次晚會散場，大夥離開六松山莊，唐文標總愛用他的廣東國語起鬨：「金笛書生真厲害！」金笛書生是金庸的小說人物，以笛爲武器，每致人於死。

有一次，執教芝加哥大學以明清經濟史知名的何秉棣教授來訪。晚會高潮時，以田漢新編歷史劇「赤壁之戰」娛眾助興。陳先生最鍾愛裘盛榮飾演的黃蓋，尤其是「大江為我染醉顏」一句，對他的噴口絕藝讚賞不已。何教授則偏喜袁世海。〈短歌行〉唱腔之前有一段唸白，到曹操自嘆「唉呀呀！老夫今年不覺五十有四矣……」何教授猛一拍腿，大聲叫好。我記得，陳先生的煙斗，竟不免旺燃著一團暗紅的火星。

陳老師和何秉棣教授是三十年代北大、清華教育出來的，當時都在五、六十歲之間；我們這一批則是六十年代的台港產品，在思想淵源和精神氣質方面，多少可以算是他們那一代的傳承。更精確點說，應該是三十年代非左翼知識圈的後代。照理，這兩代人應該融洽無間。然而，我卻隱隱有一種貌合神離的感覺，知道這種優游唱和的斯文日子，大概不會長久。別的不說，我理解的魯迅，無論如何都無法從陳先生和他同一輩人的解剖詮釋中印證。

一九七〇年冬，六松山莊的晚會忽然中斷。保釣運動把我們一批人中間的一大半席捲了去。

一九七一年春，大概四、五月間的一個晚上，一群人在我家裡趕編《戰報》第二期。運籌正在畫一幅諷刺漫畫，其中有一個反面人物，就是陳世驤先生。陳老師參加了全美教授給國民政府的一封聯名公開信，國府的答覆，在學生群中引起反感。事後記者訪問陳先生，陳先生表示對國府答覆「基本滿意」。漫畫的標題是「釣魚台大觀圖」，實質就是「群丑亂舞」！

好像是晚上十點左右，我接到松棻的電話：「陳先生心臟病暴發，趕快來醫院！」我放下聽筒，感覺一陣冷。記得當時第一個反應，好像完全沒有經過任何思考，只直楞楞對運籌說：『把陳先生劃掉！』

這個感覺，後來寫在一篇小說〈清秀可喜〉裡面，已經是十幾年以後的事了。

陳先生也葬在六松山莊後面的墓園裡，與他的好友夏濟安先生成了永恆的鄰居。

我的「新中國」，仍然延續了好幾年，它眞正徹底的崩潰，可能要拖到「天安門事件」。然而，撫今追昔，不能不承認，那個完美無瑕的空中樓閣——新中國，也許就在我脊椎一陣發冷，修改「保釣大觀圖」的決定中，第一次出現了裂痕，只是當時渾無知覺而已。

新中國熱度未退之前，有兩次因緣路過舊金山灣區，始終不能說服自己到陳先生墓前鞠躬致敬。等到我確實說服自己，卻又時移事往，再沒機會回柏克萊了。

聽說陳先生的第一任愛妻是位聲樂家，我們從未見到。

她在一九四九年中共建政後響應周恩來的號召，回國參加社會主義建設去了，以後音訊斷絕，命運不明。我們的陳師母是夏威夷長大的，但脾氣、相貌、待人處世卻是古典風格的大家閨秀。師母原是陳先生的學生，照理，他們的結合本來天衣無縫，應該是陳先生晚年最好的安慰，然而，老覺得什麼地方有點隔。這當然不是任何人能夠挽救的。

又聽說，一九五〇年前後，老舍自英倫返回中國之前，曾彎道在陳先生寓所盤桓數日，兩人長談後相約：老舍回去後如一切順利，便來信通知陳先生共赴建國大業。

陳先生再也沒收到老舍的通知，這是我們十分確定的。

——二〇〇〇年七月・選自皇冠版《我的中國》

蒼白女子

薄暮時分，一名蒼白女子沿牆疾走。

這是我最初也是最後的張愛玲印象。

這個印象，對海內外眾多張迷而言，不僅無法理解，而且不能接受，我知道。但那是一九六八、六九年之交，又一個張愛玲一度恐懼過的「大難將至」的時代。你如果未曾經歷過，你一定無從設想。人活著的時代，人活過的時代，其中恆有斷層。你與我，以及我與張愛玲之間，有跨越不了的鴻溝，我的表述，只能當故事讀。

我的張愛玲印象是時代直觀與親眼目睹的混合產物，裡面有她的外在形象，也有我的內在活動。

我那時在加州（柏克萊）大學讀博士學位，主修比較政治，專攻現代中國革命史。留下永恆印象的那天，我記得特別清楚，正在思考如何將社會學家Edward Shils有關落後國家知識菁英理念異化的學說，適用於近代中國知識份子的救國意識。黃昏前後，我從研究室下樓來到街面，只見一名全身素白的女子沿牆疾走，擦身而過。等到我發動引擎準備上路，才忽然想到那就是我的新同事張愛玲。

為了幫助我完成學業，陳世驤教授給我在加大現代中國研究所謀了一個差事，號稱「助理專家」，其實就是工讀生。我的固定工作包括教洋學生中文，洋學生的程度參差不齊，但都是博士或後博士研究生，程度低的只能教劉少奇的《論共產黨員的修養》之類，高的也可以高到明清史料，甚至於地方誌、墓誌銘。

張愛玲的辦公室在我隔壁，若不是她的前任莊信正透露，我根本不知道有幸得此芳鄰。然而，張愛玲的作息習慣與常人迥異，太陽不下山她不上班，什麼時候下班當然更無人知。總之，她的安排彷彿就是為了不與任何人接觸，幸好她的工作也不需要與人接觸，因此，雖曰同事，到任一段時日，我從沒見過她。

現代中國研究所初期設於校園外的Shattuck Ave，即今天的地鐵站附近。但那時還沒建地鐵，整個金山灣區也沒現在這麼熱鬧，不到天黑，車馬行人已十分寥落，蒼涼氛圍中的驚鴻一瞥，不免讓我震動。

我那時雖非張迷，也讀了幾本她的書，而且，來往知交中，不乏張迷。水晶應該排名第一，但他到柏克萊，或許在張離開之後，因此，同他的討論，沒有現場效應。唐文標則比較複雜，他的最愛張愛玲與希區考克，皆非我所喜，尤其是唐到保釣後赴台前那段時期，思想見地不免受時代風潮所染，對張愛玲的態度只能以愛恨交加形容。楊牧那時改名不久，我們仍習慣叫他葉珊，意見稍有距離，談論時每以「那婆娘」代稱。最激烈者莫過於郭松棻，他的名句是「姨太太文學」。交班不久的莊信正則是張迷中的關雲長，張愛玲晚年只信任兩、三個人，莊居其一，移交前後無微不至或爲這層關係的淵源。

所有這裡提到的人，那時都在陳世驤先生的羽翼下，我們有時「自詡」陳公門下行走。

這一切因緣都構成我初見張愛玲時，不免震動的背景，當然還有其他……。

六十年代末的柏克萊，是左派視爲聖地而右派深惡痛絕的反越戰爭民權的中心與靈藥文化的首都，校園裡，各類議題的政治鬥爭與思想交鋒熱火朝天，周遭的街道社區，則有世界各地前來朝聖的花神兒女，製造了一種空前絕後的波西米亞次文化。台灣貧血資訊與封閉教育系統下長大的我們一代文藝青年，乍見這種場面，能不心搖神盪、目瞪口呆？張愛玲出現時，我和我的那批朋友，大抵都處於那種不知天高地厚的心理狀態。

張愛玲可是見過世面的人，她怎麼看我們？當時的我自然無從得知，只是現在回想，偶有在辦公室或社交場合見到的時候，總感覺她的眼光，好像遙對我頭部上方至少一呎的某個空間。如今，我也到了她當年的年紀，每次見到E世代的風流人物時，往往想到她唯恐避之不及的眼光。

張愛玲在加大的工作叫作「當代中國辭匯研究」。這種工作爲何必要，二十一世紀的中國人可能莫名其妙。必須說明，美國重歐輕亞，向爲傳統，日本研究的認眞起步，恐怕是珍珠港事件以後的事。《菊花與劍》這本經典作品，便是軍方支持下的第一本人類學研究。不同於漢學的中國研究起步更晚，如果不是韓戰中「意外」死了幾萬人，美國學院裡肯定沒這些預算，加大現代中國研究所也無從設立。陳世驤即使愛張愛玲之才，對她的小說高度評價，也無機緣給她支援。這個邏輯固然有點簡單化，但說張愛玲後半生有幾年的生活來源爲中共人海戰術間接所賜，也未嘗不能成立。爲避共禍一路流亡到北美洲的《秧歌》作者，大概不會接受這個推理，然而，內心深處，會不會有些矛盾呢？別的我不知道，但她的工作熱情不很高，是可以見證的。張愛玲的研究主要是遍讀中共的報章雜誌，從中挑選「新語句」、「新詞組」，每年蒐集一批，通過自己的學養，考古論今，寫一本三、五十頁的小冊子。舉例說，毛澤東用「東風壓倒西風」爲中國人的反帝運動打氣，這句話源於《紅樓夢》中林黛玉的某種愁情。曹雪芹爲什麼這麼用？毛澤東爲什麼那麼用？張愛玲的工作便是幫研究中國的洋人掌握其中的曲折變化和信息。

雖然一年只須寫一本小冊子，據我所知，能力絕對不是問題，這是可以肯定的。我猜，她對這件差事的性質，一定厭惡到了極點。

陳世驤老師一九七一年春天心臟病突發去世，追悼會後，唐文標有句名言：「樹倒猢猻散」。不幸應驗了。

我於一九七二年失業後另謀出路，倉皇離開了柏克萊。張愛玲什麼時候走的，什麼樣的情況下走的，我都不甚了了。對我而言，「大難將至」想不到竟出於陳公的英年早逝。對張愛玲，我想，失去陳公庇蔭的花果飄零，也許只是上海時代「大難將至」後的又一個小轉折而已。

柏克萊時代以後，快三十年了，自己的行蹤也逐日蒼白，心中的蒼白女子印象，竟因此而有了點不朽的意味了。

——二〇〇二年十月・選自印刻版《紐約眼》

徐世棠作品

徐世棠

（1939～1997）筆名石吟、叟，天津人。國立藝專音樂科畢業，美國伊利諾大學碩士，曾供職聯合國任翻譯，返台後在新聞局工作。並在中學庯教授任職文建會期間協助文教工作。1988年奉派為倫敦台貿中心主任，中英文俱佳，其工作性質等於半個外交官，作品散見報章。著有有聲書《快樂王子》。

至福光影

——《長相思》序

「你搬家究竟搬到那兒了？」梁伯伯問。

「我搬到木柵的萬芳社區！」我大聲嚷，梁伯伯老年失聰。

「什麼⁉」他也嚷。

「萬！芳！社區！」我說。

「萬芳社區在那兒？」梁伯伯問，他巴眨巴眨眼兒。

「在……動物園附近！」新遷的動物園，他知道。

「哦……不在裡頭？」他莞爾，我噴茶。

快四十年了，打我九歲，兩人兒就這麼說話。不管訪客有多笨拙，他接下的話總令人發噱而自在，像他的文章：他同情讀者，愛讀者，筆下長話短說，能接受多少，隨你了。文學含口語，話說得好，人生才有趣；有趣的話，造就人。

民國三十八年六月，一天早晨，母親高興的說：「今天，梁伯伯、梁伯母、梁姐姐要來。」

我問：「梁伯伯是誰？」母親說：「呀！你怎麼忘了？在重慶見過啊！他是爸爸清華八年的同班同學，在美國也在一塊兒。梁伯伯會說笑話兒，最愛說故事。」這麼有趣的人我怎麼不記得！急得我直跺腳。沒多會兒母親就後悔話說早了，因爲我每幾分鐘就去開門張望，直問怎麼還沒來？怎麼還沒來？

到了傍晚，飯都擺上了，聽見門口轟然巨響，是輛露天大卡車停車，車上後半截有人，黑暗中看不大清楚，幾個工人吆喝著抬下行李，沒有幾件兒。好像費了大勁才看見第一個人進門。啊，他果眞有趣，他的黑眼鏡框滑在鼻尖兒上，一身兒白麻紗的港衫前襬比後襬長，肚子是滴溜滾圓的。

「實秋，實秋！」

「宗涑，宗涑！」

父親和他的兩雙手緊握著，有半分窒息。接著像有十來個人同時說話，熱鬧極了。兵荒馬亂之中，那家不都是只有幾件行李，妻離子散的？這，孩子們心裡有數。喧嚷中笑聲比嘆息聲多，這才知道一家子才從基隆下船，從廣州來。

「徐太太……」是誰的聲音深深激動我的心？比母親的北方話更悅耳，比好婆的話更動聽！她笑聲盈盈，她的雙眼亮而慈，她的面容不需言語就使頑童就範。打小就不害臊，我自動上前欠身叫：「梁伯母。」她低頭看我，我仰頭望她。母親笑著說：「我們老二。」梁伯母輕聲喚我「毛毛」，我眼濕，不能動彈。

「叫梁姐姐。」母親說。我又目不轉睛，好長的兩條辮子，老笑著，聽梁伯母喚她小妹，有十六了吧？白裡透紅的臉，一扭頭兩條辮子就跟著轉一大圈兒，好玩兒，我們家只有四個兄弟，見了好女孩兒就著迷。

女傭等妹催吃飯，桌上有濃汁大雞腿，館子叫的，好吃，席上談話不拘束，好聽。我的眼睛離不開他們的臉，母親附耳道：「不能老盯著人看。」

次日，我問母親：「梁伯伯梁伯母只有一個女兒啊？」母親戚然：「唉！還有一兒一女，沒出來。以後不能問。」

母親有診所，在家開業，求診的人有兩種：顯赫名流，診費高；親戚朋友赤貧如洗者，分文不取。診床很大，綳著一張人造皮，中間高，四圍低，很不舒適，母親再三致歉，梁府在診所裡住了三天。這三天裡，若不是父母攔著我，大概梁伯伯說的故事要不祇十個，不僅我聽，全家都聽，等妹也來聽，鴉雀無聲，到故事的末了聽者必定前仰後合，梁伯伯故意不笑，他巴眨巴眨眼兒。

診所空出來之後屋裡少了氣氛，我天天數著到週末的日子，母親堅持不能在人家安家的時候去打擾，其實我早就施計，非去不可。母親若再攔著，我只須多次重複說梁伯伯行前說過歡迎我去。「梁伯伯說的！」我理直氣壯，母親無奈，再三叮嚀路上小心。家裡有一輛比我體重還重的日式腳踏車，跨上去要好一分鐘才能走穩，一路高歌，直奔德惠街一號。這個開始，展變成了二十年的習慣，只是後來腳踏車改成了機車，梁伯伯也搬了兩次家。開頭，梁伯伯梁伯母叫我「毛毛」，那要命的乳名，長個兒之後改喚「毛弟」，到我快四十了，才叫名字。聽梁伯伯說話的時間遠超大學課程的時間，三十多年後梁伯伯說：「我們倆有緣。」稍減我心中的愧疚。

「毛毛來了！」無論誰迎門，必定先是這麼一笑聲，接著是果盤糖碟。這「毛毛」或有討喜之處，但必然是個耽誤時間的貨色，揮之不去趕之不走，好在還不算野。毛毛喜歡撫貓，逗魚，喜歡到後院看大公雞吞長蔥或吸麵條，也常戒告大公雞，不可欺負「縮脖罈子」——母雞名。

毛毛可以不宣而至，糾纏正在做功課的梁姐姐，或隨意蹓進書房，指著牆上的照片問：「那是誰？」梁伯伯說：「那是我的大女兒，是梁姐姐的大姐，旁邊是我女婿，那小孩兒是我外孫女兒，她手裡拿著的是糖葫蘆。」「糖葫蘆是什麼？」「季淑，季淑！」梁伯伯樂的叫梁伯母：「你看這孩子沒聽說過糖葫蘆！」便詳繪一番，饞得我垂涎欲滴。打此，我喜歡上北平一切的民俗、民藝。不知何時，照片摘下了，我為之一驚，回家問母親，母親說：「不能問。」

「毛毛，來吃飯。」好啊！毛毛為此而來，細細嚼，慢慢嚥，每一道菜名他都要打聽，每一種做法他要知道個仔細，梁伯母頗覺有趣，事後還要一字不漏的向母親解說一番，母親不善烹飪，半喜半憂：「你還是到梁伯母那兒去解饞吧！」這時候順便央告母親：「那你別告訴爸爸！」

飯後有大事，等著梁伯伯說：「來，到書房聽故事。」美哉！美哉！書房裡只有一把椅子，一盞燈。這盞燈原來是條孤零零的電線，從天花板上懸著，掛著一顆雪白大亮的燈泡，經梁伯母購鐵絲編成了漏底通風的籃子，再由梁伯伯剪白報紙自繪梅花，用米飯糊上，立即成了華貴無比的燈罩。打開燈，天花板上照出一個小光圈，地上照成一個大光圈，梁伯伯坐在兩個光圈之內，煞是好看。毛毛席地依牆而坐，靜聽〈武松打虎〉、〈孫猴大鬧花果山〉、《小飛俠》、《聊齋》、《悲慘世界》……他聽故事時只笑不哭，他全神貫注，怕錯過細節，不懂就問。梁伯伯的每一個手勢，每巴眨一次眼兒，每一種聲調他都記得住，回去說給兩個弟弟聽，聽到喜劇他咯咯大笑，聽到悲劇，他忍住，回到家，靠到枕邊，才哭。

梁伯伯的家，除了沒有灰塵之外也沒什麼別的，樣樣克難。沒有床，睡地上，等攢錢買了床，頭天全家失眠，因爲，梁伯母說：「睜眼一看，天花板怎麼這麼低啊？」那時節台灣各縣市熱中推選克難英雄，梁府也熱烈響應，從提名、討論、表決、表揚，不可或缺，梁伯母以三分之二絕大多數高票當選，梁伯伯致詞，梁姐姐歡呼，毛毛觀禮，共襄盛舉，梁伯母喜極。梁伯伯從大陸就用著唯一的皮帶斷了，苦不堪言，沒法克難。兜著褲子過了好幾天，綁著麻繩出門又怕遇見熟人，梁伯母陪著他從迪化街走到西門町，就是找不到一條能圍上腰的。其實梁伯伯的肚子並非龐然大物，只是那時候國民所得不及美金五十元，瘦子多，胖子少，尺寸都小，好容易走進皮箱店，看見最大的行李箱上有皮帶，請東家抽下來，東家大惑不解，一比，正合適，店東直不願意，梁伯伯高價收購，揚長而去，這條皮帶用了好多年。

毛毛從來沒見過這麼一個家！小聲說，大聲笑。還有，那有做爸爸的勸小孩兒少唸書的？「小妹，起來，書桌上唸了一下午了，看電影兒去，我給你錢。」

有一次飯後梁伯母梁伯伯在客廳對坐，同時起身，同時開口：「你要做什麼？」「我要給你倒茶。」「我也要給你倒茶！」相互大笑。他們倆什麼都不爭，只爭一件事：下午四時整，門鈴一響，晚報送達，是丟到院子去的，自己去揀。「季淑，季淑，你別去，你歇著！」「不，不，不，我去，我去！」兩人笑著，爭先恐後的去搶報，原來是在爭著要看報上的連載小說，先睹爲快！

他們喜歡一齊做事，既好又快。有一日梁伯母問：「毛弟來，晚上吃點兒什麼？」梁伯伯想了想，當機立斷：「咱們包餃子！」我說不可，從和麵，到剁餡兒，擀皮兒，下水，太費事。梁伯伯說：「你看錶，我們表演給你看！」說著，兩人捲著衣袖進廚房，並關照我不得闖入，只聽得一陣叮叮咚咚鏗鏘有聲，等熱騰騰白嘟嘟的大盤餃子端上桌，整整三十分鐘！梁伯伯有幾十年不曾出國，一次應邀單獨赴美開會，會後有長期的遊覽節目，梁伯伯毅然放棄，提早回家，問他爲什麼，他說：「……我不放心我太太……」梁伯母動容，他接著：「有機會，我們倆要一齊去。」梁伯伯若愁眉不展，必是梁伯母生病。梁伯母有時會長嘆，問她，她不說，作客的時候她不大說話，作東時她引著客人說。她的聲音毛毛百聽不厭，總找不到恰當的詞兒去形容它。他深深的愛她，也不說，不是怕難爲情，而似是一種極可愛的秘密，不可說。他喜歡她的畫、她的字、她的話兒、刺繡、她的言談、她的存在。想起她，毛毛就覺心暖。梁伯母管梁伯伯叫「華」，梁伯伯的名字不是「實秋」嗎？毛毛百思不解，沒敢問。

「毛毛」把兒童故事聽完了，「毛弟」也聽了十幾部莎士比亞的劇本、羅馬文學、希臘神話……定期駛著他的機車去解饞，去滿足靈命。後來更升一格，參與談話，可恨毛弟沒有學養，但他側耳傾聽，在座都是名作家，有陳、揚、胡、王諸先生等。王先生是女士，後來跟陳先生聯姻，王先生熱心，替人照顧一對希奇的雙胞胎嬰兒，名字叫志希、志奇。談話興致到高峰時最怕梁伯母宣佈：「某先生來了。」某先生是某業鉅子，他一來，別人都要迴避，因爲他虛懷若谷，他問的問題深而費時，求知慾太強，禮節絲毫不苟而言不及私，態度溫文而莊重逼人，眾客自嘆弗如，快快然退，數十年如一日。

毛弟最初並不知道梁伯伯是要人，敬他，因爲他太可敬；愛他，因爲他愛毛弟更多。有什麼要問的，梁伯伯先觀察毛弟心智的進展才擇言作答。毛弟想到「沒出來」的梁大哥便難受，又自慶自福。毛弟後來也唸英國文學，從梁伯伯那兒才知道，「文學」和「比較文學」的高下。毛弟不懂「文學批評」，到圖書館翻梁伯伯的舊作，才豁然開朗。一查：他寫《文學批評辯》時大約是二十七歲。

慢慢的，一點一滴的，才曉得梁伯伯早年寫政論，被兩派人士咒恨入骨。知道他長年翻莎士比亞全集而不能全然體會他的辛苦與寂寞。他對毛弟說：「我翻譯莎士比亞，旨在引起讀者對原文的興趣。」毛弟想了十年才懂。政治複雜，父親固執，有一位K君，也是清華的同學，父親跟他四十年不說話，問梁伯伯，他說：「你父親做人有原則。」後來K君到大陸朝毛，作讚毛詩，梁伯伯嘆曰：「K君從十六歲就如此。」同時，清華的精英在那兒都有下落不明的，有人遭數十年軟禁，有人因非自然因素離世，留下的孤兒寡婦慘絕人寰。毛弟懂得更多了，但是毛弟發育期太長，懂事太慢。

民國五十七年秋，到非走不可的時辰才飄洋過海，向梁伯伯梁伯母道別，深深的一鞠躬能代表什麼？想說的沒詞兒說，是詞彙短絀？是拘於心智？二老並未見怪。「謝……」舌乾嘴燥，扭身走了。

在那說英語的地方最盼中文信，母親信上說：「梁伯伯梁伯母已到了西雅圖，在梁姐姐、姐夫那兒，聽說梁伯母病了……」病了！我驚跳起來，舉電話撥長途，才說了一個「喂」字，對方就說「毛弟！」是梁伯母自己接的！她沒病！她病已經好了！我再開口，但已泣不成聲，又怕她識出來，「喂，毛弟，毛弟……」她銀鈴似的聲音，她溫和，輕柔的聲音……我癡癱了，俯地謝恩，長久不起，她怕我多花錢，不肯多說，我恨距離太遠，見不到面。

我仍不敢寫信，怕二老識出我的笨拙。

六十三年四月，她走了，驚天動地。我不敢大哭，母親說送花、寫信，樣樣都做了，沒一樣管用。我焦急梁伯伯，他身邊不能沒有人，誰能替代她？誰能出主意？我從來不信時間能安慰人。

《槐園夢憶》出版，人手一冊，讀者沾襟，我讀了幾十遍，不能自禁。

傳來婚訊，軒然大波，母親去信，梁伯伯覆：「……本無意續後……寂寞難度……」母親再去信，要他婚前做好三件事，並對我說：「你去西雅圖一趟，跟梁姐姐說，七十多歲的人了，就算還有九十多歲的父母，婚姻大事怕是還要自己作主，不會聽別人的。」我心中矛盾，只是下意識的感覺到母親的智慧。

梁伯伯婚後年餘，單獨到西雅圖探親，可巧我路過，梁伯伯爲了我多留一天，次日才飛台北，他親自來接我，我喜出望外。「梁伯伯！」我用力嚷，他已開始嚴重重聽。「世棠……」是沙啞的喉音，他面色如土，他不快活。孩子們在，小乖、小弟，和著梁姐姐、姐夫，慢慢有了談笑。回家就開飯，梁姐姐備了豐盛的午飯，梁伯說：「世棠，沒什麼菜，隨便吃。」我逗著說：「梁伯伯，這可不行，這是美國哪！在這兒要說：『你看，我女兒把最好的都拿出來了！』」梁伯伯巴眨巴眨眼兒，故意說：「My daughter is a very bad cook.」大夥兒笑疼了腰。姐夫問：「爸，台灣年輕作家中你最欣賞那一位？」梁伯伯說：「台灣的讀者那麼多，少不了我一個。」有點兒僵。我大膽問：「梁伯伯，什麼時候再寫政論？」他一愣：「……我在國民黨反共之前就反共……我現在對政治還維持很濃厚的興趣……但是，不寫了。」底下沒有人接話。第二天我們又成群送機，姐夫再三說，班機降落時務必要戴上助聽器，怕錯過了重要宣佈，梁伯伯低著頭：「沒什麼好聽的。」揮手去了。次晨購花到槐園，上墳，知道梁伯伯每天都來。我忍住淚，輕聲的對梁伯母說：「他會陪著你，他會陪著你的。」返程後稟告母親，母親說：「梁伯伯再婚，跟他對梁伯母的感情，沒有衝突！」

事隔六年，我回到台北做事，在「天廚」門口巧遇梁伯伯梁太太。「梁伯伯！」「啊，是你。」他仍然面如土色。「哦，這是我太太。」「他是我同班同學的兒子。」我趕緊欠身問好，他們趕路，我駐足不去！忘了要走什麼方向，我心裡迷惑，不知問題，更不知答案。梁伯伯沒有給我他的地址。回到住處，輾轉難眠。

每近臘八梁伯伯的生日我便繞室三日，不知何從，他嗜甜而有嚴重的糖尿病。他不喜熱鬧，也輪不到我去湊趣，毛弟的遲鈍再現，苦思無計，甚至有一次找到了地址，走到了四維路而未敲門，仍不敢寫信，還是藏拙的好。我始終弄不清楚該做什麼。到了民國七十四年一月二十八日，突生一計：何不打一封英文信去，至多惹梁伯伯怪我造次？英文，筆下可以少顧忌。

「梁伯伯：

今天是你的生日，是我感恩的日子……。

……我深恨自己沒有資格做你的Boswell。

我感激梁太太，若沒有她的愛，你不可能勤於寫作。

我每逢記念梁伯母已不再流淚，因心被恩感。畢竟，見過她的人無不愛她。她的聲音，在我內耳存著，仍是音樂，隨時在激動我。

……」

這封信打了五個鐘頭，愈打愈錯，最後豁出去寄了。

足過了六天，收到梁伯伯二月二日的親筆函，竟也是英文的。

「世棠：

……

你說我的好話讓我羞愧。你對我前妻的記憶讓我大受感動……謝謝你……」

我過關了！我高唱，頓足，足足的驚擾了四鄰！我沒做錯，我弄清楚了！梁伯伯需要acknowledgement，需要明說，但不能出聲，他和別人一樣，要朋友，要老朋友，但首先要認明他的過去和承認他的現在！

未久，梁伯伯再來函，很短：「……來，我請你吃飯。」我立刻打電話去，但他實在聽不見。「什麼，什麼？馬上來？別馬上來……誰知道你騎的是什麼馬？對，對……你就照著我信上說的時間來……好，好……」我分秒不差的按鈴，其實是白按，因爲梁伯伯要靠看鐘，不能靠鈴聲去按時啓門。梁伯伯見了我直笑，梁太太也在，我們三人叫車到環亞吃自助餐，見到大塊法國脆皮甜點，梁伯伯明知故問：「我能不能吃？」梁太太說：「吃一小塊皮吧！」他立刻去拿。梁太太又說：「我在家時，要盯著冰箱數數目。」梁伯伯懂吃，把吃當藝術，有好的，像文學一樣，要識貨才能欣賞；那不好的，像學生習作，不見得一文不值。他寫吃的文章也大大引起我對「原作」的回味或興趣。好幾種原作，早年都在梁府嚐過。

毛弟能做一點點心，一年內實驗了好幾次，先請弟弟在柏克萊指引買來糖的代用品，竟然烘成一個八吋栗子蛋糕，無糖，無奶油，無牛油，詳註成分，飛奔送去。梁伯伯大喜，寫了英文短箋來：

「謝謝你爲我特製的無糖蛋糕。我把它分成好幾分兒，吃了一個禮拜。誰說我不能吃蛋糕？我就吃！現在嘴裡還有甜味兒。」

梁伯伯怕人送生日禮；單單糖多油厚的大蛋糕就有十來個，一人高的大花瓶好幾對，留之無用，棄之可惜。我說人家來賀壽，總要送點什麼，送什麼好呢？他說勸過人送衛生紙，送肥皀，因爲天天要用，結果沒人理。到了日子，我遣人送小盒各色肥皀，梁伯伯回信中有笑話：「我喜歡你的肥皀。你是唯一聽我話的人，多謝，多謝！」

從此我心中少了一塊烏雲，但去探望梁伯伯的次數遠不夠多，不僅時間調配不善，似仍存一分懼怕，怕口誤，怕聽到話無從應對，幸好幾次見面只有梁伯伯一個人，還有那幾隻碩大無比的貓。「是我陪牠們，不是牠們陪我。」梁伯伯說的。

梁伯伯似乎逐漸恢復了元氣和快樂。梁大哥輾轉來台，父子團圓。父女連心；梁姐姐的信，是他得鼓勵的泉源。他開始關注年輕的。我按捺不住：「過去，您提拔的人不多，爲什麼近來常寫推介文？」他說：「因爲我發覺：這四十來歲的（作家），比我在那個歲數的時候，都要好。」我親耳聽見他鼓勵一位中年人：「你寫，你可以寫，你在做事，接觸的人多。我耳朵聾，不出去，寫的東西都是……都是bookish；寫東西，性情要相近；有兩個學生，三十年前我就勸他們別寫了……。」又有一次，他像是在安慰一個晚輩：「你父親個性強……你母親個性也強……孩子們長大了，就懂了。」

七十六年六月十五日，我午宴後徒步經過四維路，看見梁伯伯在街口上呆站，望之不忍，他瘦太多了，兩腋生風，我突然想起梁伯母在當選家庭克難英雄時對我說：「他們不在家，我實在悶著了，就到大馬路上去站著。」梁伯伯見我在炎夏穿著不透氣的西裝：「呵，全副武裝！」這是我們最後一次見面。

喪禮經努力已簡化了，但誰也沒法把它弄得更隆重。梁伯伯穿了一身他必然不喜歡的衣服。好在繁文褥節的時間還不算太長。梁太太、梁大哥、梁姐姐、小乖、小弟都在。葬禮時人多，我走不到前面去，只心裡數著：「到槐園去，到槐園去，到槐園去！」

次日，去金石堂添購梁伯伯的作品，店員說《槐園夢憶》又成暢銷書。

沒幾天，我送機。梁姐姐要回去教書，小乖已是大夫了，還是張小孩臉，小弟回去就業。到了關口，小乖叫道：「國旗，國旗……」他要買國旗，一眼看見販賣櫃上有國旗。紅、藍、白三個顏色陪著他們走了。

今年初，我再訪西雅圖，跟梁姐姐說了三整天的話。三月，她回來，我們又暢談了一個月，和著梁大哥，好像是個新的開始，生命得以延續。我勸了梁姐姐不少自己做不到的話：「別哭，別哭！總有一天，我們能見證老人還在兒輩身上活著。」但誰能擋得住眼淚？年來，梁姐姐流了無數的淚，寫完〈槐園北海憶雙親〉（今結集為《長相思》），把姐夫急壞了，怕她崩潰。這本書是我的至寶，梁姐姐要我寫序，寫成感恩錄好了，無妨。梁姐姐曾對梁伯伯說：「在這兒，真愛你的人不多，世棠是其一，你要多給他時間。」我羞愧難當，是我沒有多給梁伯伯時間啊！這篇文字就算梁伯伯看得見吧？

三月，我拭目以待的禮物來了，是梁伯伯梁伯母的錄音！長達一小時，裡頭有梁伯母話家長，有梁伯母說〈武松打虎〉！是二十年前說給小乖、小弟聽的！我手抖著捧回去，過了很久才佈置好了，聽著，淚水洶湧，是感恩的淚。梁伯伯快說完了，我瘋似的轉回去再聽，梁伯母快說完了，我乾吼著：「別走！別走！」我給Miriam London寫信：「天哪！我何來此等福份？我不僅頓時回到了童年，我再次聽到了音樂，是最上乘的藝品啊！她的聲音，他們的話，是兩岸絕無可能再聽到的啊！」Miriam回信：「我完全體會你扎心的感受，我最初學俄文時也並不知道我的老師是俄國逃出來最後一批有氣質的智者，他們的學養，語法，用字，音色等，豈是『官話』或人造『國語』所能望塵？你有福，夠你一生享用。」

——一九八八年十月十六日・時報文化版梁文薔著《長相思》序文

攝政公園的天鵝

白天鵝一家十口，鵝爸最神氣，總在水上巡邏，不可一世，吭一聲：「有我在！」湖旁躲著喪偶的黑天鵝，最喜冷不防自湖面振翅襲來，叼住小天鵝的尾巴，自鳴得意，鵝爸奮而逐之。鵝媽儀態萬千，狀態優閒，左掌撥它一浪，右掌弄它一波，帶著小的這吃那啄，不時一聲嘀咕，八隻小腦袋就都鑽到水裡去。小的，有時體力不濟，便爬到鵝媽身上，騎上她的脖子，藏進她的翅膀，乘它一趟渡船，樂不可支；鵝媽身上究竟面積不廣，那爬不上來的直嚷嚷。

天鵝的臉譜的確雅貴；不似鴨子般阿諛，似笑非笑。天鵝邁步穩健大方似文參；鴨子的八字腳誇張而缺自信，如辦簽證之三秘。小天鵝是一球灰絨，長大點兒才像「小醜鴨」。無論在水上或地面，天鵝佇望不動時似有聲，稍動，才覺氣順心寧，如見芭蕾舞者早起作晨操。

鵝媽見我每晨來訪，熱表歡迎，帶去的整條麵包不夠餵。一日她步上岸來，我伴她齊肩散步，舉足、頓踵、再舉足，八隻小天鵝直線尾隨，必是一景；迎面來了日本遊客，見狀摀嘴哈腰，我從容隨他照相，略咧嘴，微頷首，如王室於廣場接受萬民之歡呼。鵝爸在遠處沒作聲。

倫敦攝政公園的天鵝最得我心。

英人圈養白天鵝源自中古。黑天鵝體態較白天鵝矯健，更顯多姿，翅下藏有白羽數根，格外醒目，而不輕易示人；一張猩紅嘴鑲有白環，似示其好謔，專事戲弄群鳥，不若白天鵝之端莊。觀電視天鵝專集，大慟——原來天鵝是近視眼，雛鵝試飛撞上高壓電杆而夭折者不計其數。晚禱中自加項目：保佑小天鵝。

英倫的公園遠勝歐陸。遊客皆知海德公園，一片空曠而已，其「說話角落」每週末供人立在肥皂箱上公開演講，起鬨詰問者更受歡迎。白金漢宮右側的聖詹姆斯公園最巧緻，園中有小十字路口，在路口上稍舉食指便有鳥群爭先棲落指上，喋喋不休；左側是綠園，有木無花，相傳爲十六世紀初亨利第八惹的禍——亨利喜到此溜馬，見到美女必下馬摘花獻殷勤，王后西茉大怒，下令除花，易名爲綠園，另有肯星旮公園，園中亦有湖，湖中有島，島上有童話，幼童最喜群聚岸上歡叫：「潘彼得（小飛俠）住在那兒！」

而英人特喜攝政公園。

攝政公園位中央倫敦之北，佔地四百二十七英畝。園北便是倫敦動物園，不超過台北動物園圓山舊址大小，住有雄貓熊一，經常奉派海外作親善大使，專訪其他國家落單的雌貓熊，每每無功而返。十年前最不妙；英外交部派專機送往美首府華盛頓，兩岸扶老攜幼往機場送迎，揮旗、作樂，鼓號齊鳴，豈知貓老爺邁進洞房，便不由分說將人家嬌滴滴新寡的貓太太一頓拳打腳踢，輿論大嘩，各報譴責：「畜生！送他回去！」別看他一團和氣，修養差些。

園東有人造小森林，進去散心的人不多，因地雷——犬遺之物——太多。英人愛犬如己，凡有犬咬人的新聞必同情犬。

西南角是瑪麗王后玫瑰園，無甚可觀：含苞待放的玫瑰大如拳，待開花則如染了顏色的大白菜。西北角有露天劇場，莎劇、歌劇，在此成套演出，座無虛席，觀者並不佯裝內行。

園中似丘陵而一望無際，草坪分兩類，其一細如波斯地毯，豎有小木牌：「尊足留步」，晨昏見園丁屈膝修剪如刺繡，坪上的盆栽每月更新，賞心悅目；其二是大片粗草，供人踐踏、撒歡、練球。

跑進攝政公園即覺海闊天空，但仍有擾人的景觀——上千的加拿大鵝。

此鵝曾在北美初見，秋去春來，偶落地飲水攝食，可稱輕盈婀娜，到了英國才知加拿大鵝已成公害。湖旁公告明述：「……好事者攜加拿大鵝來英放生，不數年繁殖成災，鵝滿爲患……」管理員怨道：此鵝想必早已相互奔告，南英四季如春，何苦兩季移民，於此大可好吃懶做……。果眞，鵝軀加肥倍增，面目可憎，又不善洗滌，一身鐵褐汙濘不堪，且好擋路，時見頑童報之以足，遭家長責怪。管理員見蛋就搗而收效不宏。

某日苦雨淒風，我攜了一囊美味蹲坐岸邊逐塊丟餵天鵝，食未罄而天鵝遠去，親熱喚之亦不再來，背後陰風颼颼未予理會，猛回首，大驚——近呎，數十隻虎視眈眈的加拿大鵝等距佇立，引頸待啄！當時想到希區考克的「鳥」：萬一群鵝發狂，將我八十一公斤之軀分而食之，豈不若四喜丸子之肉末兒？四下無人，只覺一身冷汗，呼救無膽，坐以待斃又嫌消極，呆站了半時，有矮軀前來，一步一哆嗦，啓口便問：「你害怕了？別怕，加拿大鵝厭人，但不傷人，你走吧！」

我唯唯諾諾，碎步走了。是我抵英後最不舒暢的一天。

我深愛白天鵝。

攝政公園的西側便是天鵝湖，又名搖櫓湖。天鵝的家族興旺，各據地盤，而我鍾愛的一家十口棲住南端的石橋下。入春，鵝媽在橋墩旁目及之處築巢，街坊的婦女都認得她，時來問候，如探產婦，如於嬰兒室窗外指劃不休：還好吧？沒擾了她？小的，快出來了？去年有五枚，今年……壓低了嗓門互換喜訊，鵝媽不耐，偶抬頭斜望一眼，似曰：「噓，多嘴婦！」眾婦道歉迭迭，躡足而去。某晨，漂來一啤酒鋁罐，泊在鵝媽身旁，怕傷了她，打電話報告攝政公園管理處，答曰：「免煩惱，已清除，已接上百電話……」鵝媽累了就下水伸腰，喚鵝爸來孵，橋上訪客讚美聲如喝采，鵝爸不屑一顧。

五月初，是週日晨十時，風和日麗，我目睹第八隻小天鵝自殼裡掙脫，濕答答的，這就去了三小時，趕緊返家取相機，回來一看，沒了！巢裡只剩殘餘的蛋殼，啊，在對岸，柳樹下鵝爸鵝媽帶著小的曬太陽呢！雙親面有得色，八隻小絨球，望之憐愛欲泣。十呎之外長板凳上坐有不少遊客注目觀賞，我忍不住，向一位端坐的美髯公說：「我想告訴你，那最後一隻，四小時前才出世。」美髯公是法國人，他傻了眼，欠著身，還沒站穩便潸然淚下，一把摟住我，說：「你眞好，告訴我這美麗的事。」一時，我也張不開眼。

去歲鄉居，依依不捨地同天鵝一家殷殷道別。我再沒回去過，不知怕什麼。

——原載一九九一年十二月四日《中國時報》人間副刊

象

屋裡其實不滿九人，不超三個輩分，四十五年不逢面，從何說起！火爐裡的熱輻射肩脊，自胸襟映出，像英國罕見的陽光，暖而不燥。冰心端坐書桌前，訪客圍談，雜操京腔、天津話，句子都不長，等著冰心啓口。她的女兒吳清展步如翔，竭力表示歡迎，操中英語。我納悶。在此地，好像不興「單獨談話」，要談，便是群談或群餐，不怕隔牆有耳。心裡有些急，想說話。北京的初春仍若嚴冬。

「你是什麼時候認我作乾親的？」冰心笑問。

可問得窘。小時候誰不是任人擺布胡亂認親的？但這事我記得，隨口說出抗戰時在重慶吳家的住處，要乘隨時拋錨燃酒精的公車，半日才到。且能描述冰心慣用的牙梳、髮簪、腕鐲、衣飾：可沒提醒她那天一把挽著，還送了我個布袋泥娃的瑣事。「那年，你豈不只有四歲!?」冰心問。可不？自己也一驚，那兒來的記性！天曉得，如今虎背熊腰，上司交辦的事則不常記得。頓時，也一問一答地自在了。

「你父親和實秋說話最風趣，你母親最熱心，那時候，我們……文藻……。」冰心止住了話，往窗外看，兩眸搜索遠處，我趕緊說是是，怕引激情。冰心的女兒和女婿在旁未使眼色，但我沒忘門口貼著的恭楷大字：「醫囑謝絕會客」。她想說的，必是六十九年前的青年史；我想問的是四十年前的新史記。民國十二年同船赴美升學的中華精英六十餘人只留下她和孫立人了。

「梁伯伯的書上說，您、他、和我父親在波士頓美術劇院演英文話劇，是《西廂記》？箴言報廣幅宣揚，傳爲美談……」我找話說。

「不，不，不！」冰心大笑：「演的是琵琶記：若是《西廂記》，我就不演了！我飾丞相之女，實秋飾蔡中郎，你父親飾鄰人。」屋裡的人湊合著足有四百五十歲，笑作一團。

想問五四，那曇花一現的文化，女傭進來，托盤勸茶，話題就永逝了。也進來一位少年，那瀟脫恍若三十年前台北進洋學堂的中國學生，是冰心的外孫，沒怎麼稱呼，劈頭就問：「台灣，可好？」我說，好。

茶，啜完了。誰也不肯看錶。

冰心看我快要吞完最後一口點心，問：「立人，可好？」

「象，大象！」我沒頭沒腦地答，全座無不一怔。使勁嚥下喉梗末梢的脆皮渣，顧不得人，不顧倫次，連珠炮式的爭奪時間：「從十歲起，就見不著孫伯伯了，孩子們最愛看他著戎裝踏馬靴進門，昂首闊步，坦然自若，有點害怕，偏又喜歡聽他問話。孫伯母唸佛，本來就不大見人，後來，後來只好到動物園去看大象，有時梁伯伯梁伯母帶我一齊去，我總跑在頭前，叫著，象，大象，是孫伯伯的象！是孫伯伯從緬甸帶回來的大象!!梁伯伯總說留神，別嚷，別嚷，就在十天前，才能見到孫伯伯，在台中，要事先報備。他跟前有二伯母及四個孩子，都用功孝順，孫伯伯說孩子小時也不讓出門，從報上看到台北動物園的象是父親的，天天纏著說要牽回來養在後院兒，養不起，當年每天要差八個兵割一整天的草才夠大象吃，象的個兒怕就比後院大，怎邁得開？二伯母說孫伯伯天天問，問我那天來？那天來！孫伯伯氣色還好，我說至今還常去看大象，他很高興，孫伯伯問候您！」話說得快，可以擋抵情緒，但我已氣短長吁。

那突來的沉寂最難制馭，賓主踧踖；梁大姊文茜才是美學家，她那溫文已近失傳的北京話雅樂般逐字引進了書房，得以喘息。

片時，冰心狀似泰然。鐘響，下午五時半。

「來，」她說：「徐宗涑的兒子、梁實秋的女兒、我的女兒，來跟我一起照張相，你帶回去給孫立人，告訴他：『我們都在！』」

這四個字，像雷劈，我失了言語。

返台，捧著放大鑲框的彩照馳奔孫府，受者攬不釋手，良久撫拂，不作一語。辭別，歸程，滂沱似雨。不數日，越洋公旅。

每回國，必探大象。動物園已遷址，象依舊在，事隔半世紀，每日耗食仍近四百公斤，大象左後腿上鎖的大粗鐵鍊已除下，雙耳依昔招風搖曳，雙牙聳健，晃身昂首，旁若無人。

——原載一九九五年十二月十二日《中國時報》人間副刊

（編按：這隻大象，其實就是台灣三、四代人都深愛的林旺，亦於二〇〇三年春天逝世）

劉靜娟作品

劉靜娟

筆名白千層，台灣彰化人，1940年生。18歲開始寫作。

曾任《新生報》副刊主編及《新生報》主筆。主要作品為散文，少數為短篇小說及童話，著有散文集《笑聲如歌》、《眼眸深處》、《歲月就像一個球》、《載走的和載不走的》、《采集陽光和閒情》、《被一隻狗撿到》等。曾獲國家文藝獎、中興文藝獎章等。

被一隻狗撿到

兒子說：「我又被一隻狗撿到了。」

我「哦」一聲，一點不意外；不到一年之間，已聽了幾次這類話。只是這回他把人與狗的主受格顚倒過來而已。

這樣的說法讓我回想到「遙遠的」年代，他讀小學一年級時，老師為了挑選參加全市小朋友注音比賽的選手，從班上選出六名，經過加強訓練後，又數次篩選。憨傻的他沒有什麼勝敗觀念，每次有人被淘汰出局，都天眞地說誰被老師「選」回去了。最後其他同學都被「選」回去，「留」下了他去參加比賽。

好吧，就算這回是他被狗撿到的，是怎麼撿的？

他說在郵局外面看到一隻秋田流浪狗，對牠招招手，牠走過來。後來他從郵局出來時，卻看到小狗篤定地坐在他的摩托車上。他趕牠，牠不走，「只好」載牠回住處，「大門一開，牠一點也不猶豫疑懼，就進去了，認定這就是牠的家了。」

我說：「這算什麼你被牠撿到，是你先向牠招手的嘛。」被牠「電」到還差不多。

「不是每個人都可以招得動狗的，也不是每條狗都會不死心地跟著人的。狗很聰明，知道什麼樣的人才可以跟，才可以依靠。」

「當然，你那麼愛狗，身上有『狗味』，牠當然放心跟你。」

「對。」

僅此一端，也表示狗的確聰明、識「相」。我沒那麼愛狗，就算有狗跟隨我，走一段路後總會明智地停住或回頭。

我這回又例行地嘆兩個氣，說他太閒，不在學業上用心，養狗談狗倒花了不少大好光陰。

他自顧自說著那狗只是有點皮膚病，已帶牠去看過醫生。牠不是純種，如果是純種的，可以長這麼大；現在牠大約兩個月，有這麼大。

看他認眞比畫著，我問他那麼他們現在養有幾隻？三隻，學弟養一隻。他原來的那土狗已養了幾個月，全身黑，四足白。這種狗人家迷信不吉、不肯養；所以他特地、更要撿回去愛，現在已給他照顧得毛色發亮雙眼有神。人家問他那狗是純種的嗎？他便說是的，既沒有貓也沒有豬的血統。他不喜歡出身名門的狗，「那種狗純做人的寵物，已失去了狗的個性。」有一天我和同學聊天，談到兒子養這麼一條狗，同學的女兒高興地說她撿來的狗也是「穿白襪」的，撿牠的理由正好和我兒子的一樣。這女孩已在美國得到碩士學位，在臺北一家大公司上班，聰明有主見。新人類這種悲天憫「狗」的、反迷信的想法倒是頗使我尊敬、感動的。

兒子那黑狗原取名爲默默，默，黑犬也。但牠太安靜，幾乎不吠，兒子恐牠成了啞狗，改叫牠「嘿嘿」，希望牠有時張張口。

兒子賃居在學校附近，常帶「嘿嘿」去河堤邊散步，讓牠撒腿在那兒奔跑。牠快樂，他也覺得這種優閒的自然風味的生活非常好。我則說他好像過退休生活。

這不是他養的僅有的兩隻，這之前他養了一隻大麥町。「就是卡通一〇一忠狗的那一種。」他說小狗的父親不知是什麼品種，但母狗是大麥町。那隻流浪狗生了一窩五隻，四隻有人要，一隻他留下來。長得很漂亮，不是白底黑斑點，是以黑為主。有一天他帶牠出去散步，迎面一個人著迷地看著牠，說牠是一隻好狗，可不可以割愛？他不肯。過後不久他回家，坐在餐桌前卻忽然心事重重地嘆了一口大氣。我問他怎麼一回事？碰到什麼挫折了？他說：「小狗送給那人了。」我和他爸爸面面相覷，什麼跟什麼嘛。「本來是要忙一件事，才把狗送人，雖知那件事不需要我插手了。白白送掉了一隻好狗，越想越火。」

後來想去要回那隻小大麥町，人家卻說已送到鄉下了。

他還養過一隻什麼名犬，是狗主不想養，託獸醫幫他物色愛狗會養狗的「好人家」，獸醫推荐給了他們。幸好養不了多久，狗主人要了回去。這「幸好」是我說的。

我揶揄他：「你養狗養出名氣來了。」

他頗以為然，說但凡做一件事，就很認眞去做（哦？讀書好像不包括在內），現在對狗他已非常懂，所以他的狗都非常聰明非常乖，一下子就可以訓練牠們大小便。我不知是他有慧眼，撿來的狗都是好狗，還是狗給他帶就變聰明變乖？當他說每隻狗都很聰明很乖時，口氣就像一個慈祥得意的母親在說她的兒女。

而電視上如果有狗出現，他會叫我趕快過來看。報上登著在臺培育成功的十隻第一代拉布拉多犬即將到義工家庭接受導盲犬訓練的消息，他付予很大的關注；要不是資格不符——必須花很多時間給狗兒做居家訓練、導盲訓練等等，他大概想去應徵做義工了。

每聽他談狗，就覺得他變小了，是多年前那個要求養狗卻被媽媽以住公寓不宜為由拒絕的孩子。可又覺得到底已長大，講話成熟平穩。如果尚在青少年時期，甚至更小，如此愛狗，談起狗時不知要多眉飛色舞多瘋狂呢。高中聯考前他很喜歡聽國語流行歌曲排行榜，不准他一耗兩個小時在電視機前，他便耍寶：「好，我不看電視，你幫我看，看到某某時再叫我。」

現在呢，我不能不准他養狗。他說養狗花不了多少錢，除了打預防針比較花費外，食物花費不多。我倒是不能不問他功課怎樣？還好。他輕描淡寫。不曉得他會選擇什麼論文題目？「二十世紀臺灣流浪狗與人類關係之研究」如何？那他一定可以寫得得心應手。這念頭似曾相識，嗯，他和弟弟先後考大學時，我都曾希望聯考題目以西洋熱門音樂為主。

——一九九八年五月・選自九歌版《被一隻狗撿到》

布衣生活

1 白飯

十個人開會，吃便當。菜很好，沒有油炸的食品，菜式也多。只是每人一大杯白飯，顯然無法吃完。有人提議分著吃，完整的可以留下來，「免得浪費。」

有人無奈地說：「可是誰願拿回去呢？已經無可避免的是浪費的時代了。」

「還是可以盡自己的力量減少浪費的。我可以帶回去。」一個人這麼說了之後，另一個說她丈夫愛吃蛋炒飯，也可以帶兩杯回去。

好可愛，一向大家在外頭吃飯，吃不完的菜打包雖已成共識，但有時也會嫌麻煩，何況是白飯？第一次有人想到把白飯帶回去，在我看來該得創意獎了。

我們這一代還保存不暴殄天物的性格，兒子卻曾兩次不耐煩地說：「這麼一點剩菜你都捨不得倒掉，那你看到我們在軍中一大桶一大桶地倒怎麼辦？」

我在外面吃酒席時，自然也知道大盤大盤的菜餚撤走後，身分馬上變成「廚餘」。但我比較願意揣想它們還有用處，比方成爲豬的食物。軍中倒掉的食物應也尙有利用價值吧？至少可以餵軍營裡眾多流浪狗。而在家中倒了就倒了，只是「垃圾」。

兒子說每天看軍中那般「大手筆」，再看我省的不過是一小碗食物，簡直弄得他要「價值混亂」、「精神分裂」了。我只能說這不是多少的問題，而是觀念問題。而且家庭中的食物，是最容易保持新鮮、最容易不浪費的。觀念饒是如此正確，卻沒有影響他。有一次，一條只上過一次餐桌的紅燒魚隔一天再端出來時，他叫：「吃這麼多天，這條魚還在！都要進化成兩棲類了。」

2　電纜桌子

年輕女孩告訴我她在住家附近撿了一個電纜線大木軸，興高采烈地「滾」回家；上面用舊床單鋪平，以用剩的窗帘布車一條有荷葉邊的桌布裝飾，再花四十塊錢買一面透明塑膠墊鋪上，就成了一張很棒的咖啡桌了。來跟她學琴的孩子、陪著來的家長都喜歡在那兒看書，她自己也喜歡和家人在那兒寫字、聊天，快樂得不得了。她叫我去她家玩，重點也是它，「看到它，你會有很多寫作的靈感。一張漂亮的咖啡桌，才花四十塊！」

我看著她歡悅的臉：「你自己已享受到創作的快樂了。」

我羨慕她。前不久已有朋友告訴我電纜木軸的妙用，建議我爲鄉下的新家添個桌子；「你們那邊新社區，一定可以撿到。」

聽起來好浪漫，我每次去新家，也果眞認眞東張西望，可是不曾看到；倒是去同一個社區的秋芳家看到一個。

她的房子兩層樓，底下一層完全沒有隔間，鋪原木地板，開闊的空間伸展到陽台。陽台有很好的景觀，視野所及是一大片山林，和點綴在群樹中幾個紅瓦屋頂。

爲了不辜負這樣的好風景，她在陽台上擺了一張電纜「餐桌」，兩把椅子，早上在這兒吃早餐，晚上在這兒吹風、聊天。而爲了保存原始風味，也爲了和外面的風景呼應，那桌子完全未加裝飾。

看起來很美，聽得我也要流口水。她屋子裡有一些骨董家具，牆上又處處是她在一張前身是大會議桌上寫的或在地板上「狂掃」的大格局書法，配上外面的風景和一張樸拙的廢物利用的餐桌，人文風味十足。

3 布衣

在一家小服飾店裡，被一件有金色花卉的上衣吸引。問店員，是手繪的嗎？她說是。摸摸另一件飄逸的洋裝，問她是棉布的嗎？她自豪地：

「我們店裡的衣服全是棉質的。夏天穿棉布衣舒服，脾氣好。」

「脾氣好？」一向只知棉布衣服吸汗透氣舒服，最合自然；但，脾氣好？

「對啊，穿棉布衣服，不會悶騷，脾氣當然好。」

不會悶騷，我又一惑。不過馬上意會到她的意思是不會悶「燒」。

我一直喜歡棉布衣服，喜歡它的樸拙自然實用，今天卻是第一次由店員的話裡對它的「性格」多一分體悟。

沒錯，棉布衣服，尤其胚布做的衣服，夏天穿起來最舒適。

大約十年前我曾有一陣子自己染胚布、做衣服的熱潮，現在還在穿的有兩件。其中那件沒有染色的，第一次穿它時有朋友揶揄我穿「濾豆漿的布」，還有一個說如果我在上面畫上中、美兩面國旗和一雙相握的手，「就更像了」──像四十年前的少年穿的美援麵粉袋做的衣服。

這樣的「讚美」好像爲它添加價值，我穿得更自在；它的顏色越洗越好，幾次出國旅行也穿得「不卑不亢」。半長袖，在長程飛機上可以擋風涼，也小有睡衣的功能。在太陽底下，它可以阻隔陽光，又不會悶。

它最「風光」的一次旅行是在義大利西西里島，胚布上衣搭配多年前在印度買的一條褐黃繡同色大花的布長裙，再戴一條在尼泊爾跟西藏少年買的犛牛骨雕項鍊（有時是一條褐黃絲巾），很是自然本色；穿戴著它們走在西拉庫薩的露天大劇場，或阿格里珍托的神殿谷，都使我「躊躇滿志」呢。叫做「神殿谷」，因爲這座山上有好幾座古希臘神廟廢墟，連一棵橄欖樹都有千年歲月。我們去看的神廟包括康柯爾、裘諾、裘比特、大力士賀克利斯等，土黃巨岩巨石柱，以及傾圮、躺臥在地上的巨人，厚重威嚴又柔情，訴說著希臘諸神的故事和希臘的精緻文化。閒閒行走其間，我注意到自己的衣服與背景非常調和，是一個站在黃土地上小小的大地子民。甚至可以遐想自己是生存在古希臘的一個女子了──人在旅行時不是都很浪漫嗎？後來照片洗出來，果然是那回旅行幾卷照片中最好看的一部分。我把它歸功於一身布質衣服。

——原載一九九八年八月三日《聯合報》副刊

丘秀芷作品

散文卷

丘秀芷

本名邱淑女，台灣中壢人，1940年生。1962年開始寫作，出過傳記、小說、散文、編過書，少壯教書，後任公務員十多年。著有《悲歡歲月》、《留白天地寬》、《每個人一串鑰匙》、《我的動物朋友》、《綠野寂寥》等。曾獲中興文藝獎章、中山文藝獎、國家文藝獎等。

白頭翁的呼喚

凌晨，被陣陣雷聲吵醒。起床關窗，再也無法入眠，靜靜聽雷聲雨聲。有好一陣子，開始了，白頭翁又啼叫了，接著，其他鳥兒也啁啾。雨聲未曾歇息，天漸漸亮。

原來不只雞鳴不已於風雨，鳥兒也如此。尤其白頭翁的叫聲最亮，最大。

聽說白頭翁擅長於模仿別的鳥叫聲。但是家附近的白頭翁倒是同一種聲音，每次叫得很大聲，非把我叫醒，拿飯到陽台餵牠。傍晚回家，牠們也會在巷中電線或枝頭叫喚。有時，我就學牠們的叫聲回應牠們。

對白頭翁有一份感情。

光復時，我還很小，會到處跑了，和二哥二姊跟著父親先到台北北門附近住。那是一幢日式小木樓，整排房子都是。屋對面有個樹園子，很多鳥棲息在那兒，白頭翁最多。

母親帶著三姊、四姊、弟弟仍住中壢沒搬上來。大姊已出嫁（她女兒跟我一樣大），大哥早幾年被日本政府強徵去海南島當軍伕，幾年都沒訊息。光復了，大哥仍音訊杳杳。母親怕大哥回台灣找不到，所以不願搬離中壢。

但是父親到台北工作，二哥到台北念中學，二姊稍大，已十八歲，可以燒飯做菜，所以也先到台北，一方面學裁縫。以前的女孩子多數讀書不多。

每天清晨，二姊起床燒飯，好讓父親、二哥早早吃了飯上班上學。但是父親在吃早飯前一定先叫醒我，說：

「矮米絲，白頭鳥在叫矮米絲起床嘍！」

就這樣，每天在白頭翁和父親的叫喚聲中醒來張開眼，一頭白髮的父親對著我笑。

有記憶起，父親就是滿頭白髮；母親有時會開玩笑，叫父親是「白頭翁」。父母親只差一歲，但母親到老還是沒多少白髮，父母親中年才生我。父親未成年祖父母就已過世，日據時又受了不少罪，頭髮白得早。

高學歷的父親光復後才肯任公職，每天早早上班，也不允許我們起得遲，即使是童騃的我。但是他都哄著我起床，說：白頭翁在叫我。

母親留在中壢始終沒盼到大哥從海外回來。有些人很惡劣，還去騙母親說：

「我在海南島（或廣州、廈門、香港……）看到你的兒子，他沒有船費回來。我再兩天要去那裡！」

也不管消息正確不正確，母親立刻去籌借船費，請人家帶去，一再拜託：「看到我們家英彥，請務必轉交給他。」

一次又一次，都沒有看到大哥的身影。

一次又一次，聽到說：幾月幾日，有船載台灣兵回台灣了，什麼時候會在基隆靠岸。母親前一天就背著弟弟，坐火車到基隆，徹夜等候。等船靠岸，一個個乘客下船，母親一個個臉尋找，直到沒有人再下船，她才黯然的背著小兒子走到基隆火車站，再回中壢。

有時又聽人家說：「昨夜已經有船靠岸了，載不少台灣兵回來！」母親就每一班火車到中壢火車站的時間都去看，一張一張臉尋去，看到每個台灣兵，問：是不是海南島回來的？如果是，又問：認不認識邱英彥？

一次又一次的失望，但是母親就是不絕望。

這些事，是多年後母親說的，當然當時稚小的我都不知道。我當時只知道：每天在白頭翁的啼叫和白髮父親叫喚聲中醒來，開始過一天。有時跟著二姊去學裁縫，又有時跟二哥，去賣從中壢帶上來的果蔬。或者跟鄰家小孩玩。

有一回我發高燒，父親和二姊很擔心，照顧我好幾天，總算燒退了，我也從昏迷中醒來，看到父親跟二姊很高興的說：「好嘍，矮米絲好了，沒發燒了！」

父親請母親放棄在中壢等候，全家住在一塊兒。那已是光復後第三年。母親依舊陸續在打聽大哥的消息。

我要上小學之前，大哥奇蹟似的，出現在家門口。原來他在海南島流落多年，後來到廣州找到伯父才回來，一家子眞的團圓了。不過大哥又黑又瘦又乾，我和弟弟都很怕他。我要上小學的前一天，大哥發現我連自己的姓名都認不得，就抓著我的手，一筆一劃帶我寫我自己的姓名。

父親從不凶我們，依舊每天天曚曚亮，就叫我們起床，樹園子的白頭翁也依舊每天早晨在那兒唱歌。

每天早起的父親其實也不是沒有夜生活。他晚間的活動很特別，有一群朋友親戚鄰居都愛玩樂器，於是你吹奏我彈唱，大家聚在一塊兒。大哥也跟著摸樂器，他那枯瘦嚴肅的臉上，漸漸有了笑容。

常來家裡的一群愛音樂的親友中，有一位年齡和父親相近卻和我同輩的「東松哥」，他原是我們邱家人，過繼給張家，所以變成複姓。他在北市女中教音樂，作了不少歌曲，像〈燒肉粽〉、〈雨中鳥〉、〈酒矸唅賣嘸〉等。作曲又作詞。

父親他們的樂團並沒有維持很久，在我小學三年級時，一場大火燒掉我們那附近七十多戶木造房子，這一群音樂朋友各自東西找安身處，再也難相聚在一塊兒合奏合唱了。

再過兩年，我們家遷離台北，家境更窘。台中鄉野間沒看到白頭翁，但白天有老鷂、晚上有夜梟，叫聲都很難聽。

姊姊哥哥們陸續會彈奏樂器，然後是我和弟弟也各有所長，晚間一家子常在一塊兒合奏彈唱，樂團純粹是我們自家的。

但是也慢慢一個個長大成家，大家各有各的天地。母親八十一歲時走了，剩父親。父親上了八十之後耳朵內外失衡，不再彈奏樂器，也不再唱歌。他近九十歲時在一次車禍中，失去了行走能力。

九年前我搬到現在住的地方，發現房子後有樹園子，每天清晨有鳥鳴。我告訴在病床的父親：「我搬家了，附近有很多樹，很像四十多年前我們北門的家。等過年，我有幾天假，接您來我那兒住。」

父親聽了立即起身，要跟我回家，我說：「等過年！等過年我有假期。再接您來。」但是，等不到過舊曆年，那一年，過了陽曆年，九十一歲的父親走了。我沉鬱地過了一個舊曆年，一陣春雷過後，有一天，一大早，我聽到白頭翁叫聲，卻不是在屋後樹園子，而是在屋前陽台上。

我推開前門，那隻白頭翁一直叫！啁啾啁啾的說個不停。以後每天清晨，就是白頭翁最先在屋外叫喚！看到牠，想起了剛剛過世的父親！想起久遠的年代：白頭翁的聲音和父親的叫喚，我每天一睜眼，就看到白髮的父親。

住到這裡來，不只每天清晨有白頭翁叫喚，傍晚回來，白頭翁也在高高的樹上叫喚。八年來每天清晨，我都放一碗飯在陽台上，不為什麼，就是給白頭翁和其他的鳥兒吃。

——原載一九九八年五月二十八日《聯合報》副刊

許達然作品

散文卷

許達然

本名許文雄，台灣台南人，1940年生。東海大學歷史系畢業，哈佛大學歷史碩士、芝加哥大學歷史博士，1969年起在美國西北大學任教。著有散文集《含淚的微笑》、《遠方》、《同情的理解》、《四季內外》、《素描許達然》等。曾獲新新文藝獎、第一屆青年文藝獎、金筆獎、吳濁流文學獎、府城文學特殊貢獻獎、吳三連文藝獎等。

牆

又凝視那牆時覺得牆的皺紋也深了。皺紋擋不住多少風雨，卻得收容所有的時間。時間已收拾過很多夢幻；幻想是還有些，但也都被迫消融在醒後的生活了。再怎樣清醒都悶——那種心在門內拒絕不了世界的感覺。

悶彷彿不可名狀的樹，越蒼鬱越使人難受。而心頭的鬱結比杯裡的濃茶還苦澀，不願倒掉就喝下。倘若受不了可寫作。喜歡和自然在一起的梭羅，就把寂寞當作最好的朋友對談。還有那個恐懼社會的猶太人卡夫卡，憎恨和文學無關的任何東西，連談話或訪問都使他厭煩，他寫作以奚落寂寞。然而牆隔離自然和社會，寫什麼呢？

只寫回憶不算創作，而現在連回憶都不願意了；怕從現實的大路蹚入過去的窄巷，慶祝甜蜜的淒涼。巷裡巡逡也許還找得到親朋老地址，卻都搬走了。少年憧憬依稀，追尋的似乎都是覓不到的東西。多年前孜孜挖的井已被時間汲乾，深恐掉入，曾用理智蓋住，奈何情感還是掀起。往昔的惆悵竟像背後的傷痕，隨身攜帶，吻不到，摸卻痛。

侵襲的幸虧不是孤獨。孤獨就隔絕社會了，然而覺得寂寞只因還關懷人群。對德瑞莎修女，最大的寂寞是飢餓和貧窮：「我們必須互相發現。」互相發現的也許是貧乏，但總比各自佔領孤獨寬裕。不甘孤獨而做研究的學者發現孤獨傷害身體，非但減少白血球細胞，還導致心臟病、肺癆、癌，甚至死亡。既然恐怖就消除孤獨，因爲再也沒有比死亡更孤獨的了。

看書可以排解孤獨，卻陷入煩惱。讀不一定懂，懂也不見得解決問題。問題眞多。歷史都是讀來的，許多的過去，活人不肯參考，活久竟不肯再相信歷史了。歷史既然是人爲的就不可能放棄羅素的三種熱情：對愛的渴望、對知識的尋求、對苦難的同情。愛總是有的，但知識增多煩惱也加深，而只在屋裡同情也是一種殘酷。

看書靜不下來就聽音樂。音樂雖推不倒牆卻可爬過牆來迴盪。「沒有音樂，生命是一個錯誤。」尼采發瘋前說的。活著已不錯，要不發狂卻越來越難了。活著勉強及格，至少仍肯欣賞人間一種東西叫藝術。倘若嫌獨奏單調，就聽協奏；倘若嫌協奏幽柔，且聽交響。連魚聽音樂時都游得較優美。不知魚孤獨喝了多少水才給人吃，但知作曲家花掉很多心血才給人聽。樂音寫起來很痛苦。沙迪(Erik Satie, 1866-1925)說他作曲前常徘徊數遍，只有自己陪自己。難怪聽到的音樂不奏悲哀就唱憤怒——常常是悲憤。但一般人卻寧悲而不憤。柴可夫斯基最後作品第六交響樂是幽怨的變奏，本來他不肯用「悲愴」做附題，但自從加上悲愴的字樣後聽的人也增多，更容易賣出去了。

柔情儘管暢銷，可仍有偏愛不流行的聲音的。然而牆外總是流行著新聞——那些挑選過的消息。現在報告氣象：今天天氣晴，陽光普照，多雲，時陣雨。廣播員自言自語久後就報亂了。既然多雲就激烈下陣雨，濕潤著什麼。

風怕寂寞，追雲去了。留下牆內的人，晴朗不起來，還要裝得很幽默。彷彿除了幽默外，不知怎樣諷刺生命。這生命，如破臭的襪子，不管冷熱都仍緊緊穿著，不肯丟棄。

——一九八九年三月三十一日．選自新地文學版《同情的理解》

去看壯麗

我要欣賞壯麗，朋友帶我去島的南端，因爲那裡有人，有山林，還有海。

那片海二十五年前看過的。那時大學剛畢業，有很多關懷，一些凝望。要注視生活了二十一年的泥土，去體會瀕海的鹹苦，結識了瓊痲和林投樹。它們都是從外地移植來的，愛上貧瘠的沙土後把島當故鄉；林投要留住登陸的風，瓊痲可搓成繩。

懷念如繩引我們到墾丁。墾丁的後代早已散開了，留下的樹簇擁而來，上千不同難懂的學名抱住一樣蒼翠的自然。自然我們爬上高處，眺望濃密的綠意，海豪爽接過去給湛藍伸展。展開的應該浩蕩，卻賴著台灣電力公司核能三廠，雖嚇不跑風可把景擠扁了。

既然爲滄淼而來，就上佳樂水。水永不疲憊成群湧來要和崖崢嶸，島都不肯收。水堅持上岸後只得又把自己帶去流浪，激成波，盪成濤，拒絕被太陽煮滾，嘹喨傾洩著什麼。海大概自從把天倒過來後就藍得不舒服而滔滔翻騰了。

要接近翻騰，我們下去，到岩礁漫步。沙岩和頁岩靜默相連的結構，時間沖不走，海水雕刻後還著色。岩礁間，不知名的植物默默生長；岩礁上，不知名的動物默默蠕動，水芫花默默綻放。我們從一塊堅硬的沉默走到另一塊沉默的堅硬，猜它們的堅硬像床，像桌子，像棋盤，像軍艦；說它們的沉默像農夫的肩膀，像粼粼的波紋，也像某些動物的臉，但沒有一個像人與豬。不管像什麼，海水要爬上來看自己沖洗的成績；恍惚承認所有的成績只是滄桑，湍急溜回瀲灩時，猛然潑濺，做不了雪，霎時又跳入浪。我們趨前掬起，嚐嚐海鹹鹹的激情。隨我們高興，愛怎樣表達就想像什麼。海水有時不同意，向我們沖擊，然後也跟我們笑得很爽朗。

爽朗的還有別地，朋友帶我去貓鼻頭。岬上看去，心情該是豁達的。想起在我工作的地方，從研究室向外望也有浪濤，但那是湖的。湖再大畢竟被陸地包圍，被包圍的算什麼遼闊呢？即使這海的澎湃也只是表面的起伏而已。底下許多生物自由自主多采多姿的生活才是豐富的內容。然而海卻呼嘯著，似乎哀悼珊瑚被核能廠的熱廢水活活逼死。海也許抗議連鳥都少飛來。沒有鄉愁的海鳥能飛到那裡？島上還有未倒下的樹林可以棲息，那就飛來吧！設置陷阱迷網的曾表示不再亂抓了。海不相信，仍嘶喊著。

海有島作伴最高興了。不知什麼時候，這島浮起神話似的美麗。四、五千年前先民已生活，四百年前漢人航海而來，奮鬥要建立新社會；但貪婪權力的卻壓制居民的權利，使要創造的島處處創傷。一八七七年漢人也來島的南端開墾。一百年後不是墾丁後代的官僚，未經人民允許就擅造違章建築，即使陸沉也死要發財發電。然而靜觀幾千年的景致已愛戀台灣，寧是小島上的一點也不願是大海中的一片，任海怎樣呼喚都不回到水裡了。滿天驚惶，核能廠的夕照像沾血的怪物增加恐怖。而雲翳已抱著太陽栽進海，太陽雖溺不死，黃昏可是夠慘的。

那夜，睡不著的海如負傷的巨獸呻吟。只是分不清陣痛是海的清醒還是我們的失眠。醒後和黎明到沙灘。既不願亂跑又無嬉浪的心情，我們就走著談著。我們談起清流是還有些，要流向廣闊的人間，沒被踢開，卻被垃圾堵塞。我們感慨知識份子蔑視社會意識，社會上一般人流放文化意識。而我們明知政治操縱文化，卻仍想結合社會與文化意識，連海都覺得我們太天眞而詭譎笑著。

然而有意義的事總要做的。沙灘什麼都不做就沉默，海水爭著撲來，似乎不要我們的腳印陷入沙灘的沉默，似乎要洗濯陸地上沉默的污穢。所有的洶湧不必注釋，我們都按自己的心情去猜。最了解海的莫過於漁夫了。他們的船是航行的孤島，無依無靠，用生命和海打賭，賭不到魚無飯吃，打太多魚價卻低。而今單調的馬達聲切不斷海的韻律，或許把魚嚇走了。單調網的一定是魚苗，朋友說，不遠航怎可能網到大魚？

朋友凝注著海浪，我凝注他深邃眼眸裡的波濤，意志昂然，都不交給海，要留在島上。島雖窄，可有我們走不破的街路，看不盡的市鎭，聽不完的鄉村，想不厭的人民。島雖小，但天大海寬，不像溪湖容易被操縱。有海可看的人民應比僅想江山的統治者心胸開朗。在島上，他比我住得還久愛得更深。他盯著喧騰，說我們沒有理由沉默。一個人離開養育的土地，怎樣關懷都落空，再激昂也不過像海，擁向島都抱不住都被沙灘推開，咕嚕著夢囈而已。所有航海的故事，我們仍然熟悉：都是爲了回到土地。飛越無情海的據說都是要尋求有情的土地。情，我們不必尋求，地在這裡，情就在這裡。島雖窄小，屬於島的心懷可曠達。再怎樣憂慮，仰望可能有希望。

然而與其壯志凝視美麗，不如變成被凝視的部分，參與壯舉，屬於壯麗。

海把豪邁給我，我都帶走了。離開墾丁的時候，沙丘上馬鞍藤開著花匍匐，核能廠隆起如墓，風嗟嘆搖著林投。瓊麻已不必再做繩隨台灣人遠航了。寧守著島的綠意，看不安寧的海，活潑著什麼。

——一九九〇年四月五日・選自新地文學版《同情的理解》

相思樹

沿著含羞草，進入相思林，就擁來清新的香絲，撫我的頭髮，摸我的臉，還拍拍肩，豪放起來甚至要抱。我彎下身軀要躲，樹以爲我向它們鞠躬，輕柔挽著我，和山交換沉默。

山上相思樹是東海大學創校時種的。我們去念書那年，全校八百個學生各可分到一棵，棵棵長得比我略高些。習慣苦旱的樹幹雖較我瘦，但遒勁伸出枝枒展開碧綠，含蓄夾帶些淡黃，婉約排在一起，把荒曠的山妝扮得更秀氣了。然而相思樹美在剛毅，抵擋強風，使我們少吃沙塵。樹顯然比學生還討厭牆，總是生意盎然包圍一片寧靜，悄悄把外界與學校隔離。那時一、二年級都要清掃校園，但我們從未照顧過相思林。反正樹也不喜歡掃把，只是自然成長，照顧我們。

我尤其喜歡那自然的照顧。偶爾去走走坐坐，從未碰見陌生人。同學並不常去，即使出聲念英文也不必顧慮被聽到。甚至樹聽久不耐煩而習習嘆氣，我也還賴在那裡，默記歷史事實、社會學名詞、或法文單字都不怕被看見。字不如葉不用就掉了，但葉不綠而落下後都還記得生出，一如我的沉思。

樹下胡思亂想是完全與學校無關的功課，花了我不少工夫。想像可不見得比葉茂盛。想的即使是廣袤的森林，不細看樹也就不像什麼畫。可想的無窮，可走的有限，卻也故意不走出想思樹。沉悶時霧就瀰漫了。矇矓覺得雲把天上的抑鬱搬到山上纏樹，撥不開的迷濛恍惚是我要推給山的心情。只是陽光浮躁，常慌張來催趕霧，潑下斑駁的影圖，都不讓我帶走。其實我也不願帶走什麼，什麼都要帶，生命可不勝負荷。生活單純宛然有韻律，連相思都多餘；所以那次問樹何以被叫作相思這要命的名字，樹根本不理，一定以爲我這人沒有情趣，提出理智答不出的問題。

然而風無聊來找樹聊聊時，樹就不得不理了。風是山上最頑皮的，不必上課，有空找樹玩，玩得連土地也歡欣，透過樹發出窸窣聲音。風不懂遊戲規矩，興致一來就亂吹，樹不同意，咻咻叫著要趕風，激烈爭吵後，留下我的緘默，樹的相思。

相思不是傘，雨來澆滴滴，滴得樹更灑脫了。明知雨後散步會被滴濕也去。不想什麼就走著都覺得清爽，彷彿雨已洗掉心靈的塵埃，我也覺得豁朗了。忽然看到一個漏水的鳥巢，比我的拳頭還小，不知是什麼鳥的，掛在樹上多久了。想拿下來瞧瞧，但擔心放回的位置不對，使鳥懷疑巢被侵襲過而不敢再住，只看了一下就走了。有一天在雨後的沁涼裡，認得一隻白頭翁，在附近盤旋，我才感到已無端凝望太久了而趕緊走開，好讓白頭翁回家。我不是鳥，生活卻離不開樹，就以學校爲巢了。

畢業後留在學校。從辦公室看出去，相思樹就對我微笑，紓解疲勞。其實看書最輕鬆了，研究才苦。做樹的好處是不必研究，上下課的鐘聲落在葉上也都不必感動。看多了穿梭的學生，也知道有學問還不是那樣子。我看書的壞處是沒有時間看樹，然而偶爾仍把那片綠意拉近，夾在我凝望的焦距與焦慮間。

那天走出焦慮到相思林，樹的沉默比我長高了。我沒說什麼，離開樹叢的僻靜，踏入社會的風雨。

多年來，偶爾溫習山上那些讀書的日子。歲月壓不彎的相思樹越老越美，照顧更多學生了。從前年輕時相隔的葉，現在該已親密相連，陰翳更濃，情致更深。只是我綠不起來的頭髮已較稀疏，相思樹怕已摸不到了。

——一九九〇年九月二十四日・選自新地文學版《同情的理解》

中華現代文學大系（貳）散文卷（一）

作品導讀

蕭蕭

導讀者簡介：

蕭　蕭，本名蕭水順，彰化社頭人，輔仁大學國文系畢業，台灣師大國文研究所碩士。現任明道大學中文系副教授。長期關注台灣現代詩發展的現代詩創作人、教育工作者、評論家，著有詩集《凝神》、《後更年期的白色憂傷》、《草葉隨意書》；散文集《來時路》、《太陽神的女兒》、《與白雲同心》、《放一座山在心中》；學術論文《現代詩學》、《台灣新詩美學》、《現代新詩美學》等。撰述與編輯之書超過一百零五種，以《太陽神的女兒》獲新聞局優良圖書金鼎獎。

蘇雪林作品

（全文見19～34頁）

蘇雪林（一八九七～一九九九）教授，本名蘇梅，字雪林，以字行，另有筆名瑞奴、瑞廬、小妹、綠漪、靈芬、老梅等。自稱是北宋文豪蘇軾、蘇轍之後。蘇雪林教授在中國五四運動時期，即以散文《綠天》與小說《棘心》轟動一時；在武漢大學任教時期，與凌叔華、袁昌英合稱珞珈三女傑。學術研究上，因爲研究屈原與《楚辭》裡的神話故事，進而鑽研希臘、羅馬神話，完成《屈賦論叢》專著，東西方遠古的歷史，在神話中、在她的巧思裡，神祕結合，新穎的角度令人驚喜、敬佩。一九五二年起，任教台灣師範大學、成功大學，退休後獲聘爲成功大學首位榮譽教授。蘇雪林出生於十九世紀，經歷完整的二十世紀，享壽一百零二歲。

以一位享壽一百零二歲的老者口吻來〈談新舊兩時代的老人〉，最爲恰當不過。這篇作品從古老時代的老人往往成爲家裡的坐食分子，總有如日本「楢山節考」棄老人於深山的慘絕人倫事件說起，第一段短短四百字卻足以用來映襯其後傳統中尊重老一輩的大塊歷史情景。尊重老一輩的歷史情景，蘇雪林依然以大家熟知的《紅樓夢》榮甯二府的權威核心賈母，作爲對照組，以短短一段去襯托黃尊憲的曾祖母、自己的祖母，最後才點出今日老人的共同期望：老而猶健。文中透露的典故、經驗，令人感佩而信服。對老人關懷如此，對動物亦然，〈我的小動物園〉娓娓敘說自己的養動物經驗，從小鳥、小雞、小狗、大狗到兔子、貓，構成豐富的人與動物的互動、成長與依傍圖，文末以蟑螂、蚊子、蜥蜴、蜘蛛等小昆蟲，幽默地形成標題所說的「小動物園」，亦足以令人會心一笑。

張秀亞作品

（全文見35～45頁）

張秀亞老師（一九一九～二〇〇一）所達及的散文境界，正是輔大校訓所蘊含的：聖美善眞。她說：「我寫作，是基於愛——對世界，我懷有溫愛；對人，我有一份愛心；對文字，我更有著不可遏止的愛好。愛，如同一陣和風，撩撥著我內心的弦索，發出了聲響——這心靈的微語就是我的文藝創作。」二〇〇五年三月國家台灣文學館委託台灣文學發展基金會、文訊雜誌社編輯出版的《張秀亞全集》十五冊，是研究張秀亞最完善的版本。詩人瘂弦以〈張秀亞，台灣婦女寫作的燃燈人——從早期學思生活的發軔到「美文創作版圖的完成」〉爲標題撰寫總論，此一標題足以完整勾勒張秀亞一生的文學成就與光芒。散文卷導論撰稿人張瑞芬更直言：「張秀亞的生命力是昂揚的。終身的散文創作凝結在藝術的頂峰，以不懈的努力，爲散文這項文類作了有力的『隱形宣言』，實現了『以作品給人印象，而不以人給人印象』的自我期許。」

〈記憶中的湖水〉與〈不凋的葵花〉都可以見證張秀亞老師是台灣「美文」的最佳代表人。〈記憶中的湖水〉寫的是老輔大校園裡的湖景，臨流照影的垂楊、精緻的樓屋、疏密勻稱的竹簾、悅目的色調，由大而小的景物，最後結束於一首這樣的小詩：攜著一卷詩、一朵花去到湖邊，詩遺忘了，花失落了，再也尋不到流走的時光的輕輕感嘆，卻在讀者心中久久迴盪……。〈不凋的葵花〉歌詠之物更小，是梵谷的「向日葵」名畫，其中引述五節中外詩人的小詩，加添了畫境之美，因而引發的「黯淡的萎黃」卻是「一個不肯歇止的、要繼續亢揚出聲的響亮音符」，更顯現張老師心中、筆下那愛與美的永恆。

羅蘭作品

（全文見47～64頁）

羅蘭女士（一九一九——），本名靳佩芬，河北寧河人，天津市女師學院師範部畢業、音樂系肄業，長期擔任廣播電台音樂、教育節目製作人、主持人，最暢銷的作品《羅蘭小語》（五輯）、《羅蘭散文》（七輯），大約是廣播節目中娓娓敘說的人生感觸、生活記憶、生命體悟，落實爲淺白易懂的文字，先以聲音動人，又以語言感人，影響當時的年輕心靈十分深遠。這些作品，台灣已不易尋得，深圳海天出版社自一九八八年重新排印，可得全貌，這些小語、小品之作，是文學與音樂的結合，在流暢的節奏、平和的語調中，引人深思。一九九五年，台北聯經出版公司發行她的傳記《歲月沉沙三部曲》，從個人的生命史中可以看見歷史的滄桑、時代的苦難，這部巨著是文學與歷史的鍛接，一九四九大遷徙重要的見證，撼人心靈。

〈人間小景〉與〈軌道之外〉，是典型的羅蘭小語、羅蘭散文的寫作方式，總是在不經意的人生旅程中看見了人世的「風景」，總是以安然的態度看見人間的奔忙、辛勞與無奈，整篇文章猶如行雲流水，眞的就像坐在計程車上，看電影一般，一幅幅圖畫順滑而去；或者就像一位好友呢呢喃喃，訴說著自己的所見所聞。這兩篇散文都是在往機場的路上所見到的人世「風景」，這種「在路上」的感覺或許就是羅蘭女士對「人生」的基本理念，軌道內、軌道外，總有看不完的人生風景、寫不完的浮世繪。〈歲月沉沙〉則是從歷史的一粒沉沙中試圖勾勒出歲月的全部跡痕，一張自己生日當天的舊報，竟然可以讀出一部中國的近代史，這樣的觀察與聯想能力，正是一沙一世界的散文高手所需具備的。羅蘭女士既可微觀、又能宏觀，這三篇散文已足以說明一切。

齊邦媛作品

（全文見65～87頁）

齊邦媛（一九二四——）教授，致力引介英美文學到台灣，參與《台灣現代華語文學》（Modern Chinese Literature from Taiwan）英譯計畫，是台灣現代文學與世界文學接軌的重要推手。曾創辦中興大學外文系，長期擔任台灣大學外文系教職，講授英國文學史、高級英文、翻譯等課，不論教學、著作、編選、翻譯、論述，態度嚴謹，深得學界敬仰。一九八八年自台灣大學外文系退休，獲頒名譽教授榮譽。著有散文集《一生中的一天》、評論集《千年之淚》、《霧漸漸散的時候》、《最後的黃埔：老兵與離散的故事》，二〇〇九年出版回憶錄《巨流河》，從長城外的「巨流河」開始，到台灣南端恆春的「啞口海」結束；從父親齊世英——民國初年的留德熱血青年，九一八事變前的東北維新派開始，直至自己立足台灣為現代文學奉獻為止，費時四年，被譽為一部反映中國近代苦難的家族兩代記憶史、一部過渡新舊時代衝突的女性奮鬥史、一部台灣文學走入西方世界的大事紀、一部用生命書寫壯闊幽微的天籟詩篇。

〈一生中的一天〉，是同名散文集的標竿作品。長河歷史中可資紀念的一天，其實也是平凡的一天；教書三十多年的最後一堂課，其實同樣是在教授艾略特、休斯的詩中度過的一堂平凡的課。心中無限的感觸如何呈現？齊邦媛教授不激情、不矯情，以「天象」的千變萬化總在瞬息之間完成，以一呼一吸之間又有新的氣象，強調人既然無能為力，何妨歡唱前行！面對佛家說的「無常」，蘇東坡卻有「也無風雨也無晴」的悟得，齊邦媛教授也從天象悟得：雷電雨雪會隨著你，陽光也會隨著你。〈我的聲音只有寒風聽見〉與〈故鄉〉，雖屬異鄉與故鄉不同範疇的兩篇散文，卻已隱約暗示《巨流河》的書寫功夫。前者敘寫在捷克參加「筆會」年會的遭遇與感觸，小題而能大作，是《巨流河》書寫的形式功力；後者則是對父親齊世英的感念，這是《巨流河》書寫的主題內涵。這三篇散文雖小，「小語言」卻不妨是「偉大文學」。

葉石濤作品

（全文見89～100頁）

葉石濤（一九二五～二〇〇八），出生於台南市打銀街，定居高雄市左營區。橫跨日制時期與戰後兩個世代的重要小說家，畢業於台南州立第二中學校（今台南一中），擔任國小教師四十六年，曾獲台美基金會人文成就獎、中國時報文化貢獻獎、眞理大學台灣作家牛津獎、高雄縣文學獎等，一九九九年獲得成功大學名譽文學博士，並兼任該校台灣文學研究所教授。葉石濤小說創作與文學評論並行，特別是一九八七年完成的《台灣文學史綱》是台灣人自撰的第一部文學史，影響深遠。晚年陸續發表多篇自傳性散文。二〇〇八年四月，國家台灣文學館、高雄市文化局合力出版《葉石濤全集》二十巨冊，可以見證他一生對台灣文學的堅持與貢獻。

〈舊城一老人〉也是一生中的一天，異於齊邦媛教授所選擇的退休日、異於羅蘭女士所選擇的出生日（舊報），葉老選擇了最凡常的一天，眞實記錄一個台灣舊城裡老人的凡常生活，舊城、老狗、老人與老太婆的互動，卻也是逐漸走入老年社會的台灣、具體而微的寫照，葉老小說的主要圖象與風貌。〈發現平埔族〉，則將關懷的對象轉向平埔族人，從日制時代自己的博物老師野外採集的教學法，實地研究地質、貝塚、先民遺跡，就已令人動容，這是多負責的中學教師！因而引起葉老對平埔族人的好奇，進而書寫《西拉雅末裔潘銀花》的小說，將西拉雅末裔的潘銀花塑造爲傳統母系社會的象徵，接納各時代來台的新移民，一生中有五個男人，包括戰後的新移民外省人，因而繁衍了無數的台灣子孫，這篇散文及小說，彷彿是以平埔族人爲主角的台灣接納史，顯示了做爲台灣人代表的葉石濤的胸懷。〈林海音的兩個故鄉〉，當然又是另一個明證，這篇作品寫台灣客家人林海音出生北平、奉獻台灣文學的故事，說她像一塊磁鐵，「把不同族群的作家吸引在她周圍，發出獨特的光圈」。這三篇散文分別寫自己——一個府城河洛老人、潘銀花——一個平埔族女性、林海音——一個出生北平的客家籍文學家，構成了有趣的台灣文化的多元現象，見證：台灣、葉石濤，氣度與胸懷。

（全文見101～150頁）

王鼎鈞作品

王鼎鈞（一九二五——），筆名方以直，山東臨沂人。王鼎鈞曾仿佛家四弘誓願作成銘言：「文心無語誓願通，文路無盡誓願行，文境無上誓願登，文運無常誓願興。」用於自勵，兼以勉人，是一位有著恢弘胸襟、寬厚氣度、開闊視野的散文家，張春榮教授稱譽他：「撫三岸時空於胸臆，置一己漂泊於今昔異域，遂成散文流域終極動人極雄辯的文字漩渦。」

重要的散文集包括：《開放的人生》、《人生試金石》、《我們現代人》、《左心房漩渦》、《隨緣破密》等。蔡倩如：《王鼎鈞論》，亮軒：《風雨陰晴王鼎鈞：一位散文家的評傳》，足供研究者參考。王鼎鈞寫了十七年的回憶錄，則於二〇〇五年陸續出版：《昨天的雲》寫山東故鄉幼年成長，《怒目少年》著墨抗戰時作爲流亡學生的苦辛；《關山奪路》特寫國共內戰與自身遭遇；《文學江湖》則擷取他在台灣的三十年文學生活。這四部曲的完成，又將王鼎鈞的散文成就推向另一高峰。

〈吾家〉與〈從白紙到大學〉，其實可以視爲前述王鼎鈞回憶錄的簡易版，前者以《開放的人生》等「人生三書」的輕鬆語調，述說家族的記憶；以點畫皴染的方式，繪製自己的成長圖。從記憶自己祖宗三代開始說起，說到家裡燕巢掉下來一半，碎屑四濺，雛燕哭啼，第二年，自己的家也有了覆巢之痛，由盛而衰的家族史，由點而線而面，彷彿也在象徵著近百年的中國。後者則以人世的清白，對比亂世中學風自由的「大學」也諜影重重，其中，多少感嘆！

〈火車時間表的奧妙〉，則恢復「人生三書」的輕鬆語調，卻又添增銳利而睿智的眼光，以誤點的火車與火車時刻表，帶引讀者一起逼視問題、審思問題。〈美麗的謎面〉與〈今天我要笑〉，都是精彩的人物書寫，〈美麗的謎面〉立體化張繼高，精彩化張繼高，識或不識張繼高，都因爲這篇文章更崇敬張繼高。〈今天我要笑〉則以抒情筆法書寫中國相聲大師侯寶林，爲世人帶來笑聲，似乎可以泯除左中右獨許多恩仇，此文一氣呵成不分段，頗有模仿相聲大師笑點不斷的用意。

余光中作品

（全文見151～208頁）

余光中（一九二八——），福建永春人，母鄉與妻鄉均在常州，故亦自命江南人。又曾謂大陸是母親，台灣是妻子，香港是情人，歐洲是外遇。一生從事詩、散文、評論、翻譯，自稱爲寫作的四度空間，黃維樑又爲他加上「編輯」一項，譬之爲璀璨的「五采筆」。曾任教於台灣師範大學、政治大學、香港中文大學、高雄中山大學等校，爲中山大學首位講座教授。獲頒國家文藝獎、吳三連散文獎、吳魯芹散文獎、霍英東成就獎、新聞局圖書金鼎獎主編獎等。以雄厚如斧、野獷如碑期許自己的散文。陳芳明在《余光中跨世紀散文》〈前言〉中如此稱述：「詩與散文的雙軌追求，開創余光中浩瀚的文學版圖。以詩爲經，以文爲緯，縱橫半世紀以上的藝術生產，斐然可觀；那已不是屬於一位作者的畢生成就，也應屬於台灣文壇創造力的重要指標。他筆下揮灑成形的恢宏氣象，既是個人豐饒生命的投影，也是當代歷史魂魄的縮影。從舊世紀到新世紀，從揚眉少年到慈眉老年，由於他同時經營兩種文體，任何一個時期都從未出現歉收的跡象。詩風與文風的多變、多產、多樣，盱衡同輩晚輩，幾乎少有匹敵者。」

〈橋跨黃金城〉一文，或許要與齊邦媛教授的〈我的聲音只有寒風聽見〉同觀，他們兩位同屬中華民國筆會，同一年赴布拉格，但兩人所記、所重，截然相異，齊文重當時聚會的人文氣息，余文則以同行友人的遊興、遊歷爲重，不必分其軒輊，同享不同的芬芳即可。〈日不落家〉與〈金陵子弟江湖客〉、〈我是余光中的祕書〉，都以余光中所擅長的幽默筆法，寫家人、寫自己，所有的篇章都非單線發展，總是旁生枝節、節外生枝，因而才能妙趣「橫生」，這是智慧、經驗、歷練、技巧的熟練與老到，搖曳生姿，揮灑也生姿，散文而有詩的機智、小說的高潮、戲劇的曲折，令人「悅讀」。

〈另一段城南舊事〉是紀念林海音先生之作，文壇人士多以「林先生」尊稱林海音，說她家的客廳幾乎就是台灣一半的文壇。第二輯《中華現代文學大系》「散文卷」，林海音的作品雖然缺席，但葉石濤的〈林海音的兩個故鄉〉與余光中的〈另一段城南舊事〉，卻又讓讀者重溫台灣文壇昔日的盛況，林海音親和而溫暖的情意。

張拓蕪作品

（全文見209～220頁）

張拓蕪（一九二八——），本名張時雄，安徽涇縣人。另有沈甸、左殘、沈犁、屯墾等筆名。一生中只受了小學四年、私塾二年的教育。十五歲逃家、入伍、來台，最早以沈甸為名寫詩，曾出版詩集《五月狩》。一九七三年退伍，中風，一九七五年開始撰寫「代馬輸卒」散文系列，《代馬輸卒手記》、《續記》、《餘記》、《補記》、《外記》，連續出版，描寫軍中生活與人物，成為當代大兵文學經典之作，三毛說：「這是一個小人物對生命真誠坦白的描述，在他的文章裡，沒有怨恨，沒有偏激，有的只是老老實實、溫柔敦厚的平靜和安詳。」其後又有：《左殘閒話》、《坐對一山愁》、《坎坷歲月》、《何祗感激二字》等書問世。

張拓蕪對人、對物，總是寬厚以待，〈扶持〉一文描述枴杖的點點滴滴，就是一個最好的代表。就一個中風者，手腳不靈活的人而言，枴杖就是手腳的延伸，但他以「扶持」為名，不以價廉為惡；當自己手忙腳亂、狼狽不堪時，不免嫌惡手杖礙手礙腳，卻又能立刻檢討自己「需要它時從未感覺它的存在和重要，不需要時又嫌它累贅、妨礙，何其現實如此，渾球如此？」描寫到古人「八十杖於朝」時，又將陽平的「ㄔㄠˊ」讀為陰平的「ㄓㄠ」，以自己「朝陽」初昇時就拄杖散步，自我調侃，當然是心胸豁達的表現。是以，〈從美人寮到「抗日分子」〉的題目，似乎也在證明這一點，文中敘述日軍、國軍的嫖妓行為，是心胸的豁達，卻也是人性裡的一點「真」。

賈福相作品

（全文見221～232頁）

賈福相（一九三二——），山東壽光縣賈家庄人。筆名莊稼。在濟南、浙江完成中學教育，一九四九年隨舅父來台，一九五一年入師大生物系就讀，一九六三年結婚、生女，獲西雅圖華盛頓大學動物研究所博士學位。從此，開始他教書、研究和行政工作，一九九六年在香港科技大學退休，朋友和學生送他一座銅鑄海星，鐫刻著：「一隻海星的成功是由他活著的第二代個體數目來衡量，一個人的生命是由他培養的人才來決定。」感謝他在海洋生物學上的貢獻，以及人才培育上的努力。賈福相，一個發表海洋生物論文兩百篇以上的生物學家，卻從一九八六年開始寫作散文，出版《獨飲也風流》、《吹在風裡》、《看海的人》、《星移幾度》等散文集，並曾翻譯《詩經．國風》一百六十首，用字遣詞力求精準、樸實又不失原味。

海洋有時婉約，有時壯闊，有時還會遇到風暴、海嘯，人生的變化是否像海洋？深海默默，常深入海底觀察無脊椎生物的賈福相，他散文中的人生寓含，應該不同於一般海洋觀察家，更不同於陸地上的人生觀察者。從陸地到海底，從海底到文字，欣賞賈福相，永遠有驚喜。

〈近午夜的華爾滋〉，是音樂的欣賞，是親情的連結，是一位父親對女兒婚禮的祝福，賈福相的切入點是舒伯特的聖母頌，在聖母頌的樂曲中，喚起了自己的記憶。〈胎生的海葵〉則是一個專業研究海星、海葵的學者，面對沒有心臟、血液、腦子、肝、肺、腎、生殖器的低等生物，只比海綿高一點的海葵，研究他們如何受精、如何生殖？卻意外發現一種類似人類社會的養父、養母的現象，生物與生物之間的高等與低等如何界定，值得讀者思考。〈海中天〉是否也是爲海底生物的生存環境而寫的文章？出人意料之外的，這「海中天」三個字卻是日本一家餐廳裡李鴻章所寫的字，這樣的三個字，意外喚起他對李鴻章的印象、對李鴻章外孫女張愛玲文章的聯想，同時也喚醒他在遙遙大海中看不見陸地的孤獨和恐懼。這樣的聯想與記憶，讓我們有著陌生的親切。

（全文見233～240頁）

張作錦作品

張作錦（一九三二——），資深媒體人，筆名龔濟。生於江蘇省銅山縣，國立政治大學新聞系畢業，以專業記者爲終身職志，認爲新聞從業者應該有譚嗣同「願將此身化明月，照君車馬渡關河」的責任感和抱負。著有《牛肉在那裡》、《試爲媒體說短長》、《誰在乎媒體》、《那夜，在安德海故宅，思前想後》，及《史家能有幾張選票》、《小人富斯濫矣》等，曾獲圖書金鼎獎及中山文藝獎。他的散文針砭時事，月旦人物之外，對文化的省思、言論自由的堅持、舊時典範的凋零，常讓人有天地蒼茫，古道照顏色之慨。

〈生命不可不惜，不可苟惜〉，題目本身極具深意，極富哲理，卻是用來悼念新聞人而兼音樂人的張繼高。張繼高與林海音的散文作品，都未曾出現在此輯《中華現代文學大系》「散文卷」中，卻又同時出現兩篇紀念的文章，意味著「文人相親」，意味著這兩位文人所散發的生命熱力令人感念。張作錦這篇悼念張繼高的文字，與王鼎鈞〈美麗的謎面〉寫作方向不同，王鼎鈞重情意而多記事，張作錦則文字簡潔而富哲理，引述顏之推：「生命不可不惜，不可苟惜。」劉向：「必死不如樂死，樂死不如甘死。」都令人三思。

這種引經據典的寫作方式，成為張作錦的習慣，〈沒有道德的自由社會從未存在過〉，題目充滿眞理力勁，文中依然引述孟子、荀子、董仲舒的話支撐其論點，不過，我卻喜歡阿奎那的話：「道德的淨化並非要徹底的去掉七情六欲，而是使七情六欲合於規範。」杜威的話：「道德要不斷發展，因為生活就是一種使舊道德失去作用的運動型態。」都有一種看似矛盾的眞理價値。

逯耀東作品

（全文見241～268頁）

逯耀東（一九三二～二〇〇六），江蘇豐縣人。台灣大學歷史研究所博士。曾任台灣大學、香港中文大學歷史系教授。畢生從事歷史教學與研究工作，尤專注於魏晉南北朝史、中國傳統與現代史學、中國飲食文化史。著有「糊塗齋史學論稿」五種、「糊塗齋文稿」五種。逯耀東出身食不厭精、膾不厭細的蘇州世家，逯耀東教授可說是中國飲食文化的開拓者，將開門七件事——油、鹽、柴、米、醬、醋、茶等生活瑣事提升爲文化層次，在大學中開設「中國飲食史」、「飲食與文學」、「飲食與文化」等課程。吃，而且吃出學問，吃出智慧，他所寫的《祇剩下蛋炒飯》、《已非舊時味》、《出門訪古早》等散文著作，眞正「膾炙人口」。其中透露出歷史的考察、文學的筆觸，社會文化的變遷，因爲他認爲「飲食要和人民的生活與習慣，歷史的源流與社會文化的變遷銜接起來成爲一體。」歷史學家、美食家、散文家，逯耀東爲飲食散文拓寬了新路向。

不過，此次所選的散文皆非飲食文學。〈便當〉一文，可以跟齊邦媛教授的〈一生中的一天〉對比著看，因爲同是教書數十年的最後一堂課所引發的感觸，有趣的是兩人的結語都放在：窗外大雨滂沱的場景裡，齊教授是陽光由雲縫閃射下來，逯教授則聽見傳鐘又被敲響。人生似乎就該如此積極而自信。

〈高原行腳〉與〈過客情懷〉，一寫西安到敦煌的高原景觀，一寫香港的自然與人文景象，都是一樣的行腳旅程，都有相同的過客情懷，不免於謫客的蕭瑟心境，無法得知何處才是歸程。這是兩篇相當動人的散文，值得細讀。〈江瀾〉，依字面之意應是江中的大波浪，副標題卻是「寫給九七」，九七應該是指著一九九七香港回歸中國之事，但文中的內容卻是林則徐與魏源廣州相會，林則徐交付魏源《四洲志》，期望認識夷情洋務的歷史場景，因此，江瀾是國事的象徵，是心中熱血的奔騰，是香港如何認識中國、認識未來的未可知命運，在眾多的歧異中，更耐人尋味。

林文月作品

（全文見269～293頁）

林文月（一九三三——），台灣彰化人，台灣大學中國文學系、研究所畢業。曾任教於台灣大學中文系，及擔任美國華盛頓大學、史丹佛大學、加州柏克萊大學、捷克查理斯大學客座教授。林文月專攻六朝文學及中日比較文學，曾翻譯《源氏物語》、《伊勢物語》等古典名著。這些純正、典雅的氣息，深深影響林文月的散文，在眞正傳統的氛圍中，讀者可以感受到謙和、溫厚的儒者之風。何寄澎認爲林文月的散文在感懷上類於陶淵明，在體悟上同於蘇東坡，眞正體會了林文月散文的神采與精髓。

特別是〈溫州街到溫州街〉，描寫臺靜農老師、鄭騫老師的文章，再也沒有比林文月更純淨的筆法了。林文月的純淨、溫婉筆調，就是適合兩位老師所代表的那個時代的文人風範。兩位長者之間、林文月與老師之間，都有著「奇文共欣賞，疑義相與析」的喜樂，只是這樣的春陽煦暖、這樣的人文巷子，已不復可得了。這樣的一篇散文，眞會讓快車上下辛亥路高架橋的人，有著罪惡的感覺，正是這種現代追求的速度毀滅了溫州街深巷所代表的謙謙君子之風。〈溫州街到溫州街〉寫極爲熟悉的「人」，〈白夜〉寫的則是極爲陌生的「地」——阿拉斯加北地奇景，「夜」而爲「白」已超乎我們既有的經驗，「一種飄忽如羽毛般的輕盈」、「一種翩躚的舞樣」、「一種朦朧的澄明」，詩一般引領讀者進入冰寒而長明的異樣世界。〈陽光下讀詩〉，讀的是英譯的中國古詩，在古詩情境與英譯文字間，自有一番斟酌，林文月自己曾經翻譯日本古典名著《源氏物語》等書，又是古典詩的喜好者，會心處尤多。〈秋陽似酒風已寒〉，類近於美食散文，情境的鋪陳、心境的捕捉，多所著墨，在林文月散文中已成爲特殊的風景，可以跟前輩梁實秋、逯耀東的飲食之作，相互爭輝。

隱　地作品

（全文見295～306頁）

隱地（一九三七——），本名柯青華，浙江永嘉人。政工幹校（今政治作戰學校）新聞系第九期畢業，台灣重要文學出版社「爾雅」發行人，曾獲金石堂書店票選爲一九九七年出版風雲人物。隱地早年從事小說創作、選評與編輯出版工作，中期創作散文小品，呈現出一位知識分子對現實社會生存環境的細緻觀察，嘲諷、建議和企盼。近年來嘗試詩的創作，詩與小品並進，彷彿冷眼觀察的社會家，時時閃現哲人的睿智，卻也掩不住詩人的熱心腸。

〈漲潮日〉是他同名的一本生平前傳，「以亂針繡的筆法，在十餘篇散文中交錯織綴個人的前半生履痕，不避諱身世積鬱，不隱匿青春情慾，父母失和、少小流離、腹肚的餓與慾望的餓，坦露於筆下，以其逼視眞相而撼動讀者。」（王盛弘語）。〈漲潮日〉這一篇寫的就是從父親宿舍被驅離後，好不容易陸續從上海來台團聚的四口之家，從此竟各自飄零到不同的所在；無意，卻又像命中注定，隱地創業的出版社，一生志業之所繫，就在宿舍所在地寧波西街附近的廈門街，隱地期許自己是父親期盼許久的潮水，卻也感嘆漲潮日卻在父親離世後才出現。〈漲潮日〉，不僅是隱地一家人的漲潮日，卻也是一九四九來台的家庭、或久居島嶼的家庭，所共同期盼的幸福。〈漲潮日〉寫的是眞正的家人，有血緣之親的家人，〈我的另類家人〉顯然就不具這種血緣之親了，隱地在這篇文章中，是將家具視爲家人的，如果將家具視爲家人，「家具」就不會被誤寫爲毫無意義的「傢俱」。隱地將家具的演變史簡化爲：實用→美觀，因而隱喻著兩代之間的觀念變革，家具既然是家人，那也暗示著家具自有自己的陽壽，與家人一樣，值得寶愛。這兩篇文章都有著愛的繫連、史的關照，於人、於物，隱地的散文之筆，終究掩不住詩人的熱心腸。

劉大任作品

（全文見307～317頁）

劉大任（一九三九——），祖籍江西省永新縣，出生於湘贛邊界的山區，一九四八年隨父母來到台灣，台灣大學哲學系畢業曾至夏威夷大學任東西文化中心科學研究員，曾與陳映眞、王禎和、莊靈等人合辦《劇場雜誌》，與尉天驄、陳映眞合辦《文學季刊》。一九六八年取得加州大學柏克萊分校政治學碩士學位，一九七一年因保釣運動決定放棄博士學位，考入聯合國祕書處工作，退休後專事寫作。出版作品包含散文、小說集、評論集，都能貼合現實，展現陽剛之氣。

〈六松山莊〉與〈蒼白女子〉，都是記人之作。自從陶淵明因爲門口種有五棵柳樹而自稱「五柳先生」之後，多少文人雅士也喜歡結合數字與植物，爲自己的園宅命名，六松、七榕，都由此而來。〈六松山莊〉寫的是陳世驤先生（一九一二～一九七一），陳世驤先生年輕時在北大主修英國文學，一九四一年赴哥倫比亞研究中西文學理論，一九四七年開始任教於加州大學柏克萊分校東方語文學系，逝世後，得意門生楊牧爲其編纂《陳世驤文存》，由志文出版社發行。陳世驤先生以「六松山莊」作爲他北美洲宅院的雅號，重點當不在於他的宅院是否有「古中國水墨文明的風貌」，劉大任所寫的〈六松山莊〉重點也不在於山莊之景，而在於山莊裡的聚會，陳門子弟對世局、國事的憂心，陳世驤先生表面看不出煎熬、但眉眼之間所隱藏的知識份子移民者的缺憾。〈蒼白女子〉則是張愛玲的簡單素描，兩篇文章詳略不同，敬意不同，但都顯露作者劉大任作爲一個知識份子流亡海外的滄桑感，「松」與「蒼白」也就有了共通的象徵意義。

徐世棠作品

（全文見319～340頁）

徐世棠（一九三八～一九九七），天津人，出生於重慶，國立藝專鋼琴科、輔仁大學英國語文學系畢業，美國伊利諾大學英語教學碩士。曾當選國內十大傑出青年，擔任對外貿易發展協會駐英代表八年，服務於行政院新聞局。曾鼓勵、提攜音樂界數位傑出的後起之秀，並在新竹少年監獄義務教授英文，幫助他們自新。徐先生自言八歲聽到 Oscar Wilde 所著《快樂王子》的故事，十分感動，一生中常以故事裡悲天憫人的情懷作爲待人處世的標竿，五十年後將它譯成中文，以中、英雙語錄製《快樂王子》光碟有聲書出版，並曾在輔大英語系設置獎勵金，鼓勵學生能在英語文學的領域中商量舊學、培養新知。

〈至福光影〉也是記人之作，寫的是散文大師梁實秋，紀實的角度是從作者九歲的記憶開始，一直到梁實秋過世之後，稱之爲光影，有「浮光掠影」的謙虛，說是「至福」，就因爲滿心歡喜感恩，因此，文中時時顯露對梁實秋的敬佩、孺慕之情，對梁伯母（梁實秋元配）的懷念與感激，當然文中也處處記下了梁實秋伉儷情深的倩影，如果與梁實秋自己寫的《槐園夢憶》、梁實秋女兒梁文薔寫的《長相思》（〈至福光影〉爲《長相思》之序）同觀，梁實秋夫婦從中國、台灣到美國的生活原貌，梁實秋的智慧、幽默，栩栩如生，歷歷在目。劉大任寫的〈六松山莊〉令人有沉重之感，徐世棠的〈至福光影〉則輕盈有趣，傳主不同，選材不同，書寫角度不同，因此有了差異。如果將這篇記人之作，與徐世棠另一篇〈象〉相比，〈象〉，略寫冰心與孫立人，又有著另一種差異，這才眞的是「浮光掠影」，顯示散文創作可詳可略的自由與自在。

劉靜娟作品

（全文見341～350頁）

劉靜娟（一九四〇——），台灣彰化人。天生好奇、幽默，敏於觀察、思考，喜歡東張西望，喜歡參與，喜歡學習，再加上長期主持《台灣新生報．新生副刊》的編輯經驗，使她具有快速過濾素材，圓熟運用文字的能力，因此劉靜娟對世界、對人性永遠保持信心與興趣，能夠以津津有味的態度，欣賞生活周遭的人和事，「發現」許多有趣味、有意思的生活哲學。大千世界對她而言就是一個可愛、可親的萬花筒，從此可以透視人情、人性，發現美與智慧，偶爾，展現出人意表的「俏」，形成她散文的重要特色。曾獲國家文藝獎及中興文藝獎章，評語即是：「作品純眞優美，足以淨化讀者心靈。」著有散文集《笑聲如歌》、《載走的和載不走的》、《響自小徑那頭》、《心底有根弦》、《歲月就像一個球》、《眼眸深處》等。

〈被一隻狗撿到〉與〈布衣生活〉，題目就令人莞爾，〈被一隻狗撿到〉的內容，記述自己大兒子帶回流浪犬、照顧流浪犬，林林總總許多事蹟，語氣裡作母親的彷彿多所責備，實際上卻是深自讚許，這就是幽默的筆法。文中提到兒子爲狗取名「默默」，因爲牠是一隻黑犬，後來擔心牠不吠，改名「嘿嘿」，彷彿可以張口了，兒子似乎也遺傳到母親的幽默。〈布衣生活〉寫簡約的現代日子，幽默不減，如「吃這麼多天，這條魚還在！都要進化成兩棲類了。」這樣的幽默依然是母子所共有，卻讓讀者有了閱讀的樂趣，因爲這種發自內心的喜樂，無形中接受了「簡約」的生活哲學。這就是散文的本質。

（全文見351～356頁）

丘秀芷作品

丘秀芷（一九四〇——），本名邱淑女，生於中壢，稱丘逢甲爲叔公，筆名丘秀芷則是堂伯父丘念台所取。世界新聞專業學校（現之世新大學）編輯採訪科畢業，曾任豐原中學教師、《婦友》月刊編輯委員、行政院新聞局國內處顧問、婦女寫作協會理事長，常帶領藝文、宗教、慈善團體至國內外參訪，致力於推展文化活動與公益事業，常以同情悲憫之心關照社會，顯現在字裡行間，曾獲中國文藝協會文藝獎章、中興文藝獎、中山文藝傳記文學獎、國家文藝散文獎等。現已退休專事寫作。著有散文集《驀然回首》、《悲歡歲月》、《留白天地寬》、《尋找一個圓》，及《蔣渭水傳》、《剖雲行日——丘逢甲傳》等，文風平易，用字樸實而有味，刻畫鄉土自然而用心。

〈白頭翁的呼喚〉，初看題目以爲是是歌詠白頭翁的鳥類生態之作，其實是以白頭翁啼聲叫醒自己的童年記憶，轉換爲以父親（白頭之翁）爲中心的家族歷史記述。散文的散是語言應用的悠閒，不是結構的鬆散，丘秀芷這篇散文東記一些，西記一點；一下子北門，一下子中壢；有時二姐，有時大哥；看似瑣碎，卻是緊緊繞著「白頭翁的啼聲和父親的叫喚」此一主軸而未遠離。複雜的家族歷史，卻能以簡單的白頭翁呼喚繫連；對父親萬種敬愛之情，約略為一種白頭翁的呼喚，因而在讀者心中留下深刻印象。

許達然作品

（全文見357～367頁）

許達然（一九四〇——），原名許文雄，台南市人，芝加哥大學歷史學博士。從一九六一年出版處女散文集《含淚的微笑》以後，陸續出版十多本散文集。其中，《土》（一九七九）、《水邊》（一九八四）、《吐》（一九八四）、《人行道》（一九八五）、《同情的理解》（一九九一）、《懷念的風景》（一九九七）是他認為比較滿意的作品。他的散文重視人生觀察、社會批評，認為散文是一種參與文學（literatureengagee），散文應該具有社會意識，確實擁抱時代，因而獲得第廿四屆吳三連獎（散文類）文學獎，得獎評定書中說「許達然的創作開始於一九六〇年代初，……他一手寫學術論文，一手寫散文，兩者都有可觀的成就。他的散文創作，翻新台灣散文的傳統歷史，開創新天地，開闢散文紮根在本土，令人耳目一新。」

〈去看壯麗〉、〈相思樹〉這兩篇散文，可以看做是紮根本土的代表，特別是寫島的南端的壯麗之作，「有海可看的人民應比僅想江山的統治者心胸開朗」，沙灘與海的對話，都能點出「參與文學」的基本意義；〈相思樹〉是回憶東海大學的作品，人與樹的對比，十分有趣，譬如「做樹的好處是不必研究，上下課的鐘聲落在葉上也都不必感動」，譬如「從前年輕時相隔的葉，現在該已親密相連，陰翳更濃，情致更深。只是我綠不起來的頭髮已較稀疏，相思樹怕已摸不到了。」寫人因爲有情而容易衰老，感慨殊深。

但是，許達然的散文並不止於寫東海、寫鄉土，〈牆〉這篇散文應用許多西洋文學典故：梭羅、卡夫卡、德瑞莎修女、尼采、沙迪、柴可夫斯基，短短一千字的散文卻出現六位西洋文學家、音樂家的名字，正是隨手拈來，隨處情趣的散文特質。而「再怎麼清醒都悶——那種心在門內拒絕不了世界的感覺」，應用「悶」的字形發展文義，其他篇章甚至延伸爲字音、字義的多重巧思，更是許達然散文的重要特色，值得注意。

《中華現代文學大系（壹）——臺灣 1970 ～ 1989》

劃時代的巨獻，跨越兩個十年，樹立台灣文學新座標，面對整個中國及世界文壇。走過從前，邁向未來，傲然矗立文壇，以有限展示無限。《中華現代文學大系（壹）——臺灣 1970~1989》計分詩、散文、小說、戲劇、評論等五卷，十五鉅冊，由余光中、張默、張曉風、齊邦媛、黃美序、李瑞騰等 16 位名家，選出 300 多位作家及詩人的精品，9000 餘頁，是國內空前的皇皇巨著，熠熠發光。推出後，深受海內外各界讚譽、推崇，因此才賡續出版《中華現代文學大系（貳）——臺灣 1989~2003》。

總編輯：**余光中**

編輯委員

詩　卷：**張　默、白　靈、向　陽**

散文卷：**張曉風、陳幸蕙、吳　鳴**

小說卷：**齊邦媛、鄭清文、張大春**

戲劇卷：**黃美序、胡耀恆、貢　敏**

評論卷：**李瑞騰、蕭　蕭、呂正惠**

精裝豪華本 15 冊定價 8380 元

平裝藝術本 15 冊定價 6880 元

（直接郵購 8 折優待）

單冊定價以該書版權頁為準

《中華現代文學大系（貳）——臺灣 1989 ～ 2003》

承續《中華現代文學大系（臺）——臺灣 1970 ～ 1989》的大業，本輯銜接兩個世紀的文壇風貌，展示台灣各類型菁英作家的才華，爲華文世界再樹新里程碑！《中華現代文學大系（貳）——臺灣 1989 ～ 2003》計分詩、散文、小說、戲劇、評論等五卷，十二鉅冊，由余光中、白靈、張曉風、馬森、胡耀恆、李瑞騰等 16 位名家，選出 300 多位作家及詩人們具代表性的精采作品，值得閱讀、典藏。

總編輯：余光中
編輯委員
詩　卷：白　靈、向　陽、唐　捐
散文卷：張曉風、陳義芝、廖玉蕙
小說卷：馬　森、施　淑、陳雨航
戲劇卷：胡耀恆、紀蔚然、鴻　鴻
評論卷：李瑞騰、李奭學、范銘如

精裝豪華本 12 冊定價 6200 元
平裝豪華本 15 冊定價 5000 元
（直接郵購 8 折優待）
單冊定價以該書版權頁為準

中華現代文學大系（貳）

——臺灣1989～2003

散文卷（一）

A Comprehensive Anthology of
Contemporary Chinese Literature in Taiwan, 1989-2003
Prose Vol. 1

總編輯：余光中
編輯委員：張曉風　白靈　馬森　胡耀恆　李瑞騰
陳義芝　向陽　施淑　紀蔚然　李奭學
廖玉蕙　唐捐　陳雨航　鴻鴻　范銘如
作品導讀：蕭蕭
發行人：蔡文甫
發行所：九歌出版社有限公司
臺北市八德路3段12巷57弄40號
電話／02-25776564・傳真／02-25789205
郵政劃撥／0112295-1
九歌文學網：www.chiuko.com.tw
登記證：行政院新聞局局版臺業字第1738號
印刷所：崇寶彩藝印刷有限公司
法律顧問：龍雲翔律師・蕭雄淋律師・董安丹律師
初版：2003（民國92）年10月10日
增訂新版：2009（民國98）年10月10日

定價：散文卷（全四冊）平裝單冊新台幣380元

ISBN 978-957-444-632-2　Printed in Taiwan
書號：kk023

國家圖書館出版品預行編目資料

中華現代文學大系(貳)／臺灣一九八九－二〇〇三，散文卷／張曉風主編-- 增訂新版. ----臺北市：九歌，民98.10
冊；　公分

ISBN 978-957-444-632-2(第1冊：平裝)
ISBN 978-957-444-633-9(第2冊：平裝)
ISBN 978-957-444-634-6(第3冊：平裝)
ISBN 978-957-444-635-3(第4冊：平裝)

830.8　　98016716